一念永恒 ⑫

耳根 著

时代出版传媒股份有限公司
安徽文艺出版社

图书在版编目（CIP）数据

一念永恒. 12 / 耳根著. –– 合肥：安徽文艺出版
社,2023.5
　　ISBN 978–7–5396–7583–1

　　Ⅰ.①—… Ⅱ.①耳… Ⅲ.①长篇小说–中国–当代
Ⅳ.①I247.5

中国版本图书馆CIP数据核字(2022)第201700号

YI NIAN YONGHENG 12
一念永恒12
耳根 著

出 版 人：姚　巍
责任编辑：曾柱柱　胡　莉
装帧设计：周艳芳

· ·

出版发行：安徽文艺出版社　www.awpub.com
地　　址：合肥市翡翠路1118号　邮政编码：230071
营 销 部：(0551)63533889
印　　制：湖南天闻新华印务有限公司　电话：(0731)88387856

· ·

开本：710mm×1000mm　1/16　印张：18　字数：290千字
版次：2023年5月第1版
印次：2023年5月第1次印刷
定价：32.00元

· ·

（如发现印装质量问题，影响阅读，请与出版社联系调换）

人气作家**耳根**重磅仙侠之作 第1册将于2023年上市

三寸人间

耳根 著

举头三尺无神明

掌心三寸是人间

学子宝乐

心怀梦想

以兵入道

命途多舛

其意欢快

恰似朝阳

故事简介

公元三零二九年，科技飞速发展，地球上没有了国界，实现了大一统，进入了联邦时代。也正是在这个时候，一把青铜古剑从星空飞来，地球上突然多了一种灵气，一个全新的纪元开启，史称灵元纪。

热情开朗、从小就梦想成为联邦总统的王宝乐，以出色的表现成为缥缈道院法兵系的特招学子，并努力成为三榜学首，之后一路修行，一路成长，最终成为通神。

前情提要

为了在短时间内令修为突飞猛进，白小纯决定炼灵自身元婴。沉浸在炼灵秘法中的白小纯并不知道，这次他炼灵元婴，对于整个蛮荒来说，具有极其重大的意义。

原本，随着白小纯的失踪，他的名字也逐渐被遗忘。没想到，在他炼灵元婴后，这个名字再次出现在冥皇石碑上。

魁皇城震动，不少人立刻将此事传了出去，没过多久，众人皆知白小纯重现蛮荒……

得知自己的名字出现在冥皇石碑上，甚至惊动了魁皇，白小纯欲哭无泪，紧接着便被巨鬼王召见。

白小纯心底惴惴不安，生怕被巨鬼王看出破绽。可是，巨鬼王不仅没有看出"白浩"的真实身份，而且将搜捕白小纯一事交给了"白浩"，白小纯因此逃过一劫，甚至步步高升……

一念永恒

目录
CONTENTS

目录
CONTENTS

第 700 章

我还真突破了啊

金色飓风如无坚不摧的利刃，可如今的白小纯，肉身强度惊人，更有炼灵宝物防身，不说是人形凶兽，那也差不了多少，迈步间，这飓风根本就无法阻挡他。

砰砰之声不断传出，那些金色符箓轰击在白小纯身上，却没有对他产生太多影响。眨眼间，白小纯就出现在了公孙易的面前，面容狰狞，右手握住，一拳轰去！

可就在这一拳落下的刹那，公孙易目中露出金芒，四周那十万金色符箓竟然直奔他而来，在其身前层层叠加，形成了一面金色的光墙，阻挡白小纯。

轰鸣之声冲天而起，白小纯脚步一顿，那金色光墙颤抖，一道道裂缝咔咔地出现，却没有崩溃。光墙后的公孙易口吐鲜血，在白小纯那一顿的时间，竟没有后退半步，而是向着白小纯猛地迈出一步。

"白浩，你就只有这点本事吗？"公孙易低喝一声，内心却大惊，体内修为竟被一股无形之力压制，他立刻明白，这白浩为何能这般强悍，怕是与此奇异术法有关。

此刻来不及多想，他凭着强烈的战意压下体内不稳定的力量，双手掐诀向着白小纯一指，这光墙立刻自行溃散，只是在溃散的瞬间，这十万符箓又凝聚在一起，居然形成了一只金色的凤凰。这凤凰发出尖厉之音，向着白小纯骤然冲去。

"这小胜王神通不俗，必定来自斗胜王……若非我没有元婴功法，且有些神通的灵力消耗太大，想要捏死这小胜王，并不困难。"白小纯内心哼了一声，看出这公孙易的修为已经超越了元婴大圆满，似乎与半步天人境也只差一层膜。

只不过这层膜很难打破，需要有机缘、有大毅力才可。此刻眼看那只金色凤凰张口扑过来，白小纯右手虚空一抓，一杆炼灵十六次的黑色长枪瞬间被他握在手中。他没有半点迟疑，直接向着扑来的金色凤凰一枪刺去！

这一枪好似开天辟地，掀起一连串的音爆，直接就与那只金色凤凰碰到了一起。声响轰鸣时，一股冲击波扩散四方，推着公孙易倒退而去。

白小纯黑色长枪在手，身体猛然爆发，化作一颗流星，追击而去。从远处看去，白小纯如化作了一道黑色的闪电，似乎要将苍穹撕裂，气势惊人。

公孙易鲜血止不住地喷出，退到了百丈开外，才勉强停顿下来。眼看白小纯冲杀而至，他呼吸急促，双眼内的战意在这一刻更为强烈，他大吼一声，竟没选择后退，更没有闪躲，而是向着白小纯直接冲来。

"我是小胜王，我岂能败在你手中！"公孙易目中赤红，冲去时双手在身前猛地一按，四周那十万符箓瞬间凝聚，竟在他的前方化作了一把金色的战斧，向着冲过来的白小纯狠狠地斩下！

轰鸣之声再次撼动八方，那金色战斧层层崩溃，十万符箓立刻溃散开来。白小纯气息微微波动，速度却没有减慢，穿过溃散的战斧后，依旧化作黑色闪电，直奔公孙易冲去。

公孙易喷出鲜血，身体被大力轰击，倒退数十丈，嘴角露出惨笑，可目中的战意没有减少丝毫。咆哮中，他似乎不顾生死，双手掐诀，四周散开的十万符箓金光更为璀璨，瞬间挪移而来，竟在公孙易的面前凝聚成了一根金色的长棍！

公孙易手持长棍，猛地抢起，身体更是旋转开来，修为之力全面爆发。他的肉身一样不俗，融合之下，居然掀起了一道金色的风暴，向着扑来的白小纯，狠狠一棍砸去！

"这公孙易的神通，真是变幻莫测！"白小纯也心惊，对方那十万符箓的变化看得他眼热，但他也知道这必定是斗胜王的秘法，外人不可能掌握。眼看那金色风暴排山倒海般来临，白小纯也低吼一声，手中长枪不再刺出，而是被他向上狠狠一撩，顿时虚无扭曲，他的修为，他的肉身之力，顺着长枪悍然爆发。

轰轰轰！二人又一次碰撞，公孙易大口大口喷出鲜血，可他仿佛癫狂了一般，哪怕被伤到了这种程度，依旧没有后退，而是向着白小纯再次冲来。

这一次，不再是棍子，那棍子瓦解，十万符箓在这一刻居然化作了整整一百件法宝！这些法宝，刀枪剑戟斧钺钩叉样样俱全，可没有一个防护法宝，全部都是煞气惊天，随着公孙易冲向白小纯。

"白浩，使出你的撒手锏，要么我死，要么你亡！"

白小纯面色一变，这公孙易的战意之强、神通之诡异，乃至那种毫不畏惧死亡的疯狂，都让白小纯内心震动。他真正意识到，或许并非如自己之前所绑的那些人一样，蛮荒的天骄中还是有那种真正具备强者之心的存在的！如这公孙易，那周宏也勉强算得上……虽有各种瑕疵，但他们的身上，那种狂暴之意，那种凶猛而坚定的意志，白小纯在星空道极宗内也少见。

"他不是我的对手，可还是义无反顾地与我一战，联想他之前的举动，这很明显，是真的拿我当成磨石，要在生死之间炼造自身……"白小纯的目中露出一丝敬佩，这种对手他觉得自己需要尊重。此刻眼看对方冲过来，那一百件法宝煞气滔天，白小纯深吸一口气，右手抬起时，手中的黑色长枪消失不见。

他没有继续用法宝，而是站在天地间，身体的气息在这一瞬直接收缩，体内传出咔咔之声，精气神乃至灵魂全部压缩下来。他的右手上出现了黑色旋涡，一股恐怖的波动从这旋涡内不断地扩散出来，而他的身后更是在这一瞬快速凝聚出了一道十分霸气的身影，穿着帝袍，戴着帝冠，目中带着睥睨天地之意。

"你要在生死之间感悟，我就给你这个机会！"白小纯在肃然起敬的同时，也觉得自己这句话说出来，显得威风凛凛牛气哄哄，右手猛地握成拳，气息沉稳，向着冲来的公孙易直接一拳落下！

这一拳依旧有所保留，只有五成功力，可即便如此，也让苍穹色变，让大地轰鸣，让四周的雾气全部倒卷，那黑色旋涡更是刹那间膨胀，似乎形成了一个黑洞，直奔公孙易！

与此同时，白小纯身后的帝影目中也闪露奇异的光芒，光影扭曲，化成了一股霸道之意，融入白小纯的拳头内，融入那黑色旋涡中……

不灭帝拳！轰轰轰！

这一拳打出，似乎整个天地都缓慢下来，整个世界的目光都凝聚过来，白小纯成了此地唯一的焦点！

公孙易发出一声强烈的嘶吼，双目赤红地盯着白小纯，咆哮中双手向前大力一挥。

"斗胜天！"随着声音如天雷般回荡，他四周那一百件法宝全部加速冲出，直奔白小纯的不灭帝拳而去。

声响震天，那些法宝在接触不灭帝拳的黑洞后，竟全部崩碎开来，无法阻挡。眼睁睁地看着自己十万符篆形成的法宝破碎，黑洞轰然而来，要将自己吞没，公孙易内心掀起滔天大浪。

在这生与死的瞬间，公孙易的战意不但没有减少，反而更强烈。在这疯狂的意志中，他全身忽然猛地一震，耳边似乎传来咔咔的碎裂之声。

好似他身上的某种桎梏在这一刻轰然崩溃，紧接着一股比之前还要惊人的气势从其体内爆发。

随着爆发，变幻的苍穹中突然出现了无数的云雾，那隐隐是一个巨大的虚影，仔细一看，这虚影竟是公孙易的面孔！

虽然只出现了一瞬间就消失了，但是他身上气势的爆发，说明他的修为，突破了！

半步天人！

第 701 章
半步天人也镇压

"白浩，多谢你的磨砺，终让我修为突破，踏入半步天人了。这一步，困了我许久许久。为了感谢你，今天，我不杀你，只废你修为！"公孙易神色激动，傲然仰天狂笑。他心中振奋到了极致，如他所说，他已经等这一天等了很久很久。

这一次，白小纯给他的压力极大，他在第一次看到白小纯施展不灭帝拳后，就深刻地意识到，自己胜不了。可他的骄傲、他的自尊，让他无法承受，而唯一逆转的可能，就是修为突破。所以他下了决心，要把白小纯当成磨石，借助对方的压力，让自己的战意越发强烈，到达极致后，在那生死关头尝试突破。

要么成，一举半步天人，从此只要有一件炼灵十五次以上的法宝，他就可以借助此宝感悟天地，冲击真正的天人境！如果败了……他相信，白小纯不敢杀他，他虽会吃些苦头，但这笔买卖极为划算。

此刻他在狂笑中，双手掐诀，四周传来轰鸣巨响，二十万金色符箓瞬间出现，形成了一个巨大的金色旋涡，直奔白小纯不灭帝拳的黑洞而去。

白小纯眼珠子都要瞪出来了，整个人怔住，没想到公孙易居然真的突破了……

"他的办法，竟真的有效果啊……"白小纯吸了口气，心底颇为羡慕，更有些酸酸的，想到自己千辛万苦才到了元婴中期，可对方居然只是生死间的一个磨炼，修为就突破到了半步天人。

公孙易修为突破后的狂傲笑声让白小纯很生气，他此时看此人极不顺眼。

"白眼狼啊这是，和巨鬼王一个德行，我才帮你突破修为，转眼你就要废我修为！不知感恩还要恩将仇报……"白小纯心底一怒，觉得自己不能让这公孙易嚣张下去，有必要好好教训教训他，让他知道什么叫滴水之恩当涌泉相报。

"修为突破又如何，你家白爷爷还是要绑了你！"白小纯眼中露出血丝，低吼一声，右手拳头松开，瞬间又猛地攥紧，再次狠狠一拳轰出！这是将之前没有用出的部分力量加入进去，使得这不灭帝拳威力暴增。白小纯更是全身震动，在原有的五成功力的基础上，再加三成肉身之力，在这一刻以骨为根基，以血肉来震荡，轰然出拳。

那不灭帝拳的黑色旋涡，竟在这一刻猛地散出惊人的黑色光芒，变大了一倍，现在速度更快了，同时那股霸道之意也更为强烈，惊天而起，直奔公孙易而去。

"让你再嚣张，给我镇压！"白小纯大吼。公孙易原本还十分激动，此刻竟脸色大变，感到难以置信。金色旋涡在与黑洞碰触的瞬间，骤然崩溃，二十万金色符箓层层碎裂，齐齐爆开，那黑洞眨眼间就出现在了公孙易的面前。

"不可能，我是半步天人，我怎么会输！"公孙易面容已变得扭曲，在歇斯底里的嘶吼中双手捏诀，运转全身修为要去抵抗。

"别说你半步天人，就算是天人，你家白爷爷都战过四个，你算老几？镇压！打你这个白眼狼……"白小纯豪迈地大吼，身体一跃而起，竟与黑洞融在一起。眨眼间，黑洞之力再次向着公孙易狠狠轰来，天道元婴本命五行神光也全面爆发。

轰隆隆！强烈的声响让这整个炼魂壶世界都震动了几下。黑洞消散，公孙易发出凄厉的惨叫，鲜血不断喷出，被这股大力轰得倒飞而去。他的胸口满是伤痕，就连元婴都萎靡下来，可更受打击的是他的骄傲，他的自尊。

"怎么会如此……"前一刻还在因为突破而狂喜，下一秒便遭受重创，急转直下的现实让公孙易茫然无措。他眼前发黑，意识涣散，还没等他控制住倒飞而去的身体，白小纯的身影便呼啸而来。

白小纯速度飞快，一刹那就追了上来，右手抬起，向着公孙易狠狠一巴掌拍下。

砰的一声，他直接将公孙易封印，抓住后扔到了储物袋内。做完这一切，白小纯气喘吁吁，落在了下方，坐在那里，面色有些苍白。刚刚用了不灭帝拳的八成之力，让他此刻有些虚弱，就连喘息一下都觉得全身刺痛无比。好在他肉身虽虚，但一身天道元婴的修为还在，这也是他敢打出不灭帝拳八成功力的底气。

"让你们欺负人，白爷爷一发火，我自己都害怕，真当我费尽艰辛修炼的不死身，还有天道元婴是纸糊的啊！"白小纯嘚瑟地嘀咕了几句，回想自己进入炼魂壶后的一幕幕，觉得不可思议的同时，更深深地佩服自己。

"我现在胆子真的比以前大了……"白小纯嘴里念叨着，琢磨着自己自从冒险去了白家，绑了白家族长之后，似乎有些上瘾了，于是又绑了巨鬼王……眼下，更是将这整个蛮荒的绝大多数所谓天骄都绑了。

可以想象，此事一旦传出去，在蛮荒必定会引起轰动……

"都怪巨鬼王那个老家伙！"白小纯觉得全身酸痛，抬头看了看不远处那白色禁制内的鬼王花。此刻这朵花已经快要盛开了，甚至可以看到那花蕊中有一枚青涩的果实正在飞速地生长，怕是用不了多久就会结果。

看着鬼王花，白小纯心底又郁闷一番，想起了要报复巨鬼王的计划，于是哼了几声，从储物袋内将二皇子、公孙易等人一一扔了出来。这些人大都昏迷着，可也有一些人清醒地看向白小纯，他们面色苍白，面露惊惶，尤其是二皇子，似乎想要开口说些什么，而白小纯一瞪眼，直接拎着永夜伞戳了过去。

"别和我说话，我有洁癖。"

"白浩，你听我……啊……"二皇子还没说完就面色大变，整个人哆嗦起来，发出惨叫，身体的生机瞬间被永夜伞吸走大半，眨眼间就变成皮包骨了。戳完二皇子，白小纯又看向其他人，走过去戳了个遍，这些蛮荒天骄有的惨叫，有的破口大骂。

"白浩你敢！"

"我爹不会放过你！"

"白浩，你这是自绝退路！"

他们骂得越痛快，白小纯吸的生机就越多，如此一来，有的人学聪明了，颤抖着看向白小纯，对于这样的聪明人，白小纯也就心软，没有抽到只剩下一丝……

最后，他到了公孙易的面前，公孙易抬头，眼神复杂地看着白小纯，那目中带着苦涩，战意却没有消失。对于公孙易，白小纯心中是有些佩服的，有些迟疑要不要吸了此人的生机，于是问了一句："以后咱们再碰到，你还对我动手吗？"

"日后再见，自然还要战你，早晚有一天，我会将你踏在脚下！"公孙易目中战意仍盛，隐隐有煞气弥漫。

"你说句好听的话不行啊？非要打打杀杀的！"白小纯一瞪眼，永夜伞直接就戳了过去。

将众人生机都吸了个遍后，白小纯再次将这些"战利品"绑了，通通扔到储物袋内，这才盘膝坐下，利用神识警惕四方，开始修炼不死骨。

时间流逝，三个时辰后，白小纯体内传出砰砰巨响，他双目骤然睁开，有金色的光芒闪耀，体内的暖意极为强烈。肉身之力全部恢复不说，他更感受到自己的防御力再进一层！

"淬骨境第七重……"白小纯激动低语，正要起身感受一下随着淬骨境第七重的到来，身体内发生的变化时，神色一动，蓦然抬头看向不远处那白色禁制内的鬼王花。

那鬼王花……黑色光芒冲天而起，彻底盛开！

第 702 章

掉地上了……

炼魂壶世界内，那朵巨大的鬼王花彻底盛开，一片片花瓣弯曲，散发出阵阵的清香，竟让这原本昏暗的苍穹更为阴暗。眨眼间，天空变成了黑色！

与此同时，一股浓郁的死亡气息从花朵内散出，瞬间弥漫了整个炼魂壶世界。此地的雾气内，所有的厉鬼冤魂都颤抖着向着鬼王花所在的方向齐齐跪拜下来。

厉鬼冤魂的目中带着恭敬，带着狂热，似乎正在膜拜自己的王。而此刻，随着鬼王花的盛开，其花蕊中那颗原本青涩的果实正渐渐化作黑色，果实上隐隐约约地出现了一个狰狞的鬼脸。

白小纯一眼就认出，这鬼脸的样子居然与巨鬼城的巨鬼雕像一模一样。很显然，鬼王果之所以对巨鬼王有大用，必然是此果与巨鬼王的功法来历有极大的关系，只不过具体的事情白小纯不知晓。他此刻屏住呼吸，目光炯炯。

在他的注目下，很快，那鬼王花的花瓣一一脱落，化作了一团团雾气，消失在了地面上，当最后一片花瓣也消失后，那鬼王花的果实彻彻底底变成了黑色。

就在这一瞬，一股惊人的吸力从那白色禁制内的旋涡中爆发出来，那鬼王花的果实在这吸力下缓缓升空，消失在了旋涡内。白色禁制似乎完成了使命，慢慢化作点点晶光，没有回到白小纯体内，而是消散在了四方。

亲眼看到这一切，白小纯长出一口气，心底郁闷。他知道，无论如何，巨鬼王也算是得偿所愿，唯独差点儿牺牲了白小纯……

"这事儿没完！"白小纯一想到自己这些天虽战无不胜，但是一直担惊受怕，就内心气愤，甚至觉得这种事巨鬼王何不与自己直说……

"这分明是不相信我，担心和我直说我不敢来！哼，我是那种人吗？这点危险，我就会害怕吗？你把我看成了什么人！"白小纯想到这里，忽然有些心虚，不再思考一旦自己提前知晓，到底敢不敢来这个问题，转身直奔炼魂壶嘴的方向。

同一时间，炼魂壶世界再次震动，尤其是壶嘴的区域更是如此，隐隐地，似乎正在开启。

"还有十多人逃走了，此刻估计散在四方，而这出去的时间只有一个时辰，罢了罢了，既然他们逃了，我就饶他们一次。"白小纯实在是紧张，他看向自己的储物袋，知道自己这一次也算是干了一件大事。那一储物袋的烫手山芋，白小纯可不想长久拿着，这份大礼他急着要献给巨鬼王……

此刻他速度爆发，化作一道长虹，直奔炼魂壶嘴，可就在他快要靠近时，忽然有一道长虹从另一个距离炼魂壶嘴更近的方向，抢在白小纯前方，出现在了壶嘴的区域内。来者正是灵临城的郡主许珊，她站在那里，身后是一个巨大的旋涡，踏入旋涡内，就可离开炼魂壶。可她没有踏入旋涡，而是站在那里，如门神一样，抬头遥望急速而来的白小纯。更让白小纯郁闷的是，这许珊身上的玉佩散出的光芒，竟将那出口也笼罩在内了。

"白浩，我看你这一次怎么躲！"许珊一脸得意，声音传出。

白小纯愁眉苦脸，看着许珊，头都大了。这一次进入炼魂壶的人中，他原本只对陈曼瑶头痛，却没想到，这个许珊更让他头痛。打又打不动，对方若是铁了心就站在那里堵着门，自己想要出去，说不定还要费一些手脚。

"你到底要干什么啊？"白小纯无奈道。

"你问我干什么？我还要问你呢，为什么你看到我就跑？"许珊睁着大眼睛，蛮横地怒问。

"你身上有你爹给的玉佩，我打不动，浪费时间，当然要跑了。"白小纯叹了一口气，解释了一句，琢磨着若能用言辞将对方劝走，也省了自己出手。

"浪费时间？哼，你将我们所有人都绑走了，意欲何为？"许珊双眼闪动了一下，露出冷厉之色，问道。

"这个……此事是巨鬼王的命令，我一个小人物，只能遵从王爷的法旨啊。"白小纯很委屈，看着许珊。

"真的？"许珊狐疑。

"千真万确！"白小纯赶紧保证，迟疑了一下，"那个，我们就别打了，你让我走好不好……"

许珊沉默少顷，看着白小纯，似乎在确认他所说的是不是实话。若是换了平时，她自然有自己的判断，不会轻易相信别人，可眼下她也不知道怎么了，对于白小纯说的话，从心底愿意选择相信。半晌之后，她忽然一拍储物袋，袖子一甩，竟有十多个蛮荒魂修被扔了出来。这些人都是那些权贵家族的天骄，此刻一个个鼻青脸肿，被封印了修为，叠在一起，一个个心底都在怒骂，却不敢开口，惶然地看了看许珊，又看了看白小纯。

这一幕让白小纯一愣，这些人正是之前认输之后又反复，再被他吓得四散逃走的那些人，没想到他们被许珊这个女魔头抓到了。

"这个……"白小纯有些发蒙，看向许珊，搞不懂她此番行为意欲何为。

"既然是巨鬼王的命令，你把他们都带走吧。"许珊飞快地看了白小纯一眼，目光不再锐利，声音也没有那么大，就连双眸内都出现了一些异样的神采。

白小纯更蒙了，许珊目中的异样他看到了，却觉得太匪夷所思，心中第一个反应，就是自己看错了……

"啊，我知道了，你就是巨鬼王说的帮手！"白小纯灵光一闪，脱口而出。

"你才是巨鬼王的帮手！"许珊不知为何，听到这句话后，又怒了起来，狠狠一跺脚，竟直奔白小纯飞来，双手握拳后，肉身之力骤然爆发，直接轰来。

"一言不合就开打，这许珊脑子有问题！"白小纯苦笑，叹了一口气，一步走出时，大吼一声。

"你有本事，不用玉佩！"白小纯高呼一声，右手抬起直接一拳落下。

"不用就不用！"许珊犯起了倔，直接收起了玉佩之光。

轰鸣声回荡，更有气流波动，即便许珊的肉身之力一样强悍，生生接下白小纯这一拳后，依旧嘴角流血，体内咔咔作响，遭受重创，可她目中异彩更多，再次冲来。

"这许珊脑子虽坏了，但也是妖女啊，她目中的光芒，是要乱我心绪！"白小纯迟疑后，很睿智地赶紧提醒自己。

眨眼间，白小纯再次出手，许珊口吐鲜血，身体倒退。白小纯目光一闪，发现自始至终，许珊都没有动用玉佩，心底再次觉得，这许珊脑子的确是出了问题。趁着对方后退时，白小纯速度蓦然爆发，瞬间临近，右手抬起，这一次不再是拳头，而是一掌落在许珊后背上，修为融入，将其封印。

这一切如行云流水，顺利得让白小纯都觉得意外。抓着许珊后，白小纯心脏怦怦急速跳动，觉得这可是一条大鱼啊，这下可包圆儿了。

"吸了她的生机，我说不定能到淬骨境第八重！"白小纯一想到这里，就立刻将永夜伞取出，犹豫着要不要戳过去。可就在这时，许珊望着白小纯的眼睛，根本就不看那永夜伞，目中异样神采极为明显，大声开口：

"白浩，我喜欢你！"

"啊？"白小纯吓得猛地一松手，许珊扑通一声，坠到了地上……

第 703 章

快跑啊

许珊的这句话如同一道霹雳，落入白小纯的耳中，让他瞬间傻眼。他之前虽看到了许珊目中的异样，有些怀疑，可还是觉得这种事太过匪夷所思了，来得太突然，所以觉得不可能。

毕竟他在几天前才与许珊第一次见面，二人更是处于敌对状态，白小纯实在想不出来，自己到底是什么地方吸引了眼前这个暴女许珊……

白小纯有些发呆，下意识地扫了扫许珊，这许珊虽暴力，可模样还是不错的。不过白小纯很快就调整了自己的心态。

"不行，这许珊不仅脑袋有问题，而且暴力，不适合我啊……"白小纯内心感慨了一下，可心中那美滋滋的得意劲儿，此刻难以压制。那是一种强烈的自信，更是一种骄傲，尤其是想到自己当年还收下过那么多情书后，白小纯更觉得自己天下无敌了。

四周那被封印的十多人也同样傻眼了，呆呆地看着这一幕，只觉得脑海嗡鸣，有些脑子慢的一时竟有些转不过弯来，只觉不可思议。

白小纯感叹一声，抬起的永夜伞此刻说什么也戳不下去了。心中感慨一番后，他便不理会这许珊，将其抓着扔到储物袋内，不过想起这暴女毕竟是自己的爱慕者，于是在储物袋内单独给她了一片区域。

受到这种区别对待的，还有陈曼瑶……

至于四周那十多个蛮荒修士，则被白小纯挨个儿戳了一遍，随后一股脑儿地扔到储物袋里，与一群人叠在一起。

做完这些，白小纯调整下呼吸，看着眼前的旋涡出口，心跳有些急促。沉吟一番，双手在头发上一顿乱抓，撕破衣衫，仍觉得还不稳妥，他一咬牙，竟给了自己一掌，生生挤出一口鲜血，这才迈步踏入旋涡内。

炼魂壶外，四周上百人正默默等待着，无论是带着周宏来的那位双目暗淡的老者，还是许珊的护道老妪，此刻都神色如常，他们相信自家世子郡主的实力，在这炼魂壶内不会有什么大的危险。

至于白浩……他们直接忽略，没人认为此子能翻起什么大浪。

就连带着二皇子来的那位中年男子，也是同样的想法。他神色平静，望着已经开启的炼魂壶，等待里面的人出来。

这三人都如此，更不用说四周其他天骄的护道者了，他们来自各个权贵家族，此刻都很轻松，有的还在笑谈，显然已经认定了，这一次三大天王联手，巨鬼王必输无疑。

巨鬼王实在是没有胜出的可能，至于白浩……哪怕他们之前隐隐听说了白浩的一些传言，也还是否定了，甚至还有不少人心中猜测，那白浩或许早已殒命。

唯独让他们好奇的，就是那鬼王果到底会被哪一位天王的人获得，此刻相互笑谈时，有一些人甚至打起赌来。

"炼魂壶开启了，这一次若无意外，应该是小胜王得手……"

"不一定，许珊郡主可不是个服软的人，她要蛮横起来，就算是小胜王也会头痛。"

"周宏世子是枭雄性格，他们这一代的天骄，大都对世子心服口服，我看周宏世子机会更大，毕竟此番依靠的可不仅仅是个人战力。"众人笑谈的声音，落入无常公耳中，让无常公心底暗叹。

无常公默默地站在那里，已经不抱什么希望了。他猜不透巨鬼王的心思，如此大事，若是换了他来安排，必定不会只让白浩一人去，说什么也要发动全部势力，让巨鬼王的亲信家族出动，这样的话，或许还有一些争夺的可能。

但眼下，就算是他也不认为一个白浩可以逆转乾坤，即便他比所有人更了解白浩，也知道白浩的勇猛，可炼魂壶内的争夺，与在三大天人手中逃脱，不是一回事。

"只能相信王爷自有安排了……"无常公深吸一口气，想到巨鬼城之前三大天人叛变时巨鬼王的种种手段，内心多少再次升起了一丝期待。

就在众人笑谈等待时，忽然，那炼魂壶猛地震动，内部传出轰隆隆的巨响，壶嘴的位置有稀薄的雾气飘散出来，这一幕，立刻使得众人纷纷看去。

九幽城的老者、灵临城的老妪，还有魁皇城的中年男子，三人目带精芒，似乎要看透这炼魂壶，锁定了壶嘴的通道出口。

"到底谁第一个出来……"众人都在期待，无常公摇头，他不认为白浩能首个出现，可目光还是扫了过去。

在众人全部看去的瞬间，突然，一道狼狈的身影从那壶嘴通道内急速飞出，嗖的一声，就冲出了炼魂壶。

"是他！"

"怎么他第一个出来了？！"

"白浩……他居然没死在里面？"

四周众人纷纷一愣，就连无常公也愣了一下，目中露出难以置信的神色，那出现的人自然就是白小纯了……

白小纯披头散发，衣衫破烂，甚至气息都很虚弱，面色更是难看到了极致，那紧锁的眉头透出一股憋屈，憋屈感似乎极为强烈。众人只是看一眼，就立刻能感受到，此人内心的郁闷怕是已到了发狂的地步。

"太过分了，太过分了！"白小纯咬牙切齿，神色悲愤无比地冲出，直奔无常公而去。

"我们走！"这语气带着委屈，更有惨烈之意，似乎心灰意冷，万念俱灰。说完，白小纯看都不看无常公，向着远处，一路悲愤远去，实际上他提心吊胆战战兢兢。当着对方长辈的面暗度陈仓，让他觉得刺激的同时，也紧张得不得了……一想到若被人看出端倪，搜查起来，他估计也难过此关……

无常公一愣，面色也沉了下来，暗叹一声，隐隐猜到在那炼魂壶内，白浩必定被欺负得极惨。他无奈摇头，一晃之下，追了上去，与白小纯一同离开。

看着他们二人的身影，此地有不少人直接笑了。

"我知道这白浩为何第一个出来了，他之前必定是被欺怕了，不敢去争夺，只能远远地躲在炼魂壶嘴，所以炼魂壶一开启，他就跑出来了。"

"这白浩也有其不俗之处，我本以为他会死在里面。不过经此教训后，他这一生都要低头，这一次，他估计被教训得很惨。"

"他能活着，应该是世子等人不愿太过得罪巨鬼王，可对这白浩的教训不会少了，此人身上不知道发生了什么让他屈辱的事情，看吧，一会儿众人出来后，我们就知道了。"四周这些护道者纷纷笑道。

这倒不是白小纯的演技多么天衣无缝，最根本的原因是众人思想中的盲点，毕竟一个人与一百多人……差距太大了。

就连九幽城的老者与灵临城的老妪，还有那位魁皇城的中年男子，也没有在意离去的白小纯。

众人都继续看向炼魂壶，不疾不徐地等待，很快，过去了一炷香的时间，有人心中略急，可一想到里面的争夺，现在或许正激烈，也就安定下来。

而此刻，在这片区域外，白小纯的速度却越来越快，无常公在他身边，眼看他如此，正要开口，白小纯忽然低声快速说道："无常老哥，赶紧拿出鬼王舟啊！"话语都带着颤音了，可见白小纯现在的紧张程度，这就让无常公愣住了。

"怎么回事……"无常公赶紧取出鬼王舟。

白小纯一跃踏上，长舒一口气，连忙开口："快跑！"

无常公猛地睁大了眼，看向白小纯时，心跳不由得加速，甚至眼皮都开始跳了。他猛然间想起了对方在巨鬼城做的一系列事情——那一件件祸事，背后莫名一凉，隐隐明白了什么，面色变化很精彩，没有半点迟疑，修为急速运转，催动鬼王舟，破空飞驰远去！

第 704 章

我回来了

途中，无常公多次想要张嘴去问，他有种极为不妙的预感。他犹豫再三，打量了白小纯一番。

站在自己身边的白小纯，面色苍白，惊疑不定，不时回头看向身后，似乎觉得速度还是太慢，还经常催促自己。

这一切让无常公内心再次犯嘀咕……

"这家伙，他到底干了什么事？"无常公越发心惊，全力催动鬼王舟，使得鬼王舟速度更快。

"你到底做了什么？"半晌之后，无常公没忍住，问了出来。

"也没什么，我就是把进去的所有人都给绑了，在这里呢。"白小纯干咳一声。此刻虽很后怕，可这种卖弄的时刻，他自然而然就抬起头来，回了一句。

"什么！你把所有人……都绑了？"哪怕无常公是天人，此刻脑海也嗡的一声，像被大锤砸中一般彻底傻眼。随后他倒吸一口气，难以置信地看着白小纯，以及白小纯的储物袋。

"你……你……"无常公呼吸都不稳了，半晌说不出一句话，却明白此事之大，无法形容。他不由得用出所有功力，修为爆发，使得鬼王舟的速度达到了他能做到的极致。

鬼王舟轰鸣飞去。

在白小纯与无常公全力催动鬼王舟向着巨鬼城急速逃遁时，炼魂壶外，那些等待自家天骄的护道者渐渐都觉得有些蹊跷了。

尤其是来自九幽城的那位老者，更是眉头紧锁、目光深邃地望着炼魂壶。他虽是天人修士，但这炼魂壶奇异，以他的修为根本就看不透炼魂壶内的天地。

在他旁边，那位与许珊一起到来的老妪更为着急，她时而看向炼魂壶，时而又回头望着白小纯离去的方向，神色狐疑，越来越焦急。

"时间已经过去一半了，有些不对劲儿……"

"他们在里面再怎么抢夺，也不至于激烈到如此程度，一旦一个时辰不出来，炼魂壶关闭后，就很难再出来了！"

"难道出了什么意外？不可能啊……"不单那两位天人疑惑，四周的所有护道者都觉得不安了，一道道目光望着炼魂壶。随着时间的流逝，他们变得更加焦虑了，对于他们每个人而言，这些天骄都极为重要。

毕竟这些人可都是权贵之子，不但地位高、身份高贵，且资质与修为都绝非寻常，甚至有不少都是冥皇石碑榜上有名之辈。

对于蛮荒而言，这些人更是他们这一代的佼佼者，未来必定都是蛮荒的中坚之力，尤其是里面的个别天骄，那可是天人种子，更有甚者，若干年后晋升半神也并非没有可能。

这里面但凡有人出现了意外，对于蛮荒来说，都会引起一场震动，而若出现意外的人超过了十个，那么这震动将会难以想象……

此事之大，就算是那三大天王也都承担不起这责任，因为这等于是触了所有人的逆鳞……

想到这里，众人心神更为不安，尤其是这里面还有二皇子，还有陈曼瑶，这就让那位来自皇宫的中年男子面色也出现变化了。

"时间已过去大半，不能等了！"眼看炼魂壶关闭的时间就要到了，此刻那些护道者一个个都彻底地急了，一片哗然。

"林兄，里面出事了！"九幽城的老者深吸一口气，目中露出一抹精芒，看向那位来自皇宫的中年男子。

"没错，林兄，此事关系重大，这炼魂壶属于皇族，想必天师大人定有办法看透此壶！"灵临城的老妪也语气冰冷地开口，目光落在中年男子身上。

很快，众人都将目光集中向了中年男子。

被这么多人注视，中年男子的压力也很大，他明白，四周这些人代表的是整个蛮荒近乎八成的权贵……背后有多个天人，三个半神。

"此事我要请示大天师，由他老人家定夺。"说着，中年男子立刻取出一枚玉简，急速传音。不多时，这玉简光芒突然闪耀，中年男子深吸一口气，竟一把捏碎玉简。

玉简碎裂的刹那，化作的飞灰没有四散，而是升空凝聚在一起后，形成了一个拳头大小的旋涡。在这旋涡中，有一道蓝光破空而出，直奔中年男子，被其一把抓住后，化作了一面巴掌大小的蓝色镜子。

这镜子很古朴，明显是个古物，其上还有无数的符箓，只不过这些符箓大都暗淡模糊，虽如此，依旧有一股浩荡之意从这镜子上散出，惊天动地！

"此镜是大天师用秘法临时送来的，我一个人无法催动，请二位助我。"中年男子深吸一口气，看向九幽城的老者与灵临城的老妪。

二人没有半点迟疑，立刻飞来。三人同时运转修为，天人气息爆发，让天地色变的瞬间，他们的修为之力齐齐涌入这蓝色的镜子内。

这镜子光芒璀璨，四周护道者纷纷退后。三人同时大喝一声，那蓝色的镜子上的光芒猛然间化作了一道光柱，直接落在了下方的炼魂壶上！

这光柱所过之处，空间扭曲，似乎一切禁制、一切防护，都无法阻挡这光柱丝毫。而那炼魂壶上，更是出现了涟漪，竟慢慢变得透明，其内的世界瞬间被所有人看得清清楚楚……眨眼间，众人神色猛然变化。

"没人！"

"一个人都没有！"

"这怎么可能？他们上百人啊……这是去哪儿了！"

一声声惊呼传出，九幽城的老者与灵临城的老妪心神震荡，难以置信，十分着急。

他们生怕看错，又运转镜子的光芒在炼魂壶的天地内横扫而过，光芒所到之处，一切雾气都如黑夜遇到了阳光，刹那消散，可直至他们找遍了所有地方，依旧没有看到哪怕一个身影！

皇宫来的中年男子身体颤抖了一下，倒吸一口气，一脸的难以置信，但很快，他就大吼一声。

"这里有巨鬼王的气息！"

其他人此刻也都醒悟过来，一个个眼中瞬间出现红血丝，更有疯狂的怒意滔天而起。

"所有人都失踪了，只有白浩一个人出来，这一定是巨鬼王出手了！"

"那白浩只不过是元婴境，岂敢如此？这是巨鬼王的手段！"

"白浩方才出来所表现出的样子，根本就是在演戏，该死！"

众人纷纷怒吼，九幽城的老者与灵临城的老妪更是身体刹那一晃，直接挪移，向着白小纯离去的方向追击而去。

其他人此刻也带着滔天之怒，瞬间追出。

他们一个个并非庸俗之辈，都明白自家的天骄必定是被白浩在巨鬼王的手段辅助下擒走。尤其是想到方才对方在自己眼皮子底下离去，这些人的羞怒之意更盛。

他们不敢得罪巨鬼王，只能将这怒气撒在白小纯身上。

轰鸣中，天地变色，这上百强者爆发出了惊天动地的气势，那一道道身影似乎要分裂一般，向着白小纯骤然追去。

可他们耽搁的时间太久了，白小纯与无常公又有鬼王舟，在无常公的全力催动下，这鬼王舟化作的长虹，此刻已临近巨鬼城！

白小纯一路紧张、忐忑，远远看到了巨鬼城后，他顿时松了一口气，目中露出兴奋之色。

"巨鬼王，我回来了！"

第 705 章

你究竟干了什么事

在白小纯与无常公向着巨鬼城疾驰而来的过程中，巨鬼城王殿内的巨鬼王神色激动无比，他的手中拿着的，正是——鬼王果！

此果被他以禁制手段隔空取来，此事虽犯了忌讳，但他也顾不得了，因为这鬼王果对他太重要了，岂能让此果落入别人的手中来要挟自己？

"这第五枚鬼王果终于到手了，如此一来，我就可修复五行缺陷，使得我的功法在五行中任意转换，如此一来，就能将衰变期这一致命缺陷完全弥补！"

巨鬼王仰天大笑，他此刻的喜悦已经无法形容，等了这么多年，在那么多人的阻击下，依旧被他得手，这让巨鬼王对自己的算计与手段很满意。

"至于九幽王、斗胜王以及灵临王，哼，这三个人如此算计我，眼下我虽犯了忌讳，但也是他们算计我在先。这段日子我低调一些，不给他们找我麻烦的机会，时间一久，也就将此事化解了。"

巨鬼王微微一笑，似乎一切都在他的掌控之中。

只是……炼魂壶内发生的事情，他是不知道的，在白小纯身上的那道禁制，其作用也不是去感受外界，只是针对鬼王花而已。

他将这鬼王果收起，要去闭关，打算尽快将五枚鬼王果都融入体内。可就在他起身的瞬间，他神色微动，抬头看向远处天空。

他看到了一艘鬼王舟正呼啸而来，临近后，鬼王舟上的两道身影飞跃而下，直奔自己所在的王殿。

无常公的表情复杂，其身边的白小纯则是一脸阴沉，似乎内心有怒火燃烧。

"这白浩回来得挺快啊，看他的样子也没什么损伤嘛。"巨鬼王干咳一声，对于白小纯，他是理亏的，有心避开，可明白避开解决不了事情，于是脸上露出威严，重新坐在了王椅上，等待白小纯到来。

而此刻，王殿外，白小纯速度极快，直奔巨鬼雕像。一旁的无常公迟疑了一下，在临近王殿后，向着白小纯一抱拳，赶紧回到了自己居所，这趟浑水，他决定还是不掺和了。

"这白浩实在是胆子太大了，这里面若说没有王爷的安排，我是不信的……王爷这是要干什么？与整个蛮荒的八成权贵对抗？"无常公内心叹息，他看不懂这件事了。

眼看无常公离去，白小纯依旧保持原来的速度，很快就到了王殿门口。他内心此刻怒意不减，一想到此番在炼魂壶内要不是自己实在太厉害，怕是九死一生。

而这一切，都是巨鬼王坑的。

白小纯咬牙切齿，但在靠近王殿后，他深吸一口气，将所有怒意都收起，内心哼哼几声，迈步踏入大殿。

"白浩拜见王爷！"刚一进去，白小纯就大声开口，目光带着委屈，看向坐在王椅上的巨鬼王。

"原来是浩儿回来了，哈哈，此番浩儿你立下了大功啊！"巨鬼王哈哈一笑，首次在见白小纯的时候从椅子上站了起来，脸上也不再是威严，而是带着柔和的笑容、毫不掩饰的赞赏，似乎对白小纯喜爱到了骨子里一般。

至于那一声浩儿，更是头一回……

白小纯神色有些古怪，正要开口，巨鬼王赶紧一摆手。

"没受伤吧？浩儿，这一次你可帮了本王大忙啊！本王已经吩咐下去，让人准备灵宴，今天咱们爷儿俩一起聚下。还有，你说你想要什么，只要本王能做到的，一定满足你！"巨鬼王说话间，从高处走下，一脸关切。

"白浩不要什么赏赐，只是这一次他们实在太欺负人了！王爷不知道，我一进去，一群人一起对我出手，分明是要灭了我，所以我只能出手保命，若是得罪了那些权贵，也都是为了王爷啊！"眼看巨鬼王如此，可白小纯的怒意还是很强，于是大声开口。

"这算什么？你此番所有行动都是本王授意的，你放心就是，本王不会让你受委屈的。"巨鬼王也明白，在那样的情况下，被上百人追杀，过程中难免会有伤亡，这点事，巨鬼王认为自己还是可以解决的，于是赶紧开口，大刺刺地保证道。

他话语一出，白小纯表情依旧委屈，心中却得意起来，暗道，巨鬼王啊巨鬼王，你坑我在先，就别怪我现在坑你了！

于是白小纯轻咳一声，正要开口，就在这时，巨鬼王的储物袋内传来强烈的震动。

"这么快就找来了？"巨鬼王目光一闪，从储物袋内拿出一枚传音玉简，微微一笑。关于自己在炼魂壶内出手的事情，他知道瞒不了多久，也早有准备，此刻当着白小纯的面，神识直接融入玉简内。

"九幽……"巨鬼王气定神闲，可还没等他说完，那玉简内就传来九幽王如同火山爆发般的怒吼。

"巨鬼王，你无耻！"

"九幽王，我说……"

巨鬼王干咳一声，以为对方是说鬼王果的事情，于是漫不经心地继续开口，可那边的九幽王怒吼的声音仿佛天雷一般，轰轰传来，怒意甚至影响了虚空，使得巨鬼王四周的空间都变得扭曲起来。

"巨鬼王，你在炼魂壶内出手取得鬼王果也就罢了，我们算计你在先，你如此反击，我们也无话可说，但你这样的身份，居然对我儿周宏出手，巨鬼王……我九幽城与你巨鬼城，誓不两立！"

说完，那九幽王直接断了传音。

巨鬼王一愣，想到了白小纯之前的话语，他迟疑了一下，看向白小纯。

"你对周宏出手了？他没死吧？"

"是啊，他欺人太甚！哼，不过他的小命，我给他留着了。"白小纯义愤填膺地说道。

"没死就好。"巨鬼王松了一口气，感慨着白浩战力的确不俗，在那么多人的追杀下，还能伤了周宏，正要继续说话，手中的玉简再次传来震动，这一次，一个硬邦邦的却带着强烈战意的声音缓缓传来。

"巨鬼王，犬子顽劣，该有此一劫，本王很快就来，表达谢意！"

"斗胜王！"

巨鬼王双目一闭，三大天王里，他最忌惮的就是这斗胜王。可眼下他还有些茫然，这突如其来的事情让他内心咯噔一下，有些不妙之感，狐疑中，看向白小纯。

"你对小胜王出手了？他也没死吧？"

"他啊，没死，这家伙挺难缠的。"白小纯嫌恶地一摆手，咬牙切齿地说道。

巨鬼王神色有些怪异，可就在这时，他手中玉简再次震动。这一次是灵临王，其声音中的怒意比九幽王还要强烈，似乎要撕破脸一般。

"你那神秘的女儿在魁皇城是吧？别人不知道，老夫知道！老夫这就过去，你这老不死的既然敢不要脸面，以大欺小，老夫也学学看！"这声音都传出了玉简，在这大殿内回荡。

巨鬼王呼吸陡然急促起来，这一切来得太突然，让他措手不及，看向白小纯时，他话语还没问出，白小纯就自己说了。

"放心，许珊也没死！"白小纯抬手大声说道。

巨鬼王看着白小纯，那种不妙之感越来越强烈，紧接着，他手中的玉简连续震动了上百下，一道道传音，或是苦涩，或是哀求，或是暴怒，全部传来。

这一切让巨鬼王心神轰鸣，他就算是半神，此刻也有些蒙了，要知道这些传音之人，虽修为都不如他，就连地位也不及天王位尊，但人数实在太多了。这几乎是整个蛮荒内八成的权贵，更不用说那三个与他地位一样的天王了。

尤其是当皇族发来传音，说出二皇子下落不明的事情后，巨鬼王只觉得脑袋嗡了一下，整个人目瞪口呆，看着站在那里一脸委屈的白小纯，失声道：

"你……你在炼魂壶内，究竟干了什么事？！"

第 706 章

目瞪口呆的巨鬼王

"我没干什么事啊……"白小纯一副无辜的样子看着巨鬼王，内心十分得意，早已乐开了花。他想着巨鬼王坑自己，那么自己就坑巨鬼王……眼下巨鬼王越是吃惊，他就越是开怀解气。

"只不过我对王爷忠心耿耿，忧王爷所忧，一想起王爷这些年对我这么好，于是我就冒着危险，历尽千辛万苦，无数次在鬼门关跟前走，不怕苦，不怕累，不惧死亡，终于不负王爷盛恩，将他们所有人都制伏了！"白小纯一拍胸口，一副可以为了巨鬼王出生入死、视死如归的神情。

"都……都制伏了？"巨鬼王脑袋有些晕，就这么一会儿，他的传音玉简又振动了十多次。

"是啊，都制伏了。那三个半神王爷不是要挟王爷，还打算派人来抢吗？我把他们的子嗣都绑了，特意送到王爷这里，请王爷发落！"白小纯表情激动，邀功似的大声开口说道。

"来来来，我给王爷您介绍一下啊，这位就是斗胜城的小胜王！"白小纯越说越振奋，一拍储物袋，将奄奄一息的小胜王提了出来，扔在一旁。

这小胜王面容枯槁，已瘦成皮包骨，生机大损，此刻在那里已经只有出气，没了进气。

"还有这位，就是九幽城的世子周宏。"白小纯又将周宏扔出。

"还有这个，是那个谁来着，对了，是小狼神！

"他叫李天胜。"

"这个是妙琳儿，这女的可厉害了，我觉得比陈夫人更适合王爷啊，特意抓来的。"白小纯眨巴眨巴眼，露出一副你懂我懂、心照不宣的样子。

"对了，这是灵临城的郡主许珊，这丫头脑袋有病，怪可怜的。

"还有他，这家伙的身份不一般啊，我听他身边的人都称呼他为二皇子，想着此人身份这么高，对王爷一定有用，于是费了好大的力气才将他绑来。"

白小纯精神抖擞，很耐心地为巨鬼王一一介绍起来，一边介绍，一边扔人，很快，这王殿内就密密麻麻被白小纯扔了上百人。

这上百人几乎都是皮包骨，一个个虚弱无比，此刻躺在那里，一动都不能动……

"白浩不负王爷所托，将这些人都抓来了！"白小纯最后一抱拳，郑重开口。

巨鬼王只觉得脑海中天雷翻滚，以他的修为与定力，都傻眼了半天才恢复过来。他彻底明白了，知道了那些玉简传音的原因，他觉得这一切如同噩梦一般……

可以说，他算计了一切，唯独没有算到白小纯居然如此强悍，强悍到将这些人通通绑来。此刻，他眼睁睁地看着白小纯献宝似的将这些天骄一个个扔出，内心不由得苦涩，就连面皮都抽动了几下。

"这个白浩，我小看他了，他先是绑了自己亲爹，又绑了我，这是绑上瘾了，现在居然一下子……绑了上百人。这个滑头，分明是之前怒意太大，认为我坑了他，于是现在要用这个办法来坑我……偏偏他还没杀一个，无论怎么看，都是立下大功……"

巨鬼王十分头痛，这对他来说也是大事了，他算是看出来了，白浩分明是故意的，将这麻烦扔给自己。

若是换了其他时候也就罢了，可眼下，他在炼魂壶内的做法犯了忌讳，被人抓住把柄，本打算低调一段时间，不给对手找自己麻烦的机会，却没想到出现了这么个意外……

如此一来，三大天王以及八成的权贵必定会把握这一次的机会全力发难，这就让他极其为难了。这些人，他若是放，就代表堂堂巨鬼王尿了；可若是不放又不行，他就算是半神，是四大天王之一，也没法与几乎整个蛮荒的势力作对。

巨鬼王内心憋屈，可偏偏没办法，他自知理亏，这件事情本来就是他坑白小纯在前，甚至他都做好了若白小纯死亡，自己如何避免受到禁制约束的准备。

白小纯若死了也就罢了，可他还活着，巨鬼王就算再狠辣，想到过往的一幕幕，也不好意思以自己的半神修为、堂堂王爷身份，去行那恩将仇报之事，否则的话，怕是他的声名将因此事变臭。

最重要的是白小纯没杀人，这更是老辣。如果杀了，那就简单了，巨鬼王完全可以将责任全部推到白小纯这里。可现在白小纯直接将这些活人扔到他的面前，他管也不是，不管也不是，非常棘手，可谓进退维谷。

"这白浩，太狠了！"

巨鬼王目光再次扫过这大殿内的上百人，看着这些天骄一个个形销骨立、生机严重受损的样子，他心里也开始咒骂起来，想想就知道，这是白小纯防止自己认怂放人的准备。

"这是让我放了人，也要付出一些代价啊……"巨鬼王长叹一声，苦笑着看了看白小纯，对方的这件事情做得恰到好处，自己只能认了。一想到平息众人的怒火要付出的代价，巨鬼王就郁闷得连心肝肺都跟着抽搐起来。

"王爷，小的先走了啊，晚一些灵宴……我再来。"白小纯眨了眨眼。这件事，他也有些紧张，此番反坑巨鬼王，不是阴谋，而是"阳谋"，他更是小心翼翼拿捏分寸，不让这件事超出巨鬼王的底线。此刻眼看巨鬼王一脸苦色，白小纯知道，自己这一次报复成功了。

巨鬼王没好气地瞪了白小纯一眼，一挥手。

"什么灵宴？没了，赶紧滚！"

"真小气……"

白小纯摸了摸鼻子撇了下嘴，很不情愿地离开了王殿。出去后，他立刻精神一振，化作一道长虹，直奔居所。

归来后，白小纯直接就去了闭关的密室，在那里盘膝坐下后，他深吸一口气，看向自己的储物袋。

这里面还有一个人，他没有交出……此人正是陈曼瑶。

"这陈曼瑶有一半的可能是猜出我的身份了，这可怎么办啊……"一想到陈曼瑶，白小纯之前坑了巨鬼王带来的成就感瞬间消散，他愁眉苦脸，唉声叹气。

白小纯有心把对方放出来沟通一下，可又拿不准，万一这陈曼瑶并未确定自己的身份，这一沟通，怕是就给了对方完全肯定的机会。

可若不将对方放出来，总是这么关着，也不是办法……

"罢了罢了，这些事情不想了，先关一段时间再说吧。"白小纯头痛不已，没想到该如何处理陈曼瑶，只能将此事埋在心底。此刻盘膝坐在那里，他回想起在炼魂壶内的一幕幕，目中慢慢露出神采。

　　"我的天道元婴原来有如此惊人的效果，五色元婴威压一出，竟可以压制所有同境修士。此番若不是天道元婴，我想要绑这些人，难度太大了……"白小纯抿了抿嘴唇，内视自己体内的元婴，看着元婴身上的五色光芒，他更为振奋。

　　"哈哈，我现在已经如此强大了……"白小纯神采飞扬，再次觉得自己为了天道元婴付出那么多，简直太值了。

　　又想到此番炼魂壶之行，他利用永夜伞吸来生机修炼，最后虽没吸许珊，可许珊送来的那十多人，他都吸了一遍，使得他的不死骨达到了淬骨境的第八重。

　　"第八重啊！"白小纯兴奋起来，这不死骨的修炼，说慢也慢，说快也快，远超之前几个层次的修炼速度，达到了一种让白小纯觉得匪夷所思的程度。

　　"一旦能突破到第九重，我的不灭帝拳就可以打出两倍功力了！"

　　"不过，与这些相比，此番炼魂壶之行，我最大的收获……不是这些，而是我的弟子……白浩魂！"白小纯目中瞬间露出精芒，他缓缓低头，看向自己从储物袋中取出的魂塔，那里面有一个单独放着的冤魂，正是……白浩魂！

　　"徒儿，我会帮你恢复神智的！"白小纯追忆往事，半晌之后，喃喃地道。

第 707 章

你我相遇，是缘分……

恢复白浩的神智，这对白小纯而言非常重要。白浩是他的弟子，若没有找到魂也就罢了，如今已然找到，白小纯当时就有了决断。

若白小纯刚刚到蛮荒，他想要做到这一点很难，可眼下，他已经是玄品炼魂师，手中更有来自三大家族的大量财宝，最重要的是他拥有三大家族中的两大秘宝——莲子以及那滴鲜血。

这两样秘宝对魂而言有着极大的帮助，尤其是那滴血，是陈家秘宝，可以让魂恢复前生记忆，成为如鬼修一般的存在。

而那莲子可以让人身体重塑，虽不知对亡魂是否有效，但白小纯还是要尝试一下。

白小纯没有轻举妄动，莲子虽有两粒，但对魂而言至关重要的血只有一滴，他需要做好万全的准备才敢去尝试，毕竟机会……只有这一次。

他甚至还专门去了一趟陈家，找到了陈家现在的族长，一番沟通后，付出了一些代价，以表诚意，终于从陈家那里得知了使用那滴血液时的注意事项。

"这滴血具备神秘之力，可让魂恢复前世记忆，只不过过程极为凶险，对魂的消耗极大，若是天人境的魂还好，可白浩死前只是筑基……这样的话，他能否挺过来，还未知……"从陈家归来后，白小纯有些发愁，可此事他没有办法，白浩魂如今十分暴虐，且单纯的魂体根本就没法修行。如此一来，只能固定在筑基这个层次上，想要提高，几乎不可能。

"那么就只剩下唯一的解决办法，那就是在融血的过程中，不间断地用魂药支撑……这量难以推测，但必然是越多越好。"

白小纯喃喃低语，沉吟一番，他目露果断，立刻将此事安排下去了，在整个巨鬼城内搜集魂药。

白小纯成为大总管后，巨鬼城各方势力都送来了大礼，而他又搜刮了三大家族，如今他的身家可以说是极丰厚。现在为了白浩，白小纯毫不迟疑将大量的财宝取出，换取魂药。

三大家族当初的积蓄也有不少，如此一来，加上白小纯主动换取的，他如今积累的魂药非常多。

在白小纯如无底洞一般吸纳魂药时，巨鬼城的所有人都战战兢兢，实在是这些天，众人都被惊到了。

先是来了上百个强者，其中更有三位天人，一个个都怒气冲天，可还是克制了一些，没有冲击巨鬼城，而是在巨鬼城外盘膝坐下，隐隐将巨鬼城环绕。

而这仅仅是开始，随后，一道道身影通过传送阵，直接降临在巨鬼城内，那些人都带着不少随从，气势毫不收敛，直接进入王殿内，与巨鬼王沟通。

往往一方还没沟通完，传送阵就光芒再起，又有一群人降临……

每天差不多都有数十方势力通过传送阵出现，这里面仅仅天人就已经超过了十人。要知道任何一个天人都是一跺脚就让天地震动的大人物，整个世界内，活着的天人数量不超过五十。

可眼下，这些天来聚集在巨鬼城的天人就有十多位了。这一幕让无常公有如临深渊之感，好在巨鬼王没有让他去处理，而是让所有人都去王殿交谈。

就这样，送走一批，又来一批，周而复始。短短两三日时间，巨鬼城内的众人全部心惊不已，甚至都有些惶恐不安，纷纷猜测发生了什么事情，而此事也很难封锁，很快就传了出来。

"什么？白浩受王爷之命，将整个蛮荒八成权贵的子嗣给绑了！"

"天啊，这白浩绑人上瘾了啊！先是他爹，然后是王爷，如今居然一口气绑了一百多人！"

"王爷这是在下一盘大棋啊……我们看不懂了。"巨鬼城内，随着消息的传出，无数人惊诧之余纷纷议论，更是觉得白浩的勇猛已经无法形容了。

直至三天后，一声低吼从苍穹传来，直接轰动天地。白小纯在其居所内也看到了天空中出现了一把巨大的战斧，还有那战斧上站着的一个高大身影。

"九幽王！"巨鬼王瞬间走出王殿，与那天空中的身影对望。二人传音一番，于是那九幽王阴沉着脸，随着巨鬼王一起进入大殿，不多时，九幽王走出、离开。

随后，那身躯如肉山般肥大的灵临王也降临了，还有斗胜王，这一切的一切，让巨鬼城内的各方势力都彻底惊呆了。

七天过去了，这一幕幕终于停了下来，传送阵不再如之前那样每隔一段时间就璀璨而起。随着事情的消散，白小纯也很乖巧低调，没敢去打探什么，他知道巨鬼王此刻心情一定很不好。

"这也不怨我啊，你要是不坑我，我岂能坑你？"白小纯也不服气，可他明白谁的拳头大。此刻嘟囔几句，缩头闭关，在暗中继续搜集魂药的同时，也秘密地找到陈夫人沟通一番。

正如白小纯所料，巨鬼王的心情很不好，这七天里，他与各方势力沟通，那上百个天骄都让各自的家人领走了，有的人他选择无视，有的人他选择瞪眼敲诈，可还是有部分人，他也没有办法，只能付出代价。

如灵临王、斗胜王就是如此，毕竟是巨鬼王先犯了忌讳，被人拿住把柄后，又阴差阳错地将对方的子嗣弄个半死。

至于九幽王，巨鬼王就没那么容易低头了，反倒在冷笑中强硬起来。因为九幽王之前趁着巨鬼王的衰变期出手，一样犯了忌讳，眼下二人虽谈和，却拿不到任何好处，而巨鬼王更是拉上斗胜王与灵临王一起，使得九幽王只能咬牙忍了，带怒离去。

这还不是最让他头痛的，最头痛的是二皇子，对方无论如何也是皇族，虽说现在皇族没落，整个天下实权被大天师掌控，可皇族毕竟是皇族，颜面上岂能被辱？巨鬼王只能忍着肉痛，付出了不小的代价，这才化解了此事。

"总算把所有人都送走了。"巨鬼王此刻站在王殿阁楼上，长叹一声，揉了揉眉心。这七天的时间，他又是算计，又是软硬兼施，种种手段使出，这才使得自己的损失降低到了最小，他心神很疲惫。

"都怪那个小兔崽子！"巨鬼王一想到白小纯就瞪起了眼睛。这时，他的身后有一个火热的身躯直接贴了上来，正是陈夫人……

巨鬼王侧头看向身边的这个女子，目中露出柔和，陈夫人又趁机说了一些帮白浩的软话，让巨鬼王心里的怒意也散了不少，想起了白浩的诸多好的地方。

"虽付出了一些代价，但鬼王果被我得到，一切都是值得的！且这一次若非白浩，这鬼王果就会被其他三王抢走，我想要换取的话，怕是付出的代价要超出如今十倍啊！"巨鬼王这么一想，心里也就平衡了，最终哼了一声，不再纠缠此事。

白小纯眼看又过去了数日，巨鬼王没找自己麻烦，内心便安定了许多，开始大张旗鼓地搜寻魂药，终于在几天后，他的魂药储备已足够多了。

白小纯狠狠一咬牙，决定开始动手，帮助白浩恢复神智！

由于此事太过隐秘，白小纯不敢在巨鬼城内炼魂，于是领了一个差事，外出离开了巨鬼城，找了一个隐秘之地，又严密地布置了一番。确定无碍后，白小纯深吸一口气定下心神，将白浩魂从储物袋里的魂塔内取出。

白浩魂被一团柔和的光晕环绕，飘浮在白小纯的手上，似乎对于出现在这里有些茫然。但很快就恢复过来，透过光晕，他猛地看向白小纯，发出无声的嘶吼与咆哮。

随后，白浩魂更是向着光晕撞击，似乎要将这光晕穿透。白小纯默默地看着光晕内的白浩魂，神色有些复杂。半响后，眼看白浩魂还在咆哮，目中更是带着贪婪与疯狂，白小纯轻叹一声，体内威压缓缓散开。

这威压一出，立刻就让光晕内的白浩魂一颤，慢慢退后，本能地警惕地看着白小纯。

"你我相遇，是缘分……"白小纯轻声说。

第 708 章

我是你的师尊

看着白浩魂，白小纯身上的威压越来越强烈。到了最后，那威压似乎化作了一股大浪，直接笼罩光晕，使得白浩魂发出凄厉的叫声，似乎要闪躲，于是白小纯一狠心，左手抬起向着光晕一指。

这一指将光晕扭曲，其内的白浩魂如同被天雷轰击，魂体猛地颤抖，缓缓倒下，一动不动。

这是白小纯从陈家换来的消息，知道融合那滴血液时，需要魂体完全不抵抗才行。但凡有一丝抵抗，都会导致失败，从而使魂体崩溃、魂飞魄散。

而白浩魂以之前的状态根本就不可能不抵抗，所以白小纯只能用自己的威压让白浩魂有所震荡，使得他彻底昏迷。如此，才可进行下一步。

白小纯深吸一口气，仔细地观察了白浩魂后，有些迟疑，抬头看向远方。沉默半晌后再次低头时，他目中露出果断。

"白浩，成与不成，就看你的造化了……"白小纯口中低语，右手一挥，光晕立刻消失，白浩魂清晰地显露在了天地间。

白小纯没有迟疑，一拍储物袋，取出了一个玉瓶。他小心地拿着玉瓶，将里面的那一滴鲜血轻轻地滴在了白浩魂上。

这鲜血刚一碰触白浩魂，瞬间扩散开来，化作了一片血光，直接就融到了魂中。眨眼间，白浩魂剧烈地颤抖，似乎有剧痛让他要苏醒过来。好在白小纯时刻关注着情况，眼看如此，白小纯威压顿时加大，始终让白浩魂处于被压制的昏迷状态。

如此一来，勉强地保持了一个平衡，很快，那滴鲜血融入白浩魂后，白浩魂在颤抖中居然开始变淡。这鲜血具备腐蚀之力，在消耗白浩魂，而白浩魂又太弱小，根本就无法支撑这种消耗。

白小纯知道这是关键时刻，他全神贯注，左手一挥，顿时他的四周就出现了大量的魂药。这些魂药刚一出现，就被白小纯直接捏碎，化作了一丝丝魂力，从四面八方直奔白浩魂而来，融入进去，代替消耗。

可这消耗极快，方才白小纯一挥手，足有上百颗魂药，却只维持几个呼吸的时间就被耗费一空。白小纯立刻再次取出魂药，就这样，随着时间的流逝，白小纯不知取出了多少魂药。

在魂药的支撑下，白浩魂终于在与那滴血的融合中慢慢平稳下来，只是魂体扭曲的那种痛苦，似乎就算白浩魂陷入昏迷，也可以清晰地感受到。

时间流逝，这种消耗持续了整整三天，白小纯哪怕有天道元婴，也感受到了疲惫，毕竟他在这三天里，每时每刻都要关注白浩，不可让其苏醒，也不能全力压制，需保持一个微妙的平衡。

另一方面，还要不断补充魂药，若是换了其他元婴，此刻怕是已经快到极限了，可白小纯因为常年炼药，意志力极强，眼下虽疲惫，可依旧丝毫没有乱。

"按照陈家的说法，这融血的过程需要七天……眼下已快要过去一半时间了。"白小纯内心默念，却没有半点放松，直至第三天过去第四天到来的刹那，突然，有一道金线出现在白浩魂上。

这金线一出，白小纯立刻精神一振，从陈家提供的信息来看，此血之所以能让魂体恢复前世记忆，最主要的就是因为这道金线，此线是命运的痕迹，出现后能让魂借助命运回忆起前世所有。

可就在这道金线出现的瞬间，那种痛一下子变得强烈，让白浩魂发出凄厉的惨叫，双眼竟慢慢睁开，可在其睁开的瞬间，一股崩溃之意从他体内猛地爆发，使魂体上出现了一道道的裂缝。白小纯面色陡变，眼看就要出现意外，他很着急，想要压制却没有办法解决问题，只能用魂药去维持。可大量的魂药化作魂力融入，也还是无法逆转白浩魂的崩溃，其魂体上的裂缝越来越多。在这危急关头，白小纯狠狠一咬牙。

"白浩，坚持住！"白小纯立刻取出了一粒莲子，猛地捏碎后，直接撒在了白浩魂上。白小纯也不知道这莲子是否有用，但他事前曾分析推衍过，有六成把握断定，这莲子对于魂体的修复也有大用。

就在那莲子的粉末碰触白浩魂的瞬间，一股柔和之光扩散开来，白浩魂身上的裂缝，竟快速地修复，也就是几个呼吸的时间，就恢复如常。白小纯眼看有效，激动无比，赶紧调整威压，取出大量魂药，加固白浩魂。

"还有三天多！"白小纯平复了下有些急促的呼吸，双眼现出红血丝，全神贯注。随着金线的出现，魂药的消耗一下子变大，好在白小纯这一次准备得极为充分，那些魂药如不要钱一般，被他毫不吝惜地大量捏碎。耗费之多若是让外人知道，必定瞠目结舌，大呼败家。

可白小纯却没有半点肉痛，这一切外物都比不过白浩在他心中的意义，那是他的弟子，那是他被传送到蛮荒后看到的第一个人。尤其是这一路走来，他代替白浩经历了太多，更以白浩的名义走到现在，这所产生的一切情感，又岂是魂药能衡量的？

第四天很快过去，第五天到来，随后第六天……在这过程中，白小纯双目红血丝增多，疲惫之感更为强烈，尤其是精神上的，但被他以意志强行压下，小心翼翼，始终保持着平衡，终于……第七天到来！

"最后十二个时辰！"白小纯面容憔悴，双目通红，全力保持平衡，等待时间流逝。好在这最后一天，白浩魂已经平稳了不少，那金线已然贯穿他的魂体，时而闪烁一下，散出璀璨的金光。

而每一次金光的散开，都会让白浩魂多出些许灵动，少了一些暴虐，白小纯看着这一步步转换，内心很感慨、欣慰。

"还有一个时辰！"白小纯喃喃道，他心中激动，想到此番成功后，白浩魂恢复了之前的记忆，自己要怎么去开口告诉他，在其死后发生的这一切。

"我对他熟悉，可他对我却很陌生……"白小纯摇了摇头，不再去想这个问题，而是继续全身心地去维持白浩魂。很快，这最后一个时辰就要结束了，就在完全结束前，白浩魂开始颤动，再没有丝毫戾气，而是充满了灵动地睁开了双眼，坐起的瞬间目中露出迷茫……

苍穹中，突然传来阵阵惊天动地的轰鸣，黑云凝聚，有一道紫色的雷霆猛然间降落下来，速度之快，让白小纯措手不及。

"这是雷劫？怎么会有雷劫！"眼看此雷就要穿过山壁，出现在白浩魂的头顶，白小纯急了，右手抬起，猛地一挥，修为更是全面爆发。

轰鸣间，白小纯喷出一口鲜血，身体倒飞而去，扑通一声直接撞进了岩壁中。可他没空在意自己的伤势，猛地抬头时，看到那道虽被自己摧毁已散去大半，但还是有一部分的雷劫，落在了白浩魂上，使得刚刚睁眼的白浩全身颤抖不已，其魂体上一道道裂缝倏然出现，眼看就要四分五裂，崩溃魂灭！

"白浩！"白小纯大吼一声，右手猛地抬起，将最后一粒莲子骤然扔出，莲子直奔白浩魂而去。就是在他这大吼中，白浩魂目中的迷茫与痛苦被一片清明取代，他看向白小纯，看着飞来的莲子，下意识地张开口一吸，那莲子直接落入他的魂体口中。

莲子入口，瞬间就化作了柔和之光，刹那扩散至白浩魂全身。他闭上双目，魂体仍在颤抖，但那些裂缝快速愈合，而苍穹中的黑云，此刻似乎还要凝聚，但不知为何，又突然散去了……

许久许久，当白浩魂平静下来，身上再没有裂缝后，他重新睁开了眼，怔怔地看着在自己面前，一脸关切地注视着自己，且与自己一模一样的身影。

那关切很真诚，以他的智慧可以瞬间感受到，这种目光，他这一生只在自己的母亲身上看到过，除了母亲，这一辈子没有第二个人用这种目光注视过自己。

"你是……"白浩魂轻声开口。

"我是你的师尊！"白小纯目中闪烁着激动，深深吸了一口气，按照自己之前想象的，以自认为最威武的姿态，抬起头，背着手，将脸微微侧着，仙风道骨般，悠悠开口。

第 709 章

为师叫作白小纯

"师尊……"白浩魂依旧怔怔地看着眼前这与自己一模一样的身影，听到对方说出是自己师尊这句话，他有些蒙。他不记得自己有师尊，他这一生，在死亡前，从来没有什么师尊，一切的一切，都是自己摸索出来的，如果真说有，那么家族内那几本修炼的秘籍，或许就是他的师尊了。

他完整的记忆还停留在临死前的那一瞬，此后的所有，都是一片黑暗，只有一些残存的片段。在那些片段里，他看到自己充满了暴虐疯狂，在一个满是迷雾的地方无休止地游荡，一旦看到血肉，就会不顾一切地去吞噬。

这些记忆的片段，让白浩魂呼吸急促起来，甚至感到了莫名的恐惧。

此刻回忆之前的一切，仿佛当初闭上眼睛后，他沉睡了一觉，眼下苏醒过来，内心更多的是迷茫。此刻沉默中，他低下头，看着自己的身体，甚至还伸手去触摸了一下，发现可以穿透。

"魂体……"白浩魂目中露出一抹暗淡，他已经意识到，自己真的已经死了。

"可是我既然已是魂体，为何还有记忆，还能去思索？"发生在自己身上的一切，让白浩魂更为茫然。

而此刻的白小纯，还是背手抬头，侧脸对着白浩魂，一副高深莫测的样子，眼睛却在偷偷打量白浩魂，直至看到对方居然只是一愣后，就不再理会自己，白小纯顿时有些尴尬，更是生气地大声咳嗽一下，来提醒白浩魂自己的存在。

白浩魂听到了白小纯那很大声的咳嗽，神色有些诧异，重新抬起头看着在自己面前、造型有些怪异的白小纯，目中渐渐闪露睿智的光芒，忽然开口："前辈是当初在我死亡前，出现在我对面那棵树下的人吧。"他语速缓慢，似乎是边思考推断边说出这番话，可传出的话语却如雷霆一样，直接轰在白小纯的心中。

白小纯目光一凝，这白浩的确不俗，从其苏醒后的这句话就可以看出，他竟一下就猜出了自己的身份。

"前辈之所以是我的样子，想来是在之后用了我的身份，不过对于能再次看到前辈……此事，也的确匪夷所思。"白浩魂轻叹一声，目中再次透出迷茫，显然，这一切让他觉得很不可思议。

白小纯深深地看了白浩魂一眼，白浩的聪慧，他之前虽知道，却没想到竟聪慧到了如此程度。

"不错，当初你死后，我看了你的储物袋，用你的身份回到了白家……"白小纯缓缓开口，将他在用白浩的身份后，决定收白浩为弟子，且在白家内的一切经历，除了一些必要的地方隐瞒外，其他都如数说出。

白浩魂沉默，他的神色有些复杂，听着白小纯的话语，脑海中浮现一幕幕往昔的记忆。尤其是他听到白小纯说出，其父在其母葬身之地，明知道其有炼火资质，可还是说出那些让其顺从的话语，并且露出杀机后，他的双眼猛地露出狰狞与仇恨。

白浩了解自己的族人，了解蔡夫人以及白家族长，他立刻就明白，这一切……是真实的。

直至白小纯说出，他用白浩的身份杀了白齐，叛出白家，更是借助巨鬼王的势力惩罚了白家，灭族长、诛蔡夫人、立五姐为新族长这一件件事情后，白浩呼吸急促、气息紊乱起来，他的内心已经随着白小纯的话语，掀起了一波又一波大浪。

这所有的一切，都是他想要做却没有能力做的，而现在，已经被白小纯完成了。

随后，白小纯又告诉了白浩魂，自己是如何在炼魂壶内发现了他的魂，罕见的是白小纯在这些话语里，没有进行任何的夸张，甚至很多凶险之处，他都轻描淡写，没有仔细去说。

可白浩的聪慧远超常人，他此刻魂体一颤，白小纯的话语在他脑海里形成了画面。他可以想象，对方的轻描淡写之处，藏着多么大的凶险与危机，渐渐地，他看向白小纯的目光里，露出了感激。

他明白，眼前这个人，尽管存在私心，可是这个人真的在帮自己报仇……

"前辈，我……"白浩魂张开嘴，可话还没说完，就被白小纯挥手打断。

"这就是全部过程了，不过你也别想太多，你是我的弟子，从此之后，有为师在，谁也别想欺负你！"白小纯一拍胸口，傲然说道。

"知道为师是什么身份吗？为师是巨鬼城大总管、监察使，一人之下，万万人之上，哼哼，就算是巨鬼王，为师都绑过！前段时间在炼魂壶里，为师更是发威，绑了整个蛮荒八成权贵的子嗣，什么小王爷啊、世子啊、郡主啊，都是为师的手下败将！对了，还有个二皇子！"白小纯抬头，将自己的战绩吹嘘一番，这一次可不是轻描淡写，而是习惯性地仔细描述。

白浩魂听着听着，呆呆地望着白小纯。

"你以后就跟着为师好了，从一色火到十七色火的配方为师都有了，你炼火资质不错，帮我研究十八色火的配方，等为师以后厉害了，给你重塑一个身躯！"

"来来来，还不给为师磕头，补上你的拜师礼！"白小纯口若悬河，说了一大堆后，重新背起手，抬起头，侧脸对着白浩魂，摆出一副很威严的样子，静待对方行拜师大礼。

白浩魂沉默，目中露出追忆，更有复杂，他看向四周，身为魂体，他对于魂力的感受极为敏感，他已察觉出，这一处山洞内，曾经消耗过不计其数的魂药……

而身为炼魂师，他更是明白让一个魂恢复前世记忆，其难度之大几乎逆天，更不用说自己是在炼魂壶内被发现的，而记忆片段中的自己，在那暴怒疯狂的状态下，想要恢复前世记忆，难度将会更大。此时对方双目内的红血丝，以及强打起精神掩饰憔悴的样子，无不说明，为了让自己恢复前世记忆，眼前这个自称是自己师尊之人，付出了极大的代价。

"他是真的在意我……"白浩魂心底微热，想到了恢复神智、睁开双目后他第一眼，看到这个自称自己师尊之人的满目关切。

这份关切，让他内心在这一瞬，感受到久违的缓缓涌动着的温暖，他这一辈子，除了母亲，没有其他人在意他。白家的记忆、童年的屈辱、长大后的隐忍以及那曾经始终在心中的盲目无谓的期待，期待父亲的认可，期待家族的认可，但最终还是惨遭杀害，这些……都已经随风而去。

许久许久，白浩魂慢慢站起身，来到白小纯的面前，跪拜下来。他神色凝重，带着认真，他不想去思索以前的事情了。他知道，眼前的师尊，已经帮自己报仇了，更是对自己有大恩，他从心底感激白小纯，也愿意成为白小纯的弟子。

"以前的所有，随着我死去，都成了过去，从我苏醒的一刻起，师尊……就是我唯一的亲人。"白浩魂在内心发誓，那关切的真诚目光，再次浮现在他的脑海中，白小纯是他这一世，第二个真心对他好的人。

"白浩，拜见师尊！"白浩魂深吸一口气，轻声开口，向着白小纯磕下三个响头……起身后，继续跪拜，再次叩首……

三拜九叩首！

这一幕，让白小纯为之动容，内心泛起更多的情绪波动，默默地接受着白浩魂的跪拜，他的目光更为柔和，内心深处，激动之余更有欣慰与怜悯。

"乖徒儿，以后跟着为师，保管你吃香的喝辣的，要什么有什么！"白小纯收拾心情，哈哈一笑，右手抬起一挥，白浩魂立刻飞来，被白小纯收在了储物袋内的一座魂塔里。

这魂塔，使得白浩魂可以来去自由，随时能从储物袋内飞出，更因魂体特殊，能千变万化。

"师尊……到现在我还不知道您的名讳……"白浩魂迟疑了一下，虽然拜了师，但是他隐隐觉得这个师尊，似乎有些不太靠谱的样子。

"喀喀，记住啊，为师的名字在这蛮荒，绝不可让第三人知晓，否则必定天地动荡，引发蛮荒浩劫，为师叫作……白小纯！"白小纯趾高气扬，声音传入白浩魂耳中。

第 710 章

装傻充愣

白小纯带着白浩魂回到了巨鬼城，连续七天的疲惫，让白小纯精力消耗很大，于是立刻闭关恢复。

白小纯闭关时，白浩魂请示，想要外出看看，毕竟他已死亡许久，如今苏醒，对于巨鬼城，对于外面的天地，有他自己的感慨，有此想法也属常情。

白小纯略一沉吟，再仔细叮嘱一番，也就没有拂弟子白浩之意，毕竟白浩的魂体特殊，恢复前世记忆后，似乎能千变万化，且以他的心智，小心谨慎之下，倒也不会有什么危险。

不过白小纯还是在白浩魂中烙下了印记，这样一旦白浩魂遇到危险，他就可以立刻知晓，挪移而去。

做完这些，白小纯这才放心地闭关，而白浩魂则是变化一番后，离开了闭关密室。

白小纯这个名字，白浩魂记住了，一辈子都不会忘记。更让他无法忘记的是，当他从密室走出后，在接下来的那几天里，他暗中从其他人口中听说的一件件事情，让他整个人都不好了……

"小声点，可别让那白浩听到，那白浩很无耻，心狠手辣，连亲爹都能杀，六亲不认啊！"

"这算什么？我有个好友是魔牢狱卒，从他那里我听说，这白浩当初还是狱卒的时候，可是魔牢第一黑鞭。什么叫黑鞭？心都黑了的鞭手啊！魔牢内但凡被他审问过的犯人，一个个凄惨得无法形容！"

"嘿嘿，说起白总管，那可是惊天动地一声雷，我蛮荒多少年来就出了这么一个奇葩，结丹修为，就绑了王爷！"

"这白浩啊，不但毒辣，而且为了陈夫人，逼死了陈家族长，听说陈夫人现在还在他府上，太过分了！"

"这些都不是重点，重点是那白浩胆大妄为，前段时间，他可是绑了我蛮荒八成权贵子嗣啊！那些天骄的惨状我都看到了，无论男女，一个个都皮包骨了，太可怕了！"

这些话语都被白浩魂听到，他开始还是神色古怪，到了最后，整个人已经傻眼，自己这个师尊用自己的名字，干下这么多大事，让他觉得心惊肉跳。

而关于白小纯之前和他说的那些经历，白浩魂这几天也暗中打探清楚了，知道自己这个师尊，在结丹时就与天人打架不说，后来更是嚣张地绑架巨鬼王，偏偏之后非但没事，反而平步青云。随后抄家三大家族，其名字如今在这巨鬼城内，足以让婴儿止啼！

"这也太生猛了……难以想象啊！"白浩魂也连连惊叹，对于自己这个师尊，已经无话可说。他听到别人议论白小纯这个名字在冥皇石碑上的事时，就知道蛮荒在通缉白小纯，内心一惊，沉默半晌后，他忽然明白，师尊当初告诉自己其真正姓名，是对自己的完全信任。

他虽然也是蛮荒之人，但是死过一次后，对很多事情都看淡了。他不在意白小纯的身份，只认白小纯是他白浩三拜九叩首的师尊！

当白浩魂悄然回到白小纯闭关的密室时，看着眼前的师尊，他算是服了，苦笑一番，钻入白小纯的储物袋。白小纯此刻睁开眼，看了眼储物袋，微微一笑。他选择把真名告诉白浩魂，就是因为他信任白浩魂，这种信任或许有些突兀，可他的心中就是这么想的。而白浩魂的表现，虽没有明言，但白小纯已然看出，心中很欣慰。

在白浩魂归来的这一天黄昏，白小纯还在恢复消耗的精力时，巨鬼城王殿内，巨鬼王坐在王椅上，皱着眉头，看着手中的玉简。

这枚传音玉简，是从魁皇城皇宫内传来的，言辞并不犀利，只是淡淡地询问了一句，陈曼瑶为何还没有归来。

可这平静的话语，却让巨鬼王心神震动，只因为这传出话语的人，正是挟天子以令天下的大天师！

巨鬼王宁可得罪其他三王，也不想招惹这位大天师。不仅仅是因为大天师的半神境界远超他们四大天王，还因为大天师的心智以及手段让他忌惮无比。

"陈曼瑶……"巨鬼王深吸一口气，他对这个名字有些印象，知道这是大天师的弟子之一，且此女相貌绝美，堪称绝色。

只是白小纯给他的那些天骄里，没有陈曼瑶这个人，此事巨鬼王一想就明白了，哭笑不得地骂了起来。

"小兔崽子，八成是看上人家的美貌了啊，以他的年纪，也差不多要找个道侣了……可这陈曼瑶不能动啊！"巨鬼王有些头痛，他虽忌惮大天师，但对于白小纯扣押陈曼瑶这件事，倒也没有生气，反倒有些欣赏。实际上，他与白小纯之间，随着一件件事的发生，已经打破了尊卑关系，也的确如他之前所言，一旦白小纯帮他顺利完成夺取鬼王果的事情，他就会把白小纯当成子嗣看待。

且白小纯的优秀，他是看在眼里的，放眼整个蛮荒，他找不出第二个能如白小纯这般胆大妄为之辈。尤其是这些事件中白小纯透露出的个人心思，也让老谋深算的他极为赞叹，白小纯堪称有勇有谋，更是识时务、知进退，实属难得！

否则的话，就凭白小纯之前绑人来坑自己之事，他巨鬼王早就翻脸了。

在啼笑皆非的同时，巨鬼王也叹了一口气，隐隐觉得，白小纯这一点，似乎与自己有些像……想到这里，巨鬼王心里又暗骂了几句，起身一晃，瞬间消失在了王殿内。

巨鬼王再次出现时，已然到了白小纯的闭关密室之外，看了眼后，巨鬼王冷哼一声，没有如曾经那样，直接踏进去，而是向着其内，传出带着威压的声音。

"白浩！"

这声音传入密室内，正在打坐吐纳的白小纯身体一震，猛地睁开眼，还没等反应过来，密室外的巨鬼王感受到白小纯苏醒，直接踏入密室内，出现在了白小纯的面前。

白小纯愣了一下，看着出现在自己面前的巨鬼王，赶紧起身，抱拳拜见。

"拜见王爷！"白小纯心底有些腹诽，觉得这巨鬼王怎么总是喜欢突然袭击，这都第二次了，这么大的人了，太不懂礼貌了。不过想着对方这么急，准没好事，于是连忙开口。

"王爷，我前些日子修炼不慎，伤了元神，如今重伤在身，哪儿也去不了了。还有那造化丹，我已吃了九次了，没用了啊！"白小纯赶忙找理由，虽然那造化丹他只吃了三次，但说起瞎话来，他眼睛都不眨一下。

"陈曼瑶是不是在你手中？"巨鬼王一瞪眼，对于白小纯这副神态，他很不悦，冷哼道。

巨鬼王这句话落在白小纯耳中，立刻化作了狂雷，让白小纯心脏骤然跳动加速，内心更是咯噔一下，暗道不妙。

陈曼瑶自然是在他手，可他还没想好怎么与其接触，更担心陈曼瑶认出了自己的身份，在这纠结中，他说什么也不能交出陈曼瑶。

此刻他赶紧摇头，甚至还露出一副茫然的模样，傻傻地看着巨鬼王。

"王爷，陈曼瑶是谁啊？听这名字似乎是个女的，王爷莫非看上了？王爷放心，卑职一定把她抓来！"白小纯一拍胸口，保证道。

若是换了不了解白小纯的人，看到这一幕，必定会迟疑。实在是白小纯的演技太好了，无论是言辞还是神情，都极为诚恳，仿佛真的不知道陈曼瑶这个名字似的。

可巨鬼王太了解白小纯了，此刻瞪着眼睛，低喝一声："少在那里装傻充愣！"

"我告诉你，白浩，那陈曼瑶动不得，此女来历极大……"巨鬼王表情严肃，一身威压也都散开，笼罩四周，声音也如天雷一样，震慑着白小纯。

他这招对别人用可以，但白小纯这段时间已经对巨鬼王的威严熟悉得不得了，此刻表情委屈，眼巴巴地看着巨鬼王。

"王爷，我真的不认识陈曼瑶啊！"

"行了，这里没有外人，你也别弄这副表情出来，老夫知道你是看上了那陈曼瑶的美貌。可她是大天师的爱徒，如今大天师已经问询，你赶紧将她放了。不就是个女子吗？有什么大不了的，以后我多赏赐给你一些就好了！"巨鬼王不耐烦地开口，实在是他觉得这件事很简单，一个女子而已，他不认为白小纯会看不明白事态。

眼看巨鬼王将话都挑明了，白小纯内心纠结，他是真的不敢放陈曼瑶走，这可关乎他的小命。此刻他脑海中念头百转，正琢磨如何化解时，巨鬼王一眼就看出了白小纯的犹豫，顿时怒了。

这一次，他是真怒了，全身上下刹那就散出寒气，眼中更有冷漠，望着白小纯，缓缓开口。

"立刻将陈曼瑶交出来，白浩，别逼本王亲自对你动手！"巨鬼王目中寒意覆盖，声音也如隆冬之雪，使得这密室内一刹那就如寒池一般！

第 711 章

小纯爆了……

白小纯本就纠结着急，交出陈曼瑶等于是将自己的小命放在了别人手中，他不是不信陈曼瑶，而是事关生死，他不敢去相信。

甚至可以说，他相信白浩，但对陈曼瑶没有把握！

此刻，巨鬼王的怒喝传遍密室，白小纯感受到了来自巨鬼王身上的冰寒之意，这里面甚至还有杀机。

这一切，让白小纯立刻就想起了当初巨鬼王修为恢复后，手持天人金魂，高高在上，目光深邃，问自己的那一句话。

"你给我一个不杀你的理由！"

这句话，吓得白小纯当时几乎魂飞魄散。此刻他看着巨鬼王，不由自主地就想到了那一天的一切事情。

他想到了自己九死一生保护巨鬼王的一幕幕，又想到了在炼魂壶内，若非自己有强悍的天道元婴，在那禁制之光吸收修为时，自己必定无法避开来自四周上百人的杀招，怕是早就已经殒命了。

这一切的一切，本就积压在白小纯心底。可眼下，在巨鬼王这杀机与冰寒之意的压迫下，在他面临交不交陈曼瑶的紧张中，他再也抑制不住了，仿佛前有狼后有虎，被夹在中间要发狂，眼睛开始赤红。

"你要杀我？要对我动手？"白小纯身体颤抖，喘息粗重，死死地盯着巨鬼王。若是换了其他时候，白小纯必定认怂了，可现在他不想怂！

他从心底不愿怂，与巨鬼王接触的所有事情在他脑海里浮现后，一件件沉淀累积在一起，他的气息都不稳起来，他的双眼已经红得跟急了眼的兔子似的，额头更是青筋鼓起，整个人好似歇斯底里，彻底爆了。

"巨鬼王，你再说一遍，你居然想要杀我！"

"啊！还要对我动手？"白小纯瞪着通红的双眼，怒吼起来。

"巨鬼王，你的命都是我救的！当初为了救你，我九死一生，受了多重的伤！"

"而你呢？不断地试探，试探，试探，哪怕修为恢复了，还在试探！我差点就死了，你才出手，这也罢了，你出完手，居然还要试探我！是不是我死了，你就不用试探了！"白小纯开始发狂，声音之大，震动密室。

巨鬼王也被白小纯的突然爆发给震惊得怔住了。他原本只是想吓唬一下，却没想到，一向只要自己吓唬就尿了的白浩，此刻反应居然这么大。

"大胆！"巨鬼王也怒了，身上的威压再次爆发，怒视白小纯。

"大胆？我胆子不大，可今天，我就偏偏要大胆一次！"白小纯都快要跳起来了，神色狰狞，声音更大。

"自从我们回来后，我这个老兄弟，看起来无限风光，可实际上呢？我为你做了多少事情！我去抄三大家族，最好的东西给你，那灵玉雕像，我知道你要修炼，立刻给你送过去，可外人不这么看，都以为我独吞了，暗中等我出错，想要置我于死地的人多了！"

"这焦虑，我和你说过吗？"白小纯吼声震天，巨鬼王胸膛略有起伏，想要继续发怒，却被白小纯这些话弄得哑口无言。当初白小纯此事做得让他很受用，也的确没去想白小纯身上的压力有多大。

"你看上了那陈夫人，我不惜一切给你送过去；你巨鬼王要名声，我白浩是小人物，黑锅我来背。现在外面都在传我白浩歹毒无比，我走在城中，人们都不敢让他们的夫人被我看到，恨我的人多了！"

"这委屈，我和你说过吗？"白小纯身体哆嗦着，这不是害怕，他现在是真的豁出去了，实在是心底的怨气，随着一次又一次事情的累积，已经到了不吐不快，必须要宣泄，否则就要爆炸的程度。

巨鬼王听到这番话后，怒火再次熄灭了一些，有些心虚，他承认白小纯说得有些道理。这件事他在意名声，事后听说了全城人都在传这种污蔑的话语。

"还有你说你要鬼王果，那对你至关重要，我白浩明明不想去，可为了你还是去了。结果呢？哈哈，真是让我大吃一惊，我的禁制，我的信任，竟成了自己的死亡绳索！你知道禁制散出那一刻，我修为的跌落速度多快吗？你知道那上百天骄一个个红着眼要杀我时，我内心的苦涩吗？我被自己信任的老哥哥算计，我几乎就要死在那炼魂壶中！"

"这苦楚，我和你说过吗？"白小纯越说越愤怒，尤其是这件事情，是他心中的一根刺。虽然他在炼魂壶内无碍，但是若非他自己有天道元婴，他必死无疑。

而最终得利者，只有巨鬼王！

巨鬼王更是张开口却什么也说不出来，怒意全散，此事是他最理亏的地方，此刻只能苦笑。

"可我还是记得你说过的话，其他三大天王联手对付你，打算以此要挟你。所以就算我心里苦涩，再有酸楚，我还是将那些天骄一个个都抓来，想让你出气，让你能以此反击一下。而你呢？却认为我不怀好意！我要真不怀好意，我除掉他们多好，除掉他们，我麻烦大，你麻烦更大！"

"这苦衷，我和你解释过吗？"白小纯无比愤怒，声音都带着绝望。巨鬼王看着歇斯底里的白小纯，脑海中不由得回想二人接触时的一幕幕。

"巨鬼王，你说，这些年，我白浩向你要过什么吗？我哪件事对不起你！你不要说魔牢那件事，我已用命去偿还，难道还不够吗？"白小纯大吼一声，悲愤更烈。

"现在我不过就是想要这个女人而已，你居然要对我动手，还对我起了杀心！"白小纯语气中的悲苦，就算是巨鬼王，此刻也觉得……这件事情，自己似乎真的是做得过了……

而白小纯发泄完后，回过神来瞬间就出了一身冷汗，此时他惴惴不安，内心更是哀号不止，肠子都悔青了。

"完了完了，冲动了，没控制住啊……"白小纯这会儿内心是有些崩溃的，可一想自己既然都已经这样了，就狠狠一咬牙，强撑着继续摆出那么一副悲苦至极的样子。

"是的，你现在是王爷，你是半神，我只是个小人物，随时可以当作废弃的棋子扔掉。可悲的是，我自己还傻傻地认为，你是我的老哥哥……"白小纯内心犹自哆嗦，可此时却低沉开口。

看着眼前身体颤抖的白小纯，巨鬼王有些汗颜，这些话语，若是换了其他人说，他必定冷哼，可这整个天地间，只有一个人有资格这么说，他还偏偏无法还口，此人就是白小纯了。

他仔细地想了想，觉得事实的确是如白小纯所说，自从归来后，白小纯对自己忠心耿耿，交代他去完成的事情，他全部做到了，且非常听话，时而溜须拍马的言辞，让自己也很受用。

白小纯可以说是想自己所想，而自己对他的赏赐，也大都是虚的，且此人炼火资质绝佳，更是胆大心细，一个人乱一个家族，甚至敢绑自己，最终更是以一人之力，压下蛮荒几乎全部天骄。他的优秀，巨鬼王从未在他同一代的第二人身上看到过，就算是巨鬼王的女儿，在手段与心智这方面也不如他。

这种人物，可以想象只要不身亡，日后必定一飞冲天，达到一个惊人的程度……而自己与他，又有千丝万缕的关系，早就难以割断。巨鬼王叹了一口气，看着白小纯，好言相劝一番。

"浩儿，在我心里，早已把你当成半个儿子去看待了。"

"巨鬼王，我只想问你，我们回来后，我要过什么？"白小纯苦涩地问，心中却是松了一口气，知道自己这一关算是熬过去了。

巨鬼王沉默，确实，白小纯没有开口指定要些什么，眼下，他也只不过是要个女子而已……若不去考虑陈曼瑶的背景，也的确不是什么过分的事情。

可偏偏这陈曼瑶是大天师的弟子，大天师问询，他巨鬼王不能不理会。此刻巨鬼王也不由得纠结起来，半晌之后，他忽然目光一凝，似乎有了决断，看着白小纯，越看越觉得自己的想法似乎是个好主意。

"这白浩如此优秀……也罢！"巨鬼王内心思忖，眼中露出奇异的光芒，随后长叹一声，忽然开口。

"浩儿，老夫的确没给过你什么。不过老夫有个女儿，论修为，超出陈曼瑶，论相貌，比陈曼瑶还要美上十倍，这样，我把她许配给你！"

第 712 章

啊？这么急……

"啊？"白小纯有些傻眼，他实在没想到，自己歇斯底里地爆发后，居然让巨鬼王说出了这么一句话……

"那个……你……你女儿？许配给我？"白小纯觉得脑袋有些晕乎乎的，巨鬼王的女儿，他以前听说过，似乎很神秘的样子，不在巨鬼城，而是从小就去了魁皇城。

"这样一来，以后我们就是一家人了。"巨鬼王目光一闪，打量了白小纯几眼，越发觉得自己这个主意不错，尤其是白小纯这里，在他看来来历清清楚楚不说，人又极为优秀，且最重要的是，很符合自己的心意。

这样的女婿，在他看来，除了修为弱一些，其他还算是合格的。可修为弱也是好事，可以被自己女儿压制得死死的。

"而且这白浩潜力非凡，当日一滴魂血，就可激发出半神一击，可见其底蕴深厚！"巨鬼王想到这里，思路也活络了。

"那个……王爷，此事不能草率啊！"白小纯有些紧张。他看着巨鬼王的这张脸，脑海里把这张脸想得年轻一些，又换成了女性后，他就头皮一炸，觉得这模样实在太难看了。

"怎么，你不满意？哼……你不用去对比了，本王的女儿周紫陌，模样远超陈曼瑶，才情更非陈曼瑶可比，你看到就知道了。就算是老夫有心把她许配给你，她还不一定同意呢！"巨鬼王一瞪眼，不满地挥手又道，"赶紧放了陈曼瑶，这件事就这么定了！"

白小纯内心叫苦，眼巴巴地看着巨鬼王，眼下实在是没主意了，对方都把女儿许配给自己了，若还是不放，怕是巨鬼王也会联想其他事情。白小纯纠结中长叹一声，暗道只能赌一把了，希望陈曼瑶没认出自己，又或者念着曾经，不会出卖自己。

想到这里，白小纯狠狠一咬牙，从储物袋内，将昏迷的陈曼瑶取出放在了一旁。

巨鬼王立刻看了过去，陈曼瑶的美貌，他之前听说过，如今也是第一次看到，此刻他神色古怪，似乎有些明白白小纯为何坚持不放了。

"倒也是个美人。"巨鬼王干咳一声，又瞪了白小纯一眼，这才袖子一甩，将昏迷的陈曼瑶收走后，又叮嘱一番。

"此事就这么定了！你明天就用传送阵去魁皇城，去巨鬼军团找到我女儿。她可是巨鬼军团的大统领，你先去辅佐她，至于感情上的事情，你们自己慢慢培养。"

"啊？这么急，那个……我……"白小纯实在对那个周紫陌没什么兴趣，苦着脸想要拒绝，可这件事，巨鬼王没有给白小纯开口的机会，直接就下了王令。

"陌儿前段时间就提出，让老夫安排一些人过去辅助，现在看来，你是最佳人选了，就这么定了，明天必须出城！"

"另外，关于陌儿的身份，不要说出去，我这女儿要强，不想打着我的旗号行事，所以底下知道的人不多。至于那些权贵，则是心照不宣，你也切记不要节外生枝！"巨鬼王说完，转身一晃，消失在了密室内。

眼看巨鬼王走了，白小纯愁眉苦脸，对于那个陌生的大统领周紫陌，他不想娶，琢磨着自己还是万夫长呢，大统领算个什么……

至于巨鬼军团，白小纯隐隐记得当初在边墙时，似乎抓到过一个给巨鬼王办事的魂修，那人当年说，他是巨鬼王麾下某个侯爷的手下。巨鬼城的叛乱，很有可能就是当年那人背后的某个侯爷授意的。

还有那魁皇城，他也实在不想去，那里对他而言很危险，尤其是陈曼瑶是否认出自己的身份，还是两说。这要是去了魁皇城，一旦不妙，那就是自投罗网了。

还有就是，他之前绑了魁皇城内大半权贵的子嗣，此刻一进去，就如同羊入虎口……

可不去也不行，巨鬼王态度坚决，自己之前已经爆发过一次，若是再抵触……怕是真的会与巨鬼王交恶，到时候关系逐渐冷漠，那么自己在这巨鬼城内也将失去优势。

"这算什么事啊！"白小纯抓了一下头发，此刻储物袋内，白浩魂悄悄飘出，看着白小纯，神色内带着叹为观止之意，方才因为巨鬼王在，他不敢露出丝毫气息，却将二人的对话听得清清楚楚，对于自己这师尊的勇猛，再次感慨。

他不知白小纯有面具在，自己只要在他身边，就很难被人察觉。

"师尊，关于巨鬼王的女儿，弟子曾经也听说过一些，此女很神秘，似乎早年就独自离开巨鬼城，在外修行……"白浩魂低声说道，将自己知道的都告诉了白小纯。

可他所知晓的，还是很少，白小纯叹了一口气，思来想去后，实在没有办法，于是匆匆离开密室，外出开始打探。

一方面打探魁皇城，另一方面打探巨鬼王的女儿，直至深夜，白小纯归来，他苦着脸，狠狠咬牙。

"魁皇城，太可怕了，我是绝对不去的！大不了先出去躲避一段时间……"

直至第二天黄昏，白小纯实在是磨蹭不下去了，又不敢用传送阵，索性随便找了个借口找巨鬼王要来鬼王舟。按照他的计划是明着答应，暗中远走高飞，躲避一些日子再回来，说不定巨鬼王也就知道了自己的决心。

至于鬼王舟，他之前就眼馋，知道这是一个好宝贝，正好借助这个机会，捞走一艘。

可巨鬼王显然想到了这一点，似笑非笑地给了白小纯鬼王舟后，又叫来无常公，让他帮助催动，亲自护送白小纯去魁皇城。

无常公也很无奈，这白小纯有传送阵不用，竟要通过鬼王舟前往魁皇城。可王爷发话，他只能听命，于是催动鬼王舟，带着已然傻眼的白小纯，化作一道长虹，离开了巨鬼城。

站在鬼王舟上，白小纯欲哭无泪，一旁的无常公黑着脸，一路上没理会白小纯，白小纯也没心情搭理他。

此刻白小纯早就在心底叫苦不断，计划被巨鬼王识破，眼下摆在他面前的，只有去魁皇城一条路了。

"以无常公天人修为，催动这鬼王舟，预计三个月左右就可以到魁皇城了。"白小纯哭丧着脸，低头看着手中玉简。这玉简上有地图，巨鬼城距离魁皇城算是较近的，如果是九幽城，恐怕需要无常公至少一年的不间断催动鬼王舟才可。

若是换成白小纯来催动，这时间将更为漫长，而且这一路的危险，更是难以想象。

眼下只能认命，白小纯揉着眉心，脑海浮现昨天打探到的关于魁皇城的消息。

整个魁皇朝，自上而下，魁皇排首位，大天师地位崇高，随后则是四大天王、十大天公以及一百零八天侯！

其中每一位天王，其城内都有天侯十位，却没有天公，如无常公等人只能算是地公，地位上虽超天侯，却与天公的差距不小。

十大天公，代表的是这蛮荒内十个最强的天人大圆满。他们十人，就是魁皇城的底蕴之一，至于六十八天侯，同样如此，居住在魁皇城中。

而魁皇城，是蛮荒内最大的城池，分为上下两城。在魁皇城的上城，也就是皇宫，是一座天空之城。

皇宫有四处天门连通四方，被下城万万子民仰望。

自从大天师挟天子以令诸侯之后，四大天王就不敢轻易来魁皇城，可在大天师的命令下，他们的军团却必须要在魁皇城四周驻扎听命。

其中在魁皇城西侧的军团，便是巨鬼军团。而这个军团的统领，就是巨鬼王所说的，其女儿周紫陌。

关于周紫陌，白小纯在巨鬼城内没有打听到太多消息，只是知道此女似乎与巨鬼王脾气不合，很早之前就离开巨鬼城，外出独自修行。至于其成为大统领后，与巨鬼王的关系也的确是很多底层不知晓的。

"这周紫陌明显性格叛逆，哼哼，这种黄毛丫头，又怎么懂得领军？我堂堂万夫长，这一次就去代替她领军好了！"白小纯叹了一口气，很苦恼，也很无奈。

至于更多的消息，白小纯时间太少，也就没有打探到。眼前的无常公虽知晓一些，却对白小纯此番出行让他来做苦力很不满，任凭白小纯如何问询，他都闭口不语，只是催动鬼王舟加速疾驰。

第 713 章

魁皇城

巨鬼城距离魁皇城并非很远，可就算是这样，无常公也依旧是全力催动鬼王舟数月之久，才渐渐临近魁皇城的范围。

这还是天人之力，若是换了白小纯自己的话，他灵力消耗就是个大问题，就算是用魂药代替，这时间也将会多出太多太多，而这还不是重点，重点是这一路上，仅仅是白小纯察觉到的危险，就有数十次之多。

无论是生活在蛮荒中的异兽，还是那充满了死亡气息的魂潮，都让白小纯心惊不已。魂潮还好说，可那异兽，让他多次心惊肉跳。

这一路，他看到了一棵枯树，此树足有万丈之高，看似枯死，可实际上却能移动，吞噬所有进入其领域内的存在。

还有一头模样如河马的巨兽，远远一望，如同小山。它正在沉睡，其呼噜声却如天雷，响彻苍穹，使得周围千里内虚无扭曲。

两人更是遇到了一群腐烂的凶禽，追击鬼王舟数日，这才不甘心地散去。

种种异兽，让白小纯看得心头狂颤，他甚至还看到了一大片云兽，有那么几次就算是无常公也都脸色一变，全力以赴，才勉强避开。

还有一次，白小纯看到下方大地竟是白色，仔细一看，那不是雪，竟是无边无际的白骨之海，且正在移动，这白骨海上散出的威压，让无常公的面色也变得苍白。于是无常公用了某种禁忌般的手段，使得鬼王舟气息消失，在苍穹中耗费了数日，直至那片白骨海消失无影，这才急速逃走。

随着地貌的变化，随着罡风的吹来，这一路的经历，让白小纯深刻地意识到，想要在蛮荒长距离跨越，若没有传送阵的话，修为必须要天人才可。

而无常公的面色随着一路的凶险变得越来越难看，他心中极为不满，就因为巨鬼王一句话，就因为这该死的白浩没用传送阵，结果连累着自己堂堂天人去护送他一路。

就算是这白浩再受恩宠，无常公内心依旧郁闷，却没处发泄，只能在这一路直接无视白小纯。

白小纯也知道自己这一次算是牵连了无常公，一路上多次主动缓和关系，虽作用不大，但也让无常公心中好过了一些。

这一天鬼王舟于苍穹化为一道长虹，呼啸而去，白小纯站在鬼王舟上，终于看到了远处的一座雄伟壮观、远非巨鬼城能比拟的惊世雄城！

此城有数十个巨鬼城大小，屹立在远处的平原上，青色的城墙散发出让人心颤的威压，更有无数的禁制，仿佛要锁住时空一般，将这片天地镇压，成为此城本身的气运。

五行之力被牵引，雷霆闪电被压制，皆成为这座雄城的陪衬，似乎太古时代的绝世至尊在此休憩一般。

在这城中，更是能看到无数高高耸立的青塔，这些青塔的顶端都有庞大的水晶球，这些水晶球内封印着紫色的雾气，不断地翻滚，时而化作闪电，时而化作巨眼，变化无常！

如此雄城，其内的生机之多，更是难以形容。相距很远，白小纯就感受到了那雄城内的气血，浓郁到了极致。

"这里面，得有多少人啊！"白小纯心惊，目光顺着此雄城向上抬起，看到了在这城池上，苍穹中，飘浮着又一座城池！

此城小了一些，可通体却是金色的，散发出浩荡霸气，与下方城池有天壤之别，仿佛能镇压整个蛮荒一般。

其所在的四周虚无竟有坍塌之景，仿佛所处的时空与这天地不一样，金光闪闪，远远一看，这如同战争堡垒般的金色的云中之城，正是魁皇朝的皇宫所在！

其四周还有八座岛屿，这八座岛屿上，竟都有彩虹、雾气缭绕，如同护卫一般，将中间的皇宫守护得极为严密！

任何一座岛屿，在白小纯看来，似乎都与星空道极宗不相上下，而星空道极宗只有一道彩虹，可这里，每一座岛屿都有一道！

这些岛屿，也仅仅是护卫皇城的一部分而已。

还有无数穿着金色铠甲的魂修正在巡逻，与大地的雄城配合在一起，使得这魁皇城雄伟壮观！

白小纯这一生见过很多城池，可就算是星空道极宗，也无法与这魁皇城比较，双方根本就不是一个层次的存在。

这一幕让白小纯倒吸一口气，算是开了眼界。他更是看到，在地面雄城的四周，驻扎了四个军团，任何一个军团内都有数不清的蛮荒之修。

他们的旗帜高高升起，相距很远都可以看清。他看到了一把巨大的青色战斧，那是九幽城的旗；他看到了一面血旗，没有任何图案，那是斗胜城的旗。

至于灵临城的旗，上面则是一双暴虐的眼睛，随风飘扬，这眼睛似乎可以看透天地……最后则是巨鬼城的旗帜，很好辨认，正是一尊巨鬼图腾，伸开双臂，神色狰狞，似乎要去撕裂苍穹。

"这就是四大军团……"白小纯心神震动不已，那是一种来到了敌人大本营的紧张与忐忑。

"这要是让他们知道了我就是白小纯……"白小纯想到这里，小脸立刻煞白，忽然他似有所察，抬头时，竟在那皇宫的上方，苍穹中，云层里，看到了一个庞大的龙头于那云中垂下，须子极长，飘摇而动，冷冷地望了白小纯一眼，又重新回到了云雾里。

"龙！"白小纯睁大了眼，看着那云层中出没的长长的身躯以及触目惊心的爪子，目瞪口呆时，一旁的无常公冷哼一声，没有说话，可他看向魁皇城的目光里，也带着深深的敬畏。

这里，就是蛮荒的核心！

而无常公身为天人，他所知道的事情，远超白小纯。他知道，这些只是显露在外的部分而已，在这魁皇城的地下，可以说这整个平原区域，这十多倍于魁皇城的巨大范围内，还有第三城！

"上三城，中三城，下三城……形成传说中的九重天！"无常公内心叨念，他也没见过真正的魁皇城。

真正的魁皇城，只存在于遥远的过去，当年整个魁皇朝最兴盛的时候，九重天般的魁皇城，是可以镇压通天世界所有生灵的存在。

只是，随着通天世界的崛起，随着魁皇朝的没落，直至那一场分割天地的战争后，通天取代了魁皇，占据了这片天地的中心通天海。

而魁皇城也在那一战中，下三城和中三城都崩溃，只留下了上三城，迁到了这里，残喘挣扎，休养生息……

至今，也仅仅是觉醒了上三城的两城而已，大地下的第三城，依旧被埋葬，无法升出。

无常公收回看向魁皇城的目光，带着白小纯直奔魁皇城的西侧，巨鬼军团所在之地。

很快，到了巨鬼军团驻扎的营地大门前，他不愿在这里多逗留，袖子一甩，一股大力从这鬼王舟上散出，直接将白小纯卷了出去。

"送到这里，老夫完成了王爷交代的任务，白浩，你好自为之！"硬邦邦地说了一句后，无常公转身操控鬼王舟，头也不回，瞬间划破长空，直接进了魁皇城。既然来了，他自然要处理一些自己的事情，至于归途，他不打算用鬼王舟了，而是以传送阵挪移。

无常公的到来，引起的声势不小，巨鬼军团内立刻有长虹飞来，而驻扎地的大门旁，眼下有两队魂修守卫，此刻神色肃然，双眼炯炯地看着鬼王舟远去，随后目光纷纷落在了白小纯的身上。

"来者何人！"魂修守卫声音洪亮，更带着威慑，还存在了敌视之意，显然是经历过大战，其身上煞气极大。

白小纯眼巴巴地看着无常公远去，又看着面前这巨鬼军团的驻扎地，愁眉苦脸地叹了一口气，琢磨着既然到了这里，就只能走一步看一步了。

"气势可不能丢，怎么说，我也是个大人物了，巨鬼王都要把女儿许配给我！"白小纯想到这里，抬头望着大门前向他喝问的魂修，抬起下巴，摆出一副高深莫测的模样。

"巨鬼城大总管、监察使白浩，这是我的令牌，还不带我去见你们的大统领，也就是我的未婚妻！"白小纯扔出身份令牌，背着手，傲然开口。

第 714 章
紫陌红尘拂面来

白小纯趾高气扬，站在那里牛气冲天，尤其是背着手的样子，仿佛他是绝世天骄，他一个人，就可以镇压整个军营一般。

而他的话语，更是让大门口的这两队修士目瞪口呆。白小纯话语的前半段，他们没觉得怎么样，可那最后一句，却让他们倒吸一口气，被镇住了。他们大都不知道周紫陌与巨鬼王的关系，可王爷毕竟是王爷，王爷派遣之人如此开口，这让他们心神震荡。

"大统领是他的未婚妻？"

"真的假的啊？这白浩……我隐隐好像听说过，是王爷身边的红人……莫非这是王爷赐婚？"在这些修士震惊时，军营内因之前无常公的出现，从而被惊动的军中强者，此刻也都临近，听到了白小纯那大声的话语后，一个个也都面色变化，不可思议地看向白小纯，又检查了令牌后，确定了白小纯的身份，神色更古怪起来，却不敢耽误，立刻去上报请示。

白小纯看自己一句话就形成了如此效果，很满意，觉得自己毕竟是做过万夫长的，气势比常人要强大很多，内心更得意了，重咳一声。

"行了吧？我要进去了啊。"白小纯说着，大摇大摆地向前走去，他前方那些巨鬼军团的魂修面面相觑，不敢阻拦，此时从军营内，有一道长虹急速飞来，落在众人面前，化作了一个女子。

这女子的出现，使四周众人纷纷松了一口气。

这女子年纪不大，修为结丹，相貌很不俗，肤白如雪，双眸更有波光，英姿飒爽，看起来就会让人眼睛一亮，尤其是穿着一套简单的皮甲，使得其身姿更为动人。

白小纯一看此女，立刻有些兴奋，暗道莫非她就是周紫陌，可又觉得修为似乎不太像……于是打量一番，正要开口时，那女子上前，也看了白小纯几眼，淡淡开口："跟我走，大统领要见你！"这女子对白小纯没什么敬意，此刻说完，就转身走向军营，其背影随着走动，别有一番风采，使得白小纯忍不住多看了几眼。

"原来她不是周紫陌啊，哼，胆子不小啊！"白小纯有些不满，琢磨着自己怎么说也是巨鬼城的大总管，不过白小纯觉得自己不是小肚鸡肠之人，于是哼了一声，没去计较，跟在后面。

白小纯心底也好奇，对于这巨鬼王神秘的女儿，他一路也在琢磨，按照巨鬼王的话说，比陈曼瑶还要动人，这可了不得。

"巨鬼王若是骗我，我正好借这个理由离开魁皇城，回巨鬼城去。"白小纯暗自打定主意后，大摇大摆地随着前方那女子走在军营中，不时地看向四周，而四周之人，也大都古怪地看着他，交头接耳。

"这是谁啊？居然由大统领的亲卫带路……"

"我刚才听到外面的声音了，此人自称大统领是他的未婚妻……"

"什么？！"

种种惊呼不时传出，白小纯听到后，内心更为得意，目光在这四周扫过，这巨鬼军团规模不小，军士有百万之多，一处处帐篷看起来无边无际，气势磅礴。

更有肃杀之气，隐隐在这军营内散开，让白小纯不由得想到了边墙。

在随着前方女子不断地向前急速行走时，白小纯隐隐觉得这四周有不少人依稀有些眼熟，还没等他好好回想，前方那女亲卫就带着白小纯到了这军营中心的一处红色大帐前！

这大帐占地面积很大，此刻天色虽不算暗，可也到了黄昏，帐内有些灯火闪耀。

四周密密麻麻站着诸多守卫，使得此地充满肃杀之气，尤其是这些人都面无表情，就算是白小纯跟随亲卫而来，他们的目光也依旧冰冷，似乎不管白小纯的身份是什么，若有丝毫不轨之心，他们就会立刻出手拿下！

白小纯内心一凛，这军营他之前虽是匆匆扫过，但也感受到了不少强者的气息，甚至半步天人的存在都有。而眼前这赤色帐篷内，在他的感受中没有任何气息，可就在他临近的刹那，一声冷哼从这帐篷内传出。

"没有找到？"那声音是一个女子，此刻似乎咬牙切齿，更有一股惊天动地的气势突然爆发，似乎可以遮盖苍穹一般，使得八方震动，白小纯吓了一跳。

"这气息……是天人！"白小纯吸了一口气，觉得这气息很熟悉。刚刚要去思索时，突然，一声轰鸣从帐篷内传出，紧接着一个雕像被人从帐篷内扔了出来。

雕像此刻四分五裂，散落在了帐篷外，可以看出是人形，因为有半个头颅还是完好的，滚到了白小纯的脚下。

白小纯低头看了一眼，瞳孔猛地就收缩起来，全身汗毛更是瞬间竖起。

这雕像的半个脑袋，他越看越像自己……不是白浩的样子，而是他原本的模样……

"这……这……"白小纯呼吸都有些乱了，整个人都傻眼了，愣在那里的时候，帐篷内再次传来那女子的声音。

"给我去找，我就不信，找不到那该死的白小纯！"这声音回荡着，白小纯哆嗦起来，眼中露出难以置信。无论是气息，还是这声音，他都觉得熟悉，此刻若还想不起来，他的记性也未免太差了。

白小纯已经想起来了，却还是觉得此事不可能……只是，他在这里哆嗦时，前方的帐篷被人掀开，从里面走出一个女亲卫。这女亲卫面色有些难看，出来后注意到了站在帐篷前的白小纯，没去理会，径自去收拾整理四周的雕像碎片。

可白小纯借助那女亲卫掀开的帐篷一角，看到了里面坐在上首位的一个女子。看到这女子的刹那，他脑中仿佛百万天雷同时炸开，将一切侥幸全部撕碎，化作了滔天的轰鸣。

"红尘女！"白小纯内心哭号，吓得面色煞白，双腿剧烈颤抖。那帐篷内坐着的，正是他内心多次诅咒，且在地宫内与自己有过一番斗法的红尘女！

白小纯怎么也没有想到，巨鬼王的女儿，居然是红尘女！显然，周紫陌是名字，而红尘是道号。

这一切让他无比震撼，惊骇到了极致，他立刻就明白了为何自己方才在军营内，觉得很多人熟悉了。那些人，正是参与了边墙之战的炼魂师以及魂修……

其中有一些，甚至还与他交过手，更有不少人因为那聚魂丹引起的波动，怒骂白小纯不知多少次……

尤其是其中一些，在当年的巨兽吃下发情大丹后，遭受了无法形容的悲苦，对于白小纯的恨，已经无法形容了。

可以说，整个蛮荒，最恨白小纯的，都在这儿了！

实在是通天河区域对于蛮荒的消息，碍于某些原因，封锁得极为严密，而白小纯成为万夫长的时间又短，在边墙时，那些绝密的信息他知晓得很少，只知道蛮荒都是敌人，不知道内部的军团划分以及来犯之人的具体势力。

"天啊，巨鬼军团……红尘女……天啊……我怎么来了这里！我掉到贼窝里了！"白小纯内心哀号，惊天动地。他此刻脑海的轰鸣，足以让天地变色，颤抖中就要后退，想要发动最快的速度，赶紧逃出这里。

甚至焦急之下，他都觉得自己的身份，或许已经暴露了……

可就在这时，帐篷内，传出红尘女周紫陌寒冷的声音。

"鬼鬼祟祟，谁在外面！"

这声音一出，四周那些护卫的目光立刻落在了白小纯身上，肃杀之气在这一瞬格外明显，甚至就连那整理地面上的雕像碎片的女亲卫，也抬头冷眼看向白小纯。

白小纯真的要哭了，感受着四周的目光，他的牙齿都在打战，心底惨叫。

"怎么办，怎么办啊？巨鬼王我恨你……"

就在他紧张地琢磨如何回答时，那红色大帐内，再次传出红尘女周紫陌寒冷的声音。

"拖出去，斩了！"

第 715 章

我是你未婚夫……

这话语传出大帐，四周的肃杀之气刹那爆发如同实质，有十多道身影直奔白小纯而来，杀意弥漫，甚至在这一刻，仿佛这整个军营成了一头张开了血盆大口的洪荒猛兽，要将白小纯整个人完全吞噬。

"这还没一言不合呢，就要杀我啊！"白小纯内心震惊，他立刻就感受到了强烈的死亡危机，在那天人威压下，他全身每一寸血肉似乎都在狂叫，心下一横赶紧高呼。

"紫陌……那个，我是你爹巨鬼王派来的……我……是你未婚夫白浩啊！"白小纯声音很大，传遍四方。

这话语一出，让不少人愣了一下，他们并不知道周紫陌与巨鬼王的关系，此刻听到，全部都呆在那里，睁大双眼，心神震荡，被这个消息惊到。

"什么？大统领是王爷的女儿？"

"这……这是真的？"

在这消息震动巨鬼军团时，那赤色的大帐内，快速传出一声恼怒的低喝。

"闭嘴！"

帐篷猛地掀开，周紫陌直接走了出来，她面色阴沉无比，目光如电看向白小纯，似要将白小纯全身里里外外全部看透，更有天人威压轰然降临。

心中更是暗恨，这白浩居然将自己与巨鬼王的关系道破，以此来化解自己方才的威慑！

与此同时，无论是四周那些魂修守卫，还是周紫陌的那些女亲卫，一个个都睁大了眼，古怪地看向白小纯。还没等消化大统领与巨鬼王的关系，又看到自家的大统领那明显恼羞成怒的样子，那些人面面相觑，纷纷迟疑，没有继续上前，可心中却都来了精神，看着眼前这一幕。

白小纯表面强撑着，内心崩溃，尤其是在周紫陌走出来的时候。因帐篷掀开，白小纯这一次看得比较全面，他看到了在帐篷内还有七八个自己的雕像……显然，都是周紫陌泄愤所用。

那种恨……由这些雕像，就可以想象其程度有多深了……

"这红尘女想要除掉我的心，也未免太坚定了……"白小纯更紧张，额头冒汗，内心叫苦连天。他也不想那么喊话去刺激周紫陌，可他没有办法啊，方才要是稍微慢一点，估计自己就被拖出去斩了！虽说很有可能这是周紫陌给他的下马威，但白小纯实在是没有把握去赌。自救的办法，只能是将此事说开闹大，如此才可借巨鬼王的名头来压制周紫陌以及这军团之人。

"巨鬼王我恨你……"白小纯后悔得肠子都青了，他琢磨着自己怎么这么倒霉，又被巨鬼王坑了，把自己扔到这么一个地方。此刻白小纯哭丧着脸，看着眼前穿着一身赤色的铠甲，英姿飒爽，却透着一股煞气的周紫陌。

从相貌上看，说这周紫陌是绝色也毫不夸张，其肌肤似雪，丹凤眼中有如星辰一般的神采，瓜子脸，还有那露在外面的锁骨，以及其白皙的脖颈，使得她整个人格外令人惊艳。

单单从容貌上来讲，周紫陌与陈曼瑶是伯仲之间，只不过陈曼瑶如空谷幽兰，而周紫陌则是带刺的玫瑰。

若白小纯之前与周紫陌没有发生过边墙之战以及地宫之事，又或者他真的是白浩，那么此刻看到这么一个美人，还是天人修为，且又是自己的未婚妻，他心里应该是高兴的。可眼下，白小纯却内心惶恐，只觉得天地一片漆黑，眼前这个周紫陌，不再绝美娇艳，而是如同洪水猛兽一般。

在众人被周紫陌与巨鬼王的关系震动心神，偷偷看热闹时，周紫陌的面色更为阴沉，羞恼更甚，冷声开口。

"你刚才说，你是白浩？"这声音虽不大，可其天人威严似乎影响了四周虚无，使得风云突变，仿佛有狂风扑面。白小纯紧张地咽下一口唾沫，赶紧开口。

"紫陌，你听我解释……"白小纯哆嗦道，可还没等话说完，周紫陌就目中带着强烈的厌恶张口，声音如隆冬之雪，回荡四方。

"你就是那个臭名昭著、六亲不认的白浩？"周紫陌听说过关于白浩的种种传闻，白浩这个名字让她恶心。

"这可是王爷让我做的……"白小纯委屈不甘地解释了一句，他心底暗骂着：那不是我做的，而是你爹……

"闭嘴！我父光明伟岸，正直坦荡，就是你这奸人阴险诡媚，残害忠良！"周紫陌咬牙开口。如今身份已经被道破，她也不屑去隐瞒什么，可对这白浩，却是目中厌恶更多，袖子一甩，声音更为冰冷。

"至于我父王所说的亲事，休要再提，你还没有资格与我结为道侣，在这军营内好好待着，若有劣迹，直接斩杀！"周紫陌听说过白浩，对于自己父亲居然要将自己许配给白浩极为不满，此刻语气斩钉截铁，说完不再去看白小纯，转身走入大帐。

四周那些守卫，一个个神色古怪地看向白小纯。

"这就走了？"白小纯眨了眨眼，隐隐明白过来，自己的身份没有暴露，周紫陌没有认出自己真正的身份。他顿时心底松了一口气，内心虽还紧张，却忍不住生出了一种无法言明的刺激感，让他觉得身体有些发抖，呼吸也都急促了一些。

"她没认出我……又成了我的未婚妻……"白小纯越发觉得此事刺激，让他有些口干舌燥，随即想到之前周紫陌的态度，他脑子快速转动。

"这么看来，她方才的那些姿态，就是要吓唬我，同时推翻王爷指定的这门亲事……如此看来，她不敢动我……我身后站着的可是她爹……不过此事也不好说，就怕万一。"

"但无论如何，这巨鬼军团待不下去了，这件事虽刺激，可太危险了，稍微一个不小心，小命就飞了……这里可是贼窝啊！"白小纯想到这里，转身赶紧离去，他此刻心脏还在咚咚咚地快速跳着，实在是今天这一幕太突然了，让他一时适应不过来，依旧紧张无比。

可走出没多远，身后有呼啸声传来，之前那引路的女亲卫已追了上来。

"白总管，你走错路了，我带你去你的居所。"女亲卫冷冷开口，她修为虽不高，可长久在这军营内，本身又是亲卫，自然而然地就带着一股气势。

"不去了，既然大统领不认同白某，白某离开就是。"白小纯眼看对方阻止自己离去，内心一咯噔，但表面上摆出一副孤傲愤然的样子，淡淡说道。

"此事由不得白总管，大统领说了，你要在军营待着，我劝你最好不要抗命！"女亲卫平静开口。她话语一出，四周立刻就有不少魂修守卫的目光落在了白小纯身上，似乎若白小纯敢抗命，他们会立刻出手。

"大胆！"白小纯眼睛一瞪，低喝起来，可暗中却是头皮发麻，看了看四周的守卫，感受到了在这军营内此刻有不少目光锁定了自己。

"还请白总管不要让我等为难，请！"女亲卫没有在乎白小纯的态度，依旧淡淡开口。

白小纯暗自发愁，他是真的不想留在这里，内心焦急，纠结一番后，白小纯想着自己身后有巨鬼王以及禁制，那禁制虽消散了大半，可怎么说还是有一点点作用，且自己这一次来是奉命帮周紫陌，首先在生命安全上，应该还是有保障的。

"她不知道我是白小纯，而且我方才紧张，姿态有些低了，我越是低头，她就越是强势，那么我就要借此发作强硬一些，今天说什么也要离开此地！"白小纯想到这里，又觉得不是很保险，于是偷偷取出传音玉简，向巨鬼王传音。

"巨鬼王，你女儿要杀我，这就是你给我定下的亲事？我都要死了！"白小纯传完音，不等那边回复，就猛地抬头，面上渐渐露出一副狠戾之意，更有桀骜，向着远处的红色大帐，大喊一声，"大统领！你这是何意？"

白小纯声音如天雷，在这军营内回荡，使得四周很多魂修都目光一凝。

"大统领不承认巨鬼王定下的亲事，白某没有意见，可白某身为巨鬼城大总管，难道连离开你这军营的资格都没有？那么就休怪白某强闯了！"白小纯声音内带着怒意，元婴修为的功力更是散开，大有一言不合就要大杀四方的气势，可暗中却在偷偷打量那红色帐篷。

"我白小纯纵横情场多年，独创过赢字诀，收到情书无数，区区红尘女，我变个路数，看你怎么回应！"

第 716 章

好汉不吃眼前亏

白小纯声音回荡，传遍军营，四周那些魂修，一个个都迟疑起来，他们此刻也大都明白了事情的原委。今天的事情，实在太劲爆了，自家的大统领居然是王爷的女儿，而且还被王爷指定了亲事，而大统领却不承认。

不承认也就罢了，还偏偏要将这白浩留在军营里，不让人走。

"大统领这是什么用意？"

"我看这白浩说得没错啊！既然不同意，让他走就是了……"众人都在嘀咕，使得周紫陌气势也弱了不少。

白小纯眼看这招管用，内心有些快意，正琢磨如何开口，既能扩大这种优势，又不会太过触怒红尘女，同时还能让自己保持这种孤标傲世的姿态，最终顺利离开这巨鬼军团营。

可还没等白小纯再次开口，周紫陌的声音就从那红色大帐内冷冷传出。

"你可以试试。"

这声音散出，似乎化作了鞭挞洪荒猛兽的鞭子，立刻就让这巨鬼军团内的魂修修为全部爆发，一道道气息冲起，眨眼间就搅动风云，形成了一股无法形容的威压，咄咄逼人地降临在白小纯的四周。

白小纯内心又是咯噔一下，喘息略有急促，感受到了此刻自己面对的，不仅仅是红尘女，还有这军营内百万之多的兵士。尤其这里是魁皇城，这种压力之大，让白小纯内心渐渐哆嗦，暗道这红尘女怎么如此不近人情，这父女俩都一样蛮不讲理……自己都要走了，偏偏还不让走！

"难道她等的就是我强闯？然后趁机除掉我？这样的话，怕是王爷也说不出什么来。"白小纯想到这里，双眼猛地睁大，气势虽依旧强势，可心底却已开始考虑，实在不行就在这军中住一段时间算了……好汉不吃眼前亏啊！

在纠结时，他也在不断地向着巨鬼王传音。巨鬼王那里也终于有了回复，先是安慰一番，随后保证这是一个误会，他会去与周紫陌交代清楚的。

得到回复后，白小纯这才放心，琢磨着自己眼下气势上绝不能弱了，于是声音更大。

"不久前三大天王及皇城权贵联合，于炼魂壶内布局，欲阻止王爷获得鬼王果，是白某一人独闯炼魂壶，生擒其内所有权贵子嗣天骄，包括斗胜王家世子小胜王，九幽王家世子周宏以及灵临城郡主许珊……就连二皇子也一样，那炼魂壶内，白某横扫八方，谁敢说我没资格！

"当初王爷进入衰变期，在陈、白、蔡三家天人老祖以及众多元婴叛逆的追杀下，是白某一人保护王爷，直至王爷顺利度过衰变期！巨鬼城内，白某七进七出，三大天人也不能奈我何！

"周紫陌，你看不上我，想除掉我，一句话就可，不必如此折辱白某，更不必将我困在这军团内。我白浩做人顶天立地，外面海阔天空自可鱼跃化龙，天高任我翱翔，恣意纵横九天之上，我绝不留下任你欺凌！"白小纯声音如天雷，传向四方，传到军营内众人耳中。

眼看事态扩大，红色大帐内，周紫陌皱着秀眉，她的确对白浩有杀心，却碍于她父亲不好直接动手。至于原因，除了亲事外，就是她觉得这样的小人，不适合待在自己父亲身边。

至于亲事，她根本就不会同意，之所以将白浩留下，是因为她有自己的打算。

毕竟以周紫陌的相貌与才情修为，在整个蛮荒如骄阳一般，有太多的俊杰追求，让她很厌烦。这里面绝大多数她都可以无视，可唯独两个人，她也不太好拒绝，这二人一个是大皇子，另一个则是大天师的大弟子欧阳松。

他们修为也是天人，地位尊高，就算是周紫陌内心厌烦，可也无法阻挡他们二人的持续追求。于是她想着将白浩留下，如此一来，不但自己有了借口，而且白浩那边也不需自己动手，生死就很难预料了。

所以方才首次见面，她直接施展威压，态度冷漠，又将对方留在军营，却没想到，这白浩之前看起来胆小懦弱，被自己完全压制下来，但转眼间就如此强势，且言辞犀利，一时竟占住了道理，让她无法反驳。

另外她父亲巨鬼王，也在此刻传来讯息，劝慰的同时，也在说白浩的好话，更是暗中点出白浩身上有与她父王同命的禁制。

这就让周紫陌无奈地暗叹一声，沉吟半晌之后才与她父亲达成了约定，白浩必须在军营内至少住满三个月，三个月后，可以随时离开。

在这三个月，周紫陌也保证白浩不会出现任何闪失。

按照周紫陌的打算，三个月的时间，足够让皇城内所有追求她的人，都知道白浩是自己父亲为自己指定的道侣，且也都会知道自己是不愿意的。如此一来，三个月后，当白浩离开，回到巨鬼城后，他将带走所有人的仇恨，而自己收获的，则是一个完美的挡箭牌。

对于儿女情长之事，巨鬼王也很头痛，一边安慰地哄着自己的女儿，一边又去安抚白小纯。左右沟通一番后，白小纯这里虽不愿，但也只能接受这个结果，毕竟他面对的，一个是半神，一个是天人。

"要拿我当挡箭牌？这父女二人，果然没一个好东西啊！"

这场一触即发的冲突，就这样在巨鬼王的沟通下化解了。周紫陌收起了杀意，挥散了军团的威压，白小纯这里叹了一口气，也默然地跟随那名女亲卫，去了他的居所。

这居所有些偏僻，白小纯也没在意，进去后盘膝坐下，越想越觉得郁闷，不由得又是长叹一声。

"想我白小纯堂堂万夫长，可与红尘女一战，阴差阳错地来到了蛮荒，居然又成了红尘女的道侣，作为她的挡箭牌……"

"这算什么事啊！那巨鬼王不是好东西，这红尘女一样不是好东西……这天下的坏人太多了，我这样人如其名纯洁善良的好人，很吃亏呀！"白小纯揉了揉眉心，觉得自己虽然修为比不过他们，但是在道德上，是可以站在云端受他们顶礼膜拜的。

"不过好在安全问题解决了，有禁制在，红尘女多少也会顾忌几分，不会让我出现任何闪失，三个月……我忍了，不就三个月嘛！"白小纯咬着后槽牙，琢磨着还是自己实力不够，若是自己再强大一些，那么就可以不去理会这红尘女，想走就走。

"我要炼火！"白小纯目中露出强烈的光芒。他想好了，这三个月，自己安稳一些，不去招惹什么人，也不离开军营，就默默地去琢磨炼制十六色火，让自己的修为再提高一些，争取早日拥有镇压天人的战力。

"哼，等我能镇压天人时，第一个就镇压这红尘女！"白小纯内心发狠，这才从储物袋内取出一座魂塔，这魂塔不大，可以依稀看到里面只有一个魂。

正是白浩魂，那魂体正盘膝坐在魂塔内，皱着眉头，推衍十八色火的配方。似乎察觉到白小纯的目光，白浩魂抬起头，隔着魂塔，看向外面的白小纯。

"乖徒儿，配方怎么样了？"白小纯脸上露出温和，连忙问道。

"师尊，还差一些，这十八色火的配方，想要无中生有创造出来，难度不小，怕是时间上要更多一些。不过我有一个想法，这十八色火，或许可以用更多的十七色火衍变出来……甚至我想改变思路，让其在火海状态时变化，等到了十八色后，再凝成真火！"白浩魂有些疲惫，起身恭敬地说道。

"没事没事，不着急，浩儿你要注意休息啊！为师现在打算炼制十六色火，你在旁帮忙看着些，若是有什么建议，就直接说。"白小纯知道白浩在炼火上的天赋远非自己可比，而他对于炼制十六色火不熟悉，想要尽快炼出，白浩的天赋是关键所在。但对于白浩的鬼修之法，白小纯也在琢磨。

此刻说完，白小纯右手一挥，将四周布置了禁制后，取出大量的冤魂，开始按照自己当初抄家获得的十六色火的配方，准备去炼十六色火。至于那配方，他也研究了一段时间，有很多问题，需要在炼制的过程中寻找解决的办法。

眼看白小纯说炼就炼，白浩魂迟疑了一下，劝说道："师尊，十五色火之后，成功率极低，而且很不稳定。稍微不慎，就有可能引起无法想象的后果，还请师尊研究透彻后，再炼制会好一些，而且此地似乎不太适合……"

"没事没事，这里最适合了，你不懂，为师有经验。"白小纯干咳一声，言之凿凿。白浩魂听完，虽然还是有些不放心，但是看白小纯如此确定的样子，暗道或许师尊对于配方的研究已经到了很深厚的程度，于是也就安下心来，默默注视。

第 717 章

为师……也有经验

白小纯调整了下气息，让自己心情平静下来，不再去思考周紫陌的事情。他双手一挥，从储物袋内取出一团十五色火。

这十五色火，是他当初从三大家族里获得成品火后，逆向推衍，才成功炼制的。若非担心太过招摇导致自己身份败露，他早就将全身上下所有法宝都炼灵十五次了。

"没办法，先十四次好了，不然的话，怕是破绽太多，一旦被人怀疑，就危险了。"白小纯感慨。他脑海里浮现出十六色火的配方，琢磨片刻后，他双眼一闪，右手掐诀一指，顿时从储物袋另一座魂塔内，取出大量的冤魂。

这些冤魂刚一出现，四周立刻阴风阵阵，昏天暗地，那些冤魂密密麻麻扩散开来，似乎要形成一场风暴，引动四方。

好在白小纯提前布置了禁制，更是展开了面具的隐藏之力，这才使得此地的一切波动都没有被外界察觉丝毫。

从外面看，白小纯的帐篷很安静，且眼下天色已晚，虽然军营内巡逻之人不少，但是也没多少人注意白小纯这里。

时间流逝，半个时辰过去了，白小纯精神高度集中，不断地操控手中的十五色火，去融合四周的魂海。

这种融合，只要有一丝一毫的错误，就会使得炼火失败，白小纯额头上渐渐流下汗水，全部精神都调动起来，按照配方的要求，时而快速融合，时而缓慢融合，更不时地加入一些特殊之魂。

整个过程中，白小纯觉得疲惫不已，却还在咬牙坚持。

"我要变强，只有强大起来了，在这蛮荒中，一旦身份暴露，还可有些保命之法……"白小纯的气息有所波动。这一次在周紫陌那里，他是受了刺激。那种小命差点丢了的感觉，让他更为拼命起来。

在白小纯的身上，有着一股执着或者说一种偏执，这执着从当年他在灵溪宗炼药时就可以看出，更不用说眼下为了小命，他几乎在玩命了。

渐渐地，他的双眼开始发红，神色也慢慢狰狞起来，使得旁边的白浩魂也有些紧张，他还是首次看到自己的师尊这么一副样子。

"师尊炼火……也太拼了……"白浩魂内心迟疑，正想劝说时，忽然，白小纯面色一变，他手中十五色火在融合的过程中，出现了一个差错，那十五色火瞬间就猛地明亮了一下，却又很快暗淡，最终砰的一声，自行破碎，化作点点火光消散开来。

"该死！"白小纯低吼一声，再次取出一团十五色火，又一次开始炼制，这一次炼制的时间更长了，直至天亮。白小纯的眼睛内充满了红血丝，他的喘息有些凌乱，一整夜的时间，他已完成了十六色火的三成左右，就在他要一鼓作气炼成时，明明没有犯错，但是他手心的十五色火，还是一亮之后消散开来。

"怎么会这样?!"白小纯狠狠一抓头发，重新拿出配方研究一番，白浩魂在旁看着所有的过程，也在沉吟，不多时，白浩魂双目一凝。

"师尊，问题或许是出在这军营本身的煞气上，这煞气无形，却能影响冤魂……"

白浩魂的话语让白小纯眼睛一亮，越想越觉得有道理。

"好徒儿，你说得太对了。"白小纯一拍大腿，哈哈笑了起来，随后精神振奋，再次取出十五色火，正要炼制时，白浩魂忍不住开口。

"师尊，要不你休息一下，我看你的状态不太好……"

"无妨，为师状态好着呢！"白小纯一脸不在乎，拿着十五色火继续炼制。这一次时间更久，一个白天过去，直至第二天深夜，白小纯已经面有倦色，他的双眼通红得如同兔眼一样，整个人焦虑无比，死死地盯着手中逐渐消散的火焰。

"怎么会这样……还是失败……煞气的问题已经解决了，可又出现了其他问题！我就不信了，这个问题我一定可以解决！"白小纯咬牙切齿，此刻已经忘我，再次取出十五色火，又要炼制。

白浩魂心惊肉跳，他隐隐觉得这个样子的白小纯很不对劲，让他觉得不安。同时他也多次劝阻，刚开始的时候，白小纯还回应一下，但到了后来白小纯好似没有听到般，这就让白浩魂紧张了。

"十六色火不能这么炼制啊！这么炼下去，会出现想象不到的变化……"白浩魂忐忑，觉得眼前的师尊，全身上下似乎都散发出一股危险的气息。他正心底纠结时，白小纯神色狠戾，手中的十五色火快速地吞噬四周的冤魂。

直至完成了近乎五成，白小纯内心有些振奋，可就在这时，突然，他手中的十五色火竟猛地摇晃起来，一股恐怖的波动从这火团内散出，这火团更是出现了诡异的变化，瞬间多出一色，成为十六色。随后又刹那间减少一色，退回到了十五色，很不稳。

火焰来回变化的过程中，其内那恐怖的波动更为明显，白小纯内心狂跳，却不甘心放弃，不断地要去压制这火焰内的波动。

"师尊快停止，强行压制这火焰内的波动，其后果不堪设想！"白浩魂发出尖锐之音，神色惊恐。

可就在他话语传出的瞬间，白小纯面色大变，他手中的火团再也无法压制，其内的恐怖波动，在这一刹那猛地爆发出来。

瞬间，这帐篷直接被火光笼罩，那光芒刺目，白浩魂颤抖起来，目中露出绝望，他就算有魂塔，可距离如此近，在这火焰不稳的爆发中，根本就无法阻挡。

"完了完了……"白浩魂脑海一片空白，可就在那火焰爆发的刹那，白小纯速度甚至比那火焰爆发还要快，直接一把抓住白浩魂，同时口中出现一道黑光，正是龟纹锅。他用其将自己与白浩魂全部笼罩在内，扣在了地面上。

这一切如行云流水，快得无法形容，更是熟练无比。

几乎在这龟纹锅扣在地面的瞬间，一声惊天的巨响在这天地间轰隆隆响起，直接炸开八方！

此刻是深夜，军营内大多数魂修都在休息，这轰鸣声突然传来，立刻让无数人被直接震醒。还没等他们反应过来，一片火海以白小纯所在帐篷为中心，直接就向着四周猛然扩散……

这火海威力太大，时而十五色，时而十六色，并非从天降临，而是以白小纯所在之地为中心，向着四周横扫……远远一看，火焰惊天，所过之处成为焦土，那一处处帐篷，瞬间成为飞灰……

火海范围更是庞大，居然覆盖了小半个军营，在这火海内，更是有无数凄厉的嘶吼。这些嘶吼来自之前白小纯来不及收起的冤魂，此刻这些冤魂化成火魂，不断地向四周扩散，这就使得火海的破坏力再次加大。

无数工事直接坍塌，无数帐篷化作飞灰。这火很不俗，甚至连铠甲也可以燃烧，使得军营内的不少魂修发出尖叫，快速将身上的铠甲脱掉。

一场军队的动乱，因这一次突然来袭的火海，就这么爆发了。

"怎么回事？"

"着火了！"

"天啊，出了什么事……"众人哗然，一道道身影急速飞出，整个巨鬼军团彻底大乱，有的在救火，有的则是怒吼着，四处寻找火源。

驻地之内的声音，如同天雷一般，回荡不断。

此时此刻，已经化作飞灰的帐篷处，只有一口大黑锅无损地扣在那里，慢慢被掀起一道缝隙，里面露出了一双眼睛。

那眼睛眨了眨后，龟纹锅被逐渐掀开，白小纯露出头来，看着四周的火海，看着那军队的鼎沸的愤怒，他也倒吸一口气。他的身边，白浩魂也惊疑不定地露头，骇然地看着四周，一想到方才的危险，他就忍不住哆嗦。

"放心，我之前都说了，为师很有经验，你看咱们爷俩，一点事都没有！"白小纯有些心虚地干咳一声。

"师尊，我们……我们闯祸了……"白浩魂听到白小纯的话语有些发蒙，又想到此事的后果，他紧张不安得无法形容。

"没事，处理这种后续的事，为师……那个……也有经验。"白小纯咳嗽一声，也很后怕，可在自己徒儿面前，却装出一副风轻云淡、智珠在握的样子开口安慰。

第 718 章

大家别冲动

"这不是寻常火,这是炼灵之火!"

"该死,莫非是敌袭?可这里是皇城啊!怎么可能有敌袭!"

"快救火……"

"这必定是人为,是谁干的?我要将他碎尸万段!"

此刻,整个军营内大乱,无数人飞出,寻找失火的原因,那一声声咆哮传遍四方,听得白小纯心惊肉跳。甚至有不少魂修开始向白小纯这里飞来,他们已经看出,白小纯所在之地,似乎就是这一次火灾的源头所在。

白浩魂更紧张了,此刻叹了一口气,隐隐觉得自己这个师尊果然有些不靠谱……他快速转动心念,想要找出一个解决问题的办法。

可就在这些人来到这里的时候,白浩魂还没想出解决的办法,突然,白小纯拿着白浩魂所在的魂塔,猛地冲天而起,他神色狰狞,仿佛怒火冲天,向着四周,发出凄厉的大吼。

"是谁?该死的,是谁干的!

"天杀的啊,我正在睡觉,差点就被烧死了,太过分了!"

"诸位兄弟,随我一起去找,我们一定要找出到底是谁放的火!"白小纯怒不可遏,连声音都带着怒火,如狂雷般回荡四周,使得那些飞来之人也都在一愣之后,来不及多想,就随着白小纯一起,在这四周寻找开来。

魂塔内的白浩魂,因其魂体特殊,其样子可无形又可有形,外人看不出来。此刻被白小纯拿在手中,他整个人傻了一样,呆呆地看着眼前的师尊那一副怒火中烧的神色，配合其披头散发的样子以及赤红的双目，若非白浩魂知道情况，怕是也会被糊弄过去。

白浩魂忍不住倒吸一口气，他终于明白了为何师尊说有经验……

"师尊这绝对不是第一次闯祸了，也绝对不是第一次解决祸端……他果然很有经验……"白浩魂哭笑不得，有种自己似乎拜了个假师尊的感觉。

可就在白小纯装出一副义愤填膺的模样，与四周修士一起寻找罪魁祸首时，突然，军营内，有一个魂修冲了出来，此人衣衫残破，头发都烧没了，整个人看起来很狼狈，他指着半空中的白小纯，发出凄厉的嘶吼。

"白浩，就是你！我负责巡逻此地，方才亲眼看到，那火光就是从你的帐篷内爆发出来的，你居然还在假装寻找，就是你！"

这话语一出，白小纯内心咯噔一下，正要解释，但很快，竟有七八人陆续飞来，向着白小纯怒吼。

"我们也都看到了，就是从你帐篷中传出的！"

"白浩，你无耻！在巨鬼城也许大家都惧你三分，但在这里可没人惯着你！"这些人说着，一个个煞气惊天，直奔白小纯而来。白小纯四周的那些魂修，自然也是选择相信他们的战友，对于白小纯这个外人，是不会相信的，此刻闻言，也都一个个怒视白小纯，带着怒意冲来。

"大家听我解释……"白小纯舔了舔嘴唇，紧张地开口，可就在他开口的刹那，一道道术法波动轰鸣而来，五光十色，如同狂风暴雨，让白小纯心惊肉跳，急速避开。

在白小纯避开的瞬间，他之前所在之地，被那无数术法直接轰得出现裂缝，吓得白小纯头皮发麻，急速后退。实在是这四周的魂修太多了，他只是目光一扫，就看到了数百人，远处甚至还有更多人正呼啸临近。

"我从来没见过这么无耻的家伙！"

"大总管又如何？敢扰乱军营，这就是死罪！"众人纷纷嘶吼，追杀白小纯。白小纯心脏加速跳动，愁眉苦脸，急速避开，眼看对方人数不断地增加，他就算是天道元婴，此刻也怕了。

"大家别冲动，冷静一下，听我解释……没有什么事是不能商量的……"白小纯心底发颤，高呼起来，试图让众人冷静，可回答他的却是上千人的术法形成的狂风暴雨。

白小纯看着那片如此惊人的术法，吓得尖叫一声，以肉身之力急速狂奔，瞬间挪移避开，可刚一避开，这军营内竟爆发出了法阵的气息，居然有人开启了法阵……

"你们太欺负人了，我不就是不小心放了把火嘛，又没死人啊，你你你……你们居然开法阵打我！"白小纯面色大变。他觉得这些人疯了，此刻欲哭无泪，眼看四周包围自己的人越来越多，他内心惶恐到了极致，猛地大吼起来。

"周紫陌，我们约定，我在这里三个月，不会受到任何的损伤！"

这吼声极大，哪怕四周上万人的怒吼竟也没法压制，实在是白小纯的天道元婴太强悍，肉身之力也惊人，配合之下，使得他的声音如同爆雷，轰鸣于四方。

周紫陌早就知道了外面的事，银牙始终在咬，对于这白浩，她也有怒意，一想到他当天来的时候，先是懦弱后又嚣张，原本已经安稳下来，彼此约定了三个月，可眼下，才过去两天，这白浩居然闯下如此大祸。

那火海虽被控制熄灭，可这一场大乱，焚烧的军用物资极多，粗略估算，军团损失不小。而这军团属于她周紫陌，所有损失都需要她自己来补充，这就让周紫陌内心有些后悔让白小纯留在军营。

只是，约定之事，她又不好反悔，此刻听到外面白小纯的声音，周紫陌气得腮帮子鼓鼓的，狠狠一咬牙，一步走出，刹那消失，再出现时，赫然在被众人包围的白小纯的身边了。

周紫陌的出现，使得白小纯与四周众人都心神一震，尤其是巨鬼军团的魂修，一个个虽对白小纯有杀机，却不得不忍下，拜见周紫陌。

白小纯此刻也紧张，他真不是故意放火的，实在是一场意外……此刻担心周紫陌不履行约定，于是赶紧开口。

"我们有约定啊，唉，我都说了，你既然不喜欢我，就让我走吧，何必留我在这里呢？"白小纯叹了一口气，哭丧着脸，望着周紫陌。

周紫陌听到这句话，差点没忍住，胸口起伏，面色阴沉，深吸一口气后，目光扫过四周众人，缓缓开口。

"都散了。"

这一句话传出，四周众人沉默了几个呼吸的时间，哪怕心中对白小纯的怒意再大，也全部低头转身离去，很快，四周就安静下来，法阵也都散去。

这一幕让白小纯内心一惊，他在边墙当万夫长时，知道能一句话让军团全部退下，除了本身修为的原因外，更重要的是威信。显然，在这巨鬼军团，周紫陌的威信已经到了惊人的程度。

看着众人散去，周紫陌这才转头冷冷地望着白小纯，那目中的冰寒让白小纯紧张，忍不住开口。

"那个……我真的不是故意的，意外，这是一场意外……"

"我不管你是不是意外，但我警告你……若有第二次动乱，哪怕有约定，我也要斩了你！"周紫陌一字一顿地开口，每一个字，都好似一道雷霆，轰在白小纯心神内。

说完，周紫陌不再理会白小纯，一晃离去，她担心自己再多看白小纯一眼，就真的压抑不住了。

这场动乱，随着周紫陌的出现，终于平息下来，可白小纯在这军营内，却很不自在，四周众人目光里的冰冷让他有些尴尬。

更让他紧张的是他不敢在这军营炼火了，他很担心如果再次出现火海，那红尘女十有八九真的会出手。

可不炼火的话，白小纯又不甘心，他觉得自己炼制十六色火已经成功了五成，只要再努力一些，说不定就可以炼制出来。

"罢了罢了……我惹不起这红尘女，我不在这军营炼了总行了吧？我去军营外面炼，这样就算有了火海，也不会波及军营，那红尘女就没理由动我了。"白小纯感慨一番，目中露出坚定，一晃之下，出了军营。

刚一走出军营，他就察觉身上有神识锁定，知道按照约定，他需要在这军营待三个月，不过想着自己只要不走远应该没事，也就没去理会，很快，就到了军营外的一处小山上。

果然，他到了山顶，那凝聚在身上的神识，慢慢也就散了。

第 719 章

师尊……你看那里

"太霸道了……我不就是炼个火吗？"白小纯坐在山顶的石头上，看着山下远处的军营，叹了一口气。

"都把我逼到这里来炼火了，我之前又不是故意的……徒儿，你说是不是？为师很无辜啊。"白小纯嘀咕几句，取出魂塔。

魂塔内白浩魂张开口似乎想要说些什么，可最终只能摇头苦笑，他对于自己这个师尊，越是了解，就越是觉得不靠谱，可最终还是劝说起来。

"师尊，要不我们暂时先别炼了，万一……万一再出现火海怎么办……"

"放心，为师有经验。"白小纯一拍胸口，安慰道。他不这么说还好，一这么说，白浩魂就觉得心有余悸，忍不住着急起来，正要继续劝说，可白小纯已经拿出一团十五色火，散开冤魂，再次开始炼制。

生怕白小纯在炼火的过程中被自己打扰而出现意外，白浩魂只能将劝说的话语咽下，在内心长叹一声，默默祈祷一切顺利。

时间流逝，很快过去了三天。这三天，白小纯炼火很温和，似乎他真的害怕再次出现火海，所以只要稍有变化，就立刻停止。

"你看，我都说了没事，这不，三天过去了，都没有出现火海吧！"白小纯下巴微扬，得意地开口。虽进展缓慢，但他的融合也终于快要到七成左右了。

这一幕，使得白浩魂松了一口气，看向白小纯时，露出欣慰之意，觉得自己这个师尊总算是小心了一次，也不枉自己为他操心一番。

"师尊，这十六色火的炼制，越到后面就越难，你要谨慎一些，可千万不能冲动！"

"放心放心。"白小纯摆一摆手，继续炼制。时间又过去了数日，白小纯的双眼渐渐赤红，疯魔般的样子再次出现。他发现，这几天时间，无论自己怎么炼制，都卡在了七成左右，一旦推进，就会失败。

"到底是什么地方又出现了问题……"白小纯抓着头发，死死地盯着手中的火团，目中露出思索之色。这一切落在白浩魂的眼中，让白浩魂在思索解决办法的同时也很紧张，实在是这个样子的白小纯，让他想起了当日火海前的一幕幕。

"我知道了，是这些冤魂杂质太多！"还没等白浩魂想明白问题出在哪里，白小纯双眼猛地一亮，就立刻重新去炼制。可白浩魂觉得事情没这么简单，想要劝阻，在看到白小纯那激动的样子后，他迟疑了一下。

"也罢，先让师尊去尝试一下，或许他是对的。"

白小纯目中带着振奋，对于杂质这个问题，他想到了炼药，解决的办法顿时就在脑海里浮现，整个人顿时眉飞色舞，双手挥动，再次炼制起来。

这一次，在炼制的过程中，那团十五色火每一次吞噬冤魂后，都会升起一丝丝黑烟，刚开始还没什么，可随着吞噬的冤魂增多后，那烟也增多了一些，看得白浩魂再次紧张了。

"师尊停下，这烟冒得有些多了，不对劲，容我想一想……"白浩魂的直觉告诉他，炼火的过程中，这种燃烧杂质出现的黑烟，不是什么好东西，此刻连忙劝阻。

"这点小烟没事，乖徒儿你不用担心，为师对此特别有经验！"白小纯哈哈一笑，得意地开口，继续炼制。随着炼制，那黑烟冒得越来越多，白浩魂的面色也越发紧张，到了最后，白浩魂体都颤抖不已了。

可白小纯再次沉浸在忘我的状态之中，不断地炼制，不断地吞噬冤魂，直至过去了一整天的时间。在这一天的黄昏时，白小纯终于炼制到了八成。

"果然有效！"白小纯激动起来，正要继续时，突然，那团十五色火出现了不稳的征兆，一股恐怖的波动在躁动，可还没等这波动爆发开来，白小纯就立刻果断地握拳，将那团十五色火直接捏灭！

随着捏灭，一团比之前浓密无数倍的黑烟，直接就从白小纯的指缝里散出，成了一朵蘑菇云升腾而去。

“哼哼，徒儿看到了吗？为师做事果断吧！说不会出现火海，就绝对不会出现火海，最多就是出现一些烟雾而已。”白小纯傲然地松开了手，看着手心内散去的最后一丝黑烟，他得意地扫了眼身边的白浩魂。

白浩魂这一次真的要崩溃了，他长叹一声，一指天空。

“师尊，我们赶紧逃命吧……你看那里。”

白小纯一愣，他之前专心炼火，没注意天空的变化，此刻抬头一眼看去，他顿时睁大了眼，面色蓦然大变。

白小纯的目中，天空中因他捏碎火焰而升起的那团蘑菇云，此刻不断地扩散，眨眼间就化作了一大片黑压压的黑云。这黑云看起来似乎沉甸甸的，此刻飘动时，竟不断地下沉，且看其飘向的位置，正是军营所在处。

“这黑云，怎么有些眼熟……不会吧？我当年炼药出现过黑云，可现在是炼火，应该不会啊！”白小纯傻眼，喃喃低语，内心也惴惴起来，眼巴巴地看着那片黑云慢慢地飘向军营，越发地下沉，到了距离军营不到百丈时，就快速沉了下去……

军营内的魂修也早就注意到了这片黑云，眼看黑云过来，一道道身影急速飞出，展开术法轰击黑云，试图将其轰散，与此同时，还有一声声怒吼在四方回荡。

可任凭这些人如何去轰击，这片黑云不但没有减少，反而下沉得更快，在白小纯目瞪口呆的注视下，他看到那片黑云……最终将军营笼罩在内。

很快，无数的咳嗽声、尖锐的嘶吼声，在这军营内响起。

“白浩，你个杀千刀的！”

“喀喀，这是什么……喀喀……白浩，又是你干的！”

“天啊！先是火海，又是黑云，喀喀……我的眼睛，我的嗓子……白浩，我要杀了你！”

那种种声音惊天动地、回荡四方时，白小纯也快要哭了，这一次，他觉得自己非常无辜。

“我是为了不形成火海，为了你们才这么做的啊！我也没想到，火海没出现，居然出现了黑云，实在怨不得我啊！”白小纯忐忑不安，心跳加速，一旁的白浩魂也一样哭丧着脸，低声哀求。

"师尊，我们商量一下，你能不能换个名字，在巨鬼城时我就想说了。现在在这里……你一闯祸，他们喊的都是我的名字，都要杀我……"

白小纯没心情理会白浩魂了，他此刻着急啊！眼看那军营内吼声越发强烈，甚至还有一道道身影冲出黑云，直奔自己而来，那杀气腾腾的样子，让白小纯呼吸急促，内心狂颤。

"完了完了……"白小纯急速后退，赶紧取出玉简向巨鬼王求救。就在这时，军营内冲出来的人更多了，那一个个魂修此刻都发狂了一般。更让白小纯心怯的是，他看到了周紫陌的身影，竟如奔雷一般，直接冲出黑云，又如一道红色的利箭，直奔自己而来。

周紫陌觉得自己要疯了，她这一次深刻地体会到，自己的父亲为何将白小纯扔到自己这里来了，这家伙分明就是个祸害！

这才不到半个月，白小纯就让巨鬼军团经历两次动乱了，周紫陌自己都觉得不可思议，这种事情，就算换了她来做，怕是也做不到如白小纯这么让人抓狂……

"白浩，你找死！"此刻在怒吼中，周紫陌冲向白小纯所在的山头。

第 720 章
冥皇拳

"我这一次真没放火啊！"白小纯吓得心脏狂跳，后退时委屈地开口解释。

他不解释还好，这么一解释，白浩魂暗叫糟糕，想要阻止也都晚了。只见那些冲过来的巨鬼军团的魂修，一个个怒吼得更大声，纷纷想到了之前的火海事件，新仇旧恨加在一起，顿时狂暴起来。

而周紫陌速度更快，右手抬起向着白小纯所在的山头隔空挥出一掌，瞬间这意志似完全成为天意，竟在其身前形成了一个巨大的手掌，这手掌轰隆隆直接就落在山头上。

大地震动，这山头更是瞬间彻底粉碎，白小纯的身体也刹那消失，再次出现时，已在千丈外的空中，他呼吸急促，立刻开口。

"周紫陌，你讲不讲理啊，我没放火！"白小纯内心紧张，同时也在飞快地给巨鬼王传音。

"嗯？"周紫陌看到白小纯居然避开了自己含怒的一掌，很诧异。要知道她是天人，这一掌算是取代天意落下，在打出的瞬间，就已经注定命中白小纯，可对方居然还能避开。

"此人战力，的确如父王所说那般，很不俗……"周紫陌冷哼一声，正要继续出手，可就在这时，储物袋内的传音玉简中，传来巨鬼王带着怒意的声音，她眉头皱起。

周紫陌面色阴沉，取出玉简后，站在半空与巨鬼王传音，这一幕被白小纯看到后，他松了一口气。

"这里真的没法待了，这红尘女不讲道理啊！我这一次又没放火……"白小纯叹了一口气，觉得自己命苦，同时也很心虚，偷偷打量周紫陌。

至于四周的那些巨鬼军团的魂修，此刻看见大统领出手，也都忍下愤怒，包围着白小纯，将此地封锁，那目中的煞气看得白小纯心惊不已。

而此刻的周紫陌与自己父亲的交谈，也很不愉快，到了最后，周紫陌竟一把捏碎了传音玉简，抬头时，她冷冷地看着白小纯。

白小纯眼看对方捏碎玉简，内心一惊。

"你若能在我一击之下不死，我放你离开军营，从此以后，别出现在我的面前！"周紫陌声音冰寒。话语出口的瞬间，她一步走出，刹那间，就出现在了白小纯的身边，右手抬起直接一挥，顿时一片红色的风暴散开，刹那就将白小纯笼罩在内。

那红色风暴滔天而起，带着周紫陌的意志，这是天人手段，足以镇压元婴。尤其是在这风暴出现后，苍穹之上，风云俱倒卷，天地一片赤红，气势瞬间就攀升到了极致。

这一方天地之力，仿佛都被周紫陌抽来化作自身的意志，形成了毁灭一击，在红色风暴中，甚至出现了一张属于周紫陌的巨大的面孔！

这一幕让四周巨鬼军团魂修无比振奋，他们不认为白小纯能承受这一击，这毕竟是天人之力！

白小纯顿时就感受到了强烈的威压，他气息一凝，面色一变，正要后退，可很快就内心咯噔一下，察觉到这四周的天地被周紫陌的意志笼罩，如同封锁，使得自己的瞬移失效。

眼看红色风暴扑面而来，白小纯无法躲避，在巨大的死亡危机下，眼中瞬间就出现了红血丝，他来不及多想，大吼一声。

"周紫陌，你还真以为我怕你不成！"白小纯说话间，竟不再闪躲，而是深吸一口气，全身修为疯狂运转，肉身之力全部爆发，凝聚于右手，一拳轰去。

这一拳，不是寻常的拳头，而是他在打出的刹那，将全身气息全部收缩后的一拳。在拳头上更是出现了一个黑色的旋涡，这旋涡急速转动的同时，甚至将这天地内充斥的周紫陌的意志也都碾碎了吸来，使得他所在之地瞬间被一个巨大的旋涡取代。

周紫陌面色大变，她觉得自己已经高估了白小纯，可还是没想到，即便如此自己还是低估了。这一拳的强悍让她内心一震，这已经不是属于元婴的术法了，她甚至在这一拳中，隐隐感受到了白小纯的意志！

这是天人道法的标志！

几乎在她感受到白小纯意志的刹那，白小纯的身后，那穿着帝袍、戴着帝冠、面部模糊的巨大身影也显露出来，但又瞬间被吸入白小纯的拳头内，形成了最终的不灭帝拳！

一拳落下，直接就打在了那来临的红色风暴中、周紫陌的面孔上。

轰轰轰！

轰鸣之声震动苍穹、传遍四方，甚至魁皇城内都被惊动，而白小纯早就知道魁皇城内或许有人知晓不死长生功，所以这一拳的黑色旋涡以及帝影，都被他用面具之力遮盖，使得外人察觉不出真相。

能看到的，只是这惊天动地的、十分霸道的一拳！

轰轰轰！

双方的碰撞，让天地颤抖，八方惧震，那面孔首先崩溃，风暴随后溃散。而白小纯这里，虽说皮糙肉厚，全身上下更是炼灵十四次的至宝，可还是倒退开来，直至千丈外，无法忍住，连续喷出两口鲜血，不过他依旧有战力。

周紫陌这边，虽天人修为爆发但并未用出全力，而这一拳又是出乎意料地强大，有无上之威，她哪怕仓促阻挡，也依旧被这一拳直接轰退百丈。虽没有吐出鲜血，但五脏六腑在这一刻也都传来刺痛，她面色苍白，猛地抬头，看向白小纯时，目中露出震撼。

她这一生，只在两个元婴修士手中如此狼狈，一个是白小纯，一个就是眼前的白浩，可这一拳，她相信就算是白小纯也无法打出。而白浩的身份，让她此刻不由得产生了一丝怀疑，只是她虽然知道白小纯有面具，但是很难将白浩与白小纯联系在一起，这里面最重要的原因是，白浩是被她父亲送来的。

她不相信白小纯能避开半神的神识探查，能被巨鬼王认可身份，这本身就已经说明了他不可能是白小纯，只是那一丝疑惑，依旧隐隐浮现在她的心底。

"这红尘女，我当年就将她打得半死，更不用说现在我这么强大了，岂能怕了她！哼，就算是打不过，她要杀我，我也不会像当年那样任人宰割！不过看她的样子，说不定已经对我有些怀疑了……"白小纯的修为有些波动，这一拳，他打出了九成功力，保留了一成，实在是一旦使用全力，他也有些承受不住。

与周紫陌的这一战，白小纯清晰地感受到，自己比之前强大了太多，要知道当年他是凭着葬宫的禁制削弱对方，又九死一生，拼了分身自爆，用尽了所有手段，才争取到逃走的时间，可现在……一切不同！

白小纯想到这里，忽然觉得这周紫陌似乎也没那么可怕了，他站在半空，盯着周紫陌，一言不发。

这一瞬，四周包围过来的巨鬼军团众人，一个个都目瞪口呆地看着，所有人都不由自主地吸了一口气，目光落在白小纯身上时，他们的心中充满了震撼。

"元婴可战天人！"

"天啊！我没看错吧，这白浩……居然这么强，传言他在炼魂壶内生擒所有天骄是有巨鬼王相助，现在来看，他自身修为也很惊人！"

"不过这一拳，必定是撒手锏……"

在众人心惊时，一旁的皇城上方，那飘浮的皇宫内，盘膝坐在天师殿中的大天师忽然双眼睁开，抬起头，遥遥看向巨鬼军团所在之处，目光似穿透虚无，落在白小纯身上。

"这是……冥皇拳？"大天师有些动容，隐隐认出，这似乎与传说中的冥皇拳有些相似。

"冥皇拳，是冥皇传承……只有被冥皇认可之人，才可动用！"想起传说中的冥皇，哪怕大天师有近乎半神巅峰的修为，更挟天子号令天下，也依旧忌惮无比。

第 721 章

一间炼灵铺

魁皇城旁，巨鬼军团驻地外，周紫陌盯着白小纯，她的身上有天人的威压，改变了天地变化，降临在白小纯的四周。这威压无形，却充满了周紫陌的意志，似乎她一个思绪的转动，都可引起天地轰鸣。

这威压落在任何一个元婴修士身上，都足以让其内心崩溃。在白小纯这里，刚开始还能如常，可渐渐地他也感受到了极大的压力，只是事情都到了这个程度，白小纯明白，自己绝不能退缩了！"我那一拳，应该很能吓唬人。可惜我现在是淬骨境第八重，若能到第九重，就可打出威力两倍于现在的不灭帝拳，到了那个时候，威力更大，定能让她吐血，成为我最终的撒手锏！"想到这里，白小纯胆气一壮，瞪着眼睛，眨都不眨一下，与周紫陌对望。

四周寂静。

那些巨鬼军团的魂修强者，一个个都心神震动，难以置信，更是带着复杂的情绪看向白小纯。

实在是方才白小纯的那一拳，惊天动地，以元婴修为战天人，虽不是平分秋色，但任何人都能看出，已不能用寻常元婴修为来衡量白小纯。

尤其是一拳之后，白小纯站在半空，那气势不但没有减弱，反而隐隐有一股霸道铁血之意，给人一种战意惊天之感，不由得让众人心底对白小纯有了敬佩。

毕竟在这个世界中，强者为尊，对于一个如白小纯这样的强者，不管什么情况下，最起码的尊重也是必须要有的。

看着四周众人看自己的目光有了改变后，白小纯神采飞扬，与周紫陌对望时，眼睛瞪得更大。

"比眼神，当年我结丹时就已不怕任何人，现在我都这么强了，区区眼神对望，我能怕你？！"白小纯胆气更壮，气势也随着心中念头而越发强起来。

半晌之后，周紫陌深吸一口气，收回目光。她之前已说了，只要白小纯能在这一击之下不死，她就放其离开，这是她与巨鬼王的约定，也是她的承诺。

"不要让我再看到你！"周紫陌目中光芒一闪，转身就走，一晃之下，就到了军营内。四周的魂修相互看了看，又见周紫陌都已发话，他们也在沉默中后退，很快，所有人都回到了军营，这驻地外，只剩下了白小纯。

白小纯看见周紫陌走了，抬起小袖擦了擦额头上的冷汗，长松一口气。他之前那一拳用了九成力，此刻已是强弩之末，虽还有修为傍身，但他觉得此地在魁皇城范围内，强者众多，老怪云集，很多手段让人防不胜防，他不敢将全部神通展现出来。因为全部展现出来的话，一旦开战，他就很受限制。

此刻周紫陌走了，白小纯心下一松之余，也觉得这一次来魁皇城，实在是出现了太多不可思议的事情。

"这算什么事啊……"白小纯很苦恼，不过能顺利离开巨鬼军团，这对白小纯而言也是件好事，在摇头中，他转身就走。

天大地大，白小纯此刻却有些茫然，不知道自己该去哪里。

"还是修为不够，否则的话，我大可直接穿过蛮荒，回到逆河宗。"白小纯在这儿发愁，看了看不远处的魁皇城，又看了看巨鬼城所在的方向，想了想后，取出传音玉简，还是去联系巨鬼王。

"王爷，这魁皇城太危险了，亲事我不要了，行不行？那个……你安排个人过来接我，我想回巨鬼城陪在您老人家身边啊……"

此刻的巨鬼王也很头痛，他也没想到只是让白小纯去巨鬼军团驻地而已，原本是件好事，却出现了这么多变化。

无论是他女儿的拒绝，还是白小纯那边的火海、黑云，这一切都让他连连顿足，眼下又收到了白小纯的传音，巨鬼王头又痛了。

"白浩，老夫亲自定的亲事，岂能反悔！你赶紧去给紫陌道歉，说清楚之后，留在她身边。"

白小纯一听回音，立刻就不干了，毫不犹豫地拒绝后，又提出想要回巨鬼城的事情，巨鬼王也生气了。

"回巨鬼城不可能，除非你们已经成亲，现在立刻去给紫陌道歉，争取让她原谅你。一个女人都搞不定，这件事老夫不管了，你也别来烦我！"巨鬼王一发狠，直接回了一句话后，任由白小纯如何传音，都装作没听到。

"这父女二人都不是好东西，坏透了！"白小纯郁闷，他才不去见周紫陌，且对方也说了不想再看到自己。

"天大地大，难道就没我白小纯容身之地吗？"白小纯在心底悲呼一声，琢磨着自己没有巨鬼舟，又无法用传送阵，回巨鬼城的希望，已经算是被斩断了。

白小纯叹了一口气，目光落在了不远处的魁皇城上。尽管他内心不愿，可眼下实在没别的办法了，且天色看起来也近黄昏，若是再耽搁下去，怕是进城都进不去了。

"我记得当年去三大家族抄家时，他们送了我一间在魁皇城内的铺子……"白小纯揉着眉心，思索片刻后想起了此事，赶紧去翻储物袋，很快就找到了一份玉简，其内烙印着地契，仔细看了看后，白小纯心情好了一些。

"罢了罢了，我就去那铺子住一段时间，不去惹事，安心修行，争取尽快让自己可以独自穿过蛮荒。"白小纯摇头，向着魁皇城飞去。

就在这时，他储物袋内魂塔中的白浩魂，亲眼看到了白小纯从进入巨鬼军团，到眼下顺利离开的一幕后，深吸一口气，看向自己这师尊时，目中带着敬佩，一晃之下，飘到白小纯的身边，向着白小纯抱拳深深一拜。

"弟子之前对师尊有些误会，方才恍惚，终知晓师尊的手段，佩服佩服！"

"啊？"白小纯一愣，看向白浩魂，有些迷糊，不知道这弟子犯了什么病，说出这么莫名其妙的话。

"师尊你不要掩饰了，弟子已明悟，你之前的两次炼火意外，显然是刻意为之，为的就是要让那巨鬼军团大统领将你赶出军营。"白浩魂一脸崇敬，越是思索，越觉得眼前这个师尊，虽有些鲁莽，但实际上心思极深。

"这个……"白小纯眨了眨眼，他算是听明白了。只是白浩魂显然还是不了解白小纯，这一切并非如白浩魂所想，实在是阴差阳错，不过白小纯眼珠一转，忽然觉得这样也不错，于是干咳一声，衣袖一甩，傲然地抬起下巴。

"哈哈，这都被你看出来了，不错不错，乖徒儿，你的悟性还算马马虎虎，以后要多跟为师学习才是，为师那可是神机妙算，走一步，就可看到万步外，天下无人能敌啊！"白小纯一脸嘚瑟，趾高气扬，他不这样还好一些，可此刻摆出这样的姿态，顿时就让白浩魂有些犹疑了，对自己之前的判断动摇起来。

在这吹嘘中，白小纯终于踏入了魁皇城，此城庞大无比，任何一处城门都有侍卫，进出都需盘查，甚至还需缴纳一定的魂药。白小纯进入这魁皇城后，发现哪怕眼下黄昏降临，城内还是有众多行人，熙熙攘攘，极为热闹。

白小纯连忙拿着地契玉简，按照指引，在这魁皇城内转悠起来。一路走去，他时常心惊感叹，实在是这魁皇城太过繁华，整个城池的地面，居然都是青玉打造的，在这里，他甚至感受到了一丝久违的灵气。

还有两旁那一间间铺子售卖的物品，应有尽有，无论是冤魂，还是法宝，甚至通天河水都有不少。

再就是在来往的人群中，白小纯看到了许多强者，更有土著巨人，在这魁皇城内压低身体走过。

而最让他觉得大开眼界的，是在这魁皇城内，有很多建筑散发着宝光。随着夜色降临，这光芒璀璨映照八方，使得这魁皇城哪怕在夜里，也熠熠生辉多姿多彩。

一个时辰后，在夜色完全降临时，白小纯觉得自己走了很远，可实际上，他只是在这魁皇城内的小部分区域走动而已。终于，他按照地契玉简的指引，找到了他的那间铺子。

这是一间炼灵铺。

第 722 章
相依为命的师徒

整个魁皇城，不算皇宫的话，分为九十七个区域，而这九十七个区域里，中部占据一成，北部最大，占据近乎两成。

白小纯的这间炼灵铺子，就位于第八十九街区的边缘地带，这里虽算不上繁华，可只要是在这魁皇城内的铺子，本身就已经价值不菲。

当白小纯好不容易找到时，天色已晚，可在这街头上，依旧能看到那一间间铺子内的灯火以及进进出出的人。

只是白小纯有些郁闷，他望着自己面前这间铺子，此铺门面不大，只有丈许宽，与四周其他铺子动辄三五丈宽的门面比较，很不起眼。

门前挂着牌匾，上面写着三个字：炼灵铺。

就这么简简单单的三个字的牌匾，也是残破不堪，让白小纯有些傻眼。至于里面，则是长条形，似乎除了商铺外，还有后院，只是无论怎么看，与其他铺子比较，都显得太袖珍。

尤其是里面虽有灯火，却不明亮，与其他铺子的灯火通明比，差距太大了，更不用说来往的客人了。

唯独让白小纯有些安慰的，是这铺子内并非没有客人，此刻就有那么一个青年站在那里，似乎在不断地吸气，胸膛剧烈起伏。还没等白小纯走进去，他就看到那青年整个人暴怒起来，发出大吼。

"我的三月流云珠，你居然给我炼废了！该死，我只是要求你们给我炼灵两次啊！两次而已，你你你……"那青年狂吼，声音传出铺子后，四周的行人纷纷看了过去，有不少人低声议论起来。

"此人应该是外来的，否则的话，怎么会选择此铺炼灵？"

"就是，这炼灵铺是出了名的差劲，能开到现在，都是一个奇迹了！"

听着四周人的议论，白小纯眉头皱起，那铺子内的青年带着怒气走出，又冲着铺子骂了几句，这才郁闷地离去。白小纯叹了一口气，他算是看出来了，这间铺子，除了其本身的价值外，再没其他价值了。

"罢了罢了，我原本也只是想找个地方落脚而已。"白小纯摇头，向着店铺走去。进了铺子后，他看到这不大的房间里，只有一个老伙计，正趴在柜台上，一副百无聊赖的样子。至于四周的墙壁，都空着。虽也有一些炼灵物品摆放，但白小纯一眼就看出，这些物品最多也就是炼灵三四次的样子。

看见白小纯进来，这老伙计打了个哈欠，目光在白小纯身上扫过后，没去理会。白小纯看了看四周，再次叹了一口气，来到柜台前，将那块地契玉简放在上面。

"要炼这块玉简？先说好啊，无论成功不成功，费用可是要先收的，且若失败与我无关。"那老伙计一愣，狐疑地抬起头，说了一句话，这才拿起玉简，目光一扫，先是一愣，继而睁大了眼。

"你是东家？"老伙计站起了身，打量了白小纯几眼后，又坐了下来。

"这应该是我的铺子。"白小纯想了想，觉得自己没有走错，郁闷道。

"也罢，你既然来了，就给我结算工钱吧。一年三千魂药，还有下一年的三千魂药，不给的话，休怪老夫抽身不管了！"老伙计坐在那里，略有倨傲，目光落在白小纯身上。在他看来，自己炼灵虽一般，但对这铺子以及魁皇城熟悉的，眼下只有自己一个人，对方要开铺子是离不开自己的。

"工钱？"白小纯愣了一下，仔细地问了几句后，算是明白过来，这铺子原本生意虽一般，但绝非眼下这个样子。只不过自从铺子属于白小纯后，那原来的家族就将铺子内的一切人员撤走，只留下这么一个老伙计看管。

这老伙计炼灵水平很一般，于是就使得这铺子每况愈下，如今不说臭名昭著，可也差不了太多。平日里几乎看不到人进来，偶尔来一个外地人，也往往被坑了后，再也不来了。

白小纯有些无语，看着眼前这老伙计，那一副你不给我工钱，我就甩手走人的样子，一拍储物袋，直接取出三千魂药扔了过去。

"赶紧走！"

"你让我走？"老伙计一愣，脸上露出不悦，拿着三千魂药直接从柜台后走出，袖子一甩，离开店铺。

"用不了一个月，此人必定还要将我请回来，在这魁皇城内，炼灵铺子众多，竞争本就极为激烈，想找个炼魂师来坐镇，他付出的代价会更高。"老者冷笑几声，越走越远。

看到老伙计走了，白小纯目光扫过空旷的店铺，索性将铺子大门关上，又布置了禁制后，开始打扫。直至深夜，他终于将这店铺里里外外，包括后院以及居住的屋舍都整理完了，这才盘膝坐在后院，望着四周，叹了一口气。

"这和我在巨鬼城的宅子没法比啊！"白小纯摇着头，越发怀念自己在巨鬼城的日子，更是后悔，当初老老实实将陈曼瑶交出去不就好了嘛。

白小纯对这店铺不满意，可白浩魂却相反，对这铺子极为满意。他身为鬼修，魂体特殊，在这店铺内飘荡几圈后，带着满足神色，回到了白小纯身边，兴奋地开口。

"师尊，这里挺好的，我们既然短时间内不回巨鬼城，就在这里安居好了，此地的灵气对我很滋补，在这里修行，要比其他地方快好多。"白浩魂振奋地说道，身体一晃，化作一个中年男子的模样，站在白小纯身边。

"这点灵气算什么？等以后为师带你去更好的地方，那里的灵气比这里浓郁无数倍。"白小纯无精打采地说道。

"师尊不用气馁，我觉得这里挺不错的，平日里师尊可以修行，至于铺子内的伙计之事，我去做就可以了！"白浩魂说到这里，有些兴奋。他平日里都在白小纯的魂塔内，虽因魂体特殊，又有白小纯面具之力保护，不怕被人看出端倪，可生前终究只有筑基修为，去过最远的地方，也仅仅是死亡前去的那片迷魂林而已。

眼下来到魁皇城，更有了一间铺子，他心情难免激动。

白小纯看着白浩魂这么开心，心情也好了一些，他目光落在白浩魂上，若有所思，看出了对方对于此地似乎有了一些归属感。

"也是，我这徒儿命运多舛，成为鬼修后，又因为我用了他的身份，所以他哪怕想与人接触，也不敢太过显露，倒也委屈了他。"白小纯沉吟中，右手掐诀，向着白浩魂一指，顿时他的面具之力散出，加重了不少，凝聚在了白浩魂上。

"师尊……"白浩魂一怔。

"以后有人的时候，你就委屈一下，装成为师的魂奴好了，以为师的炼灵造诣，翻手间就可让这店铺起死回生。"白小纯笑了笑，蛮荒的炼魂师，很多身边都有所谓的魂奴，这些魂奴呆板，只能做一些简单的事情。

让白浩魂装扮成魂奴，就可以解决他存在的问题，且改变样子，也就不怕被人看出身份。

白浩魂心中感动，望着自己的师尊，抱拳深深一拜。

就这样，师徒二人便居住在这家店铺内，直至数日后，店铺的大门才被重新打开，虽外表看去与之前没什么区别，但其中的炼灵师已是天差地别。

只是这家店铺的名气已臭，开门大半个月，只能看到外面熙熙攘攘，四周其他铺子人来人往，唯独白小纯这里，无人问津。

眼看如此，白小纯想到自己之前说的大话，有些坐不住了，沉吟之后，他立刻傲然地吩咐白浩魂。

"徒儿，我思索了一下，咱们这铺子没人来，是因为名字不够响亮。你去换个名字，就叫作……天下第一炼灵铺！"

第 723 章
来了个托儿

白浩魂迟疑了一下，觉得这个名字有些太大了，可看到白小纯那坚定的目光后，他只能低头去处理，很快，这间铺子的牌匾就换成了七个字的牌匾。

天下第一炼灵铺！

这牌匾一出，顿时就惊动了四周的店铺，还有所有来往的行人，在看到后，一个个都神色中透着古怪。

而白小纯也在牌匾换了后，没有如往常一样去研究十六色火的配方，而是兴致勃勃地坐在案台后，眼巴巴地望着大门外，等待人来。

白浩魂站在一旁，看着师尊在那里很兴奋的样子，他心底虽觉得这名字有些太大了，但还是与白小纯一起等待客人进来。

只是等了快一个时辰，从门口路过的行人也足有数百，可依旧没有人进来，反倒是有不少人，在看到店名后，直接笑了出来还指指点点的。

"天下第一？这口气也太大了！"

"我知道这炼灵铺，之前惨淡至极，无人问津，更是炼废了不少人的法宝，这是活不下去了，所以换个名字来继续骗人啊！"

"弄这些噱头，有什么意义？我辈魂修，要的是踏踏实实！"

这些声音陆续传来，白小纯面色渐渐从之前的期待，变成了铁青，到了最后变得极为难看。他深吸一口气，告诉自己再坚持一下，于是，第二天、第三天……直至过去了七天后，白小纯受不了了。

这七天，进来的人愣是一个都没有，看热闹的开始还有不少，最后也几乎没了，最让白小纯接受不了的是，最后就连那些嘲笑声，也都消失了……

铺子重新回到了那曾经无人问津的样子，这就让白小纯心底郁闷的同时，也不服气了。

"我就不信了，我这么一个走到哪里都可以引动风云的天才，这小小店铺，就能把我难住！"白小纯立刻喊来苦笑的白浩魂，再次吩咐下去。

"徒儿，我琢磨了，我们只改名字还不行，需要在外面加一副对联，以显示我们的傲骨！"

"对联我都想好了，简单直接，就写'炼灵一次千药起，不怀万药莫进门'！"白小纯小袖一甩，很有气势地说道。

"那个横批是……？"白浩魂被白小纯这对联再次震惊了，呆呆地问道。

"爱炼不炼！"

白浩魂目瞪口呆又有些啼笑皆非，暗道只要师尊高兴就行，于是在这店铺外，挂上了这副对联。这对联一出，与那牌匾配合，顿时再次引起了小范围的轰动，外面的其他铺子与行人在看到后，一个个都被这店铺的猖狂震惊了。

"炼灵一次居然要千药，还是千药起？其他铺子最多几百药就可，千药起，那至少也是玄品炼魂师的价格了！"

"这是穷疯了吧，要坑就坑把大的？"

"这铺子有点意思……"

看见再次起了轰动，白小纯精神抖擞，正在等待时，一旁的白浩魂目光微闪，忽然在白小纯耳边说了几句，白小纯眨了眨眼，一拍大腿，立刻同意。

或许真的是白小纯的这个方法有效果，又或者是大话说得太大，以至于有人不满，总之，在这对联挂出的第二天，天下第一炼灵铺内，终于来了第一位客人。

那是一个土著大汉，哪怕压低了身体，看起来依旧有一丈多高，魁梧非凡，走入铺子时，地面似乎都震了一下。

看见有人进来，白浩魂立刻飘出，正要开口时，那大汉大手一挥，直接扔出了一把巨大的战斧。这战斧砰的一声就砸在了地面上，这战斧虽寻常，但上面有六道银纹，触目惊心。

"你们外面写得那么猖狂，我这战斧已炼灵六次，眼下这第七次，就你们来炼吧。炼好了，别说是千药，三千药我都给你们；若炼不好，今天我就将这里拆了！"大汉声音如天雷一般，传到了外面，立刻引起了铺子外不少人的注意，纷纷看了过来。白小纯背着手，一脸孤傲地从柜台后走出，看了看那斧头，淡淡开口。

"有材料三千药，没材料一万药！"

那大汉眼睛一瞪，看向白小纯，脸上露出狰狞中带着威胁的笑容。

"好，就一万魂药，我就在这里等着。"

白小纯这才点头，右手抬起虚空一抓，那斧头立刻直奔他来。他拎在手里，进入了内房，此刻外面看热闹的人越来越多，都被这土著大汉的万药手笔震动。

"万药炼灵……居然是在这种小铺子里，实在少见啊。那大汉不会是托儿吧？不过没见过这么阔气的托儿啊！"

"不管是不是托儿，只要成功就是真的！"

"炼灵七次也敢接啊，若是失败，这铺子的名声就彻底毁了！"

"他们这铺子还有什么名声？要是炼灵不成，看样子这铺子估计都没了……"

过去了一炷香的时间，就在众人议论纷纷时，一股浩荡的波动，瞬间从内屋传出。这波动一起，众人纷纷睁大了眼，屏住呼吸看向从内屋中走出的白小纯，他的手中拖着一把战斧，那战斧上清晰地出现了七道银纹！

"真的成了！"

"天啊！这可是炼灵七次，一炷香的时间，竟成功了！"

众人哗然不敢相信时，白小纯将那斧头扔到了土著大汉面前，自己则是背着手，露出一副高深莫测的神情。

那土著大汉身体颤抖，脸上露出激动，一把拿起手中战斧，他的目中带着难以置信，呼吸急促，似乎整个人都呆在那里。

白小纯顿时不满了，咳嗽了一声。

这咳嗽声落入大汉耳中，他立刻反应过来，顿时眼神狂热，崇拜地看向白小纯，用他几乎最大的声音，猛地大喊。

"神了！太厉害了！这是我这一生见过的最惊人的炼灵，六次到七次，居然瞬间就成功了！白大师，我服了，你这里不愧是天下第一炼灵铺啊！这天下第一炼灵铺，当之无愧！

"大家来看看，我这斧头已经被第七次炼灵成功了，这里太无敌了，以后我还要来！"

这喊声极大，外面众人听得清清楚楚，渐渐神情怪异起来，都觉得有些好笑，实在是这大汉的演技太差了，这话语怎么听，都似乎是为了铺子宣传，连炼灵师姓白都知道。

白浩魂在旁边苦笑，这大汉的确是个托儿，是他想到的主意，告诉了师尊后，自己去找的，但这些话语，则不是他的意思，而是白小纯要求这么说的，且这还是他改动了一些，如果真的按照白小纯的话去说，那会更夸张。

原本按照白浩魂的做法，会让这个大汉表现得更委婉一些，不露太多痕迹，可现在……却是直白粗暴得很。

白小纯也不满意了，他皱起眉头，觉得这大汉说得还不够。按照白小纯之前给出的说法，这里面要先歌颂一下自己，再歌颂一下铺子，最后歌颂炼灵，至少要说上一炷香的时间才对。

可现在人多，白小纯虽不满，也不好直接说些什么，只能继续抬头，保持那么一副深不可测、唯我独尊的样子，目空一切地看着天空。

那大汉扯着嗓子大吼一番，又给了魂药，这才美滋滋地离去。直至他走远，这铺子外的众人，面面相觑下心生犹疑，不多时，竟又有一人，咬牙之下踏入店铺内。

虽然那大汉作为一个托儿太明显了，但是炼灵七次毕竟成功了，这对魂修而言，就足够了。

一整天的时间，一共进来六位客人，当这六人的炼灵之物，只有一次失败，其他五次全部成功的消息传出后，店铺外的众人彻底心动了。

这种成功率，已经让人心动不已，第二天店铺开门，就有二十多人到来。在之后的半个月内，这天下第一炼灵铺，更是在附近这片区域彻底引起轰动，声名不仅重振而且大振特振！

在这整个八十九区里，这炼灵铺也小有了名气，于是来的人更多了，虽说不是次次成功，但依旧保持了极高的成功率。这让太多的魂修惊喜，口口相传，一个月后，白小纯都忙不过来了，于是与白浩魂商议后，定下规矩，一天只接十单。

同时，白小纯炼火需要大量冤魂，他魂塔内虽有不少，但数量毕竟有限，短时间够用，时间长了难免会耗费一空。

于是这铺子多了第二个生意，那就是卖魂药，以冤魂购买魂药，而魂药对于蛮荒魂修来说，是修行的必需品，更是整个蛮荒前景最大、需求最多的生意。

尤其是白小纯这里，甚至还出售中品魂药和上品魂药，立刻提高了竞争力，毕竟整个八十九区的魂药店铺里，上品魂药极为稀少，可白小纯这边，只要有冤魂，上品魂药要多少有多少！

如此一来，这铺子想不出名、想不红火都难，很快，就已经名动整个八十九区！

第 724 章

树欲静而风不止

看着生意越来越好，几乎铺子一开门，就有不少人排队等待，其中有一半是慕名而来专为炼灵，还有部分则是为了此处的上品魂药。

毕竟上品魂药对于魂修修行好处太多，远非下品魂药可比，尤其是这天下第一炼灵铺内，上品魂药似乎存储极多，这就让不少人心动而来。

这就使得这铺子越发红火，短短两个月，就在这八十九区形成了极好的口碑，甚至名气都隐隐传到了附近的几个区中。

在这样的情况下，这炼灵铺不说日进斗金，但也差不多了。尤其是冤魂的储备的增多，更是让白小纯振奋，他觉得照这么下去的话，自己炼火所需的海量冤魂，就足够了。

至于白浩魂，也很满足，这几个月里，他虽说在有外人的时候，都给人一种呆板的感觉，可他的内心却很兴奋。毕竟无论是生前还是死后，他都几乎独自生存，内心很渴望与人接触。

眼下铺子生意红火，他每天都能看到非常多的人进进出出，虽碍于身份，他只能与人简单地沟通，但依旧很满足。

只是这铺子生意一红火，自然而然就引起了一些人的嫉妒，更是无形之中抢走了其他同类铺子的生意，于是在这几个月里，来找麻烦的也不少。

不过在白浩魂的沟通下，大多麻烦都化解了，白浩魂的做法是宁可吃点亏，只要不影响生意就好。

开始的时候，白小纯还没在意，可随着找麻烦的人渐渐多了后，他就不乐意了，尤其是想到自己的修为与身份后，他就更不悦了。

"我堂堂边墙万夫长，巨鬼城大总管，更是巨鬼军团大统领的道侣，就连巨鬼王我都敢绑，炼魂壶内上百权贵子嗣我都抓过，我老老实实做生意，不去欺负别人就不错了，这些小虾米敢来欺负我？"

"徒儿，从明天开始，若有人来找事，立刻喊我，我去收拾他们。"白小纯哼了一声，在这一天夜里，向着白浩魂说道。

他这些天已经观察了，前来找麻烦的，大都是元婴修为，其中还有不少是结丹，这就让他彻底放心，胆气也壮了。

看到师尊不满，白浩魂苦笑，琢磨了一下后苦口婆心地劝说。

"师尊，咱们终于安稳下来了，如今铺子的生意还不错，那个……咱们还是少惹事吧！你放心，我来处理就行。"白浩魂赶紧安慰，他是真的怕了这个"便宜师尊"的惹事能力。一想到巨鬼军团的动乱，那场面阵势，还有在巨鬼城内自己听说的事情，白浩魂就充满紧张，偏偏这个师尊每次都是那么一副委屈的样子，让他哭笑不得的同时，也满是无奈。

"那怎么行？为师岂是那种忍气吞声之人！"白小纯一瞪眼。

"师尊啊，你看我们在这皇城内，到处都是敌人啊！那些当初被你抓的权贵子嗣，都在此地……我们还是能忍就忍忍吧，多一事不如少一事啊！"白浩魂内心一叹，拿出了撒手锏，提起了那些当年被白小纯抓了的权贵子嗣。

这句话一出，顿时管用，白小纯面色微变，想到当初自己把那些天骄收拾得很惨，若自己在巨鬼城也就罢了，可眼下在他们的地盘上，他顿时就心虚了，不过他表面上却没有表露太多，而是一拍白浩魂的肩膀，哈哈一笑。

"为师是和你开玩笑呢！不错不错，徒儿你的警惕性很好，有为师当年的风范啊，我认为你说得太对了，实际上，我也是这么想的。"白小纯脸都不红一下，此刻目中露出欣慰之意，岔开了话题。

看见白小纯打消了念头，白浩魂这才放松下来，也不去揭穿，而是笑眯眯地陪着白小纯聊天。日子继续这么过了下去，白天的时候，白浩魂在外接待客人，而白小纯则是沉下心来，去研究十六色火的配方。

晚上，白小纯一次性将白天收来的法宝炼灵，随后继续研究十六色火的配方。

渐渐又过去了半个月，终于在白浩魂的配合下，白小纯将十六色火的配方，完全摸透了。

白小纯这才开始再次实践炼制，担心出现意外，这一次他不惜代价，在这魁皇城内买了不少法阵禁制布置下来。财大气粗的他，甚至还买了一套足以防护家族的魂阵，将自己这后院的炼火房，打造得如铜墙铁壁一般，这才勉强放心，专心炼制。

白浩魂知道分寸，看见白小纯开始炼火，他就立刻将铺子关闭暂时歇业，不再接收任何炼灵的单子，将一切事情都推后，全力辅助白小纯炼火。

只是这十六色火的炼制并不顺利，哪怕白小纯对配方研究得透彻，又有白浩魂相助，也依旧是失败了一次又一次，好在他的冤魂足够，经得起这样的消耗。最终在过去了一个月后，终于在这一天，白小纯右手一挥，那团十五色火立刻扩散吞噬冤魂，渐渐多出了一色。

白小纯心神激荡，振奋中努力控制不让自己的气息产生强烈的波动，而是定气凝神，小心地操控四周的火海，一点点将其压缩到掌心上，一把握住后，再次张开手掌时，他的掌心赫然出现了一团十六色火！

"成功了！"白小纯哈哈大笑，内心的激动再也无法压制。这十六色火，他耗费了足有大半年的时间，花费的冤魂更是无数。再加上白浩魂的辅助，这才将十六色火炼制出来，如果换了其他人的话，别说半年了，恐怕就算数十年也难以成功。

看到白小纯成功炼制出十六色火，白浩魂虽疲惫，但心中也很喜悦，他对白小纯的性格已经了解不少，知道自己这师尊喜欢听别人吹捧，于是笑着上前，恭贺一番。

白小纯哈哈大笑，心满意足中，再次尝试炼制，渐渐发现这十六色火的成功率不高，往往七八次才能成功一次的样子。他虽有些不满意，但这已经是目前能做到的极致了。

"也罢，我冤魂多，虽消耗大，但终究还是掌握了炼制之法。"白小纯想了想后，也就没有吹毛求疵，只是对于炼制元婴之事，白小纯琢磨了一番还是暂时放弃了。

虽说炼制元婴可让他修为提高，但一样会引起蛮荒的重视，巧合的事情若是接二连三地出现，都不用别人怀疑，就算是他自己，也会怀疑自己。

"还是等我能炼制十八色火或者更多色火后，再一次性地炼制元婴，让修为瞬间突破，这样才稳妥。"白小纯打定主意后，休息一番，又开始研究十七色火的配方。同时白浩魂也让炼灵铺重新营业，不用说，歇业足有一个多月的铺子都快被挤爆了。

时间慢慢流逝，白小纯看到自己这铺子的生意越来越好，看着白浩魂满足的样子，他心中也很高兴，觉得自己的确是一个在什么地方都可以崛起的非同一般的天才。感慨之余，他也享受着这样的平静，大有一种神秘高人潜藏在凡俗闹市中的超然之感，唯独有些遗憾，自己的不死骨修炼，因没有了生机，近乎停滞了。

不过，树欲静而风不止，白小纯想要平静，可实际上，随着铺子的名气渐渐传开，他这里已经被人盯上了。

此刻，在这魁皇城的中心区域，第九区一处很奢华的阁楼内，就有数十个人，环绕而坐。

这些人一个个俊朗非凡，修为也都极其不俗，最弱的也是元婴中期，还有几人更是元婴大圆满。若有熟悉他们的人在此，一眼就能认出，这些人都是魁皇城内的权贵子嗣，皆为当代天骄。

其中一人，正是小狼神，还有一个则是李天胜，就连妙琳儿也在其中。

可眼下，这些人的面色都很阴沉，沉默半晌之后，小狼神咬牙开口。

"大家都知道了吧？那该死的白浩来我魁皇城了，他若留在巨鬼军团内也就罢了，可此人竟无视我等，居然在那八十九区开了一间炼灵铺！"

"我也听说了，他是被赶出巨鬼军团的！"众人纷纷咬牙切齿地开口，对于白小纯的恨，已经无法形容，炼魂壶内的事情，是他们的噩梦，更是耻辱。众人一想到曾被他给抓了，且吸了生机，差点成为"人干"，这些天骄羞恼之下心中顿时杀意涌动。

第 725 章

让他滚出魁皇城

"这白浩无耻至极，臭名昭著，在巨鬼城时更是道德败坏，抢人家产，这种人，就是人渣！"

"我事后也打听了，此人六亲不认，杀了亲生父亲，灭了血亲族兄，逼死养母，巨鬼城因他而变得惨烈，可以说只要他在的地方，必定是水深火热，如今他到了我们魁皇城，我可以想象，他必定祸害八方！"

"这种人，偏偏受巨鬼王喜爱！"

"哼，只要巨鬼军团不庇护他，在这魁皇城内，我定要报炼魂壶中羞辱之仇！"众人你一言我一语，纷纷咒骂，可一想到白小纯的强悍及其背景，他们都觉得憋屈。

不过这阁楼内的天骄，并非所有都是去过炼魂壶的，还有一些是其家族内，并未参与炼魂壶一役之子弟，听着其他人开口后，对于这被众人切齿痛恨的白浩，也有好奇。

"诸位过于小心了吧？这白浩我承认他的确厉害，可诸位莫要忘了，这里不是炼魂壶，这里是魁皇城，是我们的势力中心！"一个穿着粉色长衫的青年，手中拿着一把扇子，淡然说道。

他话语说完，四周不少人都立刻看了过去。

"陈兄若有办法，李某必定奉上一份谢礼！"李天胜起身，抱拳说道。

"没错，那白浩没见过陈兄你，你若真能将他收拾了，我小狼神欠你一个人情！"

"陈雄道友一向手段超群，那就请道友出面好了！"

"陈兄，还请为琳儿做主。"众人纷纷开口，有的用激将法，有的阴阳怪气，有的直接感谢，那粉衣青年注意到妙琳儿也都双眼水汪汪地看着自己，顿时眉毛一挑。

"只要我们按照规则走，除掉他或许有难度，可将其赶出魁皇城还是轻而易举的。"粉衣青年笑了笑，扇子在身边桌子上一敲，目中露出强烈的自信。

"诸位，只要你们借给我一定的魂药，那么一个月内，我必让此人滚出魁皇城！"

小狼神等人都目光一闪，不再开口，一夜无话。第二天清晨，八十九区，天下第一炼灵铺外，已有七八人等在那里，准备等这铺子一开门，就立刻去预约炼灵。

不多时，铺子大门被白浩魂推开，这七八人立刻精神一振，纷纷踏入，白浩早就习惯了接待，不疾不徐地接下一单单炼灵的生意。

铺子内，柜台后，白小纯懒洋洋地趴在那里，时而抬头看看进来的客人，大多数的时间，都是在脑海里琢磨十七色火的配方。

很快，大半个上午过去了，进入铺子的魂修络绎不绝，白浩魂不慌不忙地一一招待，一切如平常，白小纯也打了个哈欠，琢磨着要不要也出去溜达一圈儿。

可就在这时，大门外，走来一个青年，这青年穿着粉色的长衫，手中拿着一把扇子，一身元婴后期的修为，使得他的出现，立刻让这铺子内的众人心神微震。

实在是此人身上的气势极盛不说，他的身后还跟着两个老者，那两个老者修为一样不俗，如同护道者般，守护左右，一同踏入。

"天下第一炼灵铺？好大的口气！"粉衣青年淡淡开口，声音传遍四周，这铺子内的其他客人一听这话就立刻明白，找事的来了，于是纷纷看起热闹。

白浩魂也内心一叹，赶紧上前，至于白小纯，他趴在柜台上，此刻也抬起头，看了过去，往这粉衣青年身上一扫，他就觉得有些熟悉。

"这感觉，怎么和炼魂壶内那些天骄有些相似？"白小纯正琢磨时，也不知白浩魂说了些什么，那粉衣青年眼中露出厉色，袖子一甩，竟有一股狂风散开，将白浩魂直接卷出。

白小纯面色瞬间沉了下来，从柜台后一晃消失，出现时已经在白浩魂身边，右手抬起一按，将其四周的狂风散去。白浩魂面色有些苍白，身体似乎都模糊了一些，显然那粉衣青年的甩袖之力不轻。

看到白浩魂虚弱，白小纯立刻怒了，看向粉衣青年时，目中露出寒芒。

"好好说话不行，非要动手是吧！"

这目光顿时让粉衣青年内心一震，想到关于眼前之人的种种传闻后，他心脏跳动微微加速，气势竟弱了一些。

"陈某从不仗势欺人，你这铺子既对外开张，又号称天下第一炼灵铺，我来炼灵，居然还说名额已满？这是瞧不起我？"粉衣青年立刻大声开口，不但铺子内的人观望，而且铺子外也有不少人看热闹。

白小纯冷笑，正要说话，一旁的白浩魂赶紧一抓白小纯的手臂，显然是看出此人与之前来找事的那些家伙不大一样。

白小纯深吸一口气，想起与这徒儿交谈时对方的劝说，又想到这里毕竟不是巨鬼城，于是忍了下来。

"要炼什么？"白小纯硬邦邦地说道。

看出白小纯有妥协之意，粉衣青年眼睛一亮，嘴角露出一丝冷笑后，右手往储物袋上一拍，随即取出一枚紫色的玉佩。这玉佩刚一出现，立刻就有雾气在四周弥漫，居然隐隐能看到其中有一条蛟龙之影，似乎在咆哮，被这青年一挥，化作一道紫光，出现在白小纯的面前。

更为惊人的是，这玉佩上居然有十道银纹，触目惊心，四周众人看到后，无不震惊。

"这玉佩内封印了一条蛟龙之魂，这种魂宝之物，最难炼灵！"

"已经炼灵十次了，这第十一次……算是改变法宝本身，同样是极难跨越的一道鸿沟！"

"恐怕就算是黄品炼灵师也不敢轻易尝试，失败率太高了！"在四周众人声音响起时，白小纯心中念头一转，也装出一副气急败坏、愤怒的样子，抬头死死地盯着粉衣青年。

粉衣青年微微一笑，对于四周众人的哗然，他早有预料，而眼前这让众多权贵子嗣吃瘪的家伙的难看表情，更是让他心底得意，目中露出讥讽。

"就炼这玉佩好了，此物价值极大，你可不要炼废了！"粉衣青年依旧淡淡说道，但话语间还是透出一丝得意。

"白某炼灵，费用按照法物本身炼灵次数相应的价格叠加而定！"白小纯袖子一甩，咬牙开口，心底琢磨着怎么给对方下套。

粉衣青年闻言一笑，直接扔出一座魂塔。

"这里面的魂药足够了，你炼吧，就按照你的标准，若是给我炼废了……你可要赔偿！不过你若能炼到我满意，我可以给你十倍魂药！"

粉衣青年声音传出，四周众人还有铺子外看热闹的行人更加震惊，要知道白小纯这里的炼灵价格本就很高，而这粉衣青年居然肯给十倍。这价格就已经无法形容了，可同样的，代价是失败后，要赔偿此宝。

"这算是一场豪赌了……"

"失败的话虽要赔偿，可一旦胜了，收获极大啊！"

"这场赌，倒也公平……就看这铺主，敢不敢接了！"

粉衣青年嘴角带着笑容，内心冷哼，他既然说出一个月内让这白小纯滚出魁皇城，自然是有把握的，这玉佩看似寻常，价值似乎也不是很大，可实际上来头不小。这可是皇族赏赐，若真赔偿起来，说多少都可以。

就算对方成功了一次，他可以要求再炼一次，如此下去，早晚会碎，在他看来自己稳胜，一旦碎了，他就借此发难。

他性格阴毒，明明是一场赌，可偏偏刚开始不说，而是一步步将白小纯套进来后，再说出这不是赌却等于赌的条件。

哪怕白小纯今天拒绝了，他第二天还会来，甚至安排下去，让其麾下众人也天天拿着类似之物到来，只要接了一次，他就赢了。

若是一直不接，这铺子也没法继续给人炼灵了，对他来说，也是赢了，毕竟他没有仗势欺人，虽要求失败赔偿，但此事在炼灵界内也不是没有，且他肯付出十倍价格，如此一来，巨鬼王也说不出什么。

而且最重要的，这只是他计划中的第一步而已，还有后续的第二步、第三步，环环相扣，他信心十足。

第 726 章

算错账了

"你敢不敢接？"粉衣青年语带讥讽地说道。

白小纯眨了眨眼，暗道还没等自己给对方下套，这粉衣的家伙居然就主动钻进来了，且很明显的，这是在给自己下套啊！

"这家伙阴毒啊，看来这玉佩价值必定极大……且他话语里的满意不满意，也说明了我就算成功了一次，他也会让我继续……"白小纯想到这里，目光微不可察地一闪，面色随即大变，身体哆嗦了几下，呼吸急促，双眼瞬间就生生地挤出了不少红血丝出来。

"有什么不敢接的！"白小纯大吼一声，喘着粗气，似乎极力去隐藏自己的心虚。

"不过我给人炼灵，都是成功一次就收费一次，不会累积在一起付，你若没有足够的魂药，我……"白小纯立刻继续开口，给人一种明明不敢接，却偏要装出一副是你付不起报酬，而不是我不肯炼的样子。

"可以，你成功一次，我就给你结算一次！"粉衣青年皱起眉头，觉得有些不对劲，可眼下他在逼白小纯的同时，也将自己逼到了角落里，目光一闪后，他琢磨了一下自己的计划，冷笑起来。

"这白浩应该是猜出了我的想法，可他却猜不到，我为了这一次在众人面前扬名的决心，更猜不到，我已经有了他能炼灵十四次成功的准备。况且，从十一次到十四次，他说不定早早就失败了！"粉衣青年眯起双眼，他这一次看似鲁莽，可实际上已有调查，知道眼前此人的身上，可都是炼灵十四次的法宝。

"可惜，我能拿出的那种让他赔偿不起的法宝，大多是炼灵十次左右的，且就算真的弄到炼灵十四次的，此人选择不炼也合情合理，我这手段就无效了。"冷笑中，这粉衣青年果断同意。

尤其是在看到自己同意后，白小纯面如死灰，他内心就轻松了一些。

白小纯哭丧着脸，可心中却乐开了花，装着狠狠一咬牙，袖子一甩，拿着那玉佩，阴沉地走向后院。

不多时，当他出来后，那玉佩上银纹消失，取而代之的是一道金纹，模样更是改变，居然缩小了一些，玉佩上更散发出惊人的灵力波动。这波动扩散四方，让这铺子内的众人一个个睁大了眼，心神震动。

"竟真的成功了！"

"炼灵十一次啊……"

粉衣青年神色如常，目光落在白小纯手中的玉佩上，心底叹了一口气。

白小纯傲然抬头，看向粉衣青年时，大声开口：

"魂儿，把我炼灵的收费方式告诉这位公子，算算他应该给我多少魂药。"

"法器无中生有，出现第一次炼灵，千魂药起，一升二次则是两千，二升三则是四千，以此类推，四为八千、七为六万四、九为二十五万六、十为五十一万二……至于炼灵十一次，需要付出的魂药数为……一百零二万四千魂药。"

白浩魂的声音回荡，四周众人一个个都吸了口气。他们中有一些人呢，之前就已经在计算了，尽管有了准备，可听到这个数字后，依旧都是深受震撼。

白小纯得意地看了眼粉衣青年。粉衣青年沉默少顷，微微一笑，一指方才取出的魂塔，淡淡开口：

"这魂塔内有五百万魂药，你可以继续去炼了，仅仅炼灵第十一次，我还不满意。"他的话语，再次引起轰动。这一刻，店铺外围观的行人也越来越多，看着这等豪赌，纷纷面色变化，也激动起来，立刻拿出传音玉简，开始召唤各自的好友前来。

很快，此事就在八十九区传开，无数身影急速而来，直奔此地，哪怕这里人太多进不来，也将神识散开，密切关注。

白小纯目光一移，他之前就判断对方给自己设套，此刻冷笑一声，也不去掩饰什么了，而是拿着那玉佩，转身就进入内屋。

不多时，当他走出后，那手中的玉佩赫然多出了第二道金纹，这金纹的出现，让铺子内外的人都惊呼出声：

"十二次……天啊！"

"这种豪赌，很多年没看到了，快叫人来，这件事必定会轰动整个魁皇城！"

在众人的惊呼声中，粉衣青年也终于感受到了一些压力，他的目中闪过了一丝犹豫，随即死死地盯着白小纯，再次开口：

"依旧不满意，继续炼！"

白小纯感受到了粉衣青年的决心，他内心不忿，暗道：你给我等着，看我不吓死你！想到这里，白小纯转身再去内屋，当他出来时，他手中的玉佩，出现了第三道金纹！

"魂儿，报价！"这一次，还没等众人出声，白小纯尖锐的声音已传遍四方。

白浩魂也身体一哆嗦，实在是这一次的事情超出了他的想象，此时他没有半点迟疑，立刻开口：

"此次炼灵，四百零九万六千魂药！"

白浩魂的声音传出，顿时轰动八方，这一刻，不但八十九区震动无比，而且在这些人的传播下，甚至其他街区，也有不少人急速赶来。若是在高空看去，可以发现，在八十九区四周，至少有十个街区的修士正蜂拥而去。

粉衣青年的身体都颤抖起来，他的目光中已经有些慌乱，脑海嗡鸣，勉强让自己保持镇定。毕竟这一切他不是没有准备，可他也内心苦涩，按照他的希望，玉佩最好能在炼制过程中碎掉。

"此人的炼灵造诣，果然惊人！"粉衣青年狠狠咬牙后，猛地抬头看着白小纯，一字一字再次开口，"我还是不满意，你继续炼！"

这一次，铺子内外所有观望之人，内心的震撼已经到了极致，他们早就看出这场豪赌不对劲了，一次次地看到那粉衣青年说不满意，也都明白其中的用意。

"还不满意是吗？粉衣小子，看我怎么吓死你！"白小纯转身一晃，再次回到内屋，一炷香后，他出来了。当他手中的玉佩被众人看到后，撼动苍穹大地的惊呼声，在这一刻，冲天而起。

"十……十四次！"

"炼灵十四次，这怎么可能？天啊……"

在一片哗然中，在无数人疯狂地传音给自己认识之人，告诉他们此事，让他们快速赶来之时，还没等白浩魂报价，白小纯自己就抢先得意地喊了一句：

"八百一十九万两千魂药！"白小纯内心骄傲，觉得此刻自己亲自开口，才更有气势。

白小纯此刻得意的声音，在粉衣青年听来如同丧钟，让他面色瞬间苍白，好似被一股力量轰击，身体踉跄地后退几步，呼吸几次，双眼已经彻底赤红，哪怕有心理准备，他依旧是心神震颤。实在是这魂药的数量太过庞大了，尤其是想到累积起来后，那可是一千五百多万了。

他此刻都有些后悔自己不该出头，已有了退缩之意，可他已经骑虎难下，心底不由得纠结。关注这场豪赌的人实在太多了，此刻外面从附近街区赶来的人，足有数万，甚至还有更多街区的修士也在急速赶来。

"这位客人，可还满意？这魂塔内的魂药已经不够了，你一共要给我八百一十九万两千魂药，你结清之后，若不满意，白某可以继续给你炼！"白小纯抬着下巴，得意无比地开口。

可白浩魂却傻眼了，呆呆地看着自己的师尊，心底迟疑，琢磨着师尊似乎算错账了，只算了最后一次炼灵的价格，没算之前几次累积后的价格啊。

他有心提醒，可想到眼下四周人太多，自己表现出的是呆呆的魂仆的样子，实在没法提醒，于是心底叹了一口气，有种要捂脸的感觉。

四周传来无数粗重的呼吸，在震惊的同时，也有不少人心底觉得古怪，察觉出白小纯似乎算错了账，可粉衣青年乃是权贵子嗣，他们不想得罪，眼看白小纯算错账，一个个都偷偷看向白小纯，那粉衣青年望着白小纯，也愣住了。看着白小纯那得意的样子，他狐疑起来，却猜不出白小纯的想法，他不相信对方算错账……半晌之后他猛地抬头，一拍储物袋，直接再次扔出了一个魂塔。

"里面有四百万魂药，我……还是不满意，你给我继续炼！"粉衣青年带着试探大声喊道。这一次，他集合众天骄之力，甚至还加上了自己的，最终才凑到了这些魂药，已经是极限了，甚至这些魂药，已经堪比一个大家族的家底！

"炼灵到第十五次，价格大不一样，不是叠加一倍，而是十倍起！"此时白小纯傲然开口道。

"也就是说，这一次，我若成功了……你要给我的魂药数是，八千一百九十二万！"白小纯也心惊肉跳起来，忍不住提醒道，"你……确定付得起？"

第 727 章

我最恨要赖的

白小纯好心地提醒了一句，这话语里的数字，不但让粉衣青年内心震动到快晕了，就连四周的众人以及外面的那些魂修，也一个个倒吸一口气。实际上，炼灵到十四次与到十五次，的确完全不一样。

要知道，十五次就已经是具备了天人之力，甚至可以让元婴大圆满的修士以此去感悟天地了。所以这种炼灵之宝，任何一个都价值极大，甚至几乎绝大多数被掌握在各个炼灵家族以及权贵世家手中，不会轻易流落到市面上。

这种炼灵之宝数量很少，毕竟能炼灵成功的概率也是极低。如巨鬼王那里，白小纯立下那么大的功劳，甚至还肩负去炼魂壶的重任，关乎巨鬼王的功法缺陷，巨鬼王当初也只是给了白小纯一把炼灵十六次的长枪。

不是巨鬼王吝啬，而是对他来说，炼灵十五次以上之物也没有多少，更不用说其中几乎都是适合天人使用的。所以，炼灵十四次到十五次这种事情，若是用魂药去计算，没有人能说得清到底多少是合适的。白小纯这里开价八千多万魂药，这价格的确夸张，可仔细一想，众人也都明白，毕竟这不单纯是一件法宝，而是给人一个去晋升天人的机会！蛮荒晋升天人，就是要借助炼灵十五次以上的法宝感悟天地，让自己达到天人合一。

"你还是考虑一下吧！你看，就算你现在说满意了，按照十倍价格来算，你最多才给我……咦，也是八千多万啊！你完了……"白小纯叹了一口气，觉得这粉衣青年有些可怜，好心地说道，可说到一半他反应过来，看向粉衣青年时，更为同情了。

白浩魂听到"十倍",心底长叹,暗道自己这师尊真够败家的了,算错了账,一下子就少了七千多万魂药啊……

而那粉衣青年闻言更是暴怒吼道:"你闭嘴!"他整个人好似抓狂,双目如要滴血一样。白小纯的话在他听来,就是在嘲讽戏弄自己。

"我不满意,你给我继续炼,继续炼!我就不信,你这第十五次能成功!"粉衣青年歇斯底里地大吼大叫起来。可他身边的那两个老者早已面色煞白了,他们觉得胆战心惊,此刻连忙上前拉住粉衣青年劝阻。

"给我滚开!白浩,我继续和你赌!"粉衣青年已经抓狂了。他不能不赌,赌的话他知道自己有可能会赢,可若是输了,他就彻底大败,那代价太大,他承受不住,死都不能说满意。

白小纯深深地看了粉衣青年一眼,没有继续开口,而是拿着玉佩,转身踏入内屋。他的身影被无数目光与神识锁定,此刻这里所有人,心脏都狂跳不已。他们看着白小纯的身影消失,想要继续观察,却发现白小纯的内屋有禁制光芒闪耀,不但阻挡了所有的神识,而且在这禁制光芒内,还有一层让人哪怕动用了手段也难以看清的膜!

这膜,自然是面具之力。若有人具备足够的实力,将这层膜破除,自然能看到白小纯正常炼灵的画面,只不过有资格看到这个画面的,唯有半神修为。

这也是白小纯刻意而为,毕竟完全禁止观看,不是最好的掩饰,利用这种无意中"泄露"的画面,可以打消那些强者的疑虑。

从一开始,白小纯就是这么设置的,将面具之力化作他最好的掩护。而眼下,白小纯在这里炼制时,外界来临的魂修也越来越多,密密麻麻,不但将八十九区的地面都填满了,就连半空也都是人,黑压压一片。

各种议论的声音此起彼伏,形成嗡鸣,传向八方:

"这白浩必定是玄品炼魂师,而且还是玄品中的巅峰!"

"任何玄品炼魂师,都有一些特殊的手段,让自己的成功率变大,只是这炼灵到第十五次,那些手段就算再厉害,也都只能去撞大运了!"

"实际上,这一次的豪赌,已经不是去看炼魂师的手法了,这就是在比运气啊……"

"不过不管如何,这一次之后,这天下第一炼灵铺,哪怕不算名副其实,也必定轰动魁皇城！"

在众人讨论时，粉衣青年身体颤抖，面色苍白，脑海里一片空白。这件事太大了，他已经快要承受不住，整个人都要崩溃了。

"怎么会这样？按照我的计划，是没错的……可他怎么能次次都成功？我准备了这么多的魂药应该够了啊，可他竟没有失败一次！这一次，他必定失败，只要失败了，我就成功了！"

时间慢慢流逝，铺子外来的人越来越多，却没有人不耐烦，实在是炼灵到第十五次，在众人的认知中，本身就耗费时间。此刻他们虽然在议论，但是其目光与神识，却是紧紧地盯着内屋的大门。

白浩魂面无表情地飘浮在一旁，可心中却是连连叹息，他觉得自己这个师尊，实在是太擅长绝地反击了。看着粉衣青年那披头散发的样子，白浩魂都觉得有些同情了，暗道：你找谁麻烦不好，偏偏来得罪我师尊……

直至过去了一个时辰，白小纯依旧没有出来。实际上他进了内屋后，就盘膝坐下开始吐纳了，没有去炼灵。过去三个多时辰后，白小纯长长吐出一口浊气，睁开眼，琢磨着时间差不多了，这才摇了摇头。

"我真不想坑你，可没办法，我都劝你别继续了，你非要坚持，我一旦出手，自己都害怕。"白小纯觉得自己还是很纯洁很善良的，叹息中开始炼灵。很快，他手中的玉佩出现了第五道金纹，更是有一种天人的气息隐隐在这玉佩上弥漫，里面那条蛟龙也更为清晰，甚至给人一种天人魂的错觉。

"是个好宝贝啊！"白小纯很心动，这玉佩在他手中连续炼灵后，已经被他琢磨透彻，知道一旦发动，就可让其内那条蛟龙虚影幻化出来，威力不俗。

把玩一番，白小纯这才起身，深吸一口气后，他装出一副精力消耗极大很虚弱的样子，额头带着汗珠，甚至身上都充满了汗味，面色苍白地走出内屋。

在他走出的瞬间，无数目光神识凝聚过来，在看清他手掌中的玉佩后，外界刹那就安静了。

这短暂的寂静之后，爆发出的，是惊天动地的惊呼喧哗之声：

"天啊……这……这……"

"十五次！我感受到了上面的天人气息！"

"成功了，他居然真的成功了，这可是炼灵十五次的法宝啊！"无数人眼热。

"这种炼灵十五次的法宝，任何一件都能在拍卖会上拍出无法想象的天价，这白大师，他竟亲手炼出！"四周的声音化作声浪，一阵阵不断地掀起，传向小半个魁皇城，更是将粉衣青年的声音完全压了下去。

"不可能……不可能……这不是真的……"粉衣青年目光涣散，整个人哆嗦着连连后退，他先是失魂落魄地喃喃自语，而后整个人如发狂般，发出咆哮嘶吼。

"你看，我刚才都好心好意地劝你了，对吧？让你别继续了，你却硬是不听。罢了罢了，我这人就是心软啊，打个折把零头抹了，你给我八千万魂药好了……哎，不对，还有你说的，满意了要给十倍，八亿魂药……"白小纯眨了眨眼，被这个数字惊了一下后，眼巴巴地看向粉衣青年。

"你可千万别再继续了啊……听话……别闹！"

这一幕也让一旁的白浩魂越发觉得古怪，他此刻对于师尊是真的算错了账还是故意挖坑，实在拿不准了，只觉得师尊高深莫测，自己猜测不透。

"白浩！你坑我，你一定是装算错账！你是故意要坑我！"粉衣青年喷出一大口鲜血，哀叫后悔。他之前本打算退缩，是白小纯算错账，这才决定继续要求炼灵。可眼下的结果让他觉得自己一定被对方耍了，心底怒意滔天，身体却蓦然倒退，居然要逃出这店铺。他已经不敢继续赌了，这代价之大，别说是他，就算是他的家族，也承受不起。此刻他一想到那八亿魂药，心神都颤抖，脑海里唯一的念头就是赶紧离开！

"我坑你？什么意思？你别跑，把魂药结清，你敢赖账？！"白小纯一愣，琢磨对方什么意思，自己算错账了吗？他是真的没意识到自己算错了，正纳闷时，就看见对方要跑，白小纯脸色顿时沉了下来，怒。他觉得自己之前好心劝说，这家伙不领情也就罢了，现在居然还诬赖自己假装算错账，太欺负人了。

"我最恨耍赖的！"白小纯大喝一声，刹那间一步走出。那粉衣青年身边的两个老者经历这一幕幕后，早就担惊受怕地严阵以待了，此刻上前阻挡，可双方在碰触的瞬间，这两个老者就喷出鲜血，身体倒退而去。白小纯速度飞快，没有丝毫停顿，直接就出现在了粉衣青年的面前，右手抬起，直接一巴掌抡了过去。

第 728 章

天公算什么

轰的一声，那粉衣青年直接被一股大力轰击，倒飞而去，他满脸鲜血，整个人已经歇斯底里。

"你敢在魁皇城动手！"

"我就动手了，你欠我魂药不给，在哪里我都占着理！"白小纯怒道，上前又狠狠地踹了一脚。

这一脚踢出，又将那粉衣青年踢飞，轰的一声，他整个人就直接被镶嵌在了墙壁上。那粉衣青年口吐鲜血，全身骨头都好似散架了，怒极攻心，再加上修为紊乱，居然晕死过去。

"哼，居然敢赖账，你家白爷爷的账，是你能赖的吗！"白小纯生气了，他觉得这粉衣青年太不是东西了，和自己打赌输了，竟要逃走。这分明是看不起自己，白小纯这辈子，非常讨厌看不起自己的人。

"白浩你大胆！"

"陈雄是我陈家麒麟子，我陈家老祖是当代天公！"那粉衣青年的两个护道老者，看到粉衣青年被镶在了墙壁上，顿时怒急低吼。

"天公？"白小纯内心一惊，知道蛮荒能成为天公者，只有天人巅峰才可，如无常公那样的天人也才是地公而已。可眼下都到了这种地步，白小纯想着自己占理，毕竟来找麻烦的是对方，提出打赌的也是对方，而事后反悔要逃走的还是对方，自己没有做错丝毫，自然不能怂了。于是心里虽有些七上八下，但这四周人都看着呢，他咬牙之下一瞪眼。

"天公算什么?!老子在巨鬼城时，半神都绑过！"随即，白小纯袖子一甩。顿时，粉衣青年的那两个护道者，身体如被一股无形之索绑着轰在了墙壁上，也都晕过去了。

这一切，都被铺子内外的众人看得真真切切，一个个都倒吸一口气，被白小纯的彪悍震动，此事更是以更快的速度传遍整个魁皇城。

"魂儿，关门！"白小纯背着手，傲然开口。白浩魂心惊肉跳地飘出，赶紧将铺子内的客人送出，然后把铺子大门关上。

铺子外所有看热闹的魂修，一个个都觉得今天所看的这一切，实在是惊心动魄，此刻他们长久未散，显然是知道那陈家天公怕是不会善罢甘休，想要在这里等着，继续看此事后续的发展。

"这个炼灵铺子怕是从此以后名气传遍魁皇城！"

"炼灵十五次……仅仅是这一点，就足以当得上这铺子的名字与对联了！"

"没想到啊，在这八十九区，居然藏着高人，此人名叫白浩，这名字我怎么觉得有些耳熟……"

众人议论纷纷时，也都想到了之前粉衣青年喊出的"白浩"二字，此刻思索后，很快，一个魂修猛地抬头，失声惊呼：

"白浩……我想起来了，他是巨鬼城的白浩，那个灭杀了亲爹，帮助巨鬼王平叛，而后更是在炼魂壶内绑了所有权贵子嗣的白浩！"

"天啊，我也想起来了，是他，传闻此人心狠手辣，六亲不认，更是欺下媚上，让人不齿！"

"他居然来我魁皇城了，竟然摇身一变，成了炼灵大师！"

随着声音的起伏传播，越来越多的人想起了白小纯的身份，议论之声、惊呼之声越来越多。与此同时，在这铺子内，白小纯背着手，看着镶在墙壁上的粉衣青年以及那两个护道老者，看着墙壁四周的裂缝，又想到之前对方的嚣张以及赖账的行为，他就越来越生气。

"欺人太甚，我都躲在这里了，不去招惹别人，更是忍气吞声，可这家伙居然还来欺负我！"白小纯展开面具隐藏之力跟白浩魂念叨着，"浩儿，这可与为师没多大关系，你也看到了，他们实在太过分了！"白小纯怒道。一旁的白浩魂苦笑摇头，不知道该说些什么了，眼下祸事已闯，且的确与白小纯关系不大，实在是树欲静而风不止。

"师尊，眼下要想个办法了，此人的家族必定很快就会找来。"白浩魂沉吟后开口。

白小纯也有些心虚，他之前看似嚣张，可内心也紧张，毕竟对方家族有天公，且这里不是巨鬼城，于是他取出传音玉简，向巨鬼王传音一番。

不多时，巨鬼王那霸道的声音顺着玉简传了回来。

"怕什么？不就是个天公吗？白浩，你是我巨鬼城的大总管，更是老夫的女婿，此人既然敢来招惹，打了就打了，陈好松若是敢以大欺小，老夫也能！"

白小纯很久没有感动了，此刻听着巨鬼王的传音，他感觉如同天籁一般，激动无比，觉得王爷心里还是有自己的。于是他深吸一口气，压力顿消，抬头再看向粉衣青年三人时，越看越不顺眼了。

"哼，赖我账，我就先收一些利息回来，反正有巨鬼王给我撑腰。"白小纯想到这里，舔了舔嘴唇，琢磨着自己这么做会不会有些过分。可又想到那八千万魂药，他就又生气了，于是取出了永夜伞，直接在那粉衣青年身上戳了一下。

"我就吸一点点……"白小纯喃喃低语。这一戳，那粉衣青年猛地睁开双眼，脸上鼓起青筋，控制不住地发出一声凄厉的惨叫。

这惨叫，让外面的众人听到后一愣。白小纯也吓了一跳，赶紧把伞收回。就这么一下，他已经吸了粉衣青年近乎一成的生机，融入体内后，使得他不死长生功的淬骨境提高了一点。

"白浩，你干了什么？你不得好死！"粉衣青年的身体明显消瘦了一圈，向着白小纯怒吼，更是不停挣扎，想要从这墙上离开。

"闭嘴，我就吸了一下，多大的事啊！你还欠我八千多万魂药呢，你居然还骂我！"白小纯立刻瞪眼，琢磨着既然已经吸了，看此人声音洪亮的样子，应该没多大事，那么就再吸点好了。想到这里，他拿着永夜伞，又戳了一下。

惨叫声再次回荡，咒骂之声此起彼伏，白小纯戳了第三下、第四下、第五下……

白浩魂已经看傻眼了，此刻赶紧劝阻：

"师尊，再戳下去他就死了……"

"放心，为师有经验。"白小纯越戳越觉得刺激，不知不觉中，这粉衣青年的身体就如皮包骨一般，整个人的喊声也虚弱无比，到了最后几乎奄奄一息时，他看向白小纯，目中露出强烈的前所未有的恐惧，甚至他心底都快后悔死了。他终于明白那些同伴为何一个个骂得厉害，却没一个敢真的来找白小纯麻烦。

戳完粉衣青年，白小纯又看向那两个护道老者，考虑了一下后，他回头看向白浩魂。

"徒儿，你说……这两个家伙，我要不要也戳一下？"

白浩魂苦笑，他亲眼看到粉衣青年被自己的师尊弄得跟个骷髅架似的，那凄惨的样子，让他都觉得可怜了，不过既然师尊问了，他还是说出了自己的判断：

"那个……既然他都戳了，就已经彻底得罪了陈天公，如此的话，我觉得这二人，戳不戳已经没有区别了……"

"你也很有经验嘛！哈哈，为师也是这么想的！"白小纯哈哈一笑，拿起永夜伞戳了过去。很快，这两个护道老者就相继消瘦下来。不过白小纯有分寸，这二人他只吸了一部分生机，毕竟他们不是主谋。

可就在白小纯这里吸生机吸得很愉悦时，他的铺子大门，轰的一声，被一股大力直接轰开。随着大门被轰开，一股天人气息直接从外面扑进来。

"白浩！"在这气息扑面的瞬间，周紫陌那咬牙切齿的声音，带着怒意，冲天而起。

第 729 章

还降伏不了你

这声音来得太突然，白小纯吓了一跳，手中的永夜伞瞬间收起，抬头时已看到那绝美的身影，从大门外刹那踏入。

这身影虽美，眼下白小纯却没心情欣赏。若说在这蛮荒里他最害怕遇到的人，当数周紫陌。实在是二人当初的过节太大，白小纯心知肚明，若是让对方知道了自己就是白小纯，怕是上天入地，这周紫陌都会发飙追杀。

"紫陌，你来了……"白小纯心脏怦怦地加速跳动着，表面却装出一副镇定的样子，赶紧开口亲热地叫道。

"白浩你干的好事！"周紫陌怒道，这"紫陌"二字，她听得全身肉麻，若非万不得已，她才不想来这里。实在是巨鬼王先给她传音，而后那陈家的天公也传音过来，毕竟如今很多人都知道，白小纯不但是巨鬼城大总管，更是巨鬼王为女儿指定的道侣。

如此一来，白小纯在这里惹了麻烦，那陈家天公自然就直接找了周紫陌去要人。毕竟，那位陈家天公也知道事情的起因与结果，八亿魂药，就算是他也拿不出来。

周紫陌心底恼怒，却没办法，哪怕不愿看到白小纯，也只能来要人。

如今又看到墙壁上的三人那皮包骨的样子，周紫陌就更怒了，看向白小纯时，她目中的厌恶已到了极点。

"就知道惹事，真不知道我父亲看上了你哪一点！给我记住，你再惹事，就如此雕像！"周紫陌不耐烦地开口，说完，她从储物袋内直接就取出一个雕像，拿在手中后一捏，咔嚓一声，那雕像直接四分五裂。

原本白小纯听到周紫陌愤怒地训斥，还有些抵触，可一看到这雕像，他的脾气瞬间就没了。这雕像不是别的，正是他原本的模样，刻着白小纯的雕像……

"天啊，这周紫陌得多恨我啊，居然随身都带着我的雕像……"白小纯哆嗦了，倒吸一口气，他不害怕周紫陌的威胁，却害怕对方这个态度。

不过说来也怪，他越是害怕，越是控制不住心底产生的强烈刺激感，巨鬼王有意撮合二人，可偏偏周紫陌却不知道自己就是白小纯……实在是……太刺激了！

"那个……若是有一天真的有机会入洞房……我一把扯开面具，不知道能不能吓死这周紫陌……"白小纯的脑子有些乱了，他觉得自己似乎想歪了，可还是控制不住地去想，越想就越觉得太刺激了……

看到白小纯的目光后，周紫陌的厌恶都快无法压制，若非因为巨鬼王，她此刻真的会灭了眼前这白浩。

"这白浩无耻下流，这眼神一看就是没在想什么好事！"周紫陌内心烦闷，此刻强行忍下后，她右手抬起一挥，顿时就将粉衣青年以及那两个护道老者收走。

"白浩，我警告你，我对你的容忍已经到了极限，你若再给我惹麻烦，休怪我真的来灭了你！"周紫陌一字一句开口，那绝美的俏脸，此刻铁青一片。

"这事不怨我啊，是他来找事，又主动打赌，最后还输了我八亿多魂药。"白小纯被自己之前那些乱七八糟的想法弄得有些恍惚，可还是委屈地说道。

"闭嘴！"周紫陌瞪了白小纯一眼，转身就要走，看这样子，根本就不可能帮着白小纯把那些打赌的魂药索要回来。

从周紫陌踏入铺子后，这一幕幕，都被铺子外的众人看得清清楚楚，尤其是在知道了白小纯巨鬼城大总管的身份后，很多人也都打探了，听说了白小纯与巨鬼军团大统领被巨鬼王指定的亲事。

如此一来，众人的兴趣就更大了，只是从头看到尾，他们看到的都是周紫陌的霸道，至于白小纯的表现，让他们都有些撇嘴。

"也不怪这白浩，毕竟他这道侣，可是一个天人啊……"

"那红尘仙子一向霸道，说心里话，我挺同情这白浩的……"这些人议论纷纷，传到白小纯耳中，他就有点尴尬了。

他倒也不心疼那些魂药，这些外物他并非很在意，况且他储物袋里还有粉衣青年的那枚炼灵十五次的蛟龙玉佩，可以说他是不吃亏的。只是此刻眼看周紫陌如此霸道地到来，又将要这么嚣张地离去，白小纯不由得想到了巨鬼王和自己说的那句话。

"连个女子都搞不定……"这句话又回荡在白小纯脑海里，让白小纯觉得自己有些丢脸。若此地没其他人也就罢了，可眼下不但白浩魂在身边，而且铺子大门外的众人也都亲眼看到了这一切。他们的低声议论，让白小纯觉得脸面挂不住了，想着自己可是创造了赢字诀的情圣一般的存在，眼下绝不能这么丢人。

"站住！"白小纯心中一冲动，向着背对着自己，身姿妙曼，却带着煞气正要离去的周紫陌大吼一声。

"你敢如此和我说话！"周紫陌脚步一停，转头时，凤目内已有寒芒，更有天人威压轰然散开。她早就看白小纯很不顺眼，此刻借助这个机会，若白小纯出言不逊，她虽不好杀人，但教训一番还是可以的。

看见周紫陌目中的寒芒，白小纯肝胆一颤，心里顿时叫苦，知道自己冲动了。可如今外面的人都被自己这一声大吼吸引，白小纯脑子飞速转动，硬着头皮，深吸一口气后，他慢慢地背着双手，转过身，用自己认为最威武的侧脸，对着周紫陌。

同时白小纯脸上露出一副孤标傲世的样子，顿时就有股独特的气势在他的身上散出，使得他整个人看起来似乎也与平日里大不一样，隐隐有种铁血之意。

"王爷将其爱女许配给我，可白某何德何能……我清楚自己的身份与地位，所以你之前不承认此事，我没有任何怨尤！

"而这一次我来魁皇城，并非只是为了与你的亲事，还有一个重点——王爷让白某来辅佐你。可我知道你对我厌烦，我也不愿惹人厌恶，但王爷对我恩重如山，他的要求，我自然要去努力完成！

"那些魂药，是我打赌赢来的，原本的想法，是把这些魂药送给你，八亿魂药，对任何人而言，都是一笔巨大的财富。而这笔财富，你若不要，也可让那陈家天公因此欠下你一个天大的人情，无论如何，这是我遵从王爷的吩咐，对你的辅助之一。

"所以，要不要，你自己选择，可说不说话、怎么说话，却是我的自由，无须你来教。我不希望再听到你说'闭嘴'二字！不送！"白小纯为了让自己演起来更逼真，不惜默默运转不灭帝拳，蓄势不发之下，他的身上竟散出了一股顶天立地的霸道之意。

这气势，让铺子外众人纷纷心惊。周紫陌也愣了一下，她没想到白小纯会说出这些话，不管是真是假，八亿魂药，对她而言，的确是作用很大。若要了，是笔巨款；若不要，则同样是巨大的人情。

而一个天公的人情，就算是她，也很重视。

周紫陌沉默少顷，眼中有些许复杂，看了白小纯一眼，没有开口，转身离去，直至她走出铺子，白小纯的声音响亮传出：

"魂儿，关门！"

白浩魂身体一颤，今天真是一波未平一波又起，他也心惊不已。尤其是周紫陌出现后，自己师尊那突然爆发的霸道之意，让他实在是对自己这个师尊有些看不清了，此刻闻言立刻飘出，将这大门重新关上。白小纯已背着手，走入后屋。

在进入后屋的刹那，白小纯整个人就松弛下来，额头冒汗，深吸一口气后，仔细回忆自己之前的做派，半晌之后对自己的表现很满意。

"哼哼，周紫陌，我白小纯堂堂情圣，还降伏不了你?!"

第 730 章

世子出手

这一系列事件及变化，随着周紫陌的离去慢慢落幕，店铺外的众人，也都一个个带着不同的思绪，全都离去了。

目睹这一天发生的事情，他们的脑海里，深深地烙印下了白小纯的身影，无论是那惊人的炼灵成功率，还是那恐怖的八亿魂药的赌注，还有周紫陌到来后，白小纯那落寞中却不乏霸气的身影，这一切，都让所有人震动不已。

他们知道，从这一天起，白浩这个名字将在魁皇城中传遍，引人关注！

很快，有关陈天公家族内的那个麒麟子陈雄在这铺子内的遭遇，以及这场豪赌跟最后的结局就传了出去，被无数人知晓。小狼神等人听说后都不约而同地倒吸一口气。

"这白浩……太狠了！"

"八亿魂药……这也太夸张了！"

"我听说不仅是输了魂药，那陈雄的生机几乎都被吸走了，皮包骨一样……"小狼神、李天胜、妙琳儿等人，一个个都面色大变。此前他们虽然并不是很看好陈雄能将白浩赶走，但也心怀期待，毕竟这里是魁皇城，不是炼魂壶。

可这件事情的发展却让他们闻之生畏、不寒而栗，此刻一想起那陈雄的凄惨结局，他们不由自主地就想到了炼魂壶内白小纯的凶残，至今想来仍是心有余悸。

那狰狞的面孔、带着凶芒的目光，还有那对他们来说如噩梦般的生机吸取，这一切，让小狼神等人立刻就与陈雄划清界限，同时尽管内心苦涩，更有憋屈，可还是打消要找白小纯麻烦的念头。

"该死，在炼魂壶内输给他也就罢了，可在这魁皇城，我们竟还是如此！"

"都怪那陈雄，没有本事，偏偏接下此事。这白浩凶残无比，对付他必须从长计议，绝不能鲁莽行事啊！"

这些当初在炼魂壶内被白小纯绑了的天骄咬牙切齿，沮丧懊恼，这件事情，也成了魁皇城无数人谈论的焦点。

渐渐地，白小纯在白家、在巨鬼城所做的事情，也都被快速地挖了出来，慢慢地越传越广，到了最后，几乎无人不知。

而周紫陌那边，虽没有去要那八亿魂药，但也趁着这个机会，让陈家的那位天公欠了人情。

实在是白小纯并非寻常魂修，他的来头与背景，使得那些权贵的很多手段无法动用，只能在规则允许之内去算计，如此一来，也的确如小狼神等人的判断一样，需从长计议才可。

经过了这件大事之后，白小纯的天下第一炼灵铺，算是彻彻底底地在魁皇城打响了。在之后的日子里，每天都有大量的魂修从魁皇城各个区域赶来，有的是为了炼灵，有的是为了魂药，可更多的是要来亲眼看一看，这名气大得轰动八方的白浩，到底有没有三头六臂。

于是，在之后的这些天，八十九区热闹了，连带着白小纯的天下第一炼灵铺四周的其他铺子的生意，也都比以往好了很多，至于白小纯铺子的生意更不用说。白小纯看到这样的情况也很激动，可白浩魂却很紧张与警惕。

"师尊，这么下去我们太招摇了，这不符合我们的计划……"白浩魂有些发愁，向着白小纯叹道。

"唉，为师也不想啊！可你要习惯，因为你的师尊，是一个去了任何地方，都可以在那里崛起，且惊天动地的人物。实在是他太优秀了，我也很无奈啊！"白小纯干咳一声，摆出一副发愁的样子，感慨起来。

白浩魂见怪不怪，看了自己这师尊一眼，张开嘴想要说些什么，可半晌之后，只能苦笑摇头，知道这件事还是别和师尊商量了。他默默思索化解潜在危机的办法，片刻后，若有所思，暗中布置一番。

很快，在这众多传闻中，关于白小纯的背景却被人故意引导，大肆谈论，这里面重点提起了巨鬼王对他的看重以及欣赏，还有就是他自身的修为以及战力。如此一来，就使得白小纯给人感觉更为全能。

看到自己成为焦点，白小纯十分振奋，时常走出铺子，背着手，享受行人的注目礼。耀武扬威了几天后，他渐渐觉得没意思，于是回到后屋，继续琢磨十七色火的配方。

至于来找事的，在陈雄事件后也彻底消失了，如今再没有任何人敢在白小纯这铺子内惹事，都知道那白浩可不是一个好惹的主儿，一旦爆发，对天公家族都敢出手，更不用说其他人了。

外界传言越来越多，可白小纯的生活却慢慢平静下来，他沉浸在研究十七色火的配方中，时而尝试炼制一下，一旦不妙就立刻停手，毕竟这里是闹市区。白小纯很担心自己一不注意引出了天火或者黑云，怕自己这里好好的生活瞬间就会逆转。

在白小纯的警惕下，炼火失败后，倒也没有出现什么大的变故，甚至他在对十七色火的研究中，发现自己对于十六色火的掌控力似乎更强了一些。

尤其是白浩魂在白小纯炼火的过程中提出了很多想法，更是用他的推衍之法，帮白小纯将那十六色火的配方改良了一番。白小纯对十七色火还处于摸索阶段，而他十六色火的炼制成功率提升了不少，已经可以做到三次里成功一次的惊人程度。

这种成功率，若说出去，必定让人难以置信，任何配方都很难做到让人有如此成功率，这里面白浩魂的功劳极大。

"师尊，我的这套推衍之法，是从十五色火开始，所以想要去改良十七色火的配方，必须先改良十六色火的配方。"这段日子，白浩魂也很疲惫，为了帮助白小纯炼火，他已经尽力了，还要在休息的时候，去琢磨十七色火配方的改良以及创造出十八色火的配方。

尤其是他的想法，无论是用更多的十七色火去衍变十八色火，还是那种独创的，使十七色火在火海状态时增加颜色，始终不去凝火，而是等其到了十八色后再握住凝火，也让他耗费了心神，与白小纯也商议了多次。

这些事情，若是白小纯自己来做，怕是也很难做到，就算可以完成，估计花费的时间之多，也无法想象。

就在白小纯沉浸在炼火中的同时，外界对于他这里的议论，如风暴一般传开。同时，小狼神等人虽选择了从长计议，但还是有两个人，他们阴冷的目光，遥遥看向八十九区白小纯店铺所在的方向。

"小狼神等人一个个都是废物，区区一个白浩，他们顾忌得太多，缩手缩脚！"魁皇城第三区内，一处高高耸立的阁楼上，九幽城世子周宏面色阴沉地站在那里，遥望远方。

他原本居住在九幽城，知晓白小纯来到魁皇城后，咽不下炼魂壶内的那一口恶气，这才赶来，可一到来，就听说了陈雄的凄惨遭遇。

"周兄所言甚是，这白浩……只不过仗着巨鬼王而已，就算他本身战力不俗，可他毕竟只是一个人，且又不是巨鬼王子嗣，那周紫陌也对他很厌恶。这种人……想要对付，并不困难！"周宏的身边站着一个中年男子，此刻闻言，笑着开口。这中年男子相貌俊朗，衣着奢华，看其相貌，似与许珊有些相似之处。

"许兄，我听说许珊对于这白浩似乎有不一样的想法，是甚有好感？"周宏转头，看向身边那中年男子。

"我那妹妹不懂事，回到家中居然与我父王说了不少关于白浩的好话，使得父王火气也消散了不少。她不懂事，可我作为她的兄长，我灵临城这一次的亏，岂能白吃？所以这一次周兄邀请，我便放下一切事情，来此相见！"这中年男子正是灵临城的世子——许鹏。

"不知周兄有何办法对付这白浩？"许鹏目光微闪，缓缓开口。实际上他与白小纯没什么仇怨，可蛮荒的王位，并非传男不传女，而灵临王的子嗣众多，蛮荒皆知，在灵临城中，他的众多弟弟妹妹里，对他最有威胁的就是许珊了。

他打探到许珊对白小纯的心思，所以才应周宏之邀来到此地。不过他也没有直面白小纯与其产生直接矛盾的念头，而是打算顺水推舟、借势而为，当然，若是周宏的计划过于冒险，他也会毫不迟疑地拒绝。

第 731 章

夹中间了

周宏看了许鹏一眼，对于这许鹏的心思，他很了解，可也没有办法去改变，而他不但邀请了许鹏到来，还向小胜王公孙易发起了邀请。

只是那公孙易不但没有到来，而且还冷言讥讽，似乎不屑于用这些阴谋诡计去算计，而是打算凭着自身战力，日后亲自找回颜面。

这就让周宏很不悦，可对于小胜王，他的顾忌更多，只能忍下不去理会，与许鹏在这里见面。

"许兄放心，虽然这白浩已成气候，想要直接出手将他斩杀几乎不可能，但是周某要的也不是这般效果，我只是看此人不舒服，不想他留在魁皇城，打算让他滚回巨鬼城而已。"周宏淡淡开口。这也的确是他的想法，毕竟龟缩在巨鬼城，与在魁皇城做生意做得风生水起，是不同的概念，前者等于是受到某种程度的遏制，后者则是在更高的舞台上，拥有再飞冲天的良机。

周宏很担心，若是白小纯在这魁皇城内真正站稳，甚至有了凝聚在其身边的势力，那么再想要收拾他，就更难了。

"哦？愿闻其详！"许鹏笑了笑，一副洗耳恭听的模样。

"具体的办法，周某还没有想好。不过也不能让他如此自在，那铺子不是红火吗？周某打算从九幽城内，请来我九幽城一位炼魂大师，在白浩的铺子旁另开一间。"

"战力斗法，这白浩的确厉害，可这生意上的事情，我不信他还能一样厉害。断了他的财路，让他主动出错，他错得越多，我们就越主动。"周宏平静地开口。

128

他心中实际上已经有了一套完整的计划，却没有说出。他心中也愤懑，若能打得过白小纯，他早就出手了，可既然打不过，又想报仇，就只能动用心机手段。

许鹏若有所思，沉吟片刻后，他似笑非笑地看了看周宏，琢磨着眼前这个周宏必定还有其他计划，而自己也不需要知晓具体的，只不过顺水推舟而已。开个店铺，谁也说不出自己的错处，自己的目的又可达成，于是点了点头。

"也好，许某就从灵临城也请来一位炼魂大师，与周兄一起，在那八十九区另开一家！"

二人相视一笑，彼此再没有多言，开始安排下去。

时间一晃，过去了半个月，白小纯还在研究十七色火的配方，白浩魂也在研究配方的改良之法，只是需要熟悉的过程，还需一些时间以及实践，就可从中找出问题去解决。

炼灵铺的生意越发红火起来，来往之人络绎不绝，与此同时，白小纯铺子的左右隔壁，那两家无论是规模上还是奢华程度上，都非白小纯的炼灵铺可比的店铺，也在这半个月里易主。

重新整理了一番后，这两家铺子再次开张，其规模看起来更大，也更加奢华，至于其生意，也是出售魂药以及为人炼灵！

最惊人的是，这两个铺子外的牌匾上竟写着两个名字。

一个是"司马涛"，另一个则是"孙一凡"。

这两个名字的出现，顿时就使得八十九区不少人内心震动，因为现在白小纯这里被无数人关注，所以很快，魁皇城内很多人都知道了这开在白小纯铺子隔壁的两家店铺！

"司马涛……那是灵临城内司马家的大长老啊，更是玄品炼魂师，尤其擅长炼灵之法，被誉为灵临城炼灵第一人！"

"此人名气极大，传说此人是最有希望突破玄品，踏入地品的炼魂师之一！"

"那孙一凡也非寻常之辈，此人出身平民家庭，曾经是一位散修，据说是被九幽王看重，从此平步青云，展现出惊人的炼魂资质，成为玄品炼魂师！"

"我也听说了，这孙一凡为了报答九幽王，甘愿成为周家的家臣，他的炼魂造诣，怕是与那司马涛不相上下！"

这两个名字引起的轰动，虽不如白小纯与陈雄的那场豪赌，但依旧引起了许多人的重视。毕竟这里是八十九区，并非魁皇城中心，而是比较偏僻的区域，可在这里居然集中出现了两位大师，这件事意味着什么，立刻就让很多有心人心里有数了。

"这是冲着白浩去的……"

"一个九幽城，一个灵临城……好手段，这是如打擂一般，让人无可指摘，明摆着就是来抢生意的！"

随着此事的传开，白小纯这里又火了一把，可这一次他成了陪衬，那两位炼魂大师的名气本就不小，更是德高望重。他们一旦坐镇新店，就会立刻引得许多人到来，虽说白小纯这里也能炼出炼灵十五次的法宝，但不论修为的话，仅就他在炼魂上的名气，与这二位比较，就真的是晚辈。

这就使得白小纯那里的客源被严重分流，毕竟这两位大师的店铺里，魂药也是上品，且每一颗魂药上都有名家印记，品质可以保障，更有一定的收藏价值。同时，在炼灵上也是如此，他们二人都出过数件炼灵十五次的法宝，尤其是那位孙一凡，他的巅峰之作，是为九幽王炼制了一个炼灵十六次的法宝！

而这两家铺子，又将白小纯的铺子夹在中间，效果很快就出现，三天的时间，白小纯那里的生意就严重下滑。

这一切被白小纯看在眼里，他立刻就不开心了，走出自己的铺子后，左右一看，怒气更大。实在是那两个店铺比他这里大了太多，怎么看，似乎都是更加有保障的样子，而他自己的铺子，这么一对比，显得太过朴实无华了。

"这是什么意思啊！武的不成，就来文斗？"白小纯眼看那两个铺子内来往之人众多，熙熙攘攘，而自己这里虽也有人到来，但对比之后，实在寒碜。

"九幽城……这是那周宏出手了。而那灵临城不对啊，我可没吸许珊的生机，怎么也来对付我？"白小纯站在那儿看了一会儿。他的动作也引起了不少人的注意，尤其是那两家铺子内的司马涛与孙一凡，二人同时留意到了，却没有现身，而是带着"同行是冤家"的些许不屑，毫不理会。

在他们看来，白小纯战力虽不俗，更是元婴修为，但在这炼魂上，即便有些资质，也不能与他们二人相提并论。毕竟他们二人沉浸于炼魂大半生，那扎实的经验积累及炼魂方面的资历，岂是那初出茅庐的毛头小子能比的？

白小纯看了半晌，最终带着怒意回到了铺子里，他虽然一开始并没有把这个炼灵铺看得很重，但是随着研究多色火的配方，他知道自己日后想要修行，对于冤魂的需求将会越来越大，直至达到一个不可思议的数量。

而巨鬼城又回不去，也没机会去抄家，周紫陌更是半点也指望不上，想要获得冤魂，除非他去打劫。可这种事情白小纯觉得太危险了，不稳妥，这就让他发愁。

一旦缺少冤魂，他就没法炼火，就使得修为难以高速提升，而高速提升修为又是他离开蛮荒的唯一方法，再加上周紫陌给他的压力，使得白小纯心底也有些着急。

毕竟他只是一个人，没有大家族做靠山，且巨鬼王也不可能在冤魂上给予无限的支持，所以想要炼火提高修为，就只能依靠自己去赚取冤魂。

原本有这铺子在，白小纯看到了希望，觉得自己应该可以维持下来，支撑到修为提高到足够离开蛮荒之时。

可现在这么一看，那两家铺子的出现，就等于是在白小纯这计划上直接戳了两刀。他很担心，一旦这么下去，其他权贵子嗣或许也会参与进来，到了那个时候，他在这魁皇城内，可就真的没生意做了，整个计划就彻底破灭了。

"不行，得想个办法！"回到铺子后，白小纯紧锁眉头，脑海里转动着各种念头，心底也在感慨，自己还是太弱小了，每次遇到麻烦，都要去绞尽脑汁想办法解决。

一旁的白浩魂望着白小纯，又看了看外面的行人，他们大都去了隔壁两家铺子，白浩魂沉吟一番，忽然开口。

"师尊，我有两策，可化解此事！"

第 732 章

不就是商战吗

"啊？两策？"白小纯正发愁，听到白浩魂这么说后，愣了一下。实际上与白浩魂接触的这段时间，他也看出来了，自己这徒儿在炼火上有得天独厚的资质。若没有他，白小纯想要炼火，难度之大将无法形容。除了炼火资质外，白浩魂的心智更是不俗，任何事情交给他后，都让白小纯很满意。

不过在白小纯看来，自己这徒儿也有一个缺点，就是什么事情都习惯性地在某种规矩之内去进行，不如自己思维开阔，有如天马行空、挥洒自如……喀……

"师尊，这两策有些粗糙，若不急的话，再给我一些时间，我会将这计划完善，还可想出新的办法。"白浩魂目中露出沉吟，轻声说道。

"没事没事，你快说吧！"白小纯一摆手，带着期待，看向自己这徒儿。

"师尊，这九幽城的孙一凡以及灵临城的司马涛都是玄品炼魂师，一个是九幽王家臣，一个是炼魂世家出身，二人看似相处和睦，可实际上彼此之间不会服谁。"白浩魂缓缓开口，这番话他并非胡说，而是暗中有过观察与调查。

"所以不管幕后之人是谁，只要不是达到了王爷那样的层次，那么断然无法完全压制他们，让他们完全听命。如此一来，将这二人的名声拿出作为招牌来打击我们，实际上并不妥当，这二人对名气极为看重，他们之间必定会有暗斗之心，我们只需添一把柴，就可让这二人自乱阵脚！"白浩魂目光一闪，声音也阴冷下来，"师尊若能委屈一些，可恭敬拜见其中一人，表示自愧不如，且宣布出去，成就其更高名声的同时，轻蔑地打击另一人。明里暗里的手段徒儿会去安排，如此一来，一段时间后，就可初步看出效果。"

白小纯眨了眨眼，觉得假意去向其中一人低头，也不是不能做。白浩魂的这番话，也让白小纯想起了当初在星空道极宗时的一些事情。

"还有一策，简单直接，不过过于高调，恐怕也会引起更多麻烦，那就是师尊亲自出马，挑战孙一凡与司马涛，从炼魂、炼灵上将他们正面碾压，只是后患很多。若能想个办法，让他们来挑战师尊，我们处于弱势，绝地反击后，才能有最大的收获。"白浩魂看见师尊神色恍惚的样子，迟疑了一下，说出了第二个办法。

直至他说完，白小纯还沉浸在回忆里，好半晌之后，他才转过神来，目光炯炯，似乎有些兴奋、激动的样子。

"哈哈，好徒儿，你这两个办法都很不错，不过这件事情，为师有了更好的办法！"白小纯哈哈一笑，精神振奋地说道。

"师尊……"白浩魂一怔，更是觉得心头一跳，实在是白小纯做事的方法，之前的一次次，让他觉得不大放心。

"徒儿放心，处理这种事情，为师有经验，你看着就是。"白小纯起身，神清气爽。白小纯不说有经验还好，一说这话，白浩魂立刻觉得有些不妙。刚要劝说，白小纯已是意气风发，兴冲冲地从储物袋里取出一枚传音玉简。

"哼哼，若论商战，我怕你们啊！当初在星空道极宗，白爷爷我可是天下无敌，这种不打斗只动手段的战斗，我怕过谁！"白小纯傲然说完，拿着玉简立刻给远在巨鬼城的周一星传音。

他要做的事情，需要让周一星去完成，实在是周一星他用得很顺手，且周一星体内有他下的禁制，生死在他一念之间。他之所以来到了魁皇城后，一直没有联系周一星，是因为李峰的死亡。白小纯知晓了当初那个中型部落的灭亡之事，他明白，这是周一星的投名状。可此事让白小纯也警惕了很多，于是就把周一星扔在巨鬼城，准备观察一段时间后再决定用不用。

此刻的周一星，正在巨鬼城内一处大宅里，面色阴郁，皱着眉头。白小纯离去后，他在巨鬼城内很不顺利，一些平日里对他很客气的势力，如今也随着白小纯的离开渐渐疏离，到了如今，对他更是远不如从前。虽不是全部如此，但还是让他在巨鬼城的势力无法扩张，甚至让他做起很多事情来也畏手畏脚。

对于自己被留在巨鬼城，他是有些抵触的。他不想在巨鬼城，想要跟着白小纯去魁皇城，只是白小纯走得匆忙，似乎将他忘了，这就让周一星心底很郁闷。

"莫非我当初的选择错了？"周一星时常自问，可这个问题没有答案。他只能坚定自己当初的想法，琢磨着再过一段时间，如果白小纯还不联系自己，那么只能去主动联系一下看看。

正这么考虑时，忽然，他储物袋内的传音玉简振动起来。周一星拿出一看，瞬间呼吸急促，他的脑海里，随着神识散出，立刻浮现了白小纯的声音。

"周一星，速来魁皇城！"

周一星握住玉简，立刻安排一番，直奔传送阵而去。很快，周一星就通过传送阵到了魁皇城，这还是他首次来到这里，立刻就被这魁皇城的磅礴所震撼。他好半晌才压下内心的震动，按照白小纯的要求，去了一间客栈。

傍晚时，在这间客栈内，白小纯悄然到来，看到了周一星。

"主子！"周一星立刻起身，向着白小纯抱拳深深一拜，内心激动不已，可神色上却摆出一副只要白小纯一句话，自己上刀山下火海都不皱眉头的模样。

"我给你足够的冤魂，足够的资源，你去给我将司马涛和孙一凡店铺内，有他们印记的上品魂药，大量买来！"白小纯先是简单寒暄了几句后，给了周一星一个储物袋，低沉开口。

周一星立刻抬头，神色肃然。他虽刚刚来到魁皇城，但之前魁皇城内围绕白小纯发生的事情，他始终都让人留意着，知晓得不是很全面，可也大致了解，白小纯一句话，他就明白了白小纯的意思。

"主子放心，此事一星保证办好！"周一星斩钉截铁地说道。白小纯脸上露出笑容，觉得自己果然是御下有方，于是又安慰了几句后，琢磨了一下，将那十三色火的配方给了周一星，又指点了一些细节。在巨鬼城时，白小纯就曾做过类似的事情，使得周一星早就成了黄品炼魂师，掌握了十二色火的炼制手段。

此刻白小纯又给了他十三色火的配方，其中最重要的，就是在炼制过程中那些需要注意的地方，这些经验极其宝贵，让周一星内心激动也感动。

虽然有了经验上的指点，并不代表可以成功炼制，却能让人少走错路，而周一星最看重的，是白小纯对自己的态度。

尤其是当白小纯承诺说，若是他掌握了十三色火后，会传授他十四色火的经验，他就越发觉得自己当初的选择果然没有错。

第 733 章

放毒

对着周一星安排一番，白小纯就没再理会那两家店铺，而是满怀期待地回到了铺子里，兴致勃勃了半响，才感慨起来。

"以后遇到一些老家伙，不能小看啊！果然是经历越多，就越是睿智……比如我，要不是经历了星空道极宗的那些事情，如今岂能想到这个办法！"

"哼哼，这办法虽然简单，但是必定管用。"白小纯嘿嘿一笑，他的计划，就是把当初星空道极宗的那什么天空会用在自己身上的损招，在这里再上演一遍。

白小纯至今还记得，当初那什么天空会很歹毒地利用了自己的辟谷丹，让自己灰头土脸，同时将那原本能代替灵食的丹药生生地废了。

"这两个炼魂大师，既然非要来刁难我，那么就不能怪我心狠手辣了！"白小纯深吸一口气，盘膝打坐时，头颅向后靠了靠，使得门外的阳光落在自己的面前，而自身则藏在了黑暗中……这么一个动作，就让白小纯顿时觉得自己现在这个样子，很有枭雄的感觉。

至于周一星那里，拿着白小纯给他的大量的冤魂，在第二天就开始行动了。他并没有自己出面，而是将巨鬼城的手下招来不少，分派下去，直奔司马涛以及孙一凡的店铺，去了后，装扮成客人，购买上品魂药。

这上品魂药价格不菲，可这一次白小纯是铁了心，于是周一星没有犹豫，大量购买，每天都换人去，渐渐地，在半个月后，周一星这里囤积的上品魂药已有不少。

这些魂药都有司马涛或者是孙一凡的印记，毕竟身为名家，对于自己炼制出的魂药都很看重，都会在上面留下属于自身的印记，这印记在某种程度上，会提高这魂药的价值。

除了上品魂药外，还有中品魂药，只要有这两位大师的印记，周一星都全部买走。随着魂药的数量越来越多，终于在数日后，白小纯那日给他的那些冤魂都用完了。

他这才联系了白小纯，二人在这一天的深夜，又在那客栈内见面，白小纯没有久留，扔出购买下一批魂药的冤魂后，拿着第一批收来的那些魂药，立刻离去。

周一星的收购再次开始，同时白小纯这里也忙碌起来。白浩魂密切关注，思索很久，能猜出这个计划的大半，可这里面有几个关键点，他有些琢磨不明白。

"师尊这明显是要收来对方的魂药，做些手脚后，再暗中低价扩散出去，使人出现不适后，进而将怨气发泄到那司马涛与孙一凡的身上。"

"这计划简单直接，更是狠辣无比，可这魂药本就已经完美，先不说好不好去动手脚，一旦被人看出端倪，反倒是拿起石头砸了自己的脚啊！"白浩魂迟疑中，也将自己的担忧告诉了白小纯。

"徒儿放心，为师有办法，天衣无缝！"白小纯听完，得意地抬起头，去了内屋，取出周一星收来的魂药后，观察一番，看出这些魂药不愧是名家炼制，魂力稳定而饱满。

"没办法，你们先来招惹我的。"白小纯深吸一口气，目中露出奇异之芒，他知道这个计划的关键，就是如何做手脚而不被人察觉。白浩魂的担心不是没有道理，可白小纯有自信，他当年刚刚来到蛮荒时，首次炼出魂药后，曾有过一个大胆的想法。

当初他琢磨着想要把魂药当成丹药去炼制，想要来一个蛮荒与通天河区域炼制手法的结合，炼药与炼魂相融，从而制出一个更加惊人的魂丹。

只是他那个时候绞尽脑汁，多次尝试，最终却发现，这只是自己一厢情愿而已，两者根本就无法完美融合，产生叠加效果。虽然如此，也不是没有收获，他当初研究之后，发现若是把一些如致幻烟气的物质融入魂药内，还是可以做到的。无论如何检查，因炼制体系的不同，南辕北辙，根本就无法察觉出来。

除非本身不但是炼魂大师，而且是炼药大师，才可以看出端倪，可对于蛮荒而言，强大的炼魂师很多，但炼药的大师几乎没有。

实在是蛮荒没有产生炼药大师的条件，这里的草木无法炼药，就同通天河区域内，多次炼灵的法器很稀少是一个道理。

"没想到当初我认为失败的尝试，如今却成了我的手段。"白小纯唏嘘一番，目光闪动露出思索的神情。他在琢磨，向这魂药内融入什么样的毒雾，才可在更加"完美"的同时，也不会出人命。

"雄香丹？不行，此丹太狠了！置换丹……也不行，此丹名气太大了！若是让人因此怀疑我的身份就不好了，且闹大了不好解释。"

毕竟此事会连累很多无辜之人，白小纯也不是那种"一将功成万骨枯"的性格，此刻斟酌之后，他双眼一亮。

"当初在血溪宗那种拉肚子的青烟，才是最完美的！效果刚刚好，且一旦闹大，可以有很多办法去解释！"白小纯抿了抿嘴唇，想起那些青烟，是当初自己在血溪宗中峰，炼制飘渺灵香时出现的意外。

"四阶灵药中的飘渺灵香……我现在炼制轻而易举。"白小纯立刻在储物袋里翻了起来。虽然他现在草木不多，但是身为炼药宗师般的存在，他可以改变药方，利用自己已有的草木，创造出类似那种青烟的效果。

思索一番，白小纯这才将面具隐藏之力开启到最大，取出丹炉，放在面前。

"好久没有炼丹了。"白小纯摸着丹炉，心底充满怀念。半晌后定气凝神，开始拿出炼丹的手段，先去炼制青烟毒雾，随后融入魂药。

一夜无话，第二天清晨，当白小纯从内屋走出时，等在外面的白浩魂立刻就看到自己这师尊双目内的疲惫，还有那精神上的亢奋。白小纯在走出后，狂笑起来。

"周宏，你跟我斗，你白爷爷什么没经历过！"白小纯大笑，这四周有禁制封锁，他也不怕声音传出去。

白浩魂有些担心，赶紧上前，还没等开口，白小纯就给了他一枚魂药，得意地开口。

"徒儿，用你全部的手段，看看这魂药，有没有问题。"

白浩魂目光一凝，低头看着手中的这枚上品魂药，仔细看了半晌，也没看出有什么不同之处。他掐诀一指此魂药，里里外外不断地查看，甚至还换了其他方法，到了最后，白浩魂有些傻眼，这魂药在他看来，完全正常。

"师尊，这魂药你真的动了手脚？不是拿错了吧？"白浩魂诧异地看向白小纯。

要知道白浩现在虽是魂体鬼修，但他的炼火造诣极深，他都没觉察出问题，那么在这蛮荒，能看出这颗魂药有问题的人，可以说几乎没了，就算真的有，那也必定是凤毛麟角，少之又少。

白小纯一听，连忙查看了一眼，确定自己没拿错后，哈哈大笑起来。

"错不了，一个月内，我要让这两家店铺，从此名声臭遍大街！"白小纯得意无比。一想到自己当初被天空会坑得那么惨，他就觉得这招毒辣，暗道自己心底善良，这一切，都是他们逼自己的……

"我一旦出手，可是自己都害怕！"白小纯傲然说道，冲出铺子后，传音周一星。二人相见，白小纯立刻就将那批被动了手脚的魂药递了过去，又叮嘱一番，周一星毫不迟疑，立刻答应，白小纯这才心情愉悦地离去。

周一星的确是有些能力，他来的时间短暂，可他在巨鬼城人手足够，如今在这魁皇城，也打通了一些区域，这批魂药很快就被周一星找到了买家。

这些魂药都是上品，又有大师印记，无论怎么检查，都没有瑕疵，再加上价格比正常低了一些，所以卖出的过程很顺利，甚至若非白小纯交代，要尽可能地多卖给一些人的话，都有人提出想要一口气全部买走。

只是一天的时间，这些上品魂药就已经散在了魁皇城内。很快，当周一星把收来的第二批魂药给了白小纯做完手脚，再次撒向全城后，拿到这批魂药的魂修，越来越多。

而且周一星有意集中放在八十九区以及附近区域，所以这里买到被动了手脚的魂药的魂修，数量最多。

随着第三批、第四批、第五批……半个月的时间，在这魁皇城内，使用这种魂药修行的修士，慢慢地出现了一些让他们觉得匪夷所思的变化……

第 734 章

小点声

第一个出现变化的，在小狼神的府上，他端坐上首，面无表情，正望着下方两个魂修的一场斗法。

这场斗法，胜者将获得小狼神的赏赐，可以进入小狼神的家族，成为随从。

这对小狼神来说，并不重要，可这斗法的二人，对此却极为重视。尤其是其中修为弱一些的那位，是个中年男子，他为了这一战，不惜买下一颗上品魂药，战前将其内魂力吸入体内，使得自身可长时间保持巅峰状态。

可此战进行了大约一半之后，突然，二人中处于下风的那位中年魂修，竟面色大变，身体急速后退，脸上露出难以置信的表情，想要开口说些什么，可对手看见这个机会，岂能罢休，顿时冲来。

"李林森，你等等……"这中年魂修呼吸急促，急忙高呼，可对手却毫不理会，展开术法，追击临近。那中年魂修焦急，身体后退时正要继续开口，可这剧烈的运动，使得他腹部传来难以压制的不适，竟在这后退时，体内传出一声让所有人都呆住的砰砰巨响。

这声音太大，传出时，这中年男子的裤子，好似被气息冲击，居然高高鼓起……更是有一股无法形容的臭味，刹那间扩散八方。这气味太过浓郁，甚至连风一时半会儿也无法将其吹散。

而他的对手，此刻也最为靠近，虽不是被臭气直接扑面，但距离太近，那气味瞬间就覆盖了他的四周。此人结丹初期的修为，寻常毒雾难以撼动丝毫，可眼下，竟在这气味中，整个人面色大变，甚至控制不住地作呕起来。

这一幕，顿时就让四周观看这一战的众人全部傻眼，小狼神原本在闭目，此时却猛地睁开，他也愣了一下。

"那是什么声音？"

"不对劲啊！我辈魂修，早已辟谷。莫非……这是周尘武的某个神通？"四周众人没太反应过来，一个个睁大了眼睛，李林森那边整个人都疯狂了，勉强压下呕吐之感，怒吼起来。

"周尘武，你干什么！"

"李道友，今天作罢，改日再战。"周尘武满脸通红，快抓狂了。他也不知道自己今天怎么了，于是急速开口，转身就要离去，他的心中已经在哀叫了。实在是此刻肚子的不适越来越强烈，他都听到了肚子里咕噜咕噜的声音，这声音让他担惊受怕，实在太丢人了。

"怎么了？我这是怎么了！"周尘武正要离去，可那李林森觉得自己被羞辱了，大怒之下，强忍着气味，再次追来，可这一次，周尘武是背对着他……

"你别过来，我忍不住了！"周尘武急忙高呼，可还是晚了……那李林森含怒轰然出手，一击落在周尘武后背上。而周尘武此刻再也无法忍住，只听如天雷般的砰砰声从他体内传出，而后一股雾气直接爆了出来。这一次，李林森瞬间被雾气扑面击中。

这气味比之前还要浓郁数倍，李林森也比上次靠得还近，且还是直面相对。刹那间，那气味就被他吸入了不少，一身凄厉的嘶吼从李林森口中爆发出来，他的身体更是刹那就倒退而去，声音凄惨无比。

"周尘武，你欺人太甚！！"

这么一耽搁，周尘武红着脸急速逃走，一路传来砰砰之声，远远看去，他身后释放出一团团浑浊的雾气……

直至他逃得没影了，小狼神府上这些魂修，一个个都没有反应过来，好半晌之后，当那雾气都飘到了他们这里，众人这才难以置信地嚷嚷起来。

"那是……那是屁？！"

"这一定是周尘武故意的！"

顿时，众人全部乱了起来，小狼神也恶心不已，心中更有怒意升起。这里只是第一起事件发生之地，也就一炷香后，在魁皇城内，出现了第二起、第三起、第四起……

尤其是这第四起，更是惊人，是在八十七区的闹市中，一个模样秀美的女修，被几个男修簇拥着，一个个正谈笑甚欢时，忽然，那女子面色一变，体内传出砰的一声巨响。

"什么声音？"她四周那几个男修一愣，下意识地开口。他们顿时就闻到了一股无法形容的气味，全部都神色大变。那女修也呆住了，可体内却无法控制地，再次传出阵阵砰砰巨响……

这声音如同敲鼓，不断地从她体内传出，四周众人全部目瞪口呆。那女修更是花容失色，尖叫起来，羞恼地想要阻止，可越是阻止，就越是严重。

砰砰砰砰！

大片大片的浑浊雾气瞬间爆发开来，在这闹市中弥散。一时之间，无数人惊呼，急速避开，大乱起来。

类似的一幕，不但在这八十七区发生，在八十八区、八十六区、八十五区，全部都出现了，尤其是八十九区，出现这变故的人数最多。

很快，就形成了动乱，那浑浊雾气，伴随着一声声砰砰之音出现，浓郁无比，笼罩八方。但凡闻过的，都会狂吐；沾染到身上的，也都很难清洁。

哪怕距离很远，也可以看到一团团浑浊的雾，笼罩在城区中……这场景很惊人。

而这还不是最夸张的，让那些肚子不适的魂修抓狂的是他们在排出这臭气后，竟全部开始了腹泻。若是恰好自己独处，那算是运气不错，可还是有不少人正处于人群中，于是，当这一幕出现后，一声声凄厉的惊叫以及疯狂混乱的嘶吼，在这八十九区以及附近爆发。

"这到底是怎么了！"

"莫非是敌袭，这不对劲！"

"是谁、是谁干的？我要杀了你！"

这些人中，有一些在魁皇城内也有些名气，如今在这惨状下，一个个怒火中烧，咆哮不断。

白小纯也听说了此事，甚至他亲眼看到，有一个魂修，在自己的铺子外，就上演了臭气熏天的一幕。看着那扩散开来的浑浊雾气，看着四周人的骇然倒退，白小纯也睁大了眼，一旁的白浩魂更是蒙了。

"不对啊，我加在里面的烟气，应该是腹泻啊，怎么会放屁……"白小纯有些紧张，赶紧退后，不敢去沾染那些臭气。内心忐忑时，他忽然睁大了眼，竟看到在外面，此刻居然出现了第二个传出那砰砰之声的魂修。

很快，第三个、第四个……

不到一炷香的时间，仅仅是他铺子所在的街头，就有七八人出现了这种状况，使得那浑浊的雾气笼罩八方，四周众人纷纷惊呼，瞬间乱成一团。

就连那隔壁的司马涛以及孙一凡也对这变化心惊，亲自走出查看，当看到那雾气居然无法挥散，而是不断地扩张时，他二人也都惊疑不定了。

"师……师尊，我看此人手中拿着上品魂药，莫非……"白浩魂有种不妙之感，看了看门外那些愤怒到抓狂的人，又看了看白小纯。

"小点声！"白小纯急了，赶紧开口，跑出去把大门关上，他也在发愁。

"难道我许久不炼药，有些生疏了？应该是腹泻啊，怎么会放屁？且这臭气也太夸张了啊！"白小纯抓了把头发，有些郁闷，不由得想到了自己当初炼药时，总是出现的那些意外。

"这次我真的不是故意的……我没想要引起这么大的状况啊！"白小纯内心惶恐，通过门缝，看着外面那还在扩张的浑浊臭气，看着有几个魂修似乎闪躲不及，一个个被熏得都要晕了的一幕幕后，白小纯也被吓到了。

"这臭雾竟有如此威力，修士的修为再高也抵挡不了……"白小纯有些胆颤。

第 735 章
都给我住手

这场变故，越来越猛烈，实在是周一星的魂药卖得太成功了。连续数批的卖出，使得中招之人不在少数，不过好在他当初按照白小纯的要求，重点放在八十九区的周边，其他区域虽也有这样的事情发生，但毕竟及时疏散，难以成灾。

只是这八十九区以及其附近区域，却因事件过于频繁，这浑浊的雾气差不多都连在了一起，远远看去，如同黑云降临，让人触目惊心。

这一切，也让周一星心惊不已，赶紧按照计划让所有参与这件事之人急速撤离，自己也乔装改变躲了起来。不过他没有忘记这计划的最后一步，于是他狠狠一咬牙，竟也拿出一颗做了手脚的上品魂药，将魂力吸入体内。

周一星更是加速药力运转，亲身体验了一把从体内爆出砰砰之声的惨状，他面色苍白，扯着嗓子，发出嘶吼。

"是魂药，是这该死的上品魂药，我就是吸收了此魂药才出现的这种状况。该死的，这魂药上有司马涛的印记！"

他话语一出，立刻就让四周那些本就怒意燃烧的魂修，顿时一惊，又迟疑起来，只是他们的迟疑没有过去多久，很快，就有人陆续地察觉到了自身出问题的原因，于是也都怒吼起来，似乎要把自己的委屈宣泄而出。

"是上品魂药，我之前吸收了有孙一凡印记的魂药，就出现了这样的状况，是他！"

"没错，我也是吸收了上品魂药，有司马涛的印记！"

"我也是如此！"

这样的声音此起彼伏，在这数个区域内不断地回荡，越来越多的被害者都发出同样的怒吼。他们此刻的愤怒与耻辱已经到了极致，而被他们牵连之人更多，此刻所有人的怒意都爆发了。

这些人纷纷行动，去寻找当初卖给他们上品魂药之人，可周一星早就安排好了。任凭他们如何寻找，也不可能找到。他们自然而然地就把注意力放在了司马涛以及孙一凡的身上，实在是这魂药上的印记就是最好的目标。

"去找司马涛，他炼的这魂药，根本就是残次品，此人沽名钓誉，根本就是欺世盗名之辈！"

"还有那孙一凡，这是他的魂药，他身为炼魂大师竟敢如此欺骗我等！"

"找他们去！"

众人怒火腾腾，此刻伴随着嘶吼，各个区域很多人纷纷杀向八十九区。很快，白小纯所在的街头，无数魂修从四面八方拥来，这里面直接的受害者只是小部分，大多数都是被连累之人，怒意急需释放，义愤填膺下，杀向司马涛以及孙一凡的店铺。

整个八十九区彻底大乱，无数人拥来，他们的怒火惊天动地。白小纯身为幕后主使，看到这一切后也心惊胆战，他可是知道引来众怒是很难化解的，因为他之前经历了好几次。

"这是你们逼我的，我也没办法。"白小纯紧张地喃喃低语，撅着屁股趴在门缝处，紧张地看向外面，不时地还扇几下，不扇的话那雾气会顺着门缝钻进来。

白浩魂看着这一切，长叹一声，对于自己这个不靠谱的师尊，他再次感受到了什么叫作无力，甚至觉得这师尊，怎么看都不像是一个元婴强者……可偏偏，这样的白小纯，却让他感觉很真实，不是那种高高在上的前辈，而是与自己一样。他虽在这里苦笑，却不由自主地感觉更加亲切。

就在白浩魂感叹、白小纯紧张地偷偷观望时，外面的怒吼渐渐越来越强烈。轰鸣中，可以看到雾气内，数不清的身影，一个个正直奔此地而来。在冲来的过程中，他们更是不断地展开神通术法，想要驱散四周的雾气。

不多时，随着他们的到来，白小纯不用竖起耳朵就能听到两边传来阵阵轰鸣，他的神识立刻感受到两边的店铺中，已有人冲了进去，一时之间嘶吼怒骂不断。

"你们干什么！"

"干什么？你们干的好事，这魂药上有你司马涛的印记！"

"孙一凡，我要杀了你！"

"住手，你们听老夫说，这魂药与老夫无关！"

轰隆、砰砰之声不断地回荡，白小纯神识清晰地察觉到，隔壁的两个铺子此刻乱成一团，直接被人给砸了，甚至外面的牌匾都被人直接粉碎了。

白小纯眨了眨眼，虽计划成功，但心中的不安越来越强烈。正快速考虑如何善后时，忽然他面色一变，神识感受到那些暴怒的众人，有一些竟直奔自己的铺子而来。

"不好，他们知道是我干的！"白小纯顿时一惊，可转念又觉得不是这个样子。

"不对，他们应该还不知道……"正想到这里，轰的一声，他的铺子大门就被人轰开，外面冲杀进来不少暴怒的魂修。

"你们干什么？这里不是孙一凡的铺子，也不是司马涛的铺子，这里是我白浩的天下第一炼灵铺！"白小纯壮着胆大吼一声，声音之大仿若天雷滚滚。

他更是运转修为之力，形成威压，怒视来人。

那几个冲进来的魂修愣了一下后，面色变化并赶紧道歉，快速退出此地。他们并非认错了门，而是打算趁火打劫，毕竟外面骚乱之人不少，龙蛇混杂。不但白小纯这铺子被人乱闯，而且四周其他铺子也被殃及池鱼。

白小纯眼看如此，非常焦急，实在是此事因那臭气而起，已经脱离了白小纯的掌控。他正紧张琢磨解决的办法时，忽然，一旁的白浩魂目中露出一抹奇异的光芒，低声开口。

"师尊，我有一计……"

听着白浩魂的计策，白小纯来不及过多思索，点头后身体一晃直接冲出大门。看着外面浑浊的雾气内无数的身影，两边铺子被破坏的惨状以及四周其他铺子里传出的怒吼与打斗声，他立刻就将全身修为之力彻底地爆发开来。

在这修为之力爆发之下，白小纯口中传出比之前还要大的惊天之声。

"都给我住手！"这声音太大，白小纯更是动用了不灭帝拳之意，使得声音蕴含了一股让人不得不听从的威严。

声音还在回荡，白小纯身影一晃之下，已经出现在了一处店铺外，右手抬起直接一挥，轰的一声，就将那铺子里的狂徒全部轰飞。

"你们随我一起，阻止这场动乱！"白小纯急速向着那铺子内的伙计等人开口，这些人也带着怒意，此事与他们无关，可是店铺被丧失理智、趁火打劫之徒闯入。眼下闻言，先是感激，随后跟随在白小纯身后，与他一起试图阻止这场动乱。

很快，第二间铺子外，白小纯一行人出手之下，恶徒立刻被解决，又去了第三家。渐渐地，白小纯身后的魂修越来越多，而他更是勇猛非凡，所过之处，全部恢复秩序。很快，在白小纯的帮助下，这四周的所有店家都联合在了一起，全力镇压趁火打劫之徒，更是大吼不断。

"住手！"

"有话好好话，谁再动手，格杀勿论！"

"这里是魁皇城，你们莫非要造反！"

这些店家以白小纯为首联合在一起，对动乱进行全面镇压。他们的人数与四周暴怒的魂修相比虽还是很少，但他们毕竟是正义的一方，且白小纯确实很强悍。如此一来那些乱来的魂修，也都慢慢冷静下来，这场动乱至此终于被镇压住。

看着在白小纯的出手下，一切被控制住，四周那些店铺的店家，一个个在看向白小纯时，都露出感激之情。有些更是自责以前对这白浩有很多误会，如今危急关头才知其身怀大义，目中纷纷露出敬意。

无论是谁，能在这个时候挺身而出，都会被人敬重，更何况是成功镇压了动乱。

第 736 章

控制节奏

这动乱眼下虽被镇压，但那些魂修岂能这么轻易就离开，一个个都死死地盯着白小纯，余光不时地锁定司马涛与孙一凡的铺子，若非白小纯在，他们必定还要冲进去。

"大家听我说，我白浩保证今天必定给你们一个交代！"白小纯有些紧张，心虚之下猛地深吸一口气，大声说道。

"白道友，今日之事，错不在我们，也不在你们，而是那司马涛与孙一凡！"

"没错，他二人太无耻，竟炼制假的魂药给我们，使得我等难堪不已，此仇必须要报！"

"白道友，你既然出面，那我们听你的，你来帮我们解决！"此地聚集的魂修们纷纷开口。他们也知道，这场动乱虽规模不是特别大，但这里毕竟是魁皇城，怕是护城的侍卫很快就要来了。

所以他们此刻哪怕对司马涛与孙一凡咬牙切齿，也还是忍了下来，实际上他们此刻冷静后也在疑惑，为何到了现在，魁皇城的侍卫都还没有到来。

要知道，每个区都有大量的侍卫负责魁皇城内的安全，可眼下他们却没来。

"大家放心，此事我白浩以及身后的这些道友，必定给你们一个交代！"白小纯立刻一拍胸口，大声说道。他身后四周店铺的那些店家，也都纷纷表态。

"司马道友，孙道友，还请出来一见！"白小纯眼看压下了众人，内心松了一口气。他实在是担心此事闹得太大，不好收场，眼下不知不觉地，自己居然成了裁决之人，这让他觉得匪夷所思。

147

随着他声音的传出，司马涛与孙一凡此刻面色难看地从店铺内走出。他们的修为虽不俗，可方才的狂暴魂修实在太多了，他们根本就无法应对。如今铺子都被砸烂，他们心底的怒意更是一点不少，尤其是看向白小纯时，目光更是犀利。

"白浩，他们所说的魂药，必定是被人动了手脚。只要给我一颗那种魂药，一查必定会水落石出！"

"真凶是谁，用不了多久，就可昭告天下！"司马涛与孙一凡冷冷开口。

一想到今天的事，居然是被他们蓄意打压的白小纯出面解决了，他们二人心底就很不是滋味。他们不得不去担心，会被对方抓住这一点，同时对于今天的事情，他们心中也都猜测，或许就是白小纯做出来的。

只是他们也疑惑，若真是白小纯干的，他又是如何对魂药动手脚的？

可不管再怎么羞恼，魂药被动了手脚，必定不是天衣无缝，他们自信可以找出端倪，此刻相互看了看，已有了共识，准备拖延一番，等待周宏的到来。

实际上在之前，他们就联系了周宏，而此地之所以没有侍卫到来，也是周宏的缘故。周宏不能让这里的事情闹大，一旦无法控制就算是他也脱不了干系。

白小纯眨了眨眼，心底对于自己那徒儿的机智，也有了一些佩服。实际上，这个办法就是他徒儿想到的，方才白浩和白小纯简单说了后，事态紧迫，白小纯立刻选择用这个方法，眼下来看，此计很漂亮。

彻底将自己的身份改变，从之前的被动化作了眼下的主动，尤其是一言就能决定这司马涛与孙一凡的名声。

想到这里，白小纯内心振奋，可表面上却是一副沉稳的样子。

"二位道友，我也是炼魂师，我相信……我们炼魂师炼制的魂药不可能出现如此大的纰漏。这一点，我相信你们！"

他话语一出，司马涛与孙一凡皆一愣，显然没想到白小纯居然如此旗帜鲜明地表态，二人心中隐隐觉得不对劲。

而四周那些怒火暂熄的魂修，此刻也都再次骚动起来，纷纷低吼。

"白道友，你这是什么意思！"

"你相信他们，是说我们无理取闹不成！"

眼看众人发怒，白小纯一摆手，大声开口。

"同时，我也相信大家不会平白无故地到来，可现在说心里话，我虽知道事情的结果，可还不知道情况。你们说吸收了两位大师的魂药，出现了这种状况，现在谁还有那种魂药，可否拿给我看一看？"白小纯声音传出，众人这才压下怒意。其中有个中年修士冷哼一声，直接扔出一颗上品魂药。

白小纯一把接住，拿在手中装模作样地看了半晌，面色渐渐变化，到了最后，更是难看起来，抬头时，他看向司马涛与孙一凡。

"二位，白某在炼魂上属于后辈，才疏学浅，经验可能有些不足，这颗魂药上，我看不出有什么被人动了手脚的地方。"白小纯说着，将这魂药递给了司马涛。

司马涛内心冷哼，一把接过。此番事情发生得突然，他之前只是听了事情的起因，却没来得及让人去弄来一枚查看，直至眼下才算摸到。

拿到魂药后，司马涛眼神明亮，仔细地观察，可慢慢地他就睁大了眼，内心更是咯噔一下。他甚至掐诀动用修为去查看，里里外外看了许久，也没查出这魂药有什么问题，这就让他额头冒汗了。

而他很确定，这魂药的的确确是自己炼制的，可任凭他如何查看，也都找不出被动了手脚的痕迹。这就让他呼吸加重，心绪无法平静，尤其是想到此事的后果，内心大感不妙。

一旁的孙一凡着急，眼看司马涛面如死灰，他赶紧上前拿过魂药，也用自己的办法去查找破绽。可很快，他的面色一样苍白，甚至还带着难以置信。

"不可能，这魂药的确是司马涛炼制的，可没有问题啊……魂力饱满不说，更是极为稳定……莫非，这是一颗没有问题的魂药，是他们故意拿出来瞒天过海？"孙一凡想到这里，刚要开口，白小纯已经说话了。

"诸位道友，这魂药我看不出问题，找不出假的地方，可我怀疑，它本就是真的，此事需要验证一下才可！"

他话语一出，孙一凡也立刻开口。

"没错，这魂药应该是没有问题的！"

司马涛也目光一凝，他不相信有人可以在魂药上动了手脚后，连自己都查看不出丝毫问题。若真有人能做到，那也必然是地品炼魂师，可若真有地品炼魂师来对付自己，又何必如此麻烦？只要一开口，就可让自己灰溜溜地滚出魁皇城了。

想到这里，他再次看了眼魂药，一指身边自家店铺的伙计，这伙计是他从九幽城带来的，很信任。

"你来吸收！"

那伙计迟疑了一下，当着众人的面，上前接过魂药，深吸一口气后，闭目打坐，开始吸收魂药内的魂力。

众目睽睽，他也作不得假，此刻所有目光都凝聚过去，等待结果。不多时，这伙计睁开眼，手中的魂药慢慢消失，他站起身，看起来似一切如常。司马涛松了一口气，正要开口时，忽然，那伙计面色大变，体内在这一瞬直接就传出了砰砰巨响，那浑浊的雾气，刹那就散了出来。

这一幕，顿时就让四周那些深有体会的魂修，纷纷压制不住地咆哮起来。

"果然是魂药的问题，司马涛，你还想说什么！"

"孙一凡，你们两个欺人太甚！"

"不可能，不可能啊，我都查过了，没问题才是……"司马涛面色惨白，身体跟跄后退，内心震惊却百口莫辩。

孙一凡也整个人都颤抖起来，他知道完了，这一次自己与司马涛彻底栽了，那魂药居然真的有问题！

眼看众人如此，白小纯摇头，沉默不语，似乎无话可说的样子，他身后其他店铺的店家，也都一个个叹息起来。

"既然已经证明，司马涛、孙一凡，今天你们必须给我们一个交代！"

"给我们一个交代，否则的话，就算是闹到魁皇那里，我们也不怕！"

"大家将此事传出去，让蛮荒的人都知道，这司马涛与孙一凡的魂药，害人无比！"四周怒吼不断回荡，又是一阵骚动。

司马涛与孙一凡的额头流下大量汗水，正焦急时，忽然，远处有一个阴沉的声音蓦然传来，回荡八方。

"周某来给大家一个交代！"

第 737 章

好人做到底

随着声音的出现，远处有一道长虹破空而来，正是九幽城世子周宏。他并非独自到来，在他身后还跟着数十个家臣般的魂修，甚至还有数百穿着黑色铠甲之人。

这些穿着黑甲的魂修，一个个都面无表情，到来后没有理会众人，而是快速散开，各自掐诀之下，竟组成了一个法阵。

这法阵刚一运转就传出惊人的波动，形成了一股巨大的吸力，使得此地那些浑浊雾气被快速地吸走。

眼看雾气肉眼可见地消散，此地的那些魂修也都内心一惊，略微平静后，更是认出了来人的身份。

"九幽城世子……"

"是周宏……"

实际上周宏在这件事发生后，就已经紧张了，发生在魁皇城的事情，哪怕是小事，也可能被无限地放大。他虽是世子，但也不能不警惕，毕竟四大天王之间本就不合。

而这一次的事情，不管是不是司马涛与孙一凡的责任，只要那魂药上有他们的印记，他们就撇不清。同样的，周宏一样难以抽身，若真闹大了，白小纯怕，周宏一样怕。

毕竟，这里是魁皇城啊！

所以他紧张之下，立刻调动一切人脉，先是阻止侍卫到来，因为一旦侍卫来了，此事就麻烦了，必定会被层层上报。

倒不是说不上报就没人知道，因为知道归知道，可以不去处理。可一旦上报了，那么就必定会处理。

拖延侍卫到来的时间后，他又立刻从九幽城内，不惜将他父王的亲卫调来，形成法阵在这魁皇城内处理那些浑浊臭气。

这一路，他很忙碌，心底更是憋屈得要发狂，却没办法。时间紧迫，只能如此，眼下终于赶来了此地，他的声音如雷霆，回荡四方。

"此事不论前因后果，终究是出现了纰漏，大家放心，周某的交代必定让你们满意！"周宏话语一出，他身后那数十个家臣般的魂修，立刻散开，融入了人群里，开始安排。

那些融合魂药出了问题之人，周宏大力赔偿，使得每个人都收获颇丰，纷纷表示满意。实际上他们也知道，这赔偿之所以如此丰厚，有部分原因是为了封口。

至于那些被牵连的魂修，得到的赔偿虽不如前者，但也同样让他们很称心。此地人数众多，这笔赔偿费用之大就算是周宏也都如心头割肉一般，但没办法，此事必须尽快解决。

白小纯眯着眼，看着这一幕幕，对于周宏做事果断也是佩服，同时心底也松了一口气，看来这周宏比自己还要害怕事情扩大。

眼看那些拿到了赔偿之人都满意了，白小纯眼珠一转，干咳一声，用让自己身后那些店铺的店家能听到的声音，喃喃低语。

"我们的铺子，也损失了啊。"

他话语一出，那些店铺的店家本就在心里嘀咕，此刻纷纷也说了出来。周宏在不远处，听得心头如滴血，更是恨得牙根痒痒。他深吸一口气，努力让自己平静下来，尽管憋屈，可还是咬牙一挥手，立刻就有人到了白小纯等人身边，谈论赔偿的问题，然后将一个储物袋，极不情愿地放在了白小纯的手上。

不多时，包括白小纯在内，大家都满意了，白小纯实际上心底还是对众人有些内疚的。此刻借花献佛，索性将自己得到的那份，也豪爽地分给那些受害者，白小纯的声望顿时又提高不少。

看着此地众人脸上的笑容，周宏心都在抽搐，他只觉得这一次自己要算计白小纯，却没想到还没成功就损失如此巨大。

"好在事情解决了。"周宏只能安慰自己，刚要开口向着四周众人说些什么，却看到那些拿到了赔偿的魂修，竟都飞到白小纯面前，向其抱拳一拜。

"多谢白大师之前仗义执言！"

"白大师，你是好人！"

"白浩道友，今日之事，在下欠你一个人情！"

这些人对于白小纯是感激的，此刻纷纷抱拳准备离去，不但他们如此，白小纯身后那些店铺的店家，也向着白小纯抱拳，感激一番。如此一来，白小纯也感动不已，开口表示，以后此地在场之人来他店铺，一律打折。这番话语，使得众人皆喜悦，看向白小纯时，好感更多了。

周宏眼看自己付出了如此代价，赔偿了所有人，却没人来感谢自己，反倒去感谢白小纯，让白小纯借机聚拢了人气，这让他脑海嗡地一下，险些要控制不住自己的情绪，他对白小纯算是仇恨刻骨起来。

可他只能去死死地压制，不想一波未平一波又起，半晌之后，随着众人离去，随着雾气消散，这场动乱才算是彻底解决了。

白小纯站在那里看了会儿热闹，这才带着收获的无数感激，背着手，得意地回到了铺子内，对于自己那徒儿出的计策，白小纯觉得太厉害了。

"这招真是绝啊，太漂亮了。"白小纯哈哈一笑，赞赏地看向白浩魂。白浩魂有些不好意思，心头也有些温暖，对他来说，蛮荒已经没有其他亲人了，师尊是自己唯一的亲人，师尊满意，他就很开心了。

白小纯大肆地夸奖徒儿一番，这才重新回到了内屋，坐在那里觉得自己这一次没吃亏，收获还不小。

于是美滋滋地拿出十七色火的配方，再次研究起来。

时间流逝，很快过去了三天，这三天里，周宏还在为了处理善后的事情上下打点，焦头烂额，不过最后总算是彻底化解，不再被追究。

直至第三天夜里，他带着疲惫将司马涛与孙一凡叫来，三人坐在一间密室内，面色都很阴沉。

"找出问题了吗？是不是那白浩干的？"周宏咬牙开口。

司马涛与孙一凡沉默，半晌之后，司马涛硬着头皮，苦涩说道。

"我们二人用了很多方法，甚至还请了一些同道之人帮助，都没有在那魂药上找出丝毫被动了手脚的痕迹。"

"没有找到痕迹？那这魂药是怎么回事？难道真的是你们干出来的？"周宏怒道，语气很不客气。若是换了其他时候，他这么对二人说话，司马涛必定不悦，会呵斥他，毕竟司马涛不是九幽王的家臣，而是九幽城司马家的大长老。

孙一凡也会冷哼，他与司马涛不一样，他是灵临王的家臣。这区区九幽城的世子，如此语气，他可以直接反驳。

而现在……情况不一样，他二人虽有不忿，却只能忍住。

"能在魂药上动手脚，却偏偏让人看不出任何痕迹，这种炼魂水平，已经是前所未闻了，怕是只有一些失传的秘术才可做到。"司马涛缓缓开口。

"魂药上，我们无法找出真凶，可其来源上，我们有了线索。这些魂药都是我们的铺子卖出的，我与司马兄整理了一番，发现在这一个月内，有一批人很可疑！"孙一凡咬牙开口。他对这幕后之人恨之入骨，说话间拿出一枚玉简，递给了周宏。

周宏目光一闪，接过后看了看，立刻起身安排下去，发动他九幽城世子的力量，开始查找。终于在数日后，抽丝剥茧一般找到了一条线索。

那些购买魂药之人，虽都改变了模样，但周宏的人脉很广，竟从魁皇城的传送阵那里查到了端倪。知道有一批人在事情发生的当天，通过这传送阵，去了巨鬼城！

他更是在对照之下，通过其他手段，找出了这批人与购买魂药的那些人的一些相似之处，又去查了这批人当初来魁皇城的日期。

如此一来，虽碍于时间较短，还没有最后的定论，但真相已经呼之欲出了。

"白浩，不管是不是你，哪怕找错了人，我也认定就是你了！"周宏怒火滔天，咬牙开口，立刻给司马涛与孙一凡传音。

司马涛与孙一凡在店铺内知道了这件事后，脑海嗡鸣，彻底爆发了郁积这么多天的惊天怒意。

"白浩，你竟算计我！"

"白浩，你无耻！"二人一想到当日白小纯的装模作样，就更加愤怒。此刻他们怒气冲冲，直接就冲出了自己所在的店铺，直奔白小纯的铺子而去！

第 738 章

老夫要来挑战你

此刻，白小纯正在铺子内屋琢磨十七色火的配方。司马涛与孙一凡的魂药出问题后，事情虽然被周宏解决，但他们二人的铺子还是受到了影响，平日里没多少人进去，就算周宏再怎么努力，八十九区以及周边区域，还是有不少人知道了。

这就使得司马涛与孙一凡的店铺几乎无人问津，生意很惨淡，反倒是白小纯的铺子，来往之人络绎不绝。四周的店家都很感谢当日白小纯相助，于是，但凡遇到有炼灵需求的魂修，都会推荐其去白小纯的炼灵铺。这么一来，白小纯的生意自然更加红火，甚至超越了豪赌之后的那段时期。

白浩魂也忙碌起来，白小纯心满意足，越发觉得自己当初那个手段无敌，当然白浩魂的计策也起了大作用。现在，白小纯研究十七色火的配方顺利多了，且经过几个月的琢磨，白小纯对十七色火更为了解，如今只差两个关键点，一旦他琢磨透了，就可以正式开始炼制。眼下，他盘膝坐着，隐隐抓住了第一个关键点，正要一鼓作气将第一个关键点解决，屋外的白浩魂发出一声惊呼。两声巨响先后传来，声音很大，似平地两声雷接连炸开，让八方震动，白小纯的铺子都震颤了几下，有不少地方出现了裂缝，似要坍塌。

这一切吓了白小纯一跳，更将其思路打断了。他心头顿时升起一股邪火，猛地起身，正要冲出，忽然，外面传来司马涛与孙一凡的怒吼。

"白浩，给我滚出来！"

"白浩，你卑鄙无耻，魂药是你做的手脚，居然污蔑我们，今天老夫和你没完！"

这怒吼声极大，不但震得白小纯的铺子有些摇晃，更传了出去，被外面的行人

155

以及其他铺子的人听到。这些人听到这两句话后，都愣了一下。

"白浩动的手脚？"

"他的确有动机，不过这事儿不可能吧？"众人都迟疑起来，立刻看了过去。

白小纯带着邪火，刚要冲出内屋，听到这句话后，心脏猛地一跳，有些心虚，却来不及多想，白浩魂还在外面，他不能退缩，于是瞬间掠出。冲出内屋的刹那，他看到自己的铺子一片狼藉，好在白浩魂躲避开来，没有被波及，只是这铺子凝聚了白小纯不少心血，此刻眼看被人砸了，他的怒火一下燃烧起来。

"司马涛，孙一凡，你们恩将仇报，自己名声没了，还来拉我下水，你们才卑鄙！"白小纯眼睛都红了，大吼起来，"当日若不是我帮你们，你们必定有一场生死危机，是我压下了大家的怒气，是我给你们争取了准备时间，是我让这场动乱平息下来！你们不感激也就罢了，居然还要污蔑我，你们实在……欺人太甚！"

白小纯嗓门极大，其实这个时候他心底非常紧张，知道对方或许真的找到了线索，来找自己麻烦了，所以先声夺人，刚出来，就不断大吼，声音洪亮，压下了司马涛与孙一凡的声音。

"白浩你——"

司马涛一听这话，大为光火，刚要反驳，白小纯狠狠一瞪眼，声音更大。

"你什么你？司马涛，你当初在我铺子外开了一模一样的店铺，我白浩可曾说过一个'不'字？我可曾去你店铺砸过？我可曾指着你们鼻子骂过？我选择了沉默，一切委屈我都选择了咽下，因为我知道，我白浩初来乍到，惹不起你们！就算你欺我心善，我也忍了下来。你有难了，我知道那是对付你们的最好机会，我也守住了底线，知道什么应该做，什么不能做！我不能眼睁睁看着四周铺子的道友被你们连累，所以我去帮你，可今天，你居然来冤枉我。司马涛，你有没有心？你若有心，那么你真是其心可诛！你这不知感恩、欺善怕恶、自私自利的东西，有什么资格来和我说话？"白小纯说得斩钉截铁，话语如同一把把无形的利剑，持续攻击司马涛，使得司马涛面色变化，下意识后退几步，死死地盯着白小纯，浑身哆嗦，张了张口，却一句话也说不出来。

"白浩你休要胡说！"

孙一凡眼看司马涛被白小纯气得浑身颤抖，一时语塞，立刻向着白小纯喝道。

"孙一凡你给我闭嘴！别以为你家白爷爷不知道，你与司马涛一丘之貉。你们两个如此卑劣，仗着背后有世子撑腰，倚老卖老，不断压制我！我一直想问问你，我白浩可曾得罪你？我们无冤无仇，你为了一己私利，想要断我活路，做不到也就罢了，如今竟为了清自身恶名，反过来诬陷我，我告诉你们，我白浩行得正坐得端，不怕邪风！"白小纯这番话说得义正词严，竟让司马涛与孙一凡被生生噎住，只觉得胸口都要气炸，却说不过白小纯。

　　至于外面的行人以及四周的店家，此刻也开了眼界一般，首次感受到白小纯犀利的言辞，甚至比斗法还要精彩一些。

　　就连躲在一旁的白浩魂都傻眼了，他还是首次见识到师尊的嘴皮子，一时间瞠目结舌，他不知道，与今天相比，当时白小纯用白浩的身份在白家的盛典上那番话，才叫真正的言辞若剑、字字诛心！

　　"你……你……"孙一凡气得脑袋发涨，话都说不顺了，他与司马涛实在不擅言辞，对他们来说，自己的身份地位才是最重要的，他们不可能如白小纯这样，忘了自己是元婴强者，还是如小修士一样说话办事。

　　偏偏白小纯还是元婴强者中的佼佼者，战力惊天，且言辞又犀利如剑，这就让人有种无力感。

　　"白浩，多说无益，你承认也好，不承认也罢，今天……老夫就要挑战你，我们不比术法，我们比炼火！输的人从此滚出魁皇城，终生不能炼火！"司马涛缓过气来后，狠狠咬牙，立刻开口。

　　孙一凡立刻就反应过来，明白纠缠魂药的事情对他们不利，这件事好不容易才压下，旧事重提本身就是愚蠢的，眼下最重要的是报仇，只要将白小纯生生压下，便可侧面洗去耻辱，日后慢慢散播消息，必可化解前几日的狼狈。

　　想到这里，他一样低吼："没错，白浩，孙某也来挑战你，你既有手段在魂药中动手脚，老夫就亲自来看看，你的炼火本事到底如何！"

第 739 章

赌了

白小纯面色微变，若是比炼灵，他不怕，只要有足够的火，他就有足够的把握炼灵。很显然，司马涛与孙一凡知道那日白小纯与陈雄的豪赌，明白白小纯能炼灵十五次，重要的是炼灵谁也没把握次次成功，不能稳赢。

所以，孙一凡没有提出比炼灵，而身为炼魂师，除了炼灵，就是炼火与炼魂药了，毕竟魂药源自炼火，如此一来，他们选择炼火也就在情理之中。

可炼火……白小纯并没有十足的把握，他如今还无法炼出十七色火，就算是十六色火，也难以做到每一次都成功。

这一切，使得他的面色微微一沉。

司马涛与孙一凡虽说不过白小纯，可他们毕竟活了这么多年，察言观色之下，立刻就把握住了白小纯真正的心思。

"但凡挑战，都有赌注，这赌注，除了输者滚出魁皇城，不得再炼火外，还有你这间铺子！你若赢了，老夫的铺子就属于你了！"司马涛开口。

"还有孙某，一样的条件，我二人挑战你，不占你便宜！"孙一凡冷笑，在旁边盯着白小纯，冷冷地开口。

"你们说赌，我就赌啊？"

白小纯背着手，冷哼一声，打量了孙一凡与司马涛几眼。这两人的修为虽都是元婴，但白小纯琢磨着自己是天道元婴，那上百个天骄都不是自己的对手，半步天人的小胜王自己也打了，将这两人赶走应该不是问题。

白小纯正考虑着动手将这两人赶出铺子，就在这时，司马涛察觉到了白小纯的想法，面色微变，若白小纯没有传说中那么勇猛，他早就斗法了，又何必提出比试炼火？

此刻，眼看白小纯要出手，司马涛猛地大喝一声。

"白浩，你身为元婴炼魂师，本身名气又大，莫非怕了我们？你若不赌，我们也无法勉强，可这挑战，你躲得了一次，还能躲得了第二次吗？"

"今日你就算不同意，明天，我二人还是会来！"司马涛这番话算是情急之下的超常发挥，让白小纯眉头不由得皱起。

"白浩，孙某加赌注，十亿冤魂，你若能赢，你就拿走！"

孙一凡眼看白小纯犹豫，已猜出对方在炼火上必定有弱处，这样的话，自己说什么也要逼对方赌！

而逼对方的方法，孙一凡也想好了，那就是造成轰动，只有引起他人的关注，才能得到对方的重视，毕竟对方也要在魁皇城做生意。

至于引起他人关注的办法，则是下重注，毕竟那日的豪赌，可是轰动全城。

所以，他才咬牙之下，给出了十亿冤魂的赌注！

果然，孙一凡这句话传出后，外面的人立刻震惊。要知道十亿冤魂的数字太大了，白小纯当初在边城，十亿冤魂可让他晋升万夫长，甚至让真灵巨眼惊喜。

"白浩的铺子居然再次出现豪赌，上次是八千万魂药，这一次是十亿冤魂！"

"这可是大事！"

众人议论不休，有不少人兴致勃勃地拿出玉简，飞速传音。

司马涛也明白了孙一凡的想法，狠狠一咬牙，也开口说出一句话。

"老夫也再加十亿冤魂，当成赌注！"

他这句话如同火上浇油，让众人难以压制自己的惊呼声。

"天啊，再加十亿！"

"二十亿冤魂，这数量……匪夷所思！"

"这赌注远超八千万魂药啊，快快，这个消息值不少钱，立刻传出去！"

众人发出无数惊呼，很快，越来越多的魂修开始传播这个消息，八十九区再次轰动起来，周边区域也是如此，似乎自从白小纯来了，这原本偏僻的区域就热闹了起来。

眼看四面八方开始出现一道道身影，白小纯也感受到了压力，他的眼睛开始发红，盯着司马涛与孙一凡，知道自己没有退路了，若还是不赌，对方必定趁势宣扬魂药动了手脚之事，引起众怒。

"怎么比？"白小纯咬牙开口。

"自然是固定的多色火，在固定时间内，谁炼得多谁就赢。孙兄，白浩，你们觉得如何？"司马涛眼看把白小纯逼到了这种程度，内心冷笑，淡然说道。

实际上，炼魂师比拼炼火，有两种常用的方法：一是比谁炼的多色火纯度更高；二是比在固定时间内，谁炼某一种多色火比较快。

实际上，第一个看的是境界，第二个看的是底蕴。

这一次的挑战，司马涛虽是临时提出的，但是他沉浸炼魂一生，经验丰富，明白白小纯既然能炼灵十五次，显然与他和孙一凡一样，也是玄品炼魂师。

至于地品炼魂师，他从未考虑过，毕竟整个蛮荒，地品炼魂师也就那么两三位，且大都行踪飘忽不定，多少年都看不到一次。

而玄品炼魂师，不可能炼出十八色火，最多也就是十七色火而已。他虽能炼出十七色火，但是极为艰难，不适合去赌。

反倒是十六色火，他已极为熟悉，炼制起来成功率更高，且他相信，凭着自己的经验，在炼制十六色火方面能够胜过白小纯！

孙一凡也有着一样的想法，闻言内心冷笑，点了点头，淡淡开口。

"就比十六色火吧，我们三人一起炼火，从一色火开始，谁第一个炼出三份十六色火，谁就取胜！"

"好，这样简单直接，更为公平，也让外面的诸位道友帮我们三人做个见证！"

司马涛哈哈一笑，算是确定了这一次比试的方式，看似问了白小纯，实际上，他们二人你一言我一语已掌握主动。

偏偏就算是外面的众人，对此事也说不出什么，毕竟这种比试的方式，的确如司马涛所说，看起来公平。

这实际上比的就是底蕴，而司马涛与孙一凡成名多年，底蕴深厚，白小纯却是后辈，在底蕴上不被人看好。

白小纯听到这个规则后，也是一个激灵，暗道不妙，十五色火还好一些，他有信心炼十次，成功十次。可这十六色火，他毕竟炼出没多久，如今大概能做到炼三

160

次，成功一次。

而且他在炼火上很少与外人沟通，而白浩魂虽有资质，但一样没接触过玄品炼魂师，所以对其他人炼十六色火的成功率并不清楚。

毕竟，这件事情对炼魂师本人来说是秘密，岂能轻易被人知晓？

若是换了其他人，要么低头憋屈得不敢赌，要么就咬牙冲动去赌，可白小纯眨了眨眼后，看着孙一凡与司马涛，佯装发怒，大声开口。

"此赌不公平，那十六色火，我炼五次才成功一次，怎么赌啊？"

此话一出，众人一愣，他们之中大多数都不知道十六色火的成功率，只有少数的人知道。

"五次里就有一次成功……这有些夸张了。"

"炼制十六色火的成功率极低，除非是地品炼魂师，玄品炼魂师的话，因人而异，但最多就是这样。"

在众人议论时，司马涛却大笑起来，目中的嘲讽极为明显。

"白浩，你好大的口气，实话告诉你吧，这十六色火，老夫最多是炼制八次，成功一次而已，孙兄比我强一些，可最多就是炼制七次，成功一次。"

"你若真能炼五次成功一次，大可以放心，这一次，你赢定了！"孙一凡带着不屑，傲然说道，内心冷笑，觉得白小纯在说大话，当他们是吓大的吗？

"赌了！"

白小纯眼睛一亮，他不信司马涛与孙一凡，之前那么说，主要是想听听外面的人怎么说，如今得到了满意的答案后，他立刻一摆手，意气风发。

第 740 章
势均力敌

眼看白小纯这么一副样子，孙一凡与司马涛内心有些迟疑，二人相互看了看，觉得白小纯是故作轻松，却还是多了一些警惕。实际上，之前他们也有所保留，对于炼制十六色火，他们都可以做到炼制六次，成功一次。若是运气好，炼制五次，成功一次，也并非不可能，这已是玄品炼魂师在十六色火炼制上的极限，再想提升，除非改动配方。

可多色火的配方改动难度之大，整个蛮荒的炼魂师都明白，就算是地品炼魂师想要改动，也要耗费极大的精力与许多时间，还不一定成功，实在是太难了。

毕竟这配方是一代代人不断补充，流传下来，被无数人验证，觉得最为稳定的。

想到这里，孙一凡与司马涛内心安定下来，立刻让人布置此地，很快，就在街头的广场上布置出了一片区域。

这片区域不小，足够三人同时炼火，且这么一耽搁，此事被更多的魂修知晓，如今许多人从四面八方赶来，将这里里三层外三层地围起来。

天空中还有不少人，更远处，可以看到一道道长虹呼啸而来。此事甚至惊动了魁皇城的侍卫，他们环绕四周，使得此地虽有骚乱，但不会出大乱子。

周宏也来了，不单他出现，小狼神、李天胜、妙琳儿，甚至那位二皇子也来了，那些在炼魂壶内被白小纯绑走的绝大多数天骄都出现了。

还有一些如陈雄一样没有参与炼魂壶一战的权贵子嗣也出现了，看着白小纯，指指点点。

162

如此一来，这场比试的规格与关注度立刻就高了不少，因这些天骄的出现，无数人内心振奋不已。

陈曼瑶也在人群中，她独自到来，没有与二皇子等人一起，而是默默地站在那里，遥望白小纯。

眼看无数人观望，白小纯也有点紧张，他虽能做到炼制三次，成功一次，但还是觉得不是很稳妥。

"若是比十五色火多好啊！"

白小纯有些局促不安，可也只能硬着头皮去比，心底祈祷司马涛与孙一凡最好实在一些，真的是炼制七八次才成功一次。

与紧张的白小纯相比，司马涛与孙一凡从容得多，二人盘膝坐在白小纯的两侧，闭目打坐，定气凝神，等待比试开始。

很快，四周的议论声慢慢平息，不多时，周宏的身影出现在半空，他低头看向下方，目光落在白小纯身上，寒芒一闪，但很快敛去。

"司马大师与孙大师邀请小王主持这一次的炼火之比，小王荣幸之至，不多说了，比试开始！"

周宏的声音响彻此间，众人的目光瞬间集中到了白小纯三人身上。

在他们看去的刹那，司马涛与孙一凡倏地睁开双眼，二人没有迟疑，表情从容，双手掐诀，数座魂塔从他们的储物袋里飞出。两人轻轻一指，顿时有大量冤魂扩散开来。

他们没有耽搁，立刻开始炼火，先炼一色火，比试的规则是最终炼制出十六色火！

这两人的手法极为娴熟，玄品炼魂师的底蕴完全显露出来，尤其是他们二人之前名望有损，知晓这一次打赌是他们重振声名的关键，于是没有隐藏实力，动作迅速，全力以赴。

也就是几个呼吸的时间，他们二人的手掌再次张开，掌心都出现了一色火，速度不相上下。

而白小纯也立刻取出了魂塔，开始炼制，在速度上，竟丝毫不弱于孙一凡与司马涛二人，三人几乎同时炼出一色火！

这一幕立刻让众人大开眼界，十分激动。

"几个呼吸的时间就炼出一色火！"

"不愧是大师，不愧是玄品炼魂师！"

孙一凡与司马涛二人神色如常，没有意外，他们知道白小纯也是玄品炼魂师。身为玄品炼魂师，对于一色火若是没有这种熟练的程度，也就不配成为他们的对手。

很快，三人再次炼制，渐渐地，出现了二色火、三色火、四色火……直至十色火！

在这过程中，三人的速度始终不相上下，几乎都是同时成功，这就让孙一凡与司马涛二人面色微沉。

但接下来，当十一色火、十二色火、十三色火依次出现后，孙一凡与司马涛二人注意到，白小纯竟还能紧紧跟随，便不由得有些担心。

至于四周观望的人，此刻有的不断吸气，有的则屏住呼吸，一个个十分震惊，他们不是没看过别人炼火，甚至有不少炼魂师自己也炼火，可是玄品炼魂师炼火绝非常人能见到的，毕竟如今在蛮荒中，地品炼魂师行踪成谜，玄品炼魂师算是巅峰炼魂师了。

"玄品炼魂师……竟恐怖到了如此程度，一色火到十三色火，一次性成功不说，速度更是惊人！而且他们的炼制手法，似乎也大同小异，没有太大的区别！"

"嘿，这三位，可不是寻常的玄品炼魂师，他们应该算是玄品炼魂师中的顶尖高手！"

"这一次真是开了眼界，我觉得自己在炼火方面，也很受触动……有很多值得琢磨借鉴的地方。"

众人的议论，白小纯完全没注意，此刻他完全沉浸在炼火中，已经竭尽全力了。他一贯追求稳妥，这一次却实在没把握，只能集中精力，确保自己不失败。

孙一凡与司马涛二人，此刻都深吸一口气，不再关注四周，而是全身心地看着手中的火团，毕竟接下来要炼制的十四色火，容不得他们分心。

而四周的人也在这个时候，首次看到了三人炼制手法的不同之处！

孙一凡与司马涛的手法虽不一样，但都较为传统，司马涛每次融合的冤魂数量都是固定的，而孙一凡则是一只手抓魂，将其融入手掌内的火海。

这两人身上不时散发出道道五彩光芒，这代表他们用了各自掌握的炼火秘术。

一施展秘术，他们炼火的速度立刻就加快了不少，但白小纯炼制十四色火的手法就完全不同了。

尤其是当他一口气将数万冤魂全部让十三色火吞噬后，四周立刻就传来了惊呼声。

"白浩的炼魂手法，闻所未闻！"

"一下子融入数万冤魂，他就不怕火焰不稳啊！"

众人一个个睁大了眼，目不转睛，看到白小纯的火焰不但没有不稳，反而在他的操控下，不断扩张，吞噬冤魂的数量更多，速度竟与孙一凡以及司马涛不相上下！

这一次，虽不算同一时间，但是三人相差不到十息，等他们的手掌握住一会儿，再次伸开后，三人掌心赫然出现了十四色火。

白小纯深吸一口气，调整着气息，看都不看四周，继续炼制，大量冤魂被他散出，被火海吞噬，渐渐地，十四色火成为十五色火！

白小纯炼制出十五色火后，孙一凡与司马涛竟也先后成功。到了此刻，司马涛与孙一凡压力倍增，眼看白小纯也做到了如此程度，他们不得不承认，对方在炼火上的确有其独到之处，尤其是炼制手法，更是惊人。

二人患得患失，面色阴沉，相互看了看，正要传音，忽然一愣，竟看到白小纯没有结束，而是再次炼制，似要一鼓作气，炼出十六色火！

"白浩太年轻了，不知十六色火不可如此去炼，而是要累积足够的十五色火再去炼制，这样成功率更高。"

"我们赢了。"

孙一凡与司马涛相视一笑，内心顿时安稳不少。

第 741 章

融火境

众人看到这一幕后，皱起眉头，有些遗憾，觉得可惜。

"没什么悬念了，白浩的炼火手法虽不错，但经验明显不足啊。"

"我虽炼不出十六色火，但也听人说过，这种程度的火往往需要积累足够的十五色火，寻找那玄妙的感觉，才可提高成功率。"

"没错，若是每一次都尝试，失败后从头再来，这样的话，很难捕捉到那种玄妙的感觉。"

众人喟叹时，白浩魂在远处凝望自己的师尊，他明白，师尊的选择没错，经过改良的十六色火配方，不需要寻找那玄妙的感觉。因为白浩魂已经将炼制十六色火的步骤精确地划分成了十万多个环节，如同搭建机关一样，只要按部就班，确保过程中不犯错误，那么理论上，成功率可达十成！只不过，这涉及极强的推衍能力，还要消耗神识，所以看似简单，难度却比其他炼制手法更大。

"师尊一定能成，从开始到现在，他还没有任何环节出现错误！"白浩魂始终望着白小纯，默默观察。

至于孙一凡与司马涛，二人放松下来将十五色火放在一旁，继续从头开始炼制一色火，准备找找感觉。

很快过去了一个时辰，当司马涛与孙一凡将第二团火炼到十四色时，白小纯的额头渐渐有汗水流下，手中的十五色火数次扩散开来，吞噬冤魂。

白小纯顾不上擦汗，低吼一声，右手抬起，向着火海狠狠一抓，火海顿时爆发，散出高温。众人惊呼，看到火海瞬间凝聚到了他的手掌内，被他一把攥住。

周宏紧张起来，小狼神、李天胜、妙琳儿、二皇子等人纷纷看去，陈曼瑶忍不住为白小纯捏了把汗。这一刻，就连孙一凡与司马涛都大吃一惊，连忙抬头看了过去，呼吸都慢了下来，白浩魂则狂喜，他旁观者清，知道这一次师尊没出一次错。

白小纯将自己的手掌缓缓张开，四周先是一片寂静，随后爆发出了惊呼。

"十六……十六色火！天啊，白浩竟一次性成功了！"

"这是什么运气啊？一次性成功！"

"厉害，此人厉害！"

周宏等人的面色立刻难看起来，只有陈曼瑶脸上露出笑容。至于孙一凡与司马涛，他们二人面色苍白，已经听不见四周的声音了，眼中只有白小纯手中的那团十六色火，二人沉默片刻后，狠狠咬牙。

"此人运气的确不错，可我就不信他回回都能有这样的好运气！"

二人虽这么安慰自己，但压力大增，此刻炼制时，不惜多次动用秘术。

白小纯轻轻呼出一口气，脸上露出笑容，这一次他真的拼了，好在没有犯错，擦去额头的汗后，他重新取出冤魂，从一色火开始炼制。时间一点点过去，炼火虽有些枯燥，但无论是看热闹的人，还是想借此参悟的人，都目不转睛地看着三人。当孙一凡与司马涛炼出第三团十五色火时，白小纯的第二团火也炼到了十五色！在他手中的十五色火成功后，众人纷纷精神一振，目光从孙一凡和司马涛二人身上挪开，落在白小纯那里，都在猜测，白小纯是如之前一样，继续炼制十六色火，还是回头炼制一色火。孙一凡与司马涛也紧张地看了过去。紧接着，惊呼声再起，孙一凡与司马涛眼睛都睁大了。他们看到白小纯居然再次选择了炼制十六色火！

"这家伙疯了！"

"该死，此人怎么如此炼制？他要干什么？"

司马涛与孙一凡无法不紧张，之前白小纯就成功了一次，就怕万一啊！

周宏也心脏狂跳，看着下方的白小纯，头都大了，再次有了当初炼魂壶中的无力感。小狼神等人也是如此，纷纷苦笑，白小纯不走寻常路，实在让他们害怕。万一白小纯再次成功了呢？

"他不可能连续两次都成功！"孙一凡双眼赤红，内心低吼，将手中的十五色火收起，继续炼制第四团一色火！

司马涛呼吸略重，好半晌，咬牙炼制一色火，可二人的目光都不时落在白小纯那里，盯着他炼制，内心不断祈祷其失败。只不过他们的祈祷并没有用，白小纯炼制的速度越来越快，甚至他自己都没有察觉。他超常发挥，竟推衍得如此顺利，完成得比以往还要好，看得白浩魂目瞪口呆。

"师尊似乎对十六色火的炼制更熟练了。"此地对白小纯的炼火之法最了解的就是白浩魂，白浩魂的判断完全正确，白小纯的确更熟练了，或许是因这一次压力大，又或许是他研究十七色火的配方时有所领悟，反向推衍之下，对十六色火的掌控更强了。

白小纯在第二次炼制中，彻底忘记了自己是在与人比试，他全身心地沉浸在炼火中，灵感不断爆发，整个人陶醉无比，头发凌乱不说，双眼都开始出现血丝，看起来如同痴狂一般。他在通天河区域炼药时，偶尔会出现这种状态，可来到蛮荒后就很少了，眼下种种原因加在一起，使得他的痴狂再次表现了出来。十五色火在他手中好似拥有了灵魂，如同火焰之灵，扩散出去后，就像在舞蹈一般，吞噬大量的冤魂的同时，也环绕四方。隐隐地，白小纯整个人身上散发出了一股无法形容的气势，让他好似化身为火之君王！

这一刻，吸气声慢慢消失，没有人开口说话，生怕一开口甚至一个呼吸，就会打断他们一生都没见过的奇异画面。

孙一凡与司马涛更是颤抖起来。他们看着这个状态的白小纯，脑海如被重锤砸中，嗡鸣不断。

"融火境……"孙一凡那似乎从牙缝里挤出来的声音，显示出他现在有多震惊与惶恐。在蛮荒，炼火也有境界，融火境就是其中之一，那是心神与火融合，好似天人合一一般，甚至一切所谓的秘术都是为了模仿境界而生。可他们二人从未听说有玄品炼魂师能踏入融火境，这是地品炼魂师才可触摸的更高的境界！

这一刻，天地失色，似乎此地的一切光芒都变得暗淡，唯独白小纯成为天地之间的焦点，他的双手不断动作，眨眼间，火焰就多了一道颜色，赫然变成十六色火！

白小纯没有收取那十六色火，而是如同呆滞一般，站在那里一动不动，他陷入了沉思，脑海里浮现的是十七色火的配方以及当初与徒儿商议后，徒儿所说的关于十八色火配方的设想！

第 742 章

别开生面

白小纯在推衍思索，四周的人却再也压抑不住自己了。

"十六色火海啊，白浩只要完成最后一步——凝火，就可以炼出第二团十六色火！"

"神乎其神，别开生面，我从来没想过，有人炼火，居然能炼制得如此绚丽！"

"这莫非就是传说中的融火境？"

众人喧嚷不断，他们实在太过震惊。

四周吵吵嚷嚷，好在白小纯此刻被火海环绕，整个人完全沉浸在推衍当中，早已隔绝外界，否则的话，怕是会被震醒。若是此刻醒来了，他必定会懊恼无比。

周宏目中闪动幽异的光芒，小狼神等人也是如此。他们身为天骄，也看出了白小纯不对劲，有心打断，可一想到若是断了白小纯领悟，不止会被人不齿，狂暴之下的白小纯说不定会干出什么事情，于是纷纷作罢。

"该死，我们什么时候对一个人动手，要如此顾虑了！"

李天胜咬牙切齿，却只能内心苦闷，看到周宏目光暗淡后，知道周宏不敢，自己更不敢动手打断白小纯了。

"这人是个疯子，我用些手段对付他可以，若是此刻打断他领悟，此人狂怒之下，真有可能不顾一切，干出捅破天的事情……"

周宏苦涩，叹息摇头，白小纯在炼魂壶的举动把整个蛮荒都震动了，更给身处其中的他们留下了难以磨灭的阴影。

就在周宏等人思索时，下方的孙一凡与司马涛二人目露绝望，他们身为玄品炼魂师，判断得比其他人更准确，这个境界的白小纯，他们根本就没法比。

外人觉得白小纯还需凝火，孙一凡与司马涛早就看出，白小纯对十六色火的掌控已经到了一种匪夷所思、难以想象的地步，那是完全掌控，一个念头，就可让其凝火。

"怎么比……"

孙一凡与司马涛苦涩中也有不甘心，二人双眼慢慢赤红，看着已经炼制成功的第四团十五色火，此刻他们只有一个方法。

去拼！

去拼一下运气，将四团十五色火炼了，若运气好，说不定能抢先一步，完成三团十六色火。

虽机会渺茫，但这是唯一的办法了。

"拼了！"

孙一凡红着眼狠狠一咬牙，司马涛也红了眼，整个人好似垂死挣扎一般，准备赌一把。

可就在他们有了决断的瞬间，白小纯猛地抬头，痴狂地大笑起来，手舞足蹈，兴奋莫名。

"我懂了，我明白了，这方法可行啊！我要试试，一定要试试！"

白小纯激动无比，脑子里始终在琢磨徒儿说的关于十八色火的配方以及研究出的那两个方法！

一个方法是融合大量的十七色火让其进行衍变，这是某种程度的创新，因为冤魂不再是主要的，重点是十七色火。另一个办法是让多色火变为火海，再增加颜色，直至到了十八色后，再去凝火。这个办法比第一个还要惊人，已经是翻天覆地的创新，颠覆了传统的炼火之法。

毕竟十八色火的配方当世罕见，就连巨鬼王都没有，而一旦成功炼出十八色火，就意味着此人会成为整个蛮荒内少之又少的地品炼魂师！

任何一个地品炼魂师，其地位之高，都可以和王爷平起平坐。

整个蛮荒，如今只有三个地品炼魂师，比半神都少。

白小纯此刻十分兴奋，他略微平复气息，根本没有想太多，忘了此刻正在比试，念头一转，右手抬起一挥，四周的十六色火就轰然而来，聚集在他手中，化作真正的十六色火！

没等众人赞叹，孙一凡与司马涛也还没来得及炼制十六色火，白小纯就激动地冲出，左右看去，一眼就看到了孙一凡与司马涛身边各自飘浮着四团十五色火。

他眼睛一亮，急于实践自己想的办法，根本就没理会孙一凡与司马涛，直接上前，速度之快刹那临近，大袖一甩，一股大力轰然爆发，天道元婴之力更是散出，形成一股风暴。孙一凡与司马涛根本没有防备，就被风暴卷着倒退出去，离开了比试的中心区域。

"白浩，你干什么？"

"白浩！"

二人嘴角溢出鲜血，都被白小纯的举动弄蒙了。众人全部傻眼。唯独白浩魂目露欣喜，隐隐猜出师尊的打算，不由得激动起来。

白小纯根本就听不到孙一凡与司马涛的话语，他眼中只有二人留在原地的八团十五色火，大袖一甩，竟在孙一凡与司马涛二人的怒吼下，将八团十五色火全部收了过来。

看到这一幕，众人目瞪口呆。

"白浩他要干什么？"

"这……这……这是怎么回事？"

"他们不是比试吗？怎么突然动手了？还抢了人家的火团，这还怎么比啊？"

孙一凡与司马涛怒吼不断，心中却是松了一口气，甚至还有些窃喜。白小纯的这番举动，正好化解了他们的愁绪，他们甚至可以倒打一耙。

就连周宏等人都狂喜起来，尤其是妙琳儿，更是喜不自禁，暗道白浩自己出了昏招，就算之前占了优势，也必定落人口实！

陈曼瑶看得焦急不已，可事情已经发生，她也没办法化解。

就在众人为白小纯的行为震动时，忽然，白小纯手中的两团十六色火扩散开来，甚至彼此融在了一起。

一团十六色火本就惊人，如今两团叠加在一起，更是恐怖。众人顿时感觉热浪扑面，一个个面色变化，迅速后退，使得中心区域的范围更大了一些。

"我需要十团十六色火……"

白小纯喃喃自语，目中露出疯狂，在十六色火散开后，按照灵感，竟将那八团十五色火全部融到了十六色火海中。

瞬间，轰鸣之声震天，这火海顿时扩大数倍，惊天动地，距离很远，都可看到火光映天。

众人骇然失声，再次后退，一个个都心惊肉跳，就连孙一凡与司马涛也不再窃喜了，而是被白小纯的举动弄得头皮发麻。

"他要做什么？"

"天啊，这火海若是爆开，就出大事了！"

无数人胆战心惊时，四周那些魁皇城的侍卫一个个都紧张无比，急速而来，环绕四周，一方面压制众人的声音，另一方面则快速布置法阵，将白小纯笼罩在内，同时马上将此事禀告上去。

他们不敢打扰白小纯，一旦打扰，火海爆开，乱子就大了。

周宏目光一闪，心下蠢蠢欲动，可很快就放弃了，他也不敢在此刻做手脚，闹大的话，他的麻烦也很大。

就在众人紧张时，白小纯在法阵内，双手掐诀，操控火海。火海有灵，在他手中乖巧无比，不断环绕，直接将那八团十五色火吞噬，渐渐地，竟使得那八团十五色火，彻底融入了火海中，渐渐变成了十六色！

只不过这十六色火的量太惊人，看得所有人心头狂跳，惊呼声传出。

"十六色……居然全部变成了十六色！"

"一旦凝火，白浩就可凝出十团十六色火，天啊，这怎么可能？"

孙一凡与司马涛面如死灰，彻底愣在那里，呆呆地看着十六色火海，脑海嗡鸣。

可事情显然还没有结束！

第 743 章

震撼全城

白小纯神采飞扬，操控这片惊人的十六色火海，心中激动，整个人亢奋无比，依稀回到了当初炼药时，每次有了灵感，都好似有只小手在他心头挠痒痒。

"十七色！"

白小纯大吼一声，双手掐诀，十六色火海竟猛地旋转起来，热浪越来越强烈。

接着，十六色火海居然在缩小！热浪翻滚，使得白小纯四周的虚空都扭曲了，八方的人骇然失色，不敢发出任何声音，而是急速后退。

直至退出了数万丈，他们还能感受到扑面而来的热浪，所有人都心头震颤不已。

远处更多的魂修察觉到了这里的滔天火光，纷纷前来，甚至更多的侍卫也出现了，将此地彻底封锁。

此刻的白小纯实在太可怕了，一旦火海爆发，后果就不堪设想。

周宏紧张无比，至于孙一凡与司马涛，他们二人在身体哆嗦、面如死灰的同时，居然还有一丝激动，他们虽与白小纯站在对立面，但他们同样是玄品炼魂师。对于炼火，他们有自己的追求与见解，此刻亲眼看到一种前所未有的炼火手段，他们又如何不激动？

此刻，没人在意白小纯与另外两人的比试了，所有人目中只有火海中的身影！

火海还在旋转，轰鸣之声不断传出，火海不断收缩，直径从万丈变作了八千丈，而后六千丈、五千丈、三千丈，乃至一千丈！

突然，一千丈的火海中猛然间多了一道颜色，这片火海，竟在万众瞩目下，变为十七色！

这一变化让所有人如天雷轰顶。哪怕有些人之前有所猜测，眼下真正看到这一幕，还是感到难以置信，他们都疯狂了。

这一幕打破了他们的思维，彻底颠覆了传统，开创了炼火历史上新的篇章！

"不需要魂，只需要火，就出现了十七色！"

"我没看错吧？闻所未闻！"

"白浩从此必定蜚声蛮荒，在炼火上他竟能开创先河！"

无数人惊呼。孙一凡与司马涛身体颤抖，今日的一切足以影响他们以后的炼火之路。

所有人都在注意白小纯，没有人注意到，在角落里，白浩魂看向白小纯的目光不只有激动，更有满足，他知道，师尊是在验证自己提出的十八色火的配方。

而这种实践对他创造十八色火配方至关重要，他需要记下每一个画面，他有信心与把握，经历了这一次的事情后，他对于十八色火的配方，已经十拿九稳！

"十八色火……"

一想到自己能创造出十八色火的配方，白浩魂想到的不是荣耀，不是名声，而是十八色火可以对师尊起到极大的作用，能让师尊成为地品炼魂师！

尽管师尊各种不靠谱，可他与师尊之间的师徒之情从来没有改变过，师尊是自己唯一的亲人。

在这个时候，有数道天人神识蓦然降临，都是被先前的景象吸引过来的。看到这一幕后，即便是天人也内心一震。

"他居然还没有停下……"

很快，四周就有人反应过来，惊呼之声更大！

"他没有停下，也没有收起凝火，他这是要……"

"他莫非是要……"

"炼制十八色火，突破玄品，成为我蛮荒第四位地品炼魂师！"

随着声音的传出，四周刹那寂静，可眨眼间，比之前还要强烈十倍的喧嚷，猛地爆发出来。

"地品……白浩真的要冲击地品？"

"在数十万人的关注下突破！"

"不管他能不能成功，这份气魄，我等佩服！"

人声鼎沸，孙一凡与司马涛也胸膛起伏，内心激动，更有无法形容的羞愧，他们此刻，似乎才真正认识了白小纯，更是自惭形秽。

"如此气魄，开创吾辈所不能……这是我蛮荒炼魂师中不世出的天才啊，我们怎能得罪他……"二人四目相对，都看出了彼此的心事。

就在众人猜测与惊呼时，阵法内的白小纯猛地抬头，修为在这一刻爆发，口中更是传出如天雷般的低吼。

"十八色！"

火海旋转，速度越来越快，发出更为惊人的隆隆声，接着急速收缩！

一千丈、八百丈、六百丈……火海还在缩小，虽然缩小到了几百丈，但其内的火热之力不仅没有减弱，反而更为强烈，给人一种很危险的感觉。

轰轰轰！

眨眼间，这火海直径就只剩下了三百丈！

白小纯的身体开始颤抖，他的神识之力急速耗费，修为也有些支撑不住，这种炼火方式对修为有要求，他要压缩火焰，同时对肉身有很强的依赖性，若是换了肉身不强悍的人，根本无法支撑到现在。

"我还可以继续，我相信这个办法，能衍变出十七色，就一定可以衍变出十八色……哪怕只有一丝……也足以证明，我徒儿白浩的这个办法是可行的！"白小纯双目已经赤红一片，仰天大吼一声，再次操控那三百丈火海，继续压缩起来。

轰隆之声又一次惊天动地，那三百丈的火海，在旋转压缩下，再次缩小，二百丈、一百丈、五十丈……三十丈、十丈！

就在这火海直径变为十丈大小的刹那，内部竟出现了波动，在这波动中，隐隐地，有些看不清到底有多少颜色了，火力在这一刻似乎正要发生一些奇异的蜕变。

这一刻，没有人再说话，所有人的一切心神都聚集在那一小片火海上。

那火海，从十丈变成了七丈、五丈、三丈……直至一丈！

从数万丈凝聚成一丈，在这一瞬间，火海中的颜色清晰显露，不是十七色，而是多出了一道颜色，一道令人终生难忘的颜色。

十八色！

天地在这一刻变了颜色，狂风骤起，浮云退散，而在那更高的苍穹中，厚重的云层翻滚，似有天劫凝聚，威慑整个魁皇城！

这一刻，魁皇城轰动，无数强者感受到了一股似可威胁自身生命的力量，猛地看去，不由得失声惊呼。

"那是……"

"十八色火！"

周紫陌也在巨鬼军团内被魁皇城内的火光震撼，神识急速扫去，当她看到白小纯后，整个人如被雷击，不敢相信自己的眼睛。

同一刻，天空中的皇宫里，天师殿内，魁皇朝的大天师缓缓睁开双眼，如俯视人间一般，看向白小纯。

"冥皇选择之人……能炼出一丝十八色火，此人不简单，他会是那个白小纯吗？"

"冥皇啊，你到底是何意呢？"大天师喃喃自语，许久，重新闭上了眼。

在这八方风云动的时候，白小纯面色苍白，体力以及修为之力极大程度地消耗，整个人似被掏空。他看着那直径为一丈的火海，随着第十八色的出现，一切只持续了三个呼吸的时间，那一丈火海就被消耗一空……

十八色火焰如昙花一现，刹那消失！

在其消失的瞬间，白小纯喷出一大口鲜血，落到地面上，踉跄着后退几步，而四周的所有人看到这种情况也沉默了很久，遗憾之余，纷纷看向白小纯。他们的目中露出的是热切，是尊敬，所有人，包括那些侍卫，全部向着白小纯，抱拳一拜！

白小纯是失败了，但是虽败犹荣！

那毕竟是十八色火，那是唯有地品炼魂师才可以炼出的神火，而现在，白小纯走出了独特的炼火道路，别出心裁，打破了其他人不敢跳出前人配方的禁锢，成为半步地品炼魂师！

哪怕那十八色火只存在了三个呼吸的时间，且只有一丝，依旧惊天动地，震撼世间！又有谁能说得准，如今只能炼出一丝十八色火的这个白浩，未来某一天，不会真正炼出十八色火，成为整个蛮荒仰之弥高的第四位地品炼魂师呢！

第 744 章

白大师

此刻，所有人都看着白小纯，他们的心情激荡不已。要知道整个蛮荒亲眼看到十八色火的人，实在是太少了，对于绝大多数魂修而言，十八色火是传说中的存在。可眼下，他们看到了！而满足他们这一愿望之人，自然而然就被他们牢牢地记在了心中，怕是这一辈子都很难忘记！

白浩魂在远处激动不已，他虽有炼火资质，但修炼的资质很一般，似乎他的才情全部在炼火上。他明白，如果没有师尊，自己的理论想要实现，难度太大了。他在自己师尊的身上，看到了一种特质，那就是执着！他丝毫没有觉得自己的风采被师尊遮盖，对他来说，只要师尊光芒万丈，自己能帮助师尊，他就已经很满足了。他的野心不大，他的欲望不强，他生前在意的是亲情，如今复活成魂，依旧在意亲情，对他来说，白小纯是自己的师尊，也是自己的亲人。

人群中，还有一个人心情复杂，此人就是陈曼瑶。她默默地看着白浩，原本对于白浩的身份已经有了八成把握的她，此刻忽然有些迟疑了。

她知道白小纯擅长炼药，可炼药与炼火是截然不同的两个体系，眼前之人在炼火上的表现越优秀，她就越不敢将两个人联系到一起。

"他真的是白小纯吗？"陈曼瑶陷入沉思。

此刻疲惫感如海浪一样传来，之前炼制十八色火让白小纯耗费了几乎全部的心神，以他的肉身强度，都觉得全身酸痛。他的神志完全清醒，想起自己是在比试。

白小纯睁大了眼，有些发蒙："这……这……我干了什么……"

白小纯顿时紧张，可看到众人望向自己时崇敬的目光，白小纯眨了眨眼，忽然激动起来："我炼出了十八色火，天啊！"

白小纯背着手，抬起下巴，琢磨着很有必要在众人的关注下，说出一些高深莫测的话，于是赶紧搜肠刮肚，可还没等他想到如何卖弄，忽然，天空中的周宏面色青红不定，猛地向着白小纯低喝一声。

"白浩，这场比试，你以破坏孙一凡以及司马涛炼火的方式取胜，你违反了规则，所以你输了！"周宏斩钉截铁地说。

众人听到后，纷纷想起这一次是白浩与司马涛、孙一凡在比试，按照道理，周宏所说并非虚言。

周宏内心也忐忑，更有苦涩，他没想到，白浩居然厉害到了如此程度，甚至炼出了一丝十八色火。他可以想象，未来自己若是再想找白浩的麻烦，难度怕是更大，除非是他们这些权贵亲自出手才有可能。只是，一想到炼魂壶内白浩的所作所为，他就不甘心，此刻他抓着这一点，下狠心要咬定这个事实。毕竟，这的确是一场比试，按照比试的规则以及白浩之前的做法，白浩就是违反了规则！

周宏开口后，小狼神、李天胜等人都纷纷开口。

"没错，白浩，这一次你输了！"

"干扰孙大师与司马大师炼火，白浩，你虽炼出一丝十八色火，但你终究是输了！"

白小纯眼睛一瞪，他知道自己此刻气势正盛，正要开口反驳，孙一凡却从人群中走出，向着白小纯抱拳深深一拜，无论是神情还是态度，都极为诚恳，目中还带着尊重。

"白大师，孙某服了！这一次比试，孙某认输！"

孙一凡话语传出的刹那，四周一片哗然，天空中的小狼神等人更是急了，周宏接着开口。

"孙大师，你……"

"小王爷莫要多说，孙一凡知道自己的斤两，在炼火的造诣上，我不是白大师的对手！"孙一凡语气果断，他实在不想得罪白小纯了，他在白小纯身上，看到了踏入地品的可能。这样的人已经成长起来，压制不住，他只能低头。

不仅孙一凡低头，司马涛沉默片刻，调整了一下呼吸，也走上前来，向着白小纯抱拳深深一拜："白大师，司马认输，之前多有得罪，还望白大师不要介意。"

眼看司马涛都开口了，众人议论之声随之而起，至于半空的周宏等人，一个个面色一阵青一阵白，内心憋屈无比。周宏更是脸色发青，却没办法，孙一凡与司马涛都主动认输了，他又能怎样？此刻更是觉得无颜在此，咬牙中袖子一甩，化作长虹急速离去。小狼神与李天胜等人也都在心底长叹，转头离开。二皇子在此期间一直沉默，这时也未发一言，径自飞走。

　　白小纯有些诧异，没想到这件事情都不需要自己出手，孙一凡与司马涛就帮着自己化解了，此刻看向孙一凡与司马涛二人，白小纯心里也有些过意不去，毕竟之前他动了魂药的手脚。

　　"两位大师万万不可如此。"白小纯赶紧上前，将孙一凡与司马涛扶起，不让他们弯腰拜见，"炼魂一道，长者为先，我蛮荒若没有一代代长者为了炼火鞠躬尽瘁，奉献一生，我等晚辈又岂能在前人的基础上改动配方，做出创新！那一丝十八色火纯属侥幸，是我白浩站在了前辈的肩膀上，才可以窥见苍穹一角啊。"

　　"今天这比试，我没有赢，两位大师更没有输，在两位的相助下，白某获益匪浅，若没有两位大师，白某今天必定无法炼出那一丝十八色火，多谢两位大师！"白小纯做人圆滑无比，此刻又心有愧疚，言辞真挚地开口后，退后几步，向着孙一凡与司马涛抱拳弯腰深深拜下，态度比孙一凡与司马涛之前还要诚恳。

　　白小纯的这种做法让孙一凡与司马涛心中一动，他们之前道歉，是审时度势之后的无奈之举，没想到换来的不是趾高气扬，而是白小纯更加谦虚的话。他们明白，白小纯的这番话被这么多人听到，对他们来说，有极大的好处，不但可以化解之前魂药的事情，更能将自己的名气抬高不少。

　　二人看着白小纯，都大笑起来，他们没有看一眼周宏离去的身影，隐隐还觉得与白小纯相见恨晚，竟一起去了白小纯的铺子，准备在炼魂方面长谈一番。

　　其他人在注意到白小纯的这番话与举动后，都是心中一赞。

　　"这才是大师风范啊，化干戈为玉帛，说来容易，可能做得如此漂亮，非常人能及！"

　　"如此做人……难怪能在巨鬼城内声名鹊起！"

　　"那臭名昭著的名声，想必也是某些人别有用心。"

　　"这白浩，我从此服了！"

第 745 章

又来了

眼看白小纯与孙一凡、司马涛离去，众人也逐渐散去，他们还是很激动，离去时还拿出传音玉简，将今天这惊心动魄的一幕告诉了亲朋好友。可以想象，怕是用不了多久，白浩在魁皇城中就会无人不知无人不晓！

白小纯最后那圆滑的言辞以及让人赞叹的为人处世之道，让陈曼瑶双眼内露出奇异之芒。

"不对劲，我记忆中，白小纯做人也是如此，很圆滑，且善于化解敌意……当初血溪宗与灵溪宗，在任何人看来，必定会有一番死战，都被白小纯化解了……"陈曼瑶心底再次生出怀疑，她还没回到自己的居所，便想到了关键所在，"还有，在魂药上动的手脚，如果真是此人所为的话，倒也吻合，毕竟白小纯在血溪宗，可是有瘟魔的外号。而且最重要的线索，是这一次他的做法，与当初在星空道极宗内，天空会坑他时所用的方法几乎一模一样！"

陈曼瑶胸口起伏，呼吸不再平静，想起炼魂壶内白小纯的背影，还有在自己的试探下对方的表现，陈曼瑶笑了。她人本就美，此刻这么一笑，顿时如鲜花盛开。

"他必定就是白小纯！"陈曼瑶十分喜悦，她侧头遥遥看向白小纯铺子所在的八十九区，轻哼一声，带着兴奋，脚步轻快地离去。

白小纯还不知道自己已经暴露了身份，如果知道的话，他一定会觉得毛骨悚然，女人太可怕了，这种细节都能注意到……

此刻的白小纯正在铺子内与孙一凡、司马涛相谈甚欢，相互交流自己在炼火上的经验与技巧，越谈越兴奋，时而有爽朗的笑声传出，让四周的店家感慨不已。

直至第二天，孙一凡与司马涛才心悦诚服地告辞，并让白小纯一定要去九幽城以及灵临城，届时他二人将盛情款待。白小纯满口答应，孙一凡与司马涛这才离去，至于那铺子，他们看都不看，化作长虹，直奔传送阵所在方向。

白小纯目送二人离去，也很感叹。这一夜的沟通，孙一凡与司马涛收获不小。白浩魂始终跟随在白小纯身边，听着三人谈论，对于炼火之法，也有所领悟。

在做人方面，白浩魂对于师尊越发佩服，他觉得自己实在不如师尊，暗道若自己生前在白家能如师尊这般，怕是处境会有很大的不同。

师徒二人回到了铺子里，时间流逝，很快就过去了七八天。这七八天里，师徒二人多次沟通，一起研究与商讨，白小纯对十七色火更为了解，白浩魂则对十八色火的配方有了进一步的想法。同时，铺子的生意一下子很火爆，一切都在向着好的一面发展，白小纯心满意足，对于铺子的归属感也强烈了不少。

这铺子是他们师徒二人，一次次与外人斗智斗勇之后，才成功救活的，现在甚至成了魁皇城的名铺。走到这一步，花的时间虽不长，但过程很曲折，每次白小纯想起，都很唏嘘。可白小纯发现，自己似乎没有那种能享受平静生活的命，每次当他很得意、很满足的时候，总是会出现各种各样的意外……

他还没享受十天，就再次头痛起来，因为陈曼瑶来了。三天前，陈曼瑶第一次踏入了白小纯的铺子。正趴在柜台上看似睡觉，实际上却在脑海中研究十七色火的白小纯觉得有些不对劲，抬头之后，看到陈曼瑶，顿时傻眼，脑袋更是嗡了一声。陈曼瑶似笑非笑地看着白小纯，也不将其身份挑明，言明只是来炼灵……

白小纯苦着脸，有心不去炼，可看陈曼瑶的样子，明显不会罢休，于是只能硬着头皮去炼，可紧接着第二天，陈曼瑶又来了……

眼下是第三天，店铺刚开张，陈曼瑶那优美的身姿、绝世的容颜，又出现在了白小纯的面前。

"陈姐姐……你怎么又来了？"白小纯一拍额头，悲呼起来。

"叫我姐姐？也好。白小弟，怎么，不欢迎我？"陈曼瑶巧笑嫣然，站在白小纯的面前，身上的清香钻入白小纯的鼻尖，白小纯却没心情欣赏，只能苦笑地看着陈曼瑶。

他算是看出来了，眼前这陈曼瑶十有八九认出了自己，可只要对方不点明，白小纯也不敢直接道出，只能继续装傻。

他这演技在别人看来没什么，在陈曼瑶眼中却是漏洞百出，她越看越觉得有意思。她也很享受这种感觉，偏偏不去点破，让白小纯很难受，只能尽可能躲着她。

陈曼瑶丝毫不着急，白小纯若躲着她，她就索性在店铺里帮白浩魂一起接待来往的顾客。陈曼瑶在魁皇城名气太大了，天师之徒不说，她本身貌美如花，在魁皇城中追求者无数，如今她竟然出现在了白小纯的店铺里……

若仅仅是出现也就罢了，可她仿佛老板娘一般，在那里接待来往的客人，这就让所有看到的魂修都内心震惊，对于白小纯的能力有了新的认识。

这消息快速传开，让白小纯心惊，不单他心惊，白浩魂也紧张啊。原本师徒二人好好的，眼下突然多出了一个女子，人美也就算了，他从自己师尊的表情上，看出师尊与这女子明显关系不一般……

"莫非这是师母？"白浩魂内心紧张，又不敢确定，暗中去问白小纯，白小纯也没心情回答，他正烦恼着呢。只不过白小纯没想到，他这烦恼才开始……

陈曼瑶到来后的第八天，他的店铺里居然又来了一个女子。

这女子相貌俏丽、身姿曼妙，一双玉手上戴着紫色的手套，整个人看似小巧，却总是给人一种拥有狂暴之力的感觉……

这女子正是灵临城的郡主——许珊！

许珊对于白小纯极为执着，当初被灵临王带走后，她还主动提出，让灵临王去提亲……灵临王傻眼的同时，对巨鬼王更是怒意大增，为了让自己的女儿回头，他不惜将其禁足至今。

可许珊十分坚持，灵临王也无话可说。最终，许珊还是偷跑了出来，她本打算去巨鬼城找白小纯，但在路上时，听说了白小纯在魁皇城的事情，顿时改变方向，兴致勃勃地"杀"来……

与婉约的陈曼瑶不同，许珊性格狂暴直接，进入白小纯的铺子后，看到白小纯的第一眼，她就大声开口："白浩，我喜欢你！"

这句话让白小纯都快哭了，白浩魂一哆嗦，心里悲呼自己的名字真的被师尊玩坏了……而陈曼瑶，也是秀眉蹙起。

第 746 章

大黑是谁

这么直接的许珊让白小纯头更大了，他绝望地发现，自己对男女之情之事，就是束手无策。这一天，他都不知道是怎么度过的，只记得许珊与陈曼瑶有一些矛盾……

好不容易等到了黄昏，白小纯早早地将店铺门关上，眼看许珊和陈曼瑶走了，他站在那里，抬头望着屋顶，一脸悲愤。

"我可是情圣啊……"白小纯悲呼，这以往让他很得意的称号，眼下却让他无奈至极，"怎么又是这样？当年宋君婉与侯小妹就差点把我给缠死。我到了蛮荒，已经够小心翼翼了，生怕自己吸引女孩子。我都用了徒儿白浩的样子了，没用自己那俊朗的容颜，可为什么还是被人喜欢了？苍天啊，你为何如此对我？"白小纯狠狠一拍胸口，大有一种叫天天不应、叫地地不灵的感觉。

一旁的白浩魂却睁大了眼，有些郁闷，摸了摸自己的脸，有心反驳师尊，可看到师尊现在的状态不太正常，他犹豫了一下，只能认了。

"难道真的是我太优秀，已经到了无视容颜，超脱一切，单凭我的气质和我纯洁的灵魂，就可以让无数女子为我疯狂的程度吗？"白小纯愤懑地捶胸。

"难道我白小纯真的已经到了这种至高无上的境界了吗？我该怎么办，优秀，不是我的错啊。"白小纯用力地摇了摇头。

白浩魂实在是有些看不下去了，被自己师尊的这些话强烈地刺激了，忍不住回了一句："师尊，你……你是真的在自责，还是在得意地炫耀啊？"

白小纯立刻转身，严肃地看着自己的徒儿，眼睛一瞪："徒儿，你难道没看出来为师是真的在苦恼吗？唉，你不懂啊！徒儿，你知道吗？当年为师还是凡人的时候，就已经很烦恼了，村子里的那些女孩子，大花啊、大黄啊、大黑啊，她们都喜欢我，天天追着我，我拒绝了无数……"

白浩魂在一旁有些发蒙，琢磨着这大花听起来像是猫的名字，而大黄听起来像是狗的名字，可大黑像什么的名字啊，他想了半天，也没想出来哪家的姑娘会用这个名字。

"本以为我踏上仙途后，从此不再吸引女孩子的注意，可你不知道啊，没多久，侯小妹就看上我了，小肚肚也看上我了，我无奈之下，躲去了血溪宗。哪里能够想到，宋君婉也看上我了……"白小纯不知道白浩魂所想，继续深情感叹，"我能怎么办？我也不想啊，于是我走了。我做梦也没想到，在逆河宗内，居然有成千上万个女弟子给我送情书。徒儿，你说，为什么苍天要让我这么优秀，这到底是为什么？"

白浩魂无奈地瞥了自己师尊一眼，他有些不信这些话，只是他不晓得，他的师尊等的就是他不相信。白小纯一拍储物袋，哗啦一声，上万封花花绿绿的情书直接倒了出来，堆积成小山，还有不少情书被折叠成了心形。

"你看！"白小纯用悲愤掩饰着自己的得意。

白浩魂吓了一跳。欣赏着徒儿精彩的表情，白小纯内心得到了满足。他将这些情书小心翼翼地收起，琢磨着等下次有机会还要继续用，心中更是暗道自己身为师尊，有必要让徒儿崇拜，所以要经常在徒儿面前展示自己的厉害之处。

没再理会白浩魂，白小纯站在那里，这一次是真的发愁了，半晌之后，他哭丧着脸，回到内屋，想了一夜，也没想出解决方法，只能长叹一声，用研究十七色火来打发时间。可这事终究还是难以躲避，第二天，许珊与陈曼瑶又来了。尤其是许珊，她性格霸道，更是直接坐在白小纯身边，白小纯走到哪儿，她就跟到哪儿，大有一种告诉所有人"这是我家男人"的感觉，偶尔还会挑衅地看着陈曼瑶。

陈曼瑶的面色不好看，时而讥讽几句，每次一开口，许珊都说不过她。于是，许珊就直接大声娇叱，上前准备动手，每次白小纯都吓得一哆嗦，赶紧拉开许珊。

白浩魂也跟着担惊受怕，对于二女之间的事情，他不敢参与。

"这许珊，看来也是师母了……"白浩魂深吸一口气，打定了主意，自己就好好做个面无表情的魂仆，决不让人看出破绽。

白小纯也没心情理会白浩魂，他觉得自己头发肯定都白了一些，却只能去安抚这两个女子，毕竟这店铺是他的心血啊！一天两天白小纯还可以忍受，但随着时间流逝，半个月后，白小纯都要疯了，许珊与陈曼瑶之间的火药味也越来越浓烈。

终于在这一天，二女之间的矛盾彻底爆发。

"陈曼瑶，你刚才说什么？"

"许珊，别人在意你的身份，我可不在意。在我面前，你就是个只知道打打杀杀的蠢丫头而已！"许珊与陈曼瑶相互怒视，眼看就要出手，铺子里此刻还有不少魂修，都赶紧退后看热闹，甚至外面的行人也驻足看戏。

白小纯正在内屋研究十七色火，听到外面的吵闹声后，他吓得一哆嗦，都快哭了，赶紧冲出，站在许珊与陈曼瑶的中间，苦口婆心地劝说。

眼看二女真要出手，白小纯在压抑了大半个月后，终于大吼一声："够了！"

白小纯声音如天雷，传出四方，四周那些顾客以及外面看热闹的众人，一个个精神抖擞，暗呼好戏要开始了，目光炯炯地看去。

许珊与陈曼瑶都被白小纯的嗓门镇住，向他看了过去。

"许珊，告诉我，你喜欢我什么地方？"白小纯深吸一口气，首先看向许珊。

许珊原本气势汹汹，一听这话，就有些脸红，扭捏起来："这么多人看着……"

白小纯头痛，一把抓住许珊的肩膀，看着许珊，认真地说道："告诉我，你喜欢我什么地方，我一定改……"

此话一出，众人没忍住，纷纷笑了出来，之后继续观望。

许珊则睁大了眼，看着白小纯，那眼神让白小纯都觉得有些不忍心这么对待一个喜欢自己的小姑娘了，可就在这时，许珊忽然笑了。

"我喜欢的，就是你这一点。"

这句话一出，白小纯就傻眼了……

许珊说着说着，双手抬起，钩住白小纯的肩膀，飞速地在白小纯脸上亲了一口，这才退后，重咳一声："从此之后，你就是我的人了。"

白小纯内心哭天喊地，被许珊彻底打败了，只能转头看向陈曼瑶，正要开口时，注意到陈曼瑶那似笑非笑的表情后，白小纯心底虚得慌。

"唉，要打……你们出去打好吗？"白小纯长叹一声，面色灰败，他觉得自己真的没办法了，苦恼地回了内屋，在心底发誓，外面就算打得再厉害也不出去了。

第 747 章

我们要为民除害

说来也怪，白小纯打定主意不出去后，陈曼瑶与许珊竟不打了，而是各自在店铺内占据了一块地方，似乎她们的乐趣已经不在白小纯身上，而是两人之间进行比试。比试的方法也简单，看谁卖出的魂药多，于是进入店铺的客人往往要做出一个选择，选择是在天师爱徒那里购买，还是在王爷爱女那边购买。这就让他们纠结起来，好在这铺子内还有白浩魂在，于是这些人一窝蜂到了白浩魂的面前。

白浩魂这个时候也提心吊胆，他算是搬起石头砸了自己的脚。他之前为了不参与进去，摆出一副表情麻木、只知道遵从主人吩咐的魂仆的模样，此刻若是也学着白小纯去内屋，立刻就会露馅，于是只能硬着头皮，在两女如同利剑般的目光下，哆嗦着接待客人。

整个生意都乱了。而陈曼瑶与许珊眼看如此，干脆杠上了，竟发动各自的人脉与势力，一个从魁皇城叫人，一个从灵临城叫人，使得许多原本不来这里的魂修也来这里购买魂药，且都很豪爽，出手大方。这也间接地让白小纯这铺子的收益暴增，每天夜里，白小纯听白浩魂说着收益，都心惊不已，最终叹了口气。

这些天，他日夜研究十七色火，对十七色火渐渐了如指掌，甚至偶尔还会尝试炼制，虽然都失败了，但是白小纯相信，自己的十七色火应该快要炼出来了。

更大的麻烦开始出现，随着陈曼瑶与许珊的到来，尤其是二女让人来购买魂药，且针锋相对，使得此事大范围传开，惊动了整个魁皇城的权贵。

要知道无论是陈曼瑶还是许珊，在蛮荒的权贵圈子中，都是天之骄子一般的人物，无论是身份，还是家世，又或者是自身的修为、才情、相貌，都是数一数二的，这样的女子，自然追求者无数。甚至有好事之人，将她们两位与周紫陌并称为"蛮荒三大天女"，倒不是说再没有其他女子有她们这样的美貌，不过这三位显然各个方面都是顶尖的，就连皇子都被吸引，由此可见一斑。

她们的追求者实在是太多了。之前，白小纯成为巨鬼王指定的周紫陌的道侣，早就被一些人看不顺眼，如今，随着陈曼瑶与许珊的出现，更多的追求者坐不住了，纷纷打探，甚至还有一些人亲自到了八十九区。

当亲眼看到陈曼瑶与许珊争风吃醋后，这些人心里都冒起了无名火，同时又觉得陈曼瑶与众人印象中的她不大一样，开始艳羡与嫉恨白小纯。好在白小纯名气不小，无论是炼魂壶内强悍的战力，还是那一丝十八色火的出现，都让人有所忌惮，无人找他麻烦。

只是，偏偏在这个时候，一股谣言在有心人的推波助澜下，在魁皇城中慢慢传开，愈演愈烈。这谣言简单直接，说的就是炼魂壶内的事情，谣言里点出，陈曼瑶为何对白浩如此反常，是因为陈曼瑶在炼魂壶内被抓住后，与白浩孤男寡女……

而白浩在巨鬼城时，声名狼藉，连人妻都夺走，可见极为好色。这么一个绝世美女，与白浩独处，必定发生了一些事情，而这白浩更有手段，使得陈曼瑶服服帖帖。陈曼瑶这才会在白浩来到魁皇城后，做出这么反常的举动。

同时，谣言里也提到了许珊，言辞差不多，点出许珊一定是被白浩用了手段，如今才死心塌地，同时也证明了，这白浩的的确确有些本事，居然将这三大天女一网打尽……

谣言开始还是小范围地传播，可很快就扩大了影响，到了最后，所有的权贵子嗣都在议论！有人听到这谣言后，顿时发狂，也有的咬牙切齿，对白小纯恨之入骨，还有的则不信。可每次有不信这谣言的话传出时，都会有人去反驳。

"那白浩是什么人啊，那是连别人妻子都不放过的人，而陈曼瑶是绝世美女，当初落在他手里好几天，该发生的肯定都发生了。"

"证据确凿啊，不然为何陈曼瑶这么反常，许珊也如此，这该死的白浩就是一个祸害！"

这谣言越传越生动，到了最后，甚至有人言之凿凿地说有了证据，各种言论在魁皇城内的权贵中爆发，甚至还扩散到了下层的魂修之中，一时间，满城风雨……

陈曼瑶与许珊也听说了这谣言，二女愤怒不已，可她们的辩解之声如同小石头落入了大海，掀不起丝毫波澜。到了最后，她们也承受不住。灵临王大怒，安排麾下一位地公天人亲自来了魁皇城，将许珊带走。至于陈曼瑶则接到了其师尊大天师的命令，带着委屈离开，被禁了足。

随着二女离开，这件事似乎应该告一段落，可偏偏那谣言还在散播，不断挑起魁皇城内那些权贵子嗣的怒意，终于有一天，这群人彻底爆发了。

"这白浩必须死！我们要为民除害！"也不知是谁第一个发出怒吼，冲了出去，很快，整个魁皇城的权贵子嗣纷纷冲出，其中绝大多数人是清醒的，如小狼神、李天胜等人，他们要把握这一次机会。谣言之所以散播得这么快，范围如此广，跟他们也脱不开关系。

短时间内就有大量权贵子嗣，其中有一半是元婴修为，余下都是结丹，一个个带着滔天的杀机冲向八十九区，冲向白小纯的铺子！周宏也在其中，他眼神冰冷，内心冷笑。

"白浩，这一次我看你如何抵抗！你战力超绝，那又如何？你若出手，将这些人伤了绑了，这里不是炼魂壶，他们的家族会立刻出动！那个时候，你引发了整个魁皇朝高层的怒意，就算有巨鬼王给你撑腰，你也要付出代价！而你若尿了，那么这一次……你一样也要如丧家之犬，被人击杀！无论是出手，还是不出手，你都输了，没人能救得了你！"周宏想到这里，内心激动不已，他这人睚眦必报，炼魂壶内被白小纯踩在脚下，是他这一生的噩梦与羞辱。他对白小纯的恨意极深，多次尝试报复，这一次，他相信必定成功。

"这一次的计划，我只是开了一个头而已，就算追查到我，也只有一点责任。谁让你犯了众怒呢？所以我一开头，就有无数人暗中推动。白浩，不仅仅我要杀你，整个魁皇城都要杀你！嘿嘿！"周宏阴险地笑了笑，然后深吸一口气，快速赶去八十九区。

远远看去，此刻魁皇城内，数百道身影无视城池的侍卫飞跃而出，从四面八方直奔八十九区！无数路人看到这一幕，认出了里面的人物，全部心头一震，至于那些侍卫也都面色大变。

"那是陈雄！"

"还有小狼神、李天胜……赵东山，这些可都是天骄！"

"他们这是要干什么……看样子要出大事了！"

第 748 章

小纯大怒

深夜，明月当空，加上不少建筑内的灯火，夜色下的魁皇城看起来并不模糊，对于修士而言，已经很清晰了。在数百道身影直奔白小纯而来时，白小纯已经关了铺子大门，正在内屋与白浩魂一起炼制十七色火。经过之前几次失败的尝试，白小纯已经解决了炼制十七色火的问题，有了足够的把握。

当日炼制十八色火，融火境的体会和感悟给了白小纯很大的触动与启发，再就是与孙一凡和司马涛交流探讨，使得他将十七色火琢磨得更为透彻，进度推动不少。最重要的还是白浩魂的相助，师徒二人每次遇到困难都会相互商量，如今已经彻底解决一切问题。在炼制中，白浩魂更是目不转睛，一旦看到炼制出现偏差，他就会立刻提醒。即便白小纯不会出现偏差了，白浩魂还是认真无比。

他看着师尊全神贯注地炼火，那执着的表情、严肃的面孔，都让白浩魂心中生出感叹："师尊虽平时看起来不靠谱，但在炼火方面十分认真，是很多人所不及的，尤其是他那种不研究透彻决不放弃的信念，还有解决每一个问题的执念，更是他有如此成就的原因。"白浩魂默默地望着白小纯，他相信，若是换了其他人来炼火，自己再怎么帮忙，怕是也很难达到师尊这样的高度。

"师尊，我一定帮你成为天品炼魂师！"白浩魂眼神坚定，至于他自己的修行，他已经不去考虑了，实在是这个天地间，他不知道有几个鬼修，似乎他是第一个，也只有他一个。

所以鬼修的功法根本无迹可寻。这一点白小纯也着急，来到魁皇城后，他在暗中寻找过这样的功法，可惜一无所获。不过白小纯似乎有了其他的方法，他安慰白浩魂，让对方不要心急，他必定能给自己这徒儿找来一套鬼修之法。

想起师尊对自己说过的话，白浩魂很放心，他知道，自己这师尊虽有些不靠谱，但答应自己的，必定会做到。此刻，白小纯炼火到了关键时刻，那火海被他控制在一定范围内，大量的冤魂被吞噬。他小心操控，一点点地推动，随着时间流逝，十六色火海内隐隐似要出现第十七色！

"就要成了！"白小纯喜不自禁，正要继续凝聚心神操控，可就在这时，突然，他的铺子外传来一声惊天轰鸣，大地都震动起来，更有带着杀机的怒吼随之回荡。

"白浩，受死！"十多道身影从外面直接轰开了铺子的大门，还有的踏破屋顶，冲杀而来。白小纯内心一惊，现在正是他炼十七色火的关键时刻，被外面的震动惊扰不说，那十多道身影更是让他一时有些茫然。而他那团即将出现十七色的火海，也因他心绪波动而出现变化，他控制不住，面色大变。他所在的内屋也被人直接轰开。

"该死！"白小纯来不及思索太多，火海瞬间失控，向着四周猛烈地爆开。

危急关头，白小纯只来得及一把抓住白浩魂，取出龟纹锅，直接扣在身上。他将龟纹锅扣在身上的瞬间，那十六色与十七色混杂的火海，轰隆隆向着四周扩散开来。

那十多个天骄刚踏入内屋，还没等看清，便感觉热浪扑面，一个个骇然后退，可还是晚了，瞬间被火海掩盖。凄厉的惨叫刹那传出，这十多道身影成为火人，其中有三人闪躲不及时，没取出防护之物，而这火海又极其惊人，他们的肉身居然直接化为了飞灰，甚至连灵魂也在这一刻被火焰焚烧得干干净净。

死人了！

这一幕，让那些倒退的魂修一个个心神狂震，面色大变。那火海狂暴，直接覆盖整个铺子，无论是内屋还是院子，又或者是铺面本身，都在这一瞬直接化为焦土，甚至这四周的铺子也受到了波及。

火光冲天，引起四周哗然。远处数十道身影亲眼看到这一幕后，也都吸了一口气，没想到会有这种突发变故，但来都来了，只有一条路可走。

"一起出手！"

小狼神在这群人内，他原本不打算最先到来，就算到了，也要在后面出手，眼下只能咬牙，发出低吼。

就在这时，一声嘶吼爆发出来。白小纯掀开龟纹锅后，看着凝聚自己心血的铺子成为焦土废墟，怒意难以控制，双眼瞬间充血，一下腾空而起。

这里是他的家，这段日子他在蛮荒有了些归属感，可眼下，一切都没了，被一群暴徒冲进来，毁了所有……这一切让白小纯开始发狂。

"欺人太甚，欺人太甚！"

白小纯气极，浑身哆嗦，立刻就将白浩魂收起保护好，努力克制自己后，他利用神识，察觉到四周的敌人有数十个之多，甚至更远处，还有数百道身影正急速而来。

这一切让白小纯明白，今日之事，必定是一个对自己的杀局，尤其是他看到外面那些出手之人的样子后，他就更确定了这一点。

所以他压下怒意，没有立刻出手，而是取出传音玉简，直接向着巨鬼王传音。

巨鬼王得知了这一切后，也是一惊，但他一向霸道，略一沉吟后，就直接对白小纯回复。

"白浩，你是我巨鬼王的女婿，岂能受欺负？给我打，有老夫在，什么都别怕，只要人不死就可以。我这就让陌儿去助你。我立刻给大天师传音，这事，老夫必定为你做主。"

听到巨鬼王的回答后，白小纯胆气大壮，猛地抬头，他的怒意此刻再也压制不住了，身体一晃，直接冲出火海。

"欺上我家门，毁我店铺，这是你们逼我的！"白小纯声音如天雷，在这四周轰隆隆地炸开，同时，他的身影已如闪电般出现在一个杀来的元婴魂修身前。

这元婴魂修正是小狼神，他只觉得眼前一花，看清了是白小纯后，面色大变。

"白浩你听我解释，我……"小狼神内心颤抖，正要后退，可白小纯带着怒意的一拳，直接就轰了过来。

"生机又多了是不是，又来找虐了是不是？给我下去躺着！"白小纯一拳落下，巨响惊天动地，任凭小狼神如何挣扎，甚至变身反抗，可还是改变不了结果。小狼神全身颤抖，鲜血直流，发出凄厉的叫声，被白小纯一拳从半空打下，重重跌在了地上，直接昏死过去。

191

第 749 章
势如破竹

众人见白小纯一拳将小狼神轰倒在地，甚至将地面震出了一道道裂缝，而小狼神浑身是血，一动不动，纷纷吸气，一时竟被镇住了。可还没等他们反应过来，白小纯就带着怒意，身体如鬼魅一般消失，再出现时，又到了第二个魂修面前。

"你也给我下去！"怒喝声中，那魂修面色大变，正要反抗，却骇然发现自己的元婴居然不稳，修为运转也出现了停滞，他根本就来不及应对，在一声巨响下，白小纯的拳头就直接砸在了他的肩膀上。

咔嚓一声，那魂修整个肩膀都粉碎了，发出惨叫，跌在了地面上。没有结束，白小纯的怒火已经彻底燃烧起来了，换了谁看到自己辛辛苦苦经营的铺子被人就这么毁了，都会受不了，尤其是白小纯在请示了巨鬼王后，更是无所顾忌。

连续轰倒两个魂修后，白小纯再次一晃，出现在了第三个权贵子嗣面前，此人是个中年人，面色苍白，身体急速后退，口中发出凄厉大叫。

"白浩，你敢杀我！"

"不敢！"白小纯神色狰狞，用更大的声音回答，气势很盛，出口的话却让那中年男子一愣。眨眼间，白小纯已然临近，右手一把抓住中年男子的脖子，向着地面，猛地砸了过去。

轰的一声，中年男子口吐鲜血，体内元婴都差点被砸出体外，五脏六腑纷纷移位，昏迷过去。

"当我傻啊，杀了你，就浪费了生机！"白小纯丝毫不觉得自己这句话没有气势，反倒觉得这样才更显得自己霸气神武。

经过这一段时间，四周的数十人，都从白小纯的恐怖攻击中反应过来。

他们个个修为不俗，虽有不少是结丹，但毕竟都是各个家族的天骄之辈，实力远超同境。他们看出白小纯实力强大，单挑难以取胜，立刻就有人开口。

"一起出手！"

"这白浩就算再厉害，难道还能有三头六臂?！"

"他惹了众怒，今天必定要给我们一个交代！"

说话间，四周数十人全部运转修为之力，种种神通瞬间出现，五光十色，形成一片术法大浪，直奔白小纯而去。这片术法里，有三条不同样子的术法魂龙，还有大量飓风，后方还有一只巨大的孔雀，开屏之后，形成一道道光剑，直奔白小纯。

远处，还有四五十道身影全速疾驰而来，甚至有的人还没到，法宝已出，形成一道道长虹，直奔白小纯。更不用说在这四五十人的后方，还有更多的身影从四面八方呼啸临近，已然将白小纯彻彻底底地包围。

这是杀局！身在杀局内的白小纯同样意识到了这一点，他的双眼赤芒更盛，身体颤抖，此刻已来不及多想，就算是逃，在这么多人的包围下，也有可能被拦住。唯一的办法，就是战！凭着自己淬骨境带来的强悍的防护之力，去战这满天魂修！

白小纯深吸一口气，右手抬起，他的手中立刻出现了永夜伞，此伞在面具的作用下，已改变了模样，外人根本看不出原本的样子。

在永夜伞取出的瞬间，白小纯毫不迟疑，猛地撑开。伞被撑开的刹那，术法神通就轰击而来，无论是长龙，或者是狂风，还有那刀光剑影，都被永夜伞挡住。

白小纯也是身体一震，他退后几步，顺势落向地面，刹那就落在了小狼神三人的身边，手中的永夜伞没有半点停顿，直接依次在小狼神三人身上狠狠一戳。

这三人的身体以肉眼可见的速度枯萎，大量的生机刹那就被永夜伞吸走，疯狂地融入白小纯的体内，令白小纯那停滞许久的淬骨境第八重，再次开始提升。

三人里，除了小狼神外的那两个魂修，还是首次被吸生机，之前只是听说白浩歹毒，眼下亲身体验后，他们的叫声格外凄厉。至于小狼神则镇定不少，他已然经历了一次，上次是其家族用了不少办法，才让他的生机很快恢复过来，此刻第二次经历，他虽发狂，但能勉强忍住，只是内心的苦涩与后悔已经无法形容了。

取出永夜伞对抗众人的术法，顺势落地吸收小狼神三人的生机，这一切如早已设计好的一般，白小纯没有丝毫停顿，吸完生机，身体猛地冲出。

撼山撞骤然爆发，直接化作一连串的残影，掀起阵阵轰鸣，撞在了一个元婴魂修身上。那元婴魂修身体颤抖得厉害，想要后退，就在他后退的瞬间，一个结丹魂修竟不知死活地向着白小纯一指，一枚绿色的拳头大小的珠子直奔白小纯而去。

白小纯面色一变，这珠子的出现，让他心中莫名一惊，他知道这珠子不一般，左手立刻掐诀，向此珠一指。这一指之中蕴含他的控物之法，竟让那来势汹汹的珠子猛地停顿，然后倒飞而去。

那结丹魂修面色大变，想要后退却晚了，轰鸣中，这珠子直接就撞到了他自己的身上，瞬间碎裂，化作一片绿色的毒雾。此毒雾效果惊人，所过之处，空间都模糊了，那结丹修士的惨叫凄厉无比，坚持了两个呼吸的时间，就化作了一摊血水……

形神俱灭！

四周那些魂修全部吸了一口气，这一幕，让小狼神黯淡的双目也露出精芒！

"开始杀人了……"

白小纯面色变得难看，他不想杀人。严格来说，错不在白小纯，可他明白，对方的家族不会听自己的解释。他明白，这一次与炼魂壶那次有些相似，却有本质上的不同，在炼魂壶里，他可以逃走，且那些魂修的长辈进不来。魁皇城不一样，他没地方可以逃，怕是用不了多久，这些人的长辈就会出现，所以他才传音给巨鬼王。只是现在，没办法了。

"杀就杀了，又能如何！老虎不发威，你们真以为我是小猫啊？我本不愿杀人，但这都是你们逼我的！"白小纯眼中流露出狠戾，面对这群毁了自己铺子的魂修，他的眼中充满了杀意。他瞬间出手，整个人化身战仙，成为洪荒凶兽，施展杀招！

白小纯右手握拳，一拳轰出。他出现在了另一个魂修面前，永夜伞瞬间戳入其体内，直接将生机吸了个彻底！没有停顿，他再次一晃，又开始吸收生机，四周的数十个魂修没有一个是他的对手。远远看去，那些术法神通虽多，但根本就追不上白小纯，即便有的轰到他身前，也被永夜伞阻挡。白小纯出手，势如破竹！

第 750 章

第九重

魁皇城的这一夜，注定不平静。

尤其是八十九区，更是火光映照，嘶吼连天，白小纯的双眼中已充满杀机、赤红一片，他的四周，第一批到来的数十人已经死了一部分，其他没死的，也都重伤失了生机，火光中的白小纯看起来极为可怕。

他本不想杀人，却被逼得不得不杀。

他不想招惹麻烦，可麻烦总是到来，甚至被人屡次欺上家门。

今天，他本不想出手，他只想离开，但放眼看去，四周一道道身影急速而来，他根本就无法逃走，且魁皇城内，他不熟悉，逃走又能如何？

"欺我……逼我太甚！"白小纯身体哆嗦着，一方面是气愤不平，另一方面心里着实害怕，却没办法，他只希望巨鬼王可以救自己，这个局，他自己已经解决不了。

就在这时，远处一道道神通术法、一片片法宝之芒再次到来，是第二批权贵子嗣来了，结丹魂修靠后，站在最前方的赫然是一群元婴强者。尽管看到了白小纯的凶残，可事态已经发展到了如此程度，他们也没有了退路，只有出手一战。

响声轰鸣，第二批足有上百魂修，从四面八方陆续临近，在这部分人中，白小纯看到了不少熟悉的面孔，赵东山、李天胜赫然在内。

事态紧迫，容不得白小纯考虑太多，他眼中杀意强烈，不但没有后退，反而直接冲了过去，远远一看，他的身影带着一股惊人的气势向前冲杀。

轰隆隆！

巨响喧天，杀戮再起，白小纯出手惊天动地，锐不可当，他所过之处，魂修皆口吐鲜血，倒退而去，他的强悍与残暴，在这一瞬，让所有人心神狂震。

"他比当初在炼魂壶内，更强了！"

"这就是白浩，传说中那个在炼魂壶内战胜了所有人的白浩！"

"他的确很强，可我们人多，而且这里是魁皇城！"

众人急速移动，不断出手，一时之间，四周身影缭乱，根本就看不清楚。而李天胜在人群中，呼吸急促地掐诀，散出一片片毒雾。他知道白小纯厉害，所以并没有冲在最前方，甚至做好了准备，一旦发现不妙立刻就逃。

可就在这么打算的瞬间，李天胜面色一变，目光顺着人群，看到了被围住的白小纯，白小纯正盯着他看！

李天胜头皮一麻，这目光他熟悉，他几乎瞬间就想起了当初在炼魂壶内，白小纯也是这么看着自己，下一瞬，对方就绕开周宏，出现在了自己的面前，成为自己的噩梦。

李天胜内心狂跳，猛地后退，可就在他退后的刹那，白小纯狠笑一声，撼山撞再次爆发，肉身之力运转到了极致，肉身近乎瞬移，他撑开永夜伞，一路轰鸣，直接撞出了包围圈，顶着呼啸而来的神通术法，骤然冲向李天胜！

李天胜面色一片惨白，眼看白小纯冲来，噩梦重新降临，他急速后退，快速从储物袋内取出一颗心脏，面孔也随之狰狞扭曲，低吼中，一把捏碎这心脏。

下一瞬，竟有一股女子的幽香散开，隐隐有一个女子的身影出现，带着痛苦，直奔白小纯。

白小纯面色一变，立刻就察觉到李天胜的手段不一般，那心脏怎么看都好似人心，且这虚幻的女子身影胸口是空的，如心被挖出。

白小纯身体猛然后退，凭借极致的速度，避开了那女子的身影，永夜伞被他直接扔出，化作一道长虹，直奔李天胜而去。

李天胜退后不及，永夜伞猛地穿透了他的胸口。

生机飞速涌出，李天胜只觉得胸口剧痛，天旋地转。只见白小纯隔空一指，永夜伞归来后他立刻转身，向着大地狠狠一按，下一瞬，轰鸣回荡，一道道利刺拔地而起，形成防护，将四周轰来的神通阻挡。

做完这一切，白小纯呼吸有些急促，体内的生机之力却不断提升，推动不死骨

196

的淬骨境向着第九重突破。

"还差一些就可突破！"白小纯刚想到这里，四周的利刺崩溃，那数十道身影再次杀来。他已经有些眼花缭乱了，可不需要仔细看，也不需要在乎对方是谁，他只知道，四周所有人都是敌人。

轰隆巨响再次响起，白小纯速度极快，他不需要使用修为瞬移，只凭肉身就能做到，如此一来，灵力消耗减少，他可以坚持更久，而肉身之力的补充，这些人就是他最好的补品。

杀戮声、嘶吼声又一次充斥这方苍穹，因四周魂修太多，永夜伞很难防护全面，这就导致不少神通法宝轰在了白小纯身上。

即便如此，白小纯也没有一丝停顿，尤其是他那仙魔般的身躯，那些结丹境魂修的术法竟不能伤他分毫，让不少人心惊不已。

就算是元婴术法与法宝，对白小纯的影响也不是很大，只要不是十多道神通同时落在身上，他连眉头都不会皱一下。

而如果是十多道神通一起轰来的话，永夜伞能抵抗，还能反击，他只要一拳，就可轰飞一人，只要永夜伞一戳，就能吸来生机。

四周的天骄中的大部分从来没有想过，居然有元婴修士能强悍到如此程度，这已经是不可思议了，简直太荒谬了。

白小纯的肉身之力，更是让他们头皮发麻，还有那种速度，一样让他们心神震动。

"这是什么人啊？他还有没有破绽！"

"他到底什么方面是偏弱的？速度、肉身、耐力、防护都是顶尖的，我们怎么战？"

眼睁睁地看着身边之人越来越少，这些蛮荒魂修一个个骇然失色，大脑都麻木了，甚至不敢继续出手，而是退开一段距离。赵东山也在其中，他已经后悔了，急速后退，生怕白小纯看到自己，此时他心底发怵，更有悲哀。

"我怎么一时昏了头，又来找这煞星的麻烦，他可千万别看到我！"赵东山祈祷时，他们的后方，又有上百道身影急速冲来了，周宏也在其中。

眼看这四周战场惨烈一片，地面上有不少生死不明的魂修，还有那正在不断后退的众人，越发松散的包围圈中，那站着的浑身散发着铁血冷酷与疯狂暴虐气息的白小纯，就算是周宏，内心也都狠狠一颤，但很快，他就目中露出狂喜。

"你终于杀人了！"

"白浩，这一次，谁也救不了你！"

几乎在周宏来临的瞬间，白小纯把永夜伞从一个魂修体内抽出，他身体中的生机量变引起了质变，此刻终于开始爆发，他脑海轰鸣中，清晰地感受到，自己的淬骨境突破了，不再是第八重，而是达到了第九重！

抬头时，白小纯一眼就看到了远处的周宏。

"周宏！"白小纯目中杀机狂闪，身体刹那冲出，直奔周宏！

与此同时，在魁皇城外，巨鬼军团大营，周紫陌坐在其赤色的大帐内，皱着秀眉，一脸的阴沉。她的手中拿着一枚传音玉简，里面正是巨鬼王的声音，此刻在她脑海里不断地回荡。

"这白浩就是一个祸害！"周紫陌咬牙认定，她认为自己已经帮过对方一次，上一次若不是她，怕是那陈家的天公就要追究了。虽此事也让她获利，内心有了一些触动，可这触动不深，且时间久了也淡漠了，如今听到自己父亲又来让自己去保护白浩，她毫不犹豫地拒绝。

"既然找死，那就去死好了！"周紫陌冷哼一声，正要放下玉简，可很快，传音玉简内，巨鬼王似也怒了，不知说了什么，使得周紫陌沉默片刻后，深吸一口气站起身来。

"这是我最后一次帮他！"说完，周紫陌带着怒意直接走出大帐，召集巨鬼军团魂修，带着数十人直接飞向魁皇城，直奔八十九区！

同一时间，在这魁皇城内，几乎所有的权贵强者都纷纷接到了自家子嗣天骄的传音，一个个都神色变化。

"好大的胆子！"

尤其是听说死人的事情后，很快，但凡是参与了这次事件的魂修的家族，都立刻派人出面，甚至还有一些是族长亲自过去。

第 751 章

皇族秘阵

在周紫陌与那些权贵大能出动的同时，白小纯眼睛赤红，整个人化作一道长虹，冲出了包围圈，杀向周宏。

周宏面色一变，他知道白小纯的厉害，不到万不得已，不愿与其正面对抗。他急速后退，口中传出阴冷之声："白浩杀了人，今日必死，我们要做的，只是将其拖住。大家一起出手，将其轰退！"

众人都看出了问题所在，尤其是那些参与了炼魂壶之事的魂修，知道这是报仇的好机会，此刻纷纷出手。一时之间，术法比之前还要强烈，化作层层堆叠的大浪，向着白小纯拍击而去。

白小纯身体一晃，永夜伞撑开，速度更快。他右手一拍储物袋，一把炼灵十六次的黑色长枪直接出现在他手中。依靠永夜伞，直接冲近后，白小纯大吼一声，手中的长枪瞬间刺出。长枪所过之处，一个巨大的旋涡形成，轰鸣声传向四方。

周宏吸了一口气，再次后退。与此同时，始终跟随在周宏身边的青年面色阴沉，若有所思，好像在算计着什么。眼看白小纯杀过来，青年立刻取出一面古朴的罗盘。

"诸位道友，请按照我罗盘的指引，各自归位！"这青年话一出，他手中的罗盘竟爆发出了强烈的光芒，光芒在白小纯的四周形成投影。那投影中有上百个光点，错综环绕在白小纯四周，甚至随着他的移动也在移动。众修士眼看如此，目光闪烁，立刻选择靠近的光点，迅速归位。

第一个魂修归位后，其身上出现了光甲，更有一丝丝雾气在白小纯四周缭绕，白小纯面色一变，立刻感受到了一丝威压。

归位之人越来越多，每个人身上都出现了光甲，这些光甲彼此连接在一起，白小纯四周的雾气也越来越多。这些雾气形成了惊人的威压，令白小纯在阵法内身形受阻。周宏也参与进去，使得阵法之力更为强悍，不过也不是所有人都选择与白小纯为敌，尤其是之前的那两批，如赵东山等人，被白小纯的战力震慑，哪怕看到白小纯被阵法包围，他们也在迟疑，没有选择靠近，纷纷退后。

"一群没用的东西！"周宏看赵东山等人如此表现，冷哼一声，没有理会，而是与众人一起环绕阵法。

白小纯面色难看，在阵法内不断移动，他的四周都是雾气，仿佛逆转乾坤一般，令他找不到方向感。这还不算什么，来自四周的威压越来越强，与此同时，一道道剑光从四周呼啸而来。这些剑光让白小纯眉头紧皱，每一道剑光的威力都不小，甚至他拿出永夜伞阻挡，都被轰得倒退，震得气血翻涌。

白小纯看不到外面，可外面的人能看到白小纯，赵东山就清晰地看到，随着上百魂修的移动，白小纯四周的空间越来越小，可以想象，一旦这阵法运转到了极致，就是其杀劫降临之时。

"这是什么阵？"赵东山吸了一口气，心神一震。

周宏一边冷笑，一边随着阵法移动，感受着体内修为之力被体外的光甲吸走，同时也注意到了阵法内的白小纯闪躲的举动，他不由得看了一眼在阵法外手持罗盘不断拨弄的青年。

"二皇子给我派来的这个帮手，的确是阵法上的大能之辈。白浩啊白浩，你怕是没有机会知晓，真正对付你的人，除了我以外，还有二皇子，甚至大皇子都默认了这件事，你得罪的不仅仅是权贵，还有皇族！"

周宏冷笑时，阵法内的白小纯面色更为难看，他身体一晃，撼山撞直接爆发，速度也达到极致，朝一个方向直接冲去。

轰鸣中，阵法震动了一下，白小纯却被一股大力反弹而回。他察觉到了，自己很难穿破这阵法！

"这是集外面众人的防护于一体……"白小纯身体一晃，避开一道道穿梭而来的剑光，那些剑光内蕴含的气息，让他感受到这些剑光的威力在不断加强！

怕是用不了多久，这些剑光就会无限接近天人，甚至达到天人的程度！白小纯吸了一口气，这阵法之力让他很心惊。

"此阵竟如此玄妙，且布置起来速度这么快……一般来说，威力越大的阵法，在布置上就越缓慢。"白小纯皱起眉头，想起周宏身边手握罗盘的青年。此人很陌生，确定不是炼魂壶内出现之人。

"你们真的认为，区区一个阵法，就可以将我困住？"白小纯猛地抬头，眼中露出疯狂的神色，他知道不能再耽搁下去了，巨鬼王能不能让红尘女出来帮自己还是两说，他不能干等下去。

"那么就看看，是你这阵法厉害，还是我的不灭帝拳更狂暴！"白小纯缓缓地深吸了一口气，他身上的一切气息全部收缩到了极致，甚至他的生机也在这一瞬消失，仿佛河流逆转，从一切江河中倒流，全部汇聚到源头。

众人觉察不出白小纯的气息，用肉眼看，也只能看到他站在那里似乎成了尸体。这一幕，让赵东山愣住。周宏看到后，面色猛地变化，顿时疾呼。

"他要用出那一拳了！"有一些在炼魂壶内看过这一拳的人此刻都面色一变，纷纷爆发出全部的修为之力，实在是那一拳的阴影让他们终生难忘。

只有手持罗盘的青年，露出一丝轻蔑的神情，他以前没见过这一拳，此刻却看到了周宏等人的面色变化，可他相信，自己这阵法无人可破！

"皇族秘阵，岂是区区一个白浩就能破开的！"

他们不知道，如今的白小纯，即将施展的不灭帝拳与他们曾经看到的威力截然不同！当初在炼魂壶内，不灭帝拳的威力只是白小纯的肉身两倍之力，现在，随着他淬骨境从第八重突破到第九重，他的不灭帝拳已经可以爆发出三倍的肉身之力！两倍就已经撼动八方，三倍的话……其威力到底多大，白小纯也不知晓，可他明白一点，就算是红尘女亲自对上这一拳，也必定受伤！

此刻，白小纯眼中平静无波，整个人好似枯木一般，唯独他的右手抬起，握成拳头。他的拳头外出现了一个黑色旋涡，这旋涡如黑洞一般，竟让四周扭曲，那些飞来的剑光纷纷被影响，瞬间瓦解。

一股玄之又玄、让人心底恐惧的气息，从那黑色旋涡内骤然散出，扩到八方，笼罩阵法。组成阵法的众人，心神不稳，内心深处产生了一股强烈的危机感！

那手持罗盘的青年面色骤然变化，手中的罗盘剧烈地颤动起来，有些不稳。

"不可能！"青年禁不住失声惊呼，要知道，对方仅仅是起手式……

第 752 章

天人一拳

就在周宏等人骇然失色的瞬间，一股滔天的神威从阵法内冲天而起。那是一道巨大的身影，穿着帝袍，戴着帝冠，经面具之力遮盖后，虽外人看起来模糊，但其身上的霸道气势，令所有人心神震颤。尤其是周宏，他的感受更为清晰，因为他在炼魂壶内，经历过一次白小纯的不灭帝拳。这一次，他清晰地察觉到，眼前这个身影比当初还要让他震撼，不但更为真实，且那神威如同实质一般，与之前在炼魂壶内简直不可同日而语，压得他都有些喘不过气来。

"这……这……"周宏身体猛地颤抖起来，他都如此，更不用说其他人了，此刻组成阵法的所有人，全部都脑海嗡鸣、心下惶然、心神不宁。

就在他们震撼时，阵法内的白小纯猛地抬起头，面无表情地扬起右手，向着正前方的一片雾气，狠狠地落下。他的心中轻喝一句："不灭帝拳！"

轰隆隆！那巨大的帝影也随之抬起了拳头，向前轰出。远远看去，看不到白小纯，只能看到阵法中的帝影，如同睥睨一切、崇高无比的至尊，向着前方，一拳打出。难以形容这一拳的气势，仿佛所有的言辞都无法表达它的威力。在赵东山的眼中，他只看到这一拳落下后，这方天地似有神祇降临，风云变幻，一股惊人的意志冲天而起，成为这里的天意！

"天……天人……"赵东山彻底傻眼，四周所有人全部心脏狂跳。

阵法传来滔天轰鸣，更有咔咔声此起彼伏，组成阵法的所有人，包括周宏在内，他们身上的光甲瞬间出现了无数裂缝。

他们清晰地感受到一股无法形容的大力，如同惊涛拍岸一般，向着他们排山倒海而来，而他们，根本无法阻挡。

轰鸣持续，一个魂修身上的光甲直接四分五裂，在碎裂的刹那，他只来得及惨叫一声，身体就好似被山峰撞击，口吐鲜血，被直接轰飞，昏迷过去。

随着阵法崩溃，他除了要承受白小纯本身之力外，还有阵法破碎后的反噬，双重伤害加在一起，此人就难以承受了。

随后是第二个、第三个、第四个……眨眼间，组成阵法的上百人全都发出惨叫，纷纷被轰飞。他们被撞得气血翻涌，五脏六腑碎裂，修为受损，纷纷落在四周的地上或是建筑里，在那双重伤害下，一个个有出气没进气，奄奄一息。周宏也在其中，虽坚持到了最后，但还是口吐鲜血，倒退而去。阵法刹那间崩溃！

那青年手中的罗盘四分五裂，他也受到了强烈的反噬，一下子就苍老了，头发都变得灰白。他毕竟是阵法的操控者，遭到的反噬比其他人大很多，哪怕他施展秘法，用寿元化解，还是不够。他在绝望中惨笑一声，形神俱灭！

一股风暴从崩溃的阵法中爆发，席卷天地，横扫四周，掀起无数狂风。白小纯直接从那阵法内一步走出，他头发散乱，身上已没有惊人的神威，也没有了让人难以承受的恐怖气势，可这一刻的他，在所有人眼中，如同仙魔一样！

在他走出的一瞬，赵东山发出一声尖叫，整个人如被惊醒一般，急速倒退，不敢再停留一秒。之前远远避开的众人，也都快速逃散，他们仍然惊恐不已，实在是白小纯给他们带来的震撼太强烈了。

没有理会逃走的赵东山，白小纯的呼吸也不稳，那一拳将他的身体掏空了，肉身之力全部消耗，若非修为之力还在，他以修为之力操控身体，怕是现在连动下手指头的力气都没有了。

下一刻，白小纯运转修为之力，身体一晃，直接飞出，向着被他轰飞的众人追去。这些人全部遭受重创，惊恐不安，而白小纯虽肉身之力完全消耗，但修为之力还在，很快，他就一鼓作气，将这上百人，包括周宏在内，都抓了回来，扔在了地上。

做完这一切，一股深深的疲惫感袭来，白小纯有些眼花，他使劲咬了下舌头，让自己清醒一些，喘着粗气，怒视地上的上百人。

"一而再，再而三，欺人太甚！"白小纯咬牙说道，声音沙哑。众人面色苍白，尤其是周宏，看向白小纯时，如见了鬼一样。他实在无法想象，眼前之人，为何强悍到了让人觉得难以置信、匪夷所思的程度！

"那是什么神通？元婴境中，怎么可能会有这种秘法？这到底是什么拳？"周宏内心咆哮，面色煞白，他明白，白浩时刻都在变强，而他落后了太多太多。

那一拳原本就是他的噩梦，现在，这噩梦不但没有消散，反而愈演愈烈，成为他的魔魇，笼罩着他。不但是周宏，此地的其他人在看向白小纯时，一样头皮发麻，恐惧到了极点。他们当中的很多人，以前都是听说白浩强悍，现在，他们算是真正知道了，传言说得不准确，白浩不是强悍，而是变态！简直不是人！

白小纯调整着呼吸，布满血丝的双目盯着这些魂修天骄，拿出一枚造化丹，一口吞下后，他全身一震。这造化丹的确玄妙，他的修为瞬间恢复，体力虽没有完全恢复，但也好了不少。他深吸一口气，拿着永夜伞走到了一个魂修面前，在这魂修惊恐的目光中，直接戳了下去。

一股生机之力涌入，白小纯身体一震，肉身之力恢复了一些，而那魂修惨叫一声，身体刹那就"枯萎"。好在白小纯打出不灭帝拳后杀心淡了，这才抽出永夜伞，走向下一人。

顿时，众人头皮发麻，无论是曾经在炼魂壶内经历过这一幕的，还是没有经历过的，此刻都开口求饶。

"白浩，我们有话好说，你别……啊啊……"

"白浩，你不能这样，在炼魂壶内你已经吸了我一次，不要……不要啊……"

"白浩，你胆敢……"

"你敢，我家老祖是天公。白浩，这里不是炼魂壶，是魁皇城！"

种种声音，或是哀求，或是怒吼，或是威胁，不断回荡。周围的店家都在偷偷打量，连连吸气，实际上，他们从一开始就在关注这一战，实在是不关注不行，就在他们店铺门口发生。

此刻看着白小纯如此生猛，一个人居然将所有人弄到了如此程度，他们也都后脊发凉，觉得白浩实在是当世罕见的猛人，修为深不可测！

实际上，倒不是白小纯强悍到了这种程度，这上百人若是一起出手，白小纯不死也得重伤，可他们分成了三批，而且还有一部分人逃走了，这才让白小纯凭一人之力，强势击溃了他们。

第 753 章

蛮荒克我

那阵法，一样让白小纯很吃力，只能施展不灭帝拳，好在有造化丹，否则的话，白小纯就没办法了。他看着这些天骄，心中有气，所以，他对着每个人都戳了一下，尤其是周宏等人，他更是发了狠，连续戳了好几下。惨叫声此起彼伏，只有周宏死死咬着牙没有出声，盯着白小纯。

"怎么，你还有道理了？当初在炼魂壶内，是你找我的麻烦，孙一凡与司马涛也是你安排的，今天这出戏，更有你参与！"白小纯瞪了回去。他真的很想一咬牙将周宏灭了，却不能不考虑对方的爹……

"你要不是有个半神老子，我早就灭了你了！"白小纯哼了一声，在周宏身上又多戳了几下，直至将周宏的生机吸得只剩下一丝时，他体内的不死骨境界猛地波动起来。

白小纯立刻罢手，感受体内的不死骨境界。他身体一震，明显感受到自己的肉身，无论是力量还是防护，都更强悍了。同时，他的淬骨境也就此突破，真正踏入了力骨境！

"哼，你们有背景，我也有背景！"不死骨境界提升，若是换了其他时候，会让白小纯很激动，可现在，他嘴上这么说，心中却敲鼓一般忐忑，很发愁。

"巨鬼王，你这次可一定要靠谱啊，不然我就真的危险了。我虽不是你的儿子，但我是你的女婿啊，都说女婿能顶半个儿。"白小纯长叹一声，觉得烦恼无比。实在是这一次他觉得很委屈，这完全是无妄之灾，他什么也没做，在家里好好地炼火，偏偏这些人脑袋有问题，全都跑来打自己。

"我能怎么办？如果不还手我就被他们弄死了。我也不想杀人，都是意外。"白小纯越想越觉得憋屈，偏偏此刻还不能逃走，一旦逃走，就真的没路可走了。一想起自己若是混到了被蛮荒通缉的程度，还不如直接暴露身份，告诉别人自己是白小纯呢。

"若真到了那个地步，我也太失败了。这蛮荒克我啊，两个身份，居然都要被通缉。"白小纯想到这里，真的想号啕大哭。他发愁自己的修为，现在不敢炼灵元婴，再炼下去，谁都知道他是白小纯了。

"怎么办？唉，头大啊。"白小纯叹了一口气，赶紧给巨鬼王传音，告诉对方自己杀了人。巨鬼王听完，沉默了，好半晌才骂了白小纯几句，然后去处理。听到巨鬼王骂自己，白小纯心里反倒有些安慰，琢磨着不枉自己对巨鬼王忠心耿耿……

"还有许珊以及陈曼瑶，这两个是祸端……"白小纯想到之前打斗时，那些人大都提及了二女，他就明白了。

"她们惹了麻烦，自己却跑了。"白小纯想到这里，更委屈、郁闷了。就在这时，他忽然面色一变，抬起头。整个苍穹传来巨响，一股股惊人的威压从四方降临。天空出现了两张巨大的面孔，一个中年人，一个老者。随着他们的出现，天人气息爆发出来，封锁了四周的天地，此处好似囚牢一般。

"天人……"白小纯知道，那些天骄背后的家族来人了，这两个天人显然就是魁皇城十大天公中的两个。在这两个天人出现的同时，有一道道半步天人的气息急速而来，甚至还有仿佛被杀戮至宝锁定的危机感，让白小纯双目一闪。

"两个天人、九个半步天人，还有无数魂修……"白小纯内心一抖，他明白，这里是魁皇城，是整个蛮荒强者最集中的地方。

天人看似经常出现，可实际上在整个蛮荒，天人只有这么多。白小纯紧张，周宏等人在看到那两个天人以及无数强者后，虽身体无法动弹，但那激动之意，从目中可以清晰看到。

那两个到来的天人，望着地上的众人，看到他们生机大损的样子，尤其是在里面看到了自家的子嗣，两人的面色都难看起来。两个天人的目光很快就落在白小纯身上，一股杀意骤然散出，以他们的身份，不需要亲自出手，只是来到这里，就已经摆明姿态了。

"将这白浩，拿下！"那位天人修为的中年男子淡淡开口，声音如有天威，在传出的瞬间，就有回声轰鸣。

随着他的一声令下，那九个半步天人的天侯，个个杀意弥漫，他们也在下方的人群中看到了自家的子嗣天骄。其中两个天侯，眼睛通红，显然是知晓他们家的子嗣已命丧此地。这九人立刻化作九道长虹，直奔白小纯而去！

白小纯呼吸一顿，此刻来不及多想，身体倒退。在他退后的刹那，他之前所在的地方传来一声轰隆巨响，大地崩溃，虚无坍塌。若是他躲得稍微慢一点，必定会重伤。白小纯心底焦急，可如今他没有别的办法，只能相信巨鬼王可以处理此事。他急速后退时，那九个半步天人的天侯已骤然杀来。

这九人与小胜王不一样，小胜王公孙易，当初与白小纯一战时，是临阵突破，境界并不稳固。而这九人，身为天侯，在自身境界中研修多年，哪怕在半步天人里，也是佼佼者。他们之中的任何一个，都能与白麟媲美。

若是单打独斗的话，白小纯有把握战胜对方，可九人一起出手，他只能后退。

轰轰轰！这九人出手极为狠辣，直接用出撒手锏，一时之间，日月无光，虚无变化，种种术法神通交织，好似要将天地轰开，如同一只有着九根手指的诡异大手，向着白小纯抓去！这大手极为恐怖，让白小纯心惊肉跳，他有种预感，一旦自己被这大手抓住，就算自己的肉身再强悍，也会形神俱灭！

"巨鬼王，你要还不来化解此事，我的小命就没了！"白小纯内心尖叫，额头上汗水直流，身体急速移动。他知道，只要自己慢一点点，就会被那大手一把抓住！

"有本事一个一个来！"白小纯心底颤抖，嘴上却大吼起来。他再次后退。他的不死骨境界已从淬骨境突破到了力骨境，使得肉身更为强悍，速度也比之前快了一些。如此一来，在急速的移动中，他的四周出现了大量的残影。在九大天侯的神通下，他虽无法反抗，但能在闪躲中拖延时间。

这一幕，让那九位天侯皱起眉头，九人一起出手，本就是高看了对方，可此人的速度超凡，竟让他们在短时间内无法将其斩杀。眼看如此，苍穹中的那两个天公的面色顿时更阴沉，那中年天公冷哼一声，其飘在苍穹中的巨大面孔瞬间凝聚在一起，化作了真身，他右手抬起，向着下方逃窜的白小纯，淡然一指。

在这一指落下的瞬间，周紫陌的声音带着怒意，骤然传来。

"陈好松，住手！"

第 754 章

天随人愿

这向着白小纯出手的天公，正是陈雄的长辈，魁皇城十大天公中的陈好松！

魁皇城的十大天公都是天人境界，而且并非寻常天人，而是天人大圆满！他们十人是魁皇城的重要人物，远非巨鬼城的三大家族的老祖与无常公可比，就算是周紫陌也不是其对手。只不过周紫陌的父亲是巨鬼王，这是她的底气。加上身上有巨鬼王给的至宝，所以，她才能在天人大圆满的天公面前有一战之力！可这至宝，只能让她在天人大圆满的天公手中周旋，若要保护某个人，极难做到，尤其是此刻这陈好松已经出手，急速赶来的周紫陌只能开口阻止。

陈好松目光微微一闪，眉头轻轻一皱，周紫陌的人情他之前已经还了，眼下对方出现在这里，显然又是为了白浩而来，他很清楚，周紫陌或许不愿这么做，这背后有巨鬼王的旨意。

"如果是一个死人，不知道巨鬼王还会不会为他出头呢！"陈好松冷哼，对于白浩，他没有好感，那八千多万魂药的豪赌，让他很难堪。所以，他没理会周紫陌，手指不但没有收回，反而速度更快地向白小纯指去。

陈好松手指落下的瞬间，白小纯脑海轰鸣一声，之前陈好松没出手时，他只是感觉此人与那老者的威压很强，但随着对方出手，白小纯面色猛然大变。

白小纯察觉到，陈好松可以说是自己看到过的天人中最强的一个，他的这一指，看似没有引动天地意志，但白小纯感觉必定会轰在自己身上，根本无法闪躲！仿佛是天随人愿！

实际上，这就是天随人愿，是天人中一个至高无上的境界。

白小纯根本来不及多想，也无暇理会身边的那九个天侯，此刻他的心中全部都是这惊天动地的一指。在他的眼中，这一指已经取代了苍穹，他感觉身体以及灵魂都快要崩溃。

危急关头，白小纯发出狠戾的嘶吼，他明白，若无法对抗这一指，自己今天必死无疑！来不及多想，白小纯直接取出了巨鬼王给他的黑色长枪，猛地扔出，长枪化作一道黑色的闪电，直奔陈好松的一指而去。做完这些，白小纯根本不去看结果，他急速后退，一只手取出永夜伞猛地撑开，另一只手则是挥到了周宏身边，一把将周宏抓在了手中。

在白小纯抓住周宏的刹那，一声雷鸣般的巨响炸开。那把炼灵十六次的黑色长枪与陈好松落下的那一指碰在一起，爆发出滔天风暴。

轰隆隆！这把炼灵十六次的黑色长枪寸寸碎裂。陈好松的那根手指也暗淡了一些。毕竟，这是炼灵十六次的至宝，若是换了寻常天人，这长枪可化解天人一击，但陈好松是天人大圆满，他出手更为老辣。随着黑色长枪的崩溃，陈好松的手指再次落下，直接出现在了白小纯的面前，狠狠地按在了永夜伞上。

巨响再次出现，永夜伞的防护没有坚持多久，伞身就被撕裂开来，伞面上被面具之力掩饰的似哭非哭、似笑非笑的鬼脸，也都尖叫一声，从伞上脱离，向着那手指咬去。只是那鬼脸很快就轰然崩溃，伞身彻底被毁，此伞的伞骨不知是什么材质，在这一刻，竟依旧无损。

白小纯心疼永夜伞，立刻收起，身体借助撞击力再次后退。那手指被连续两次削弱，此刻已黯淡了大半，再次临近白小纯时，白小纯抓着周宏挡在了自己身前。

"我就不信，你敢杀一个半神之子！"白小纯大吼一声，在收起永夜伞后，取出了一枚造化丹。

这一切发生得太快，陈好松看到白小纯将周宏挡在身前，面色陡然变得极为难看。那虚幻的手指随之消散了一半，变得更为虚幻，才落在了周宏身上。可不知为何，那手指在碰到周宏后，竟穿透了他的身躯，直接出现在了白小纯的面前。

一指终落下！

在这一指落下的刹那，白小纯大吼一声，右手抬起，将造化丹放入口中，同时扬起左手，一拳向着虚幻手指轰去。闷闷的声响，在这一刻好似要破开苍穹一般，回荡四方。白小纯全身颤抖，口吐鲜血，体内传来咔咔声，直接倒退而去。就在他退后的同时，造化丹的力量随之爆发，他的身体立刻恢复。在退了百丈之后，白小纯停顿下来，面色苍白，急促地喘着粗气。白小纯的心中极不平静，他发现自己对天人的了解还是太少了，天人与天人之间，其实差距极大。

"这陈好松应该是真正的天人大圆满！尤其是他方才的攻击，那种整个苍穹都压下来的感觉，极为可怕！"白小纯抬起头，看向半空的陈好松，心脏还在加速跳动。

"以大欺小是不是，哼，等我成为半神后，一定要报仇！"白小纯不服，在心里发誓。

而被白小纯抓着的周宏身体颤抖不已，他已被吓得半死，那天人一指让他认为自己必死无疑，此刻劫后余生，对白小纯已经畏惧到了极致。他看出来了，白小纯就是一个胆大妄为的疯子！与此同时，一道赤色的身影从远处飞来，直接出现在了白小纯的面前。此人正是周紫陌！她看到了白小纯对抗陈好松那一指的过程，忽然发现自己对白浩的了解似乎真的很少，偏见反而占了多半。

"陈好松，我奉父王之命，保护白浩！"周紫陌知道此刻事态紧急，她收回看向白小纯的目光，压下心中的震动，看向半空的陈好松，说道。

四周寂静，白小纯化解天公一指的这一连串手段，让那九个天侯纷纷色变，吃惊不已。那手段看似寻常，可要知道，这是短时间内想到的，近乎本能一般，这就非常人所能及了，这需要的不仅仅是机智、急智，更需要超强的战斗本能。

在这一刻，众人看到白小纯的战斗本能，越发心惊。这一幕也让陈好松皱眉，他不禁暗叹一声，白小纯的强悍让他吃惊，以他的身份，出手一次可以，连续出手就说不过去了。就算他想继续出手，也因周紫陌的到来，不好太刻意，毕竟周紫陌的身后站着巨鬼王。这些念头在陈好松心里一转，他面色沉了下来，看向周紫陌。

"你保护不了！"陈好松淡淡开口。

"此事我父已请示大天师，在没有大天师的旨意前，我虽护不住白浩，可陈好松，你敢再出手一次吗！"周紫陌目光一凝，露出寒意。

第 755 章

我不是白浩

陈好松的瞳孔微微收缩，诚如周紫陌所说，此事既然巨鬼王已经请示了大天师，那么在没有大天师的旨意前，几乎没有任何人敢去动这个白浩了。之所以说几乎，是因为在魁皇城内，还有一个人，也只有一个人有无视大天师的资格，可这个资格，就算是此人，也不敢用。

此人，就是当代魁皇！

白小纯看着周紫陌与陈好松，他觉得自己还没从之前陈好松的出手下缓过神来，如今又开始忐忑了，他在心中唉声叹气，郁郁愁苦。

"我怎么这么倒霉……我今天到底能不能脱险啊……"白小纯焦急不安，知道此事都闹到了大天师那里后，他心中就直打鼓。关于大天师，白小纯在蛮荒虽没见过，但他知道对方是谁！当初在逆河宗，陈曼瑶的师尊，那个老者显现过倒影，虽因投影通天河区域，使得白小纯看不出那老者的修为，可如今回想起来，这种手段，岂是简单的？

白小纯心里惴惴不安，脑海快速转动着，思考一旦事情不妙，自己如何逃出魁皇城。白小纯焦急时，陈好松取出一枚传音玉简，向大天师传音。旁边那始终观望的天公老者，也沉吟一番，取出了玉简。

四周一下子安静下来。白小纯的压力更大了，他觉得自己太倒霉了，自从来到魁皇城后，自己都夹着尾巴做人，可麻烦还是不断。

此时，在魁皇城的天空，皇宫的一处大殿里，有一个看似平凡的老者，盘膝坐在那里，目中露出沉思之色。这老者看起来虽苍老，但他身上的气息很诡异，似乎他苍老的只是外表，其气血相当旺盛，仿佛一旦散开，就可以笼罩整个魁皇城。他的衣着简单，只是一套白色的长袍，没有多奢华，可这简单的白袍，足以让蛮荒的任何人在看到后心生紧张。这一切，都源于他的身份，哪怕是再平凡的衣着，穿在他身上，都如同星河披身。

他就是大天师！

他此刻低着头，手中拿着一枚传音玉简，有关八十九区的事情，太多的人向他请示，这本是一件不算大的事情，却让大天师思索良久，甚至想得更为长远。

"有点意思。"半晌之后，大天师忽然笑了，只是这笑容有些冰冷，"区区一个白浩，居然能引动如此风波。巨鬼王要招他为婿；灵临王为断女儿的念头，要老夫处死此人；九幽王的儿子策划截杀……此人将四大天王之中的三位牵扯进来。更不用说，这一次八十九区的事情，几乎涉及整个魁皇城内所有的天公天侯，就算是正主没有出现，可其族内的天骄都出现了。这源头，既是白浩，也是那两个不安分的皇子。两个皇子背后授意，利用周宏用白浩做局，就使得这么多人卖命？此计怕是那两个皇子想不出来，这种借势的做法，还玩得如此巧妙，除了魁皇，老夫想不出其他人了。"大天师抬起头，看向皇宫的深处。

"不甘心做傀儡，想要借助这个机会，达成暗中的联系……可惜啊，你不知道被你利用的白浩身上有很多谜团。此人是白小纯的可能性很大，偏偏在老夫准备调查的时候，他竟出现在魁皇城外，展现出了冥皇拳！"大天师眯起眼，此事让他心中难以平静。

"冥皇，你是在告诉我，让我相信他吗？"大天师沉默。半晌之后，他将白浩的身份以及其与冥皇的关系压了下来，将心神重新放到了八十九区这件事情上。

"看来，魁皇城安静了太久，魁皇又动心思了，不知这满朝文武，又有谁心向魁皇呢？"大天师低头看着玉简，目光一闪。

"这白浩几乎得罪了魁皇城内的所有权贵，毕竟炼魂壶的事情，他算是犯了众怒，既然有那么多人要让他死，老夫偏偏要让他活，而且活得更好！"大天师忽然笑了，白小纯得罪的人越多，就代表他越可能成为孤家寡人。

"你是白浩也好，是白小纯也罢，都不重要了。"这样的人成为孤臣，对大天师来说，是好事。而且又有冥皇的暗示，这就让大天师对白小纯有了拉拢的心思，最巧妙的是白小纯的身后还有巨鬼王，大天师的心中更为满意。

"他若与周紫陌真的成为道侣，我还要迟疑，可他们二人，不可能成！"大天师笑了笑，他知道，白小纯是一把好刀，很适合在魁皇起心思的时候用，这样一个把满朝权贵都得罪遍了的人，一旦给了他机会，那么他必然会与自己捆绑在一起。

他通过白小纯在巨鬼城抄家的事情，看出对方的性格，白小纯必定会借助权势报仇，这样正好帮自己找出与斩断那些与魁皇暗中勾结之人！

想到这里，大天师已有决断，抬头时淡淡开口。

"来人，去一趟八十九区，传老夫法旨，任命白浩为监察使，掌千军！再传他来见！"

大天师的话刚落，他的前方立刻露出一个模糊的身影，这身影先是对监察使这个职务一惊，随后恭恭敬敬地低头，抱拳称是，随后身影一晃，消失了。

而此刻，八十九区，白小纯还在愁眉不展，心里七上八下的，绞尽脑汁想着自己要如何才能逃走，越想越紧张。

"实在没办法，就只能拼命逃走，好在造化丹我还可以吃几次，而且有面具，只要逃出一段距离，就可以改变样子了。"白小纯心里的压力越来越大，那种等待结果的感觉，让他觉得心头似乎长了草一样，抓心挠肝，口干舌燥。

"巨鬼王也不靠谱，他要真想救我，使用传送阵过来，我不就没事了……"白小纯想给自己壮胆，眼下却没了心情，他偷偷看向身前的周紫陌以及天空的陈好松，悄悄向后退。他刚退了几步，忽然，陈好松与身边的天公老者神色一动，很快，周紫陌也目光一闪，三人相继看向一个方向。

白小纯转头看去，只见不远处的空中，慢慢走出一个穿着黑袍的模糊身影。在这身影出现的瞬间，就算是陈好松与天公老者也都神色肃然，周紫陌双眸收缩，至于那九位天侯，更是内心一颤，显然对这模糊的黑袍身影很忌惮。

白小纯内心狂跳，感到不安，他觉得心脏的跳动声都成了咯噔咯噔，仿佛下一秒就会停止跳动。

就在这时，那模糊的黑袍身影在这四周一扫后，落在了白小纯身上。

"你就是白浩？"这声音听着阴寒，让白小纯觉得好似杀机降临，他本就紧张，此刻如受惊的兔子般跳了起来。

"我不是白浩……"

第 756 章

我当监察使

白小纯的声音颤抖，整个人如同被踩了尾巴的兔子一样，瞬间就向着远处急速飞奔而去，速度之快，让众人都愣了一下，没人能想到，白小纯居然在黑袍身影到来后直接逃走。就连黑袍身影也呆住了，他实在不是有心吓唬白小纯，而是他平时说话就是这么阴森森的，给人一种满是杀机的感觉，甚至此刻他都没意识到，白小纯逃跑的原因是感受到了他的杀意……

陈好松目光一闪，一步走出，蓦然追去。周紫陌面色微变，一咬牙，起身阻挡陈好松。至于那九大天侯，也都纷纷飞出，低吼声回荡四方。

"白浩，你逃不掉！"

"大天师要杀你，这天地间，你无处可逃！"地面上那些被白小纯吸了生机的天骄激动无比，大笑起来。周宏更是觉得苍天有眼，心中快慰。

"白浩，你今天必死无疑！"

眼看四周就要大乱，那黑袍身影吸了一口气，速度瞬间爆发，刹那就超越了陈好松，直接出现在了玩命逃遁的白小纯面前。

"白浩，你跑什么？"黑袍身影带着怒意的低吼传遍四方。

白小纯都快要哭了，他此刻也看出来了，这家伙居然是一个天人。

"该死的，怎么天人一下子这么多了！"白小纯眼睛顿时就红了，速度刹那爆发，改变前行方向。

眼看白小纯还在逃遁，黑袍身影反应过来，白小纯这是被吓坏了啊。他哭笑不得，站在原地，开口喊道："传大天师法旨，任命白浩为魁皇城监察使，掌千军！"这是他这辈子宣布法旨最快的一次，换了其他时候，他都比较缓慢，给人无形压力，眼下他只能苦笑连连，加快了速度。

这话一出，四周刹那就安静下来，追击白小纯的那些天侯都睁大了眼，甚至隐隐觉得自己听错了。

"监察……使？"

陈好松被周紫陌阻挡了一下，正要继续追击白小纯，听到黑袍身影的话后，脚步停顿，猛地回头，看向黑袍身影。旁边的天公老者也是目光一闪，若有所思。

周紫陌也愣住了，觉得匪夷所思，原本她以为大天师会看在巨鬼王的面子上，下令让白小纯回巨鬼城。没想到，大天师居然任命白小纯为监察使！这监察使的身份非同小可，往大了说，可以监察魁皇朝的所有权贵，权力之大，足以让人畏惧。当初大天师崛起时，安排过一个人担任，那人在位百年，掀起无数腥风血雨，震慑满朝权贵，令人心有余悸。

后来，大天师看朝堂安稳，才撤下了监察使，让其跟在身边，成为家臣，那人就是这个黑袍身影。在那之后，监察使的位置就是空的，直至白小纯被任命！

那些来自各个家族的强者，以及地面上凄惨无比的天骄，全部彻底傻眼，有的表情还僵在脸上，有的失声惊呼。

"这……这怎么可能？"

"监察使，掌千军……"

不要说其他人了，就算是此刻还在急速逃遁的白小纯，在听到这个消息后，也不由得一怔，慢慢停了下来，睁大了眼，完全蒙了。

"啊？"白小纯发愣，他怎么也没想到，自己不但没事，反而升官了！

"这……"白小纯一时脑子还没转过弯来，有些不敢相信。他小心翼翼地回头，看向远处的黑袍身影。

发现黑袍身影也在看自己时，白小纯迟疑了一下，指了指自己，不确定地问了一句："我当监察使？"

那黑袍身影古怪地看着白小纯，有些头痛，他忽然觉得，大天师是不是下错了法旨？这么一个家伙，怎么可能成为让满朝权贵畏惧的监察使呢？

"你如果是白浩的话，那么就是你了。不过我很想问问你，你刚才跑什么？心虚？"黑袍身影没好气地说道。

白小纯眨了眨眼，整个人如做梦一样，但他很快就镇定下来，深吸一口气后，衣袖一甩，抬起下巴，傲然开口："哈哈，这个，白某自然知道大天师对我的看重，我之所以跑，就是想看看，有谁想在大天师的法旨下达前对我下手！"

此刻的白小纯一扫之前的惶恐不安，没有了半点愁容，一身正气兼肃杀之气。

"哼哼，你们之前的表现，白某可都看在眼里了！"白小纯抬着头，目光在众人身上一扫。

"还有你们，方才都很激动，白某都看到了！"他看向地面上的周宏等人。

"还有紫陌，白某谢谢你来帮我，我果然没有看错，你是个好女人。"白小纯又看向周紫陌，他的确感谢她，可想着自己的身份不一样了，于是学着大人物的样子，继续抬着下巴说道。

周紫陌面色难看，心想什么叫好女人，她险些没控制住脾气，咬牙哼了一声。

看到这一幕，陈好松面色难看。那九个天侯也都发怵，至于地上的周宏等人，则在内心狂骂白小纯无耻，方才白小纯明明吓得四处逃遁，如今知道自己是监察使后，竟颠倒乾坤，一本正经地说起谎话来。

黑袍身影重新认识了白小纯，内心生出无力感，也懒得去理会白小纯的那些话，淡淡开口。

"行了，随我去见大天师！"说着，他转身就走，他实在是不愿在这里多留，一想到今天的乌龙，他就只能叹息，有种荒诞的感觉。

白小纯也终于放下心来，知道自己是真的化险为夷了，这些天人要杀自己，实在没必要转这么大的弯。

"我居然成了监察使……"白小纯看起来严肃，可实际上，他的小心脏在扑通扑通地狂跳，根本就缓不下来。在肚子里腹诽一番后，他深吸一口气，抬着头，趾高气扬、大摇大摆地跟在黑袍身影的身后，向着皇宫飞去。

地面上的众人沉默着，不管心中多么郁闷，也只能相继散去，那些家族来人纷纷将自家的天骄带走，很快，此地平静下来……

至于周宏，在被人扶起后，他急速安排人立刻送他回九幽城，他不敢在魁皇城待着了，一想到白小纯这一次不但没死，还被任命为监察使，他就真的怕了。

第 757 章

你敢不敢

周宏连续两次被弄得只剩下一丝生机，白小纯不但没事，反倒风生水起，步步高升，如今更是入了大天师的法眼，被任命为那传说中可怕无比的监察使。不但周宏害怕，所有的权贵子嗣，就算是他们家族的人，此刻也都心神震撼，这个原本他们眼中的小人物，如今摇身一变，成为他们必须在意、关注的存在。这转变太大，很多人一时之间无法接受，但很快，随着此事的传开，那些权贵中的老狐狸都从这件事情上品出了大天师的想法……

"天要红了……"不知是谁第一个开口，很快，这句话在魁皇城的权贵中传开。甚至灵临王在听到这件事情后，沉默了许久，不再对自己的女儿许珊禁足。还有九幽王，在周宏回来后，虽为其疗伤，但对其极为严厉，命令他不可离开九幽城半步。

这消息很快就被巨鬼王知晓，他在听到这件事情后，坐在王椅上许久，面色不断变化，最终轻叹一声："天师要人，我能不给吗？"

周紫陌在回到巨鬼军团后，琢磨今天的事情，也有了自己的结论与答案。

可以说，整个魁皇朝，因为大天师的这个任命，顿时形成了无数的暗流。在皇宫深处，一间看似富丽堂皇的大殿中，穿着帝袍的当代魁皇坐在皇椅上，在知道这个任命后，他的身体僵了一下，双手死死地捏住扶手上的龙头。

白小纯跟在黑袍身影的身后，小心翼翼地走向皇宫，他的惊喜已过，此刻泛起的是对大天师的忌惮，他不由自主地紧张起来。

一路上，那黑袍身影虽看不清面孔，但白小纯感受到了对方身上的肃杀与阴森，让他觉得有些压抑，琢磨着自己要不要说说话缓和一下气氛。

那黑袍身影似能猜出白小纯的想法，直接冷哼一声："从现在开始，直至大天师召见，你都给我闭嘴！"

这话说得很不客气，白小纯内心不悦，想着自己现在可是监察使。但一想到对方是天人，还是大天师身边的亲信，他默默地告诉自己要战略性示弱，这不代表自己真的怕了对方。

"这个看不清脸的家伙是故意坑我啊，他之前宣法旨时，一副杀机弥漫的样子，明显是吓唬我……"白小纯想到这里，心里更生气，可他知道分寸，表面不露出丝毫，默默跟着黑袍身影，来到了皇宫。

皇宫太大，如同仙境一般，可白小纯没心情欣赏，只是暗中牢记路线。不多时，他就跟着黑袍身影来到了大殿前。这大殿看起来很寻常，没有什么奢华的装饰，很古朴，散发出沧桑的气息。大殿外的广场上放着一尊鼎，燃香袅袅飘升。至于四周，白小纯看不到任何身影，仿佛这里是无人的空旷之地。

"在这里等着。"黑袍身影交代了一句便消失了。

白小纯抬头看了看紧闭的殿门，安静地站在那里，默默等待。他隐隐感觉，这大殿如同一只凶兽，正凝视自己。白小纯咽下一口唾沫，说不紧张是不可能的，只是他一寻思，还是认为自己这一次应该是无碍，大天师如果真的要对他不利，也不会这么麻烦，在这魁皇城，大天师若是想抓他，实在是太容易了。在等待时，白小纯也在琢磨，自己该用什么态度来面对大天师。

"拍马屁似乎不太好，巨鬼王吃这套，可大天师我不了解，他一会儿见我，不知是威严呢，还是呵斥呢……"白小纯有些发愁。忽然，他隐隐觉得不对劲，似乎有一道目光从上方落在了自己身上。他忍不住抬头，一眼就看到，上方的云层中，一个硕大的龙头垂下，龙目内带着好奇。

与此同时，一股威压随之降临，这威压给白小纯的感觉超出了陈好松，让他瞬间就意识到此龙堪比半神！这条龙，白小纯刚来魁皇城时看到过，那时距离很远，但眼下，这龙头距离白小纯不到百丈，白小纯清晰无比地看到了龙头上的鳞片。距离这么近，白小纯有些惶恐，于是赶紧脸上露出笑意，抬起手，向那条龙打招呼。

"你好啊……"白小纯话刚出口，那硕大的龙目内忽然精芒一闪。白小纯只觉得狂风扑面，下一瞬，龙头竟径直垂下，到了白小纯的面前，距离他不到半丈。

白小纯倒吸一口气，吓了一跳，看着眼前的庞然大物，他甚至感受到了这条龙的呼吸，忍不住心底颤抖。此龙在白小纯身上闻了闻，目中的好奇更为强烈。

白小纯都快要哭了，小心翼翼地向后挪，可他挪一步，这龙头就靠近一步。白小纯头皮发麻，想要说些什么。忽然，一个苍老的声音从那大殿内悠悠传来："它很喜欢你。"

白小纯心头一惊，侧头看去，发现大殿的门不知什么时候已经打开了，透过此门，可以看到大殿深处坐着一个老者。

这老者穿着白色长袍，整个人如同一位神祇，似乎可以让人忽略四周的一切，只看到他。又仿佛无论多么黑暗的地方，当看到这老者时，一切都成为光明。

这种感觉让白小纯呼吸不畅，他内心一颤，眼前之人正是他记忆里那位投影到逆河宗的陈曼瑶的师尊！哪怕他在之前没有见过此人，眼下也能意识到对方就是大天师。于是，他立刻抱拳郑重一拜。

"卑职白浩，拜见大天师！"

"进来吧。"大天师微微一笑，没有如白小纯想象的威严，反倒如寻常的老人一样，甚至在笑过之后，他身上那种如神祇般的感觉，也都瞬间消散了。

这就与巨鬼王不一样了，白小纯内心忐忑，快速思索自己该摆出什么姿态。那条龙收回了目光，带着一丝疑惑，缓缓地回了云层中。

大殿内，白小纯如临深渊，他的紧张已到了极致，可心中还没想好用什么姿态面对大天师，准备见机行事，随机应变。

"让你来，是问你一句话。你敢不敢去查一下满朝文武，看到底是谁打扰了魁皇清修？"大天师根本没在意白小纯的状态，他说得很慢，却隐隐有一种令人心悸的气势。

白小纯眨了眨眼，一听是这事，他立刻有些激动，想到自己可以报仇，查满朝文武，便没有迟疑，狠狠一拍胸口，大声答道："大天师莫要问我敢不敢，只要是大天师开口，我白浩什么都敢做。别说是查那些权贵，就算是去查魁皇，我都敢！"这番话，白小纯说得慷慨激昂，胸口更是拍得砰砰直响。

大天师神色有些怪异，还带着一丝戏谑，看了白小纯一眼，忍不住问了一句：

"你不怕？"

"那个……魁皇是什么修为？"白小纯迟疑了一下，谨慎地问道。

第 758 章

难道此地闹鬼

"天人……"

"大天师对我恩重如山，我这条命就是大天师给的，若没有大天师，我白浩说不定已经葬身黄泉。区区天人，虽可捏死我，但我白浩岂能向恶势力低头？况且大天师也不会眼睁睁看着我这么忠心耿耿的小子受欺负的，是不是？"白小纯心里一松，继续拍着胸口说道，顺便把对付巨鬼王的那一套用了出来。

他不在乎魁皇，也不在乎得罪满朝文武，反正之前已经把该得罪的人都得罪完了。至于后路，他更是放心，琢磨着自己不管在这蛮荒做了什么，只要修为一到，就赶紧跑路，到时候谁想找他，就跨越边城去通天河吧。想到这里，白小纯内心安稳，越发觉得大天师顺眼，给了自己这个职务。一想到自己身为监察使，权力颇大，他心中更为雀跃。

大天师的神色越发古怪，他之前听说过白浩在巨鬼城的样子，此刻亲眼看到后，觉得传言有误，这家伙何止是溜须拍马，简直拍马屁到了见缝插针、无孔不入的程度。但不管如何，白小纯的回答，大天师还是满意的，他脸上露出笑容，似能看透白小纯的内心。

"去吧，会有人带你去监察府，那里就是你未来的居所。"大天师淡淡开口，袖子一甩，白小纯四周瞬间变化。等视线清晰时，他已到了皇宫外，那黑袍身影就在他的身前，对于白小纯的突然出现，没有任何意外，转身就走。

白小纯一愣，看到大天师袖子一甩，自己就换了地方，对于这种手段他很惊讶，最关键的是自己想好的话还没说完呢。

"算了，下次去的时候再拍马屁吧，一次性拍完，把大天师喂饱了，以后我就不知道该怎么拍了。"白小纯看向远处的黑袍身影，傲然抬头，大摇大摆地跟上。

在白小纯随着黑袍身影远去时，大天师看向皇宫深处，目中露出幽芒。

"流淌着皇族血脉的这一代魁皇，莫非平静了太久？你又何必让血雨重新降临魁皇城。"大天师摇头，收回目光，慢慢闭上了眼。

监察府并非在上方的皇城，而是在下方的城池中，处于中心的区域，准确地说，是在第四区！在黑袍身影的带领下，白小纯离开了云端的皇城，一路疾驰。不多时，他就看到了坐落在第四区的一座府邸。这府邸不小，位于闹市，可没有任何行人靠近它，都是绕着走，仿佛这里住着恐怖的人，让他们连接近都不愿。远远看去，这府邸一片黑色，散发出阴森的气息，仿佛是一头趴在那里的绝世凶兽，给人一种头皮发麻的感觉。

白小纯忍不住吸了一口气，此地弥漫着强烈的死气，显然这里发生过多次杀戮，使得此地死气弥漫，长久不散。从外表看，这监察府与凡俗的衙门有些相似，在府邸的门前，竖着两个巨大的雕像。这两个雕像穿着黑色铠甲，散发出强悍的波动，虽是雕像，但目中有灵气波动，似在守护府邸的同时，也注意靠近之人。看到黑袍身影与白小纯到来，这两个雕像目光一扫，就重新收回，不再关注。

白小纯对监察府有了更深刻的认识，这两个雕像他虽看不出太多，但感受到了其身上散出的波动，居然堪比天人！

"堪比天人的雕像……"白小纯咽下一口唾沫，觉得自己这一次赚了，若非那黑袍身影在，他都想摸一摸这雕像。

监察府的大门也是黑色的，只开了一半，通过这半开的大门，可以看到里面青石铺路，矗立着一座座阁楼，却看不到半个人影。直至黑袍身影带着白小纯走入府邸，四周依旧一片寂静。白小纯四下打量一番，不知为何，他感觉这阴森恐怖的监察府内，似乎太过安静了。

"这里就是监察府，白浩，你好自为之。"黑袍身影的目光在四周扫过，半晌之后，扔给了白小纯一枚黑色的令牌。白小纯接过令牌，正要问些什么，可那黑袍身影转身一晃，消失了。

此地就只剩下了白小纯一个人，白小纯睁大了眼，呆呆地看着手中的令牌，挠了挠头。

"这就完了？"白小纯很不满，觉得自己这么高的职位，这黑袍身影竟如此怠慢自己，不过考虑到对方是大天师身边的人，只能轻哼一声。

"罢了罢了，看在大天师的分上，就不与他计较了。"白小纯拿着令牌，看向四周，神识也都散开，却发现此地对神识有压制，他的神识被压缩了九成。

"这监察府，怎么这么诡异！"白小纯有些紧张，将神识融入令牌，却发现这令牌需要炼化。而且令牌材质特殊，就算是以白小纯的修为，炼化速度都不快，看其样子，至少需要十个时辰才能将其彻底炼化。

"有人吗？有没有人啊？"白小纯一边喊，一边向前走去。可他在府邸内走了半圈，也没有看到一个人影，白小纯无比诧异，觉得很不对劲。

"此地不可能一个人都没有啊……"白小纯神识全力散开，加速前行，直至快要到黄昏时，他终于将这偌大的监察府全都查找了一遍，包括每一个大殿、每一处居所，任凭他找了所有地方，也没有看到第二个人。他震惊了，觉得此地异常诡异。

"不会整个监察府就我一个监察使吧……"白小纯觉得不可思议，偏偏他的直觉告诉他，此地除了自己之外，还存在不少气息，只是这些气息似有若无，又仿佛处于生与死之间，让他根本寻不到。

"难道此地闹鬼！"白小纯打了一个激灵，想起了魁皇葬宫，刹那间汗毛立起，连面色都变了。他猛地回头，看向身后，发现身后没有人脸，也没有纸人，他才松了一口气。眼看天色渐晚，阴森的感觉更为强烈，白小纯心慌，想要离开这里，却心惊地发现，自己出不去了！此地竟有无形的禁制，封锁了一切。

白小纯真的恐惧了，他越来越觉得这监察府不对劲，赶紧找了一座阁楼，推开大门，看到没有一丝尘土的摆设后，紧张兮兮地坐了下来。

"看来只有将这令牌炼化，才能知道这监察府内到底有什么秘密了。"白小纯低头看了眼令牌，这令牌他已经炼化了三成。

他狠狠一咬牙，立刻运转全部修为，全力炼化令牌。

"要快点，我有种不妙的感觉，一旦到了夜里，这里怕是真的会闹鬼。"白小纯不由得对带自己来此的黑袍身影越发不满，又抱怨这个破令牌炼化起来怎么这么难，可没办法，他只能玩命地炼化。

第 759 章

我们是自己人

天色越来越黑，渐渐到了深夜，四周死寂一片，没有半点声音传来，安静得落针可闻。白小纯心里发毛，呼吸渐渐变得急促，他开始加速炼化令牌，突然听到自己所在的阁楼外传来了脚步声。

咚咚，咚咚……这脚步声与心跳的声音很相似，可白小纯能确定，这就是脚步声。他将神识散开，却没有在外面看到任何身影，这让白小纯头皮一麻。

"真的闹鬼啊……"白小纯都快哭了，他这辈子除了怕死，就是怕鬼了，哪怕他已经是天道元婴，还是无法改掉这个毛病。他连忙从储物袋里掏出一大把符箓，贴在了身上。

这些符箓都是他在逆河宗时留下的，曾经在魁皇葬宫内起到一点点作用，此刻他不在乎暴露不暴露了，况且还有面具遮掩。符箓贴好后，他依旧心惊胆战，一边快速炼化令牌，一边不断地看向四周，生怕突然看到一张人脸。

"我是监察使，这里是监察府，怎么会这样？不应该啊……"白小纯紧张得自言自语。忽然，外面的脚步声越来越多，仿佛阁楼外来了千军万马一般。

"这么多鬼……"白小纯面色煞白，更抓狂了。突然，阁楼外传来了敲门声。

听到敲门声，白小纯整个人都快要跳起来了，他呼吸急促，身体颤抖，死死地望着大门。许久之后，那敲门声才消失，门外的脚步声虽再次传来，但给人感觉，那千军万马似乎在远去。又等了好久，确定外面没声音后，白小纯擦去一把冷汗，他觉得有些丢人，琢磨着自己这么厉害的修士，且在蛮荒身为炼魂师，炼火的时候融入的冤魂多了，眼下居然被鬼给欺负了，这让他心底有些鄙视自己。

"有什么呢？白爷爷我会怕鬼？我不出去，那是还没炼化完令牌，担心引起误会。"白小纯想到这里，立刻就不觉得自己丢人了，正要继续炼化时，突然一声轰鸣传来，一股大力直接从外面蓦然轰开大门，一股阴风瞬间扑面，吓得白小纯尖叫一声，全身魂力全面爆发，身体更是急速后退，口中大吼。

"我是监察使，我们是自己人……"

也不知道是不是白小纯的吼声起到了作用，那敞开的大门外虽一片漆黑，但还是能隐隐看到，没有人影。白小纯额头冒汗，气息都有些紊乱了。夜里的魁皇城，在白小纯的记忆里依旧是喧闹的，八十九区都如此，更不用说处于中心的第四区了。要知道此地白天时可都是闹哄哄的，现在却十分诡异。白小纯没有听到丝毫吵闹之声，远处白天还热闹的街头，如今也漆黑一片。显然，附近的人很清楚这里的情况，在夜里时，都选择了熄火以及安静。

"这里到底是什么鬼地方！"白小纯牙齿颤抖，右手掐诀一指，将那大门遥遥关闭。他警惕地看着四周，神识不断地散开，可没有任何发现。他忽然一拍储物袋，一座魂塔出现，白浩魂从中飞出。

"徒儿，你是鬼修，快帮为师看看，这四周有没有你的同类。"白小纯赶紧开口。白浩魂刚出来还有些发蒙，迟疑地看了看四周后，又闭目感受一番，随后皱起眉头，露出狐疑之色。

"师尊，这四周没有如我这样有神智的鬼魂……不过，这里给我的感觉很奇怪，似乎处于生与死之间，说不清晰，甚至在我的感受中，此地……"白浩魂看向白小纯，后面的那句话还没说完，就发现自己的师尊面色苍白，一副惊恐的样子，于是忍不住问道，"师尊，你怎么了？"

"哈哈，没什么，为师一点都不害怕，你继续说。"白小纯舔了舔嘴唇，他觉得自己不能在徒儿面前露出恐惧的样子，于是一拍胸口，哈哈笑道。

"师尊……我没说你害怕啊。"白浩魂迟疑地说道。

"啊？哈哈，不说这个了，你刚才还没说完呢，此地怎么了？"白小纯心虚地打了个哈哈，赶紧转移话题。

白浩魂古怪地看了看白小纯，这才又开口道："此地在我感觉中，似乎不是空旷的，而是遍地都是身影，似乎藏着大量身影……"白浩魂的这一句话，直接让白小纯浑身鸡皮疙瘩都起来了。他立刻看向左右，却什么都没看到。

"师尊……那个，你是不是害怕了？"白浩魂看向白小纯，心底那种古怪的感觉更强烈，又觉得有些好笑，他还是首次看到师尊如此惊慌的样子，要知道师尊面对那数百天骄时也没这样。

白小纯心头已经开始哀号了，听到徒弟的话后，却深吸一口气，眼睛一瞪。

"胡说！我会怕？我什么都不怕！"白小纯大声开口，又扯开了话题，将白浩魂拉在身边，一边炼化令牌，一边与白浩魂聊天，"徒儿啊，最近感觉怎么样啊？十八色火炼得如何了？徒儿，我们的铺子是回不去了，我们得想个新办法来赚魂啊。"

白小纯不断找着话题，白浩魂虽面色古怪，但依旧回应，只是说着说着，白小纯也找不到话题了，索性将面见大天师的一幕说给白浩魂听。白浩魂听后，神色严肃，当时在皇宫里，他不敢露面，自然不知道白小纯在大天师面前的表现。

"去查谁与魁皇联系……"

白浩魂暗自心惊，立刻意识到师尊陷入了一个巨大的旋涡中。

"师尊，此事非同小可，大天师之所以不但没有顺众人之意来灭杀我们，甚至还任命师尊你为监察使，显然是看到你得罪了这么多人，要让你成为他手中的一把刀！"白浩魂目中露出睿智之色，分析道。

"我也想到了这一点，实在是为师太优秀了。"白小纯眉毛一挑，说起此事来，他一时间忽略了此地的阴森，不过却没忘记用面具之力掩饰自己。

"师尊，这件事对我们来说，或许是个机会，一切的重点都在于大天师的态度。他既然是因为你得罪了所有人而看重你，那么，他就希望手中的这把刀更锋利，所以，师尊你以后得罪的人越多，我们就越安全！"白浩魂此刻大脑不断运转，依靠他的智慧，去帮白小纯将这件事情看得更清晰。

闻言，白小纯深以为然，点了点头。眼看自己的想法得到了师尊的认可，白浩魂也很开心，他低头靠近白小纯，轻声开口："师尊，我隐约猜出了大天师的心思，他必定想先平定内部隐患，随后削弱各方诸侯。平定内部隐患，我暂时还没有计策，不过削弱各方诸侯，我却有一计，适当时候去用，可让满朝文武家族内部崩溃，既为师尊立功，又解大天师心结，让其安心！"

"这也太狠了……"白小纯听了后睁大了眼，倒吸一口气。

"师尊，这条船，我们既然上了，就要坐到底……"白浩魂沉声道。

第 760 章

监察府底蕴

“此事以后再说，现在最重要的是做好监察使。”白小纯沉吟道。白浩魂的计策在他看来极为狠辣，他有些迟疑，而且此计需要在适当的时候用，眼下倒也不急。

“师尊，我们也要开始暗中布置，以防鸟尽弓藏之事！”白浩魂看了白小纯一眼，再次慎重开口。

“放心，此事为师有经验。”白小纯哈哈一笑。白小纯不这么说还好，一这么说，白浩魂立刻有种不妙的感觉，只是看师尊这么自信，他也不好说什么，只能苦思冥想，不断与师尊沟通。

一夜就这样过去，四周的诡异之事倒也没有继续发生，而白小纯在沟通时也没有停止对令牌的炼化。

清晨，白小纯外出一趟，发现那禁制还在，自己依旧无法走出这监察府。他已经完全确定，只有炼化了令牌，才可掌握这些禁制！

于是白小纯继续炼化，很快，在第二天黄昏即将降临时，白小纯终于将那令牌彻底炼化了，用了近十三个时辰，比预计的时间还要长。

在这令牌被炼化的刹那，白小纯深吸一口气，看着快要黄昏，他的神识蓦然融入令牌内，脑海内直接传来如天雷般的轰鸣，他的脑海内竟然浮现出了整个监察府的景象！

看到这景象的瞬间，白小纯睁大了眼，整个人身体颤抖，倒吸一口气，以他的定力，几乎都要失声惊呼。

"这是、这是……"

他的脑海里，监察府如同被缩小了，清晰无比，它竟修建在一口口棺椁上！

可以说，整个监察府的地底都是棺椁，那棺椁之多，密密麻麻层层叠压，一共九层，足有十万口，且每一口棺椁内都散发出恐怖的波动，而越向下，棺椁越少，散发出的波动却越是让白小纯心惊。

尤其是在最下方的第九层，只有一口棺椁，可其内散出的气息让白小纯都傻眼了，那赫然是半神的气息！

"天啊！"白小纯胸膛急速起伏，他发现这所谓的身份令牌，实际上就是一个法器，操控这十万棺椁的法器！

他甚至有种感觉，只要自己一个念头，就可让这十万棺椁同时开启，使得其内的尸骸睁开眼，遵从自己的全部命令！

"这就是监察府吗？"白小纯整个人都有些蒙了，好半晌他才收回神识，呆呆地看着手中的黑色令牌，他不相信这是主令牌。他明白，大天师不可能将这么一股惊天动地的力量完全交给自己。

"这应该是子牌，真正的主令牌在大天师的手中，他可以随时让监察府下的这股势力改换门庭！不过这也没什么，只要我不与大天师作对，我就能用这股势力，那就足矣！"白小纯激动不已，他调整呼吸后，神识再次融入令牌，向着距离自己最近的一口棺椁，猛地一凝。

"苏醒！"

白小纯的意识刚一波动，他所在阁楼的大门外，那片青石地面突然震动起来，眨眼间，地面碎裂，一口充满沧桑气息的黑铁棺椁直接飞出，轰的一声竖着落在地面上，那棺椁的盖子更是被一股大力从内部猛地推开。

随着棺椁盖子掉落，一股死亡的气息扩散四方，那棺椁内赫然走出了一个穿着黑色铠甲、戴着黑色面具、全身上下散发出阵阵煞气的大汉！

这大汉的煞气之强，似曾经杀戮无数，让白小纯面色一变。

他缓缓走出，到了白小纯的面前，慢慢抬起头，目中带着赤色的光芒，一股元婴大圆满的波动扩散出来。他看了白小纯一眼，似牢牢记住了白小纯的容貌后，这才低头，砰的一声，竟半跪在了白小纯的面前。

"拜见大人！"嗡嗡的声音从其口中传出，低沉中蕴含了无上的尊敬之意。

白小纯神情一滞，白浩魂也吃了一惊。

"这监察府竟藏着如此底蕴！"

白小纯拿着令牌，不断凝聚神识，向着一口又一口棺椁，传出了苏醒的意志。

很快，整个监察府内，大地轰鸣，一口又一口棺椁陆续飞出，眨眼间，就飞出了一千口棺椁，那些棺椁的盖子都被推开，一个又一个气息一样的黑甲大汉走了出来！

这些人，最弱的也是元婴中期，最强的则是两位半步天人，他们的出现，使得煞气惊天动地，四周似乎还有鬼哭狼嚎的声音。

而这仅仅是监察府地下众多棺椁中的一小部分而已，白小纯想要召唤更多，却发现这令牌也不是万能的，存在一些限制，似乎最多也就能召唤出一千人而已，且只能召唤前七层。

在第八层中，有十口棺椁散发出天人的波动，却明显无魂，只是肉身之力。

"千人也可以了！"白小纯没有气馁，此刻欣喜无比，看着那一千个黑甲大汉，他哈哈大笑起来，似乎重新回到了边城，一指之下，千军齐出。

"要是前几天那些人再来惹我，我都不用说话，一挥手，就可让那些人全部趴下！"白小纯在兴奋中，信心也变得极强。对比之后，他觉得大天师果然比巨鬼王靠谱很多，巨鬼王给的赏赐都是虚的，这大天师一出手就是千军。

除了这千军外，白小纯还在黑色令牌内找到了另外的东西。他发现这令牌里竟蕴含了大量的信息，这些信息包罗万象，覆盖了整个蛮荒以及魁皇城内的权贵，仿佛有无数双眼睛时刻盯着所有人，将他们身上每时每刻发生的事情，都汇聚在令牌中，使得掌握令牌之人，一扫之下，就可以知晓天下几乎所有秘闻。

这让白小纯骇然心惊，他立刻就从这些消息里查出，当日那数百人之所以围攻自己，是因为有人造谣，引起了众怒，这才发生了围杀之事。

周宏只是一个引子，几乎所有炼魂壶内白小纯生擒之人，都在里面起到了一些作用，而这件事情的背后还有两个皇子的痕迹……

白小纯立刻就怒了，他之前不知道这些事情的细节，眼下才算真正清楚，尤其是想起周宏身边那个拿着罗盘的青年，白小纯立刻通过令牌去查找，很快，他就对上了号。

那青年竟是大皇子麾下的客卿！

"欺人太甚！"白小纯咬牙切齿，想起大天师给自己的任务，又想起这些权贵对自己做的事，他目露寒芒。

　　白浩魂在白小纯身边，眼看白小纯怒极，连忙问询，知道了答案后，他想了想，劝说道："师尊，此事要忍一下才好，若是因此坏了大天师的事情，我们就被动了……"

　　"此事不能忍，这两件事是一件事，反正大天师也不知道谁心向魁皇，也没告诉我不能去查！"白小纯一摆手，眼下他大权在握，背后又有大天师，可以说安全得很，以他的性格，自然要去报仇。

　　不过白小纯也明白，自己虽有大天师的法旨，权力不小，但还是需要一些证据，这样的话，无论到了什么时候，他都不会被动。

　　证据难找，这是对别人而言，白小纯一想到"证据"这两个字，脑海里就立刻浮现出巨鬼城的黑牢内，那些重犯心里藏着的秘密。

　　"走，我们去魁皇城的大牢！"白小纯傲然开口，带着白浩魂飞出，心念一动，那一千黑甲大汉瞬间飞去，簇拥着白小纯直奔远处。

　　现在虽是黄昏，但魁皇城内热闹繁华，街头行人众多。白小纯带着上千黑甲大汉，一群人气势汹汹，所过之处，如阴风扫过，气焰嚣张。那些黑甲大汉身上的死亡之意以及那惊天的煞气，让所有看到之人心头一震。

　　"那些是什么人？好重的煞气！"

　　"这不是白浩吗？他身后的那些黑甲魂修怎么一个个看起来充满了死意？"议论之声顿时四起。

　　白小纯振奋得意，感受着无数落在自己身上的目光，整个人意气风发，大有一种"千军在手，谁敢惹我"的气概。

第 761 章

你们认识我

与此同时，在之前大天师任命白小纯为监察使的时候，魁皇城内，就有不少有心人的目光锁定在了第四区的监察府，时刻关注，此时，那上千黑甲大汉让所有关注之人倒吸一口凉气。

他们的脑海里都浮现了一个传说中曾经在魁皇城内掀起了腥风血雨，杀得血流成河的称呼……

"尸傀军！"

"那就是曾经掀起血腥七月的尸傀军！"

这一刻，无数目光都聚集在白小纯及其身后的黑甲尸傀军上，整个魁皇城的所有权贵，都心神动荡。他们不害怕白小纯，他们畏惧的是这尸傀军，更恐惧尸傀军背后的大天师！

有关尸傀军的传闻有很多，有人说这是从三代魁皇开始就已经存在的神秘军团，代代都掌握在魁皇手中，可到了这一代魁皇，这支军团却落入了大天师的手中。

还有人说，在大天师前，世间根本就没有所谓的尸傀军，它完全就是大天师用当年所有反对他的权贵的尸体炼制出的一支无敌军团！

种种传闻，说什么的都有，可无论哪一种说法，都与大天师有关！

而此刻，这支消失了许久的军团再次出现，他们心神一颤，心中忐忑，纷纷意识到要出大事！

更重要的是，眼下代大天师掌控这支军团的，居然是白浩！

230

那是得罪了太多天骄，可以说与文武百官没有太多直接接触，却间接与所有人都有些关联的家伙。

数日前的血腥一夜，如今还被魁皇城内无数人谈论，此事可以说绝对不小！

众人思绪万千，纷纷吸气时，也高度警惕起来。

白小纯不知道自己带着黑甲大汉出行，会在那些权贵心中掀起多大的风暴，他只觉得豪情万丈，所过之处，引来无数目光。

这种感觉让他十分陶醉。

"多久了，我有多久没有这种风光的感觉了……当初在巨鬼城时，我虽是大总管，但是手中没有兵权啊！"白小纯享受般深吸一口气，这一刻简直自信到极致，大有一种可以俯视天下的感觉。他抬起下巴，快速向前飞去。

他的目标正是魁皇城的大牢，大牢不在中心区域，而是在第四十九区。白小纯带着黑甲大汉，一路张扬，就连魁皇城的侍卫远远看到后也不敢阻挡，任由白小纯带人直接飞到了第四十九区的大牢门前。

这大牢外表看起来似一条盘绕的巨蟒，入口就是这巨蟒的恐怖大口。白小纯到来的同时，大牢的典狱长等人正急速飞出，看到白小纯以及其身后的黑甲大汉后，也都不断吸气，战战兢兢。

"拜见监察使！"他们已经知晓了白小纯被大天师任命为监察使，此刻一眼就认出众多黑甲大汉中的白小纯，赶紧上前，抱拳恭敬一拜。

"你们认识我？"白小纯背着手，抬起下巴，淡淡开口。

"白大人风采无限，声名赫赫，是我辈仰望之人，卑职在数月前，曾远远地看过一眼您的无上神姿。不知大人来此，所为何事？卑职若能相助，必定尽力。"大牢的典狱长是一个中年男子，肚子很大，整个人看起来圆圆胖胖，此刻闻言，挤出笑容，赶紧开口，心中则忐忑无比。他不但听说了白小纯被任命为监察使，而且看到了传说中的尸傀军，想着对方居然第一个来到了自己这里，心底极度不安。

对于这不痛不痒的马屁，白小纯有些不悦，觉得这家伙没有诚意，不过想起自己如今的身份，觉得与这等小人物计较有些丢人，于是哼了一声。

"你无须多问，照做就是！"白小纯背着手，大摇大摆地走入大牢。

典狱长等人听到白小纯的回答，愣了一下，内心更是惶恐，心跳加速，冷汗流下，却来不及多想，立刻追上来。

白小纯虽是首次来到这大牢之中，但他曾在巨鬼城黑牢内做过狱卒，更是"第一黑鞭"，所以一来此地，闻着有些发霉的味道，感受着此地的阴冷，他立刻有种熟悉的感觉。

　　"我要看你们这里所有犯人的记录，都给我拿来。"大殿内，白小纯坐下后，立刻开口。

　　那典狱长很紧张，一边擦着汗，一边大声称是，赶紧安排人去把犯人的信息全部取来，亲自上呈给了白小纯。

　　白小纯板着脸，端着姿态，接过玉简后，肃然开口："给我准备一间密室！"说完，白小纯低头查看玉简。

　　典狱长立刻安排下去，将大牢内最好的密室安排出来。此刻他心中只求白小纯赶紧离开，自己能平安。尸傀军的到来，让他压力极大。

　　"此人……还有这个人，还有他……这些人，都给我单独提出来！"白小纯的神识在玉简上飞速扫过，凭着他在黑牢的经验，他有针对性地寻找之后，立刻就锁定了数十人，这些人大都与魁皇城的权贵有些关系。

　　平日里，他们被关押在大牢中，即便短时间内无法被释放，也享受着与外界差不了多少的修行资源，甚至在犯人中作威作福，就连狱卒都对他们很客气。现在，白小纯一声令下，那典狱长犹豫了一下。

　　"莫非典狱长打算让本监察使亲自动手？"白小纯立刻不满了，双眼一瞪，身边的黑甲大汉们纷纷散出浓浓的煞气，这煞气直接将大牢的阴冷冲散，好似化作阿鼻地狱。

　　典狱长全身颤抖了一下，内心升起无限恐惧，再没有半点迟疑，立刻安排下去。

　　顿时，大牢内一片混乱，所有狱卒都凶神恶煞地冲向那些被白小纯勾出名字之人。

　　"你们干什么？"

　　"我的老主人可是周天侯，你们好大的胆子！"

　　"住手！"

　　声声低吼不断回荡，可那些狱卒此刻置若罔闻，手段狠辣，直接镇压，不多时就将这些被白小纯点名之人控制起来，按照白小纯的吩咐，送到了密室外面。

密室外，这数十人一个个心惊肉跳，不知道发生了什么事情，想要相互通气时，立刻就被身边的狱卒强行阻止了。

就在他们惊疑不定时，突然四周安静下来，那些狱卒齐齐向着一个方向弯腰拜见。这些犯人也赶紧看去，看到了一个青年在典狱长的陪同下，慢慢走来。

这青年俊朗非凡，此刻背着手，下巴微抬，正是白小纯。他身后还有不少黑甲大汉守护，气势令人心悸。

"本监察使要亲自审问，我喊一个，你们就送来一个，在本监察使审问的过程中，所有人不得靠近！"到了密室前，白小纯忍住内心得意，神色严肃，缓缓说道。

典狱长立即领命。

很快，白小纯就点了一个犯人，进了密室中。那些黑甲大汉环绕着密室，不允许其他人靠近。

典狱长此刻心头惶恐，更加发愁，他到现在都不知道白小纯为何第一个来自己这里。

"他来此到底意欲何为……"典狱长心底不安，正琢磨时，忽然，那密室内就传来凄厉的惨叫。

这惨叫让所有人都面色变化，倒吸一口凉气，尤其是那些狱卒中的鞭手，此刻一听到这惨叫，顿时睁大了眼，朝着密室看去。

"这种惨叫，可不是什么寻常手段能让人发出的……"

不单是这些狱卒心惊，密室外等候的犯人一个个也倒吸了几口凉气，内心咯噔一下。至于典狱长，更是内心震惊，不由得产生了更强的敬畏感。

这惨叫持续了半炷香的时间后，密室大门打开，一个浑身颤抖的身影被扔了出来，正是之前被抓进去的那名犯人。他全身不停哆嗦，目光涣散，整个人好似已经崩溃。

"下一个！"密室内传来白小纯那平静却让所有人都心神一颤的声音。

第 762 章

听说你擅长抄家

白小纯发了狠，他明白自己想要报仇，就必须有证据才行，哪怕这证据不算全面，也能给大天师一个交代。没有人能想到他会来大牢审问，毕竟不是所有人都做过狱卒，也不是所有人都做过成功的鞭手，自然不知道大牢内藏着许多秘密！

大牢对白小纯来说就是最好的突破口，要知道，当初黑牢中就有人透露过巨鬼城内三大家族叛变。他点名的这些犯人，都是证据确凿，已犯下重罪，与不同权贵有关联，却因种种意外，没有被处死之人。

时间流逝，随着一个又一个犯人被抓进去，那惨叫的声音持续不断。四周所有人都心神震动，那些狱卒中的鞭手更是目露惊奇。

"这位监察使大人是个'黑鞭'！"

"是的，我想起来了，曾经有传言，白浩心狠手辣，当初在巨鬼城时就是'第一黑鞭'！"

这些鞭手之间的议论也传到了典狱长耳中，他的心中更为震惊，对于白小纯的手段越发敬畏。他虽没有资格与魁皇联系，但他听说过许多年前的那个七月，尸傀军出，多少人被殃及，凄惨无比。想到这里，他身体一颤，看着密室外的那些黑甲大汉，深吸一口气，打定主意，不管白小纯提什么要求，自己都一定满足。

审问这数十人，白小纯用了整整一天，可得到的线索很少，走出密室时他面色难看，再次拿出玉简，这一次一口气找了上百人。

"把他们都给我带来！"

典狱长没有迟疑，立刻大声应诺，安排下去，将第二批犯人带到此地。

渐渐地，第三批、第四批、第五批……在白小纯沉浸在审问中，想要找出证据报仇的时候，外界也因白小纯的举动，产生了不小的震动。

"什么，去了大牢？"

"这白浩去那里干什么？"

"不好，他曾在巨鬼城做过'黑鞭'，难道他要从大牢的犯人中，找到他们知晓的秘密？"在云雾被拨开前，看不到背后的日月，可一旦有一双手去拨弄，真相很容易被人看出端倪。此刻，不少人已经猜出他的目的。

可猜出归猜出，大牢内的秘密妙就妙在，里面犯人知道的事情，外面的人就算知道，也要装着不知道，毕竟外面的人有被灭口的风险。白小纯在审问了四五批犯人后，终于找到了一个突破口，他从一个犯人的口中，问出了一个天侯曾与大皇子有过一些接触。

白小纯立刻精神一振，这位天侯他有印象，其子嗣似乎与周宏关系极为密切。白小纯更是通过监察使的令牌，知道了此人是上一次帮助周宏散播关于陈曼瑶以及许珊的谣言的主力之一。

白小纯嘿嘿一笑，继续审问。他在大牢内，一审就是半个月。这半个月，他几乎将所有可疑之人都审问了一遍，最后还是不太满意，又将那些看似没有什么关联，却犯下重罪的犯人也顺便审了。很多人都被之前一连串犯人的惨状震慑，白小纯基本没用什么手段他们就交代了，毕竟雄香丹这种战略物资还是要省着点用。

没想到，他竟从一个不相关的犯人那里得到了一个让他惊喜的证据！

"李天胜的父亲……李家的天侯是吧。"白小纯眼看抓住了大鱼，立刻狂喜，结束了这一次审问。他大手一挥，就带着一千黑甲大汉，飞出了大牢。

白小纯一走出，大牢的狱卒们都一脸敬畏，甚至有不少目露热切，对他的审问效率十分服气，恨不得鞍前马后。只有典狱长心底长舒了一口气，这半个月他的压力与日俱增，生怕一不小心被牵连进去。送瘟神一般将白小纯送走后，他重新回到大牢里，选择了闭关，心底已经明白，血雨腥风怕是快要降临魁皇城了。

白小纯欣喜无比，没有立刻去找李天胜的父亲与另一位天侯，而是直奔皇宫，拜见大天师。

"敢惹我，哼，我要让你们知道，我白小纯可不是吃素的！"白小纯琢磨着自己现在人手不够，于是又给周一星传音，让他来魁皇城。

白小纯到了天师殿前，向着大殿抱拳一拜，抬头时，大声开口："卑职白浩，有要事拜见大天师。"

话语传出，云层中那条老龙再次出现，目光中带着疑惑与好奇，关注着白小纯。很快，大殿的门缓缓开启，大天师坐在上首的身影也落在了白小纯的目中。

白小纯调整了下气息，赶紧走入大殿，高呼起来："大天师，卑职幸不辱命，已查到两个天侯曾经打扰魁皇清修。"白小纯拿出一枚玉简，递了上去。

大天师拿过玉简，眯起双眼，大拇指在玉简上轻轻摩挲，似在沉吟。白小纯眨着眼，不知道大天师会不会让自己去办了这两个家伙，毕竟证据并不算全面。

白小纯在大牢审问后，对这两个天侯算是极为了解。他知道这两个家伙都不是什么好东西，那李家从上到下皆修毒功，而这种毒功，名叫妇人心，需要在修炼的过程中不断地采集妇人的心脏。修为越高，需要的妇人心就越多，可以说整个李家就依赖着无数的杀戮运转。陈家也是如此。陈家是魁皇城内少有的贩卖生机的家族，所谓贩卖生机，实际上就是圈养被生擒的修士，供人采集生机，助人疗伤。那些权贵天骄被白小纯收拾后，之所以能那么快恢复，与此也有很大关系。

想着这两家的种种劣迹，白小纯偷眼看向大天师。可大天师面无表情，一言不发，白小纯有些着急，不知道大天师到底是什么想法。一炷香过去后，大天师大拇指一按，这玉简立刻成为飞灰，消散在了四周。

"将李天侯、陈天侯……拿下！"大天师缓缓开口，声音回荡。白小纯的身侧，虚无扭曲，黑袍身影一步走出，低声拜别后，又消失无影。

此人的出现吓了白小纯一跳，大天师的话语更是让白小纯激动。

"听说你擅长抄家，给你两个时辰，将李家与陈家解决掉！"大天师说完，闭上了眼。

白小纯抬起头，心脏随着这一句话加速跳动，只觉得热血涌上心头，觉得这大天师，果然是个好天师啊。于是，白小纯立刻大声应诺，转身飞速走出天师殿。白小纯已反应过来，大天师这是在杀鸡儆猴！甚至都不需要他提供证据，只要有一丝线索，哪怕是猜测，也够了。大天师要杀人！

"有这么一个果断强悍的靠山，谁还敢惹我！"白小纯想到这里，激动无比，袖子一甩，召唤一千黑甲大汉，直奔李家而去。

"李天胜，你家白爷爷来了！"

第 763 章

你知不知罪

白小纯兴致勃勃，带着身后一千黑甲大汉，威风凛凛，从皇宫内直接冲出，所过之处，皇宫外的侍卫们一个个战战兢兢，尤其是看清白小纯的模样后，大气都不敢出，更不敢阻挡。

这段日子，白小纯被任命为监察使的事情传得沸沸扬扬，尸傀军的苏醒，让整个魁皇城都震动无比。此事早就传遍整个蛮荒，白小纯还不知道，白浩的名字，已经在蛮荒里赫赫有名。即便是通天河区域的四大源头宗门，也通过他们所负责的边城，知道了白浩这个声名鹊起的魁皇城监察使。所有人都知道，白浩就是魁皇朝的新宠，更是大天师手中一把锋利无比的刀！

而白浩在巨鬼城做的一切事情，都被人快速挖出，无论是心狠手辣地灭杀亲族，又或者是胆大妄为地绑了半神，还有此后的抄家……这一件件事情，都让所有听说之人倒吸了一口凉气，觉得实在不可思议。

众人纷纷意识到，白浩就是一个疯子，且战力不俗，能直接绑走天骄，更能在数百人的围杀下，绝地反击。这种人物本身就已经神乎其神，更不用说其背后除了大天师外，还有巨鬼王，更是巨鬼王指定的女婿。这一系列身份，使得白浩成为整个蛮荒的大人物，甚至比周宏以及公孙易等人还要出名。

尤其是现在，大天师已经授意，白小纯整个人意气风发，更为嚣张，带着身后煞气惊天的黑甲大汉，在天空中化作千道长虹，直奔魁皇城内的李家而去！

"李天胜，你和周宏等人多次找我麻烦，要置我于死地，我放了你一次，你又来第二次，现在我发火了，我告诉你，我一旦发火，自己都害怕！"白小纯心中舒畅，他太想去看看，那些曾经要杀自己的人，如今在自己面前又会是什么姿态。

"李天胜，就是第一个！"白小纯想到这里，速度更快，带着一千黑甲大汉，距离李家越来越近。

一路上，白小纯嚣张的身影引起无数人注意。他们纷纷吸气，也注意到了白小纯所去的方向，不由得心中泛起寒意，生出无数猜测。

"毫不掩饰如此煞气，这白浩要干什么？"

"他们的方向，似乎是第九区？"

"第九区是李家所在啊……"

李家在第九区，占据了第九区近乎两成的面积，其家族势力之大，当得起天侯之名。族人众多，有不少魂修依附，如此一来，势力自然如滚雪球般越来越大。

在众人心惊之时，白小纯已带着一千黑甲大汉踏入第九区，遥遥地，他已经看到了李家庭院内，那高高耸立的一座足有百丈的高塔！这高塔名为天侯塔！在魁皇城内，只有天侯可以修建百丈高塔，若是天公，则可修建千丈高塔！

白小纯看向李家高塔的瞬间，李家也察觉到了白小纯的到来，家族内部立刻骚动起来，众多族人齐齐飞出。李天胜也在人群里，且被无数人簇拥。在李家，他身为少主，又是天骄，地位之高，在其父不出现的情况下，他的话，如同家主的话。

"白浩！"看清来人后，李天胜内心一惊，随后面色狰狞，目中露出怨毒之意。这一次他为了恢复生机，付出了极大的代价，而这一切的罪魁祸首，就是白浩。他知道今非昔比，白浩被任命为监察使，背后站着大天师，而今天又不请自来，显然不怀好意。他内心紧张，立刻安排下去，开启阵法。

他的命令刚刚传达，破空之声传来，白小纯带着一千黑甲大汉骤然降临。那一千黑甲大汉身上的煞气化作黑云，笼罩在李家的上空。四周有无数魂修闻风而来，看着这一幕，心中纷纷掀起滔天大浪，各种猜测浮现出来。

"莫非是大天师要动手了？第一个居然是李家！"

"不能吧，这很有可能是白浩凭着监察使的身份，来报私仇！"

就在众人心惊时，白小纯趾高气扬，站在一千黑甲大汉身前，低头俯视大地，目光扫过整个李家宅院后，落在了剑拔弩张的李家族人身上，尤其是深深地看了被簇拥在中间的李天胜一眼。

"李天胜，看见本监察使到来，还不拜见！"白小纯一瞪眼，声音如滚雷般隆隆传出，他身后的尸傀军也在这一刻，煞气更为强烈。

李家族人面色变化，李天胜呼吸变得有些急促，心头震动，极为不安，表面却不露出来，只是脸色难看地低喝："白浩，你好大的胆子，竟敢以下犯上！这里是天侯府，不是你撒野的地方，还不立刻退下！"

"天侯府？嘿嘿，你家白爷爷来的就是李家的天侯府，听说你们李家财富不少，白某担心你们珍藏的那些宝贝有假，所以来帮你们鉴定一下。"白小纯背着手，抬着下巴，嚣张地开口，心底已经笑开了花。他觉得自己这番话说得非常有气势，他最喜欢的就是既占据大势，又站在道义的制高点。

"大胆！"

"白浩你找死不成，我李家岂能让你胡来？"

"笑话，白浩，你脑袋不想要了不成？"

李家的那些族人，一个个平日里自大惯了，此刻纷纷低吼，言辞极不客气。

李天胜面色更为难看，心中也有焦急，知道今天的事不对劲，可他还是觉得，大天师要动李家的可能性不大，最大的可能就是白浩公报私仇，想到这里，他目中寒芒一闪。

"这也是个灭了此人的机会……"李天胜内心一转，虽忌惮白小纯身后的那些尸傀军，但也对李家的底蕴有自信，尤其是其父李天侯，如今也在家中。

他胆气一壮，倏然开口："李家上下听令，但凡踏入我李家八方百丈内的人，杀无赦！"

李天胜话语一出，四周的李家族人顿时面露狰狞，杀意冲天，有更多的身影从李家飞驰而出，其中有不少李家族人，可更多的是依附李家的魂修，每个人都散出强烈的杀意，密密麻麻，足有上万人之多，气势更是超越了半空的尸傀军。

这一幕，让众人纷纷吸气心惊，白小纯也吓了一跳，可想到自己的身份，想到大天师的命令，琢磨着大天师既然让自己来，总不能是让李家来灭自己的吧。

于是，白小纯心底安稳下来，眼睛又是一瞪，觉得自己之前气势有些弱了，于是深吸一口气后，目光掠过李天胜等人，看向远处的李家高塔，蓦然沉声开口。

"李天侯，白某奉大天师之命，来此问你一句话……你，知不知罪？"

白小纯这句话一出，顿时让天地变色，众人心神不定，李家所有族人一个个面色大变，李天胜更是脑海一阵嗡鸣。

第 764 章
李家挣扎

白小纯这句话说出后，李家的高塔内，顶层的一处密室里，李天胜的父亲——李家的那位高高在上的天侯，此刻正盘膝坐在那里，面色阴沉。一身半步天人的修为此刻也极度不稳，似乎他的心情已经烦躁到了影响修为的程度。

白小纯的话，他听得清清楚楚，实际上在白小纯到来时，他就已经察觉，并且始终在关注。他的呼吸不由得有些急促，身为天侯，他看问题自然比李天胜等人更透彻，他明白，这一次必定是大天师授意，否则的话，白浩绝不敢带人来此。

这不是实力的问题，而是地位的问题，他毕竟是魁皇朝一百零位八天侯之一，监察使如此明目张胆地到来，丝毫不顾及影响，就已经说明了大天师的态度。

"这是敲打吗？"李天侯沉默，心中隐隐升起不安。这不安让他整个人警惕无比，他的额头渐渐出现了汗水，目中出现了一抹惊惧。

"大天师要杀我！"这个答案，让李天侯的神色狰狞起来，呼吸开始变得粗重，他知道大天师若要杀自己，那么自己必定在劫难逃！

可他不甘心，他修行多年，终于成了天侯，掌控着偌大的家族，他绝不能束手就擒坐以待毙，他必须找出办法，化解这一次的杀机！

"拖延时间！"李天侯立刻就有了决断，他知道只有在拖延时间的同时，将这事情闹得越大越好，如此一来，就给了其他天侯以及天公，还有四大天王反应的时间。毕竟自己是天侯，若一个天侯都可以被随意处置，那么其他天侯必定唇亡齿寒，所以他们会去救他，这同样也是一种自救！而一旦满朝文武都发动起来，就算是大天师，也不得不慎重一些。

"还有魁皇……不对，不能去找魁皇！"李天侯忽然身体一个激灵，他察觉了这件事的背后，有很大的问题。

"大天师若要杀我，一指就可做到，为何偏偏让白浩出现……他杀我事小，他是要借助我，来看看这满朝文武里，谁会来为我说话，这是引蛇出洞！"李天侯想到这里，心中升起一丝寒意，少顷，他念头百转，吸了一口气，下定决心，一方面拖延时间等人来救；另一方面，想办法逃走！

"拖延时间，闹大事情……"李天侯忽然向外面的李天胜传音，"击杀尸傀军，更要不惜代价，将白浩斩杀在此！"

外界，李家族人心惊，李天胜身体猛地颤了一下，听到父亲的传音后，他的呼吸变得急促，虽觉得事情还没到那一步，但来不及多想。他猛地抬头，死死地盯着白小纯，大吼一声："白浩假传旨意，图谋不轨，李家众人，给我将他们斩杀！"

李天胜话语一出，四周的李家族人略有迟疑，却还是一个个发起狠来，大吼着冲了出去。他们都明白，李家若倒，他们必定灭亡。

眨眼间，这上万人就直奔白小纯而去。白小纯也瞪大了眼睛，大手一挥，他四周的一千黑甲大汉齐齐抬头，刹那飞出，冲着李家众人杀去。

轰鸣声响起，白小纯没有冲出，而是被保护起来。他知道自己小命宝贵，绝不会轻易涉险，而此刻，他也首次看到了尸傀军惊人的杀伤力。

这些黑甲大汉根本就不知道疼痛，经过炼体，他们全身强悍无比，所过之处，如同猛虎杀入狼群，肆意冲击。无论是术法还是法宝落在他们身上，好像根本不痛不痒，这些黑甲大汉毫不在意，继续冲杀，短短的几个呼吸的时间，凄厉的惨叫之声此起彼伏，那些李家的族人根本就不是对手，甚至有不少人被那些黑甲大汉击杀！

血腥气瞬间扩散四方，很快，就有阵法的轰鸣声传出，一道血色的光幕刹那出现，笼罩四方，居然有阵阵心跳声从阵法内不断传出。

随着心跳声的回荡，那些李家的族人身体上都出现了黑色雾气，蓦然扩散，更有不少李家族人，直接取出了一颗颗心脏，嘎嘎怪叫声中一把捏碎。

在这些心脏被捏碎的刹那，一个又一个女子的虚影，带着凄厉，带着怨毒，浮现出来，向着黑甲大汉倏地飘去。这些女子的身影带着剧毒！而那些被捏碎的心脏，正是妇人心！这正是李家引以为傲的毒攻，取意"最毒不过妇人心"！

眼下，在白小纯看来，毒的不是妇人，而是这李家众人，他们取妇人心脏修炼，这本身就是一种歹毒到了极致的功法。

此毒极为惊人，那些黑甲大汉开始受到阻碍，他们的身体不同程度地出现了被腐蚀的迹象，行动迟缓下来，尤其是白小纯前方的那些黑甲大汉，更是受损严重，白小纯赶紧操控他们避开，可这么一避开，就使得他暴露在外。

李天胜目中露出杀机，立刻发出一声低吼："杀了白浩！"

话语回荡，李天胜冲着白小纯而来，他的身边，此刻还有十个李家的族老，都是元婴修为，一个个在冲出时，身体化作黑色，更惊人的是还有毒雾扩散开来，环绕在他们四周，竟在这些人的上方，凝聚成了一个女子的身影。这女子的胸口是空的，已经无心，可她的出现，带来一股危机感，让白小纯都色变。

白小纯正要退后，突然，四周的那些黑甲大汉在承受了毒雾的侵蚀后，居然同时开口，猛地吸气。一千人同时吸气，直接形成了一股风暴，将四周的毒雾全部吸入口中，若仅仅如此也就罢了，在毒雾吸入口中时，他们的修为之力瞬间攀升！

这种攀升，明显是短时间的提高，而让他们提高的能量就是毒雾！甚至之前的伤势都随着修为提升而痊愈了。

这一幕让白小纯感到惊喜，他立刻就明白了，这些尸傀军本事之大，绝对远超自己之前的判断，他们身上怕是还藏着更多的秘密。

实际上的确如此，这些黑甲大汉似能吸收一切术法伤害，将这些伤害尽数转化成自身修为之力，这简直就是一支越战越强的无敌之军！

此刻，白小纯内心亢奋，大手一指杀来的李天胜等人。

"给我灭了他们！"

四周的黑甲大汉立刻煞气弥漫，向着李天胜等人杀去！

"不好！"李天胜面色大变，想要退后已经晚了，他与身边的十个族老，瞬间就被无数黑甲大汉轰击，口吐鲜血，形势危急。

而白小纯则激动地大笑起来。

"李天胜，你和我斗，我一旦出手，老天爷都要捂脸！"白小纯咂摸了下自己这句话，觉得自己现在太会说话了，说得太有气势了。

但他话刚刚说完，重伤吐血的李天胜便披散着头发，发出了凄厉的嘶吼。

"祭脏！"

第 765 章

本大人喜欢养花

这话一出，阵法光芒蓦然扭曲，竟幻化出了一颗巨大无比的血色心脏！仔细一看，这不是幻化，此心脏竟由百万颗心脏组成。百万颗心脏代表的就是百万个妇人的死亡！这就是李家阵法的最强之势，巨大的心脏在出现的瞬间轰然崩溃，形成了一片黑雾，向着四周急速扩散。所过之处，虚无都被腐蚀，甚至很多依附李家的魂修，闪躲不及，被那黑雾碰触后，直接死去。只有修炼了妇人心的李家族人才毫发无损，甚至目露疯狂，大口地吞噬毒雾，自身伤势竟飞速痊愈，再次杀向尸傀军。

此毒之烈，让白小纯头皮发麻，身体蓦然后退，可就在这时，趁着四周大乱，那高塔内的李天胜的父亲，李家的天侯竟一步走出，整个人化作一道闪电，无视毒雾，直奔白小纯。

"白浩，受死！"

白小纯猛地看向来临的李天侯，他自始至终都没有出手，防备的就是李家天侯。李天侯一出现，白小纯修为之力立刻爆发。可还没等他动手，一个阴冷的声音骤然在四周回荡："李天侯，你终于肯走出天侯塔了，不枉老夫等你这么久。"

"黑明！"李天侯面色大变，急速后退，却晚了，在他退后的刹那，一只大手从天而降，速度之快，居然瞬间穿透了李家的阵法，一把将李天侯抓在了手中！

"天侯！"

"父亲！"

李家人骇然失色，尤其是李天胜，一下子似乎失去了所有力气，心底惶恐到了极致，他怕了。四周观望之人都睁大了眼，发出嘶嘶的吸气声。

此刻，白小纯猛地抬头，立刻就看到了出现在半空中的黑袍身影！

"黑老怪，我们是一伙的啊，你太不够意思了，都来这儿半天了吧，居然现在才出手。这也就罢了，我辛辛苦苦钓出来的大鱼，你半道给钓走了！你这是抢功！"白小纯顿时不满，仗着自己监察使的身份，大声说道。

那黑袍身影低头看了白小纯一眼，沉吟了一下，淡淡地开口："若他仍在天侯塔内，一个念头就可自爆，而大天师让老夫将此人拿下，所以老夫必须将其真正拿下。至于抢功，老夫也送你一场造化。"

说着，他右手抬起，朝着下方一指，李家内立刻有风暴向着四周横扫，那阵法在风暴中彻底瓦解！李家人遭到反噬，一个个都喷出鲜血，而那浓密的毒雾，则在黑袍老者的一指之下，汇集后化作千缕，飘向一个半步天人的黑甲大汉。黑甲大汉的身体开始颤抖，他的身体抖动得越来越剧烈，吸收的速度却没有减慢，反而变得更快，毒雾从他全身每一个毛孔钻入。他猛然抬头，发出一声嘶吼，直接爆发，居然不再是半步天人，而是要突破，可惜，毒雾似乎还不够，使得正在突破的黑甲大汉慢慢停顿下来，他已经无限接近天人境，足以压制一切半步天人的魂修！

这一幕让白小纯都傻眼了，他虽看出黑甲大汉修为的提高并非永恒，只有短暂的时间，但还是被彻底镇住了。

"这都是什么怪物啊……"白小纯只觉得这一幕超出了自己的想象，他觉得除了"怪物"这两个字，已经无法形容黑甲大汉了。

"十万尸傀军，若都能如此，那岂不是可以催生出十万天人？这怎么可能？"一想到这可怕的一幕，白小纯就觉得整个世界和自己开了个玩笑，蛮荒的强大似乎已经无法形容。他意识到，这些黑甲大汉身上一定存在某个巨大的破绽。

"这就是皇朝留下的底蕴，可惜存在致命的缺陷！"黑袍身影语气中带着自豪和遗憾，摇头后，一晃消失。

白小纯的心跳有些加速，呆呆地看着那无限接近天人的黑甲大汉，半晌后，他仰天大笑："原来，我掌握了如此强悍的军团！"白小纯心念一动，那无限接近天人的黑甲大汉立刻出现在他身后，好似护道者。

白小纯看向李家众人，正要挥手让这些黑甲大汉将李家镇压，就在这时，李天胜内心颤抖，看出了白小纯的想法，他头皮发麻，尖叫一声。

"我等愿意遵从监察使的法旨，还请监察使帮我李家鉴定一下所有宝物。"李天胜语速很急，说完生怕白小纯不满意，还抱拳深深一拜。

此刻的李家所有族人都面色苍白。阵法被破，天侯也被拿下，这一切让他们没有了斗志，听到李天胜的话语后，众人迟疑了一下，立刻低头叩拜。

白小纯一愣，瞪着拜在自己面前的所有人，又看了看李天胜，有些不满，实在是李天胜反应太快，且说出的话，还是借用自己之前卖弄的言辞，最重要的是，四周还有不少人看着，这就让白小纯不由得瞪起眼来。

白小纯哼了一声，不理会李天胜，开始抄家。李家有天侯，家族底蕴极深。巨鬼城的三大家族，虽有天人老祖，但毕竟不是蛮荒权力核心，都无法与其比较。

随着那一个个魂塔、一袋袋魂药，还有法宝被抄出，白小纯几乎眼花缭乱，不时倒吸一口凉气。他看到了三丈多高的灵骨，这灵骨上竟散发出阵阵灵气，与白小纯看到过的灵气雕像很相似。还有一把把炼灵十三四次的法宝，至于通天河水也有不少，白小纯甚至还看到了灵石……

所有财宝密密麻麻，堆积如山。抄家时，周一星终于赶来，看到这一切后，整个人都傻了，在白小纯的要求下，立刻整理起来。

"我没看错吧……"白小纯睁大了眼，呆呆地看着在这禁地，被层层禁制环绕的，一株有着七片叶子的花朵！

"七彩灵草！"白小纯大为震惊，这七彩灵草，他当初在星空道极宗时看到过图文，知道用它可以炼制出一种辅助人突破元婴，踏入天人的灵药，可以让元婴修士在踏入天人时，成功概率增加三成！

虽只是最低阶的天人境，但那毕竟是天人。要知道当初的逆河宗，灵溪宗老祖与血溪宗老祖闭关想要突破，难度极大，在白小纯走的时候，都没有成功进入天人境，可若是当初有了这么一株七彩灵草，他们突破的可能性将大大增加！

而这种灵草，通天河区域都罕见，只要出现，必定引起腥风血雨，无数人疯狂争夺，可现在，它就出现在白小纯的面前。

要知道这里是蛮荒，不具备灵草生长的环境，白小纯却亲眼看到了一株。

他吸气时，立刻就注意到了四周的地面不大一样。

"这朵花不错。来人，给我挖出来，记得千万别送到我府上，谁送，我和谁急。我虽然非常非常非常喜欢养花，但我身为监察使，岂能监守自盗？"白小纯干咳一声，心跳加速，却装作平静的样子，义正词严地开口道。

第 766 章

来自后院的一声吼

"为富不仁啊，这李家太能搜刮了！这都是民脂民膏……"白小纯给李家定了性，也为自己抄家找到了正义的理由。此刻，他义愤填膺地看着周一星搬运七彩灵草，愤恨地开口。

"这朵花，别碰坏了。本监察使没别的爱好，就喜欢花花草草，虽不是我的，但我也看不得别人碰蔫了。"白小纯看着，念叨起来。

周一星神色有点尴尬，琢磨着傻子都能看出这朵花不一般，他知道白小纯之所以不自己去拿，是为了避嫌，明显是暗示自己给他搬到府上……

"还有这地底，我觉得也有古怪。一星，你挖开看看。"直至那株七彩灵草被周一星挖走后，白小纯一指地面，开口道。

周一星闻言，右脚抬起狠狠一踏，顿时这四周的地面崩开，露出了地底埋藏的一张像兽皮一样的东西。只是这兽皮不知是什么凶兽的，通体黑色，看起来毫不起眼，也没有灵气波动散出，如同寻常的兽皮一般，却在出现的刹那，让白小纯储物袋内的永夜伞猛地颤动起来。

在当初八十九区的夜战里，永夜伞帮助白小纯抵抗了天人境的陈好松的一击后，伞面已经破损，只剩下伞骨，损失不小。感受到了储物袋内永夜伞骨的颤动，白小纯一愣，神识融入储物袋内后，立刻就察觉到，永夜伞居然生出了一股渴望，且这渴望，明显是对那兽皮发出的。

"只是一张兽皮。"周一星没察觉白小纯的异常，好奇地将那兽皮拿起，看了看后，没看出什么端倪，这才望向白小纯。

白小纯使劲揉了揉眼，忽然眼眶一红，目中有些湿润。他望着兽皮，长叹一声："看到这张皮，我就想起了小时候陪伴我的大黑……罢了罢了，这张兽皮我拿走了，留个念想，想来大天师也不会苛责我在李家拿走一张普通的兽皮。"白小纯叹息着摇头，从周一星手中拿过兽皮，摸了摸后，神色越发感伤地将其放到了储物袋内，这才转身离去。

周一星狐疑地看着白小纯，苦笑摇头，继续抄家，很快就将整个李家抄得干干净净……

李家族人心都在滴血了，尤其是李天胜，眼睁睁地看着那一箱子一箱子的家族财宝被带走，他心中也在刺痛，却没办法，眼下只要能活着，就比什么都强。他相信，只要自己流露出一丝不满，白小纯就会借机收拾自己。所以自始至终，他都让自己面上带着笑容，只是那笑容十分僵硬，比哭还难看。等到李家都抄干净了，白小纯看向李天胜，也有些佩服了。

"居然有如此定力，能笑着看我抄家。这李天胜经此一难，心性怕是会不一般了。"白小纯琢磨一番，下定决心，"来人，将他们都给我拿下，押进大牢，还有这个李天胜，去跟典狱长交代一下，此人定力非常，给我大刑伺候，重点看押！"

白小纯觉得自己需要防备一下，立刻下令，说完不理会李天胜，身体一晃，带着大半尸傀军，飞向天空。

"下一个目标，就是陈家，时间不多了，要加快速度啊！"白小纯立刻离去，身后众多黑甲大汉跟随，带着刚刚抄完李家的气势，直奔第十三区的陈家飞去！

四周那些亲眼看到尸傀军抄了李家的众人，个个心头发颤，偌大的李家就此落幕，这对魁皇城的所有人来说，都不是小事。这很明显，是大天师举起了刀，此刀之锋利，让魁皇城的人闻之色变！

此事传开，魁皇城内的权贵人人自危，一时之间，人心惶惶，目光都聚集在了白小纯身上。他们在行动的同时，也在密切关注白小纯的去向。

白小纯在去往陈家的路上，心神沉浸在储物袋内，他的永夜伞正在进行蜕变！

那张看似寻常的兽皮，显然就是七彩灵草在蛮荒能生长且盛开的关键，在它被白小纯放入储物袋内的瞬间，他那残破的永夜伞骨上，立刻出现了似哭非哭、似笑非笑的鬼脸。这鬼脸模糊，似受损严重，带着贪婪与激动，操控永夜伞，与那张兽皮融合在了一起！

兽皮成了伞面，一股让白小纯动容的气息从永夜伞上升起。这让白小纯心神一动，既激动又喜悦，永夜伞对他的帮助极大，是修炼不死骨的关键法宝。

他之前发愁永夜伞损坏后该如何是好，现在，永夜伞自行修补，且会变得更为强大。白小纯觉得，这一次的抄家，实在是太正确了。

"一个李家，就让我的永夜伞自行修复，那么陈家……又会给我什么惊喜呢？"白小纯无比振奋。

众人一直关注着他的行踪，在察觉到白小纯的方向后，一个个都心神震颤起来，尤其是十三区、十二区以及十四区内的所有的天侯，都在这一瞬头皮发麻，李天侯的下场他们都清楚。

"他的目标是谁？"

"该死，我没得罪白浩，也没得罪大天师……"

在众人紧张时，白小纯气势汹汹地飞过了十二区。居住在十二区的一个天侯长舒一口气，而十三区的陈家，开始紧张了，他们希望白小纯是路过，却没想到，飞到陈家的上空时，白小纯停顿下来。

"陈家天侯，出来见我！"白小纯的声音响起，十四区的天侯暂时安心。

陈家的天侯塔内，陈家天侯整个人都不好了，双眼死死地盯着白小纯，身体颤抖，心中掀起了滔天大浪。

"要速走才是！"陈家天侯没有迟疑，立刻捏碎手中的一枚玉简，顿时身体模糊起来。与此同时，陈家的所有族人，包括对于陈曼瑶与许珊的谣言起主要推动作用的陈家那位天骄，此刻也都心惊胆战，惊恐到了极点，关于李天胜的下场，他已经收到了消息，所以，他对于白小纯的到来，恐惧无比。

整个陈家一片寂静，只有呼吸声传出，一道道目光汇聚在被大量黑甲大汉簇拥的白小纯身上。

白小纯背着手，傲然抬头，觉得自己威风八面，可等了半晌，也不见陈家天侯出现，他立刻一摆手。

"胆敢藐视大天师的威严？给我抄了陈家，若有反抗，就地正法！"白小纯话一出口，他四周的黑甲尸傀，立刻凶神恶煞地冲入陈家。至于那位无限接近天人的黑甲尸傀，白小纯没让他出动，而是让他留在自己身后保护自己。

周一星在白小纯身边，看着此番情景，再次感慨自己当初的选择无比正确。

就在尸傀军冲入陈家的刹那，那座高塔内突然有传送之力爆发开来，与此同时，苍穹中传出一声冷哼。

"想走？"伴随着冷哼声，身穿黑袍的一道身影走出，朝远方追去。在追击的过程中，黑袍身影右手一抓，其前方出现画面，画面里陈家天侯急速逃遁，显然，是通过传送离开了陈家。

陈家族人眼看自家天侯逃走，本就恐惧的心顿时崩溃，丧失了全部斗志，任由那些尸傀军冲来，当着他们的面，开始抄家。

陈家的家当比李家要丰厚，就算是抄家经验丰富的白小纯，也在看到这些财富后，吸了一口气。

他正要靠近看看有没有遗漏时，忽然，从陈家的后院中，传来了一声带着快意的嘶吼。

"你陈家也有今天，我宋缺就算死在这里，能看到你们如此下场，也瞑目了！"

第 767 章

我姑父他是白小纯

这声音慷慨激昂，透出视死如归的气魄，还带着刻骨铭心般的仇恨，可以想象陈家必定曾经对此人施加过无法形容的折磨。声音传遍四周，陈家的族人都没在意，看都没看一眼，个个面色苍白，心中忐忑，不时打量白小纯。至于那些黑甲大汉，也都置若罔闻，毫不在意。只有白小纯在听到这句话后，尤其是听到"宋缺"这个名字后，眼睛猛地睁大，表情很古怪，似乎觉得有些滑稽，又有些不可思议，甚至还有一丝惊喜。

"宋缺……"白小纯喃喃自语，干咳一声后，若无其事地抬头看了看后院。

"什么人在大呼小叫?!带上来！"白小纯抬着下巴，大声说道。

很快，就有一个黑甲大汉从后院内提着一个人到了白小纯近前。这大汉将手中之人扔在地上，随后安静地站在一旁，身上煞气弥漫，似乎只要白小纯一句话，他就会立刻将地上之人灭杀。

被黑甲大汉抓出来的不是魂修，而是修士！仔细一看，这修士应该是个青年，只是人太过狼狈，已然瘦得皮包骨，肋骨清晰可见，脸上都是胡子，看起来苍老了不少，如同中年。尤其是他衣着残破，似比乞丐还要狼狈，全身布满漆黑的污垢，这也就罢了，甚至还有一根根黑丝穿透了身躯，与他的丹田捆在一起。他整个人虚弱无比，似乎随时会死去，偏偏他的眼中有神，体内还有修为波动，修为竟是元婴初期！而他体内的那些黑丝不仅仅穿透了丹田，更是将他的元婴也都穿透，似扎根在内，每一次他运转修为之力时，就有大量的灵气顺着那些黑丝扩散出来……

这一幕，让白小纯吸了一口凉气，很吃惊。

此人，正是宋缺。

身为血溪宗天骄，还是白小纯在星空道极宗的护道之人，当初葬宫的坍塌，传送阵的开启，不仅仅将白小纯传送到了蛮荒中，宋缺、神算子、赵龙等人，以及地宫内的所有修士，也都被传送到了蛮荒的各个地方。

有的运气好，还可以回边城，可宋缺运气很差，他居然被传送到了魁皇城中，在这陌生的地方，他没有白小纯吃得开，很快就被抓住，成为修奴，几经辗转，被陈家买走。

陈家看其底子还可以，且资质不错，于是用了残酷的秘法，将宋缺的修为硬生生地推到了元婴初期。看似突破，实则对宋缺造成了巨大的伤害，让他痛苦无比。最令人发指的是，他被当猪一般催肥，全身种满黑丝，每天被逼运转修为之力，只要一运转修为之力，他的灵力就会从那些黑丝上散出。他成了陈家小一辈魂修修炼所用的活灵石！他的修为之力只能在体内运转，不可离体，且身上还有大量禁制，令他痛苦不堪。为了让他急速修行，陈家小辈不断折磨他，因为痛苦，他就本能地运转修为之力，释放出更多的灵力。

长期被折磨，宋缺甚至想到了死亡，可这样一个活灵石，陈家岂能让他死了？这些年来，他觉得人生黑暗，直至今天，他看着那些依靠自己修炼的陈家小辈，在黑甲大汉到来时，吓得发抖，他觉得痛快极了，这才仰天大笑。

此刻被扔到地上，他看向四周，看到了陈家族人，那一个个苍白的面孔，他都认识。他还看到了大量黑甲大汉，每一个大汉身上的气息，都让他心脏狂跳。

这些都是其次，他的目光落在了白小纯身上，他一眼就看出，白小纯是所有人目光的焦点。宋缺眼中的白小纯，相貌俊朗，衣着奢华，显然身份地位极为尊贵，尤其是那个黑甲大汉，宋缺只是感受了一下那大汉的气息，就脑海嗡鸣，如同看到了天威一样，自己似成为孤舟，只需对方一个念头，就会形神俱灭。

"天人！天人是他的护卫，他是谁……"宋缺呼吸急促，白小纯给他的压力太大了，在他眼中，这是一个能让他眼中的陈家都如此恐惧的人，一个能有天人护卫的大人物。

"此人必定是蛮荒中的天才，如此年轻……莫非是皇子！"宋缺在魁皇城多年，对于蛮荒的了解已经不少。此刻他胸口起伏，心底却苦涩起来。

白小纯看着宋缺，心底叹了口气，暗道宋缺也不知道是怎么了，每次遇到自己似乎都很凄惨。看着宋缺那凄惨的样子，白小纯原本想要奚落的心思也消失了，反倒是生出了怜悯之心。他没有忘记自己现在的身份，收敛心神后，一摆手，淡淡开口："这活灵石不错，送到我的府上去，以后我要用他来修行。"

这句话一出，周一星迟疑了一下，张开嘴想要说些什么，迎来的却是白小纯警告的眼神。这目光让周一星内心一颤，立刻低头应诺，走向宋缺。宋缺在听到白小纯的话语后，整个人却发狂起来。

"有本事，你们杀了我，我宋缺死都不再去做一块活灵石！"

周一星没有犹豫，直接一把抓住宋缺，眼看就要将其带走。宋缺着急了，此刻红着眼，死死地盯着白小纯，大吼一声："我……我姑父……他是白小纯！他现在是冥皇榜上的第一，他一旦成为天人，将成为冥皇，你敢如此对我，到时候我姑父必定给我报仇，你们谁也跑不了！"宋缺也是急了，他实在觉得没有什么能威胁眼前这个大人物，可他不愿意再次成为灵石，只能把白小纯的名字搬出来。至于白小纯在冥皇榜的事情，是他前段日子听在自己身边修炼的陈家小辈谈起的，当时心中就很复杂。

这话一出，周一星的手都颤了，四周低落的陈家众人却纷纷吸气，猛地抬头看向宋缺。这番话语，宋缺之前没说过，否则的话，他们一定会将宋缺的价值榨干！要知道白小纯这个名字，对于蛮荒来说，已经是耻辱了，此人牢牢占据冥皇榜的第一，众人无法想象，试炼结束后，若这白小纯真的成为冥皇传承者，这对魁皇朝来说，是多么响亮的一巴掌……

此刻宋缺的话语回荡四方，白小纯神色越发古怪，看着宋缺，心底也乐了，琢磨着这宋缺以前听自己喊他一声缺儿，都愤怒到爆，可眼下，为了不做活灵石，居然这般拉关系……

"傻孩子，就算我不是你姑父，凭着逆河宗的关系，我也要救你啊！何况，我和你小姑那么熟……"白小纯心底感慨，上前看了看宋缺，实在是没忍住，抬起手，在宋缺头上摸了摸。

"带走！"白小纯大袖一甩，觉得这一次在陈家收获一样不小。

宋缺愤怒地惨叫，这一次周一星忍着心颤，咬牙将他一下打昏，赶紧带走，心底却开始发愁，他实在没想到，宋缺居然和白小纯是这么一个关系……

第 768 章
陈家的秘密

自始至终，宋缺都没认出，眼前这个在他看来必定是大人物的权贵，实际上就是他口中的姑父。若有一天，他知道了真相，恐怕会狂喷鲜血，对于今日自己口中所说的一切，悔恨无比。而白小纯也善于隐藏，在面具下没有暴露丝毫。随着宋缺被拖走，白小纯看着整个陈家，唏嘘不已。

"没想到啊，在这里居然遇到了缺儿。这家伙混得也太惨了，竟然被当成了活灵石。"白小纯背着手，抬着下巴，站在陈家广场上，心底感慨良多。

对于宋缺，白小纯觉得自己完全就是他的大福星啊，每次自己看到他，都能将他从水深火热中救出来，无论是在空城，还是在边城，自己都是这么无微不至，让宋缺终于在今天，喊出了自己是他姑父。

"难道真的是我太优秀了吗？"白小纯美滋滋地叹了口气，继续抄家。

很快，陈家的财宝就被那些尸傀搬出，堆积如山，而四周的陈家族人，一个个瑟瑟发抖，敢怒不敢言。陈家的仓库都被搬空。确定了整个陈家没有危险之后，白小纯这才大摇大摆地走向陈家内宅，去检查是否还有遗漏。

整个陈家极大，白小纯带着身边那个准天人的黑甲尸傀，走在陈家内宅，一一查看，不时伸出手指点。

"这假山有些不对劲，给我轰开，本监察使怀疑里面有密室！还有这屋舍上镶嵌的珠子，分明是灵珠，给我都撬下来带走。这地面也不对啊，来人，统统挖开，看看有没有藏宝，有的话都拿走，没有的话，这些青石板，也给我带走。"白小纯一边走，一边开口。四周那些尸傀纷纷出手，一时之间砰砰声不断。

这一切让陈家族人心惊肉跳，对于白小纯的"掘地三尺"，也有了更直观的感受。可是没办法，他们只能低头，他们明白，陈家完了。

　　白小纯在陈家不断前行，好半晌后，他觉得差不多了，正要离去，可就在这时，他忽然神色一动。他的神识远远超出元婴境界，堪比天人，此刻一扫之下，就察觉到在不远处的后宅地底，居然存在一处深坑。那深坑不小，有近千丈深，四周有禁制，防护得极为严密，隐隐好似一个巨大的储物罐，内部密封，神识也无法探入其内。

　　"咦？"白小纯目光一闪，实际上他之所以亲自检查，想的是看看是不是如李家那样，存在一些他能私扣下的宝物。

　　"给我挖开！"白小纯立刻心动，一跃飞出，站在后宅的上空，一指下方，四周那些尸傀就一个个煞气散出，纷纷出手。

　　轰轰之声回荡四方，陈家族人眼看如此，一个个面色更为苍白，却没有心慌，因为他们明白，那里虽有深坑，藏着的却不是法宝，而是他们陈家贩卖生机的根本！若是换了其他时候，若有人敢来动他们陈家的根本，他们必定杀人，可眼下，只能一个个沉默地看着后宅的建筑被毁。

　　此刻，在陈家的八方，聚集了数万魂修，这些人都是附近的人，今天的事情实在是闹得太大了，两个天侯被抓，轰动了魁皇城，引得无数人飞出来远远观望。他们看到了陈家的财宝，看到了陈家的陨落，此刻，看到了陈家后宅的崩溃。

　　地面出现了大量的裂缝，很快，连同禁制都被强行轰开，地面爆开，如储物罐被掀开了盖子，露出了下面的千丈深坑！深坑显露在外的刹那，一股无法形容的恶臭散出，这气味极浓，让人闻到后会不由自主地作呕。

　　白小纯皱起眉头，抬手扇了扇后，低头向着深坑内看去，这一眼便让他的身体猛地一颤，整个人的呼吸都急促起来。

　　"这……"白小纯有些难以置信，深坑内的东西让他目中出现了血丝。

　　与此同时，四周所有看到深坑内部景象的人都面色变化，失声惊呼。

　　"那些……天啊！"

　　"陈家的秘密，居然在这里！"

　　"这就是陈家贩卖生机的根本所在……"

　　那是一个深约千丈的万人深坑！深坑内有无数骸骨，密密麻麻，怕是万人都不止，还有不少竟还是活人！而这些人身上的衣着，与蛮荒的人截然不同，白小纯一眼就看出他们都是修士。

他们一个个瘦得皮包骨，双目无神，似没有了魂魄，可以看到有无数黑丝在他们体内蠕动，不断地吸取生机。可以想象，这深坑内的所有修士，必定都是被生擒后，经历了搜魂，魂魄早已崩溃，剩下的只是活着的身躯，而这身躯经过特殊处理后，被扔在密封的深坑内。他们被不断地吸取生机，直至成为"人干"！就算化作了人干，也依旧逃不出凄惨境地，会被那尸水溶解，成为陈家炼制生机的主药！

这一幕，蛮荒的魂修看了后，虽心惊，但触动并不是很深。白小纯不一样，他不是蛮荒魂修，他是通天河区域的修士，此刻他身体颤抖，不得不闭上了眼。他怕自己控制不住情绪波动，暴露身份。这一切对他的震动极大。

许久，白小纯缓缓睁开双目，内心轻叹，蛮荒与通天河的战争，不是他能改变的，这不是当年的灵溪宗和血溪宗，这是两个不同朝堂的战争。

他在沉默中抬起右手，握住拳头，体内修为之力运转，肉身之力凝聚，直接一拳落下，轰在了那深坑内。整个深坑震动起来，深坑内的一切都在这一拳下成了飞灰。那些看似活着的人，实际上已经死了，活着的只是身体，白小纯的这一拳，对他们而言，是一种解脱。不知是不是错觉，白小纯依稀看到，深坑内的不少修士，在身体消散前，脸上似乎露出了笑容……

"将陈家全部族人，收押大牢！"白小纯面色阴沉，袖子一甩，冷冷地开口。四周那些尸傀立刻领命。陈家族人内心苦涩，全部都被关押起来。

做完这些，白小纯的心情依旧沉重，收拾了李家与陈家后，他并没有多少报仇后的爽快感觉，这一切，都是因那深坑的出现。他站在那里，许久之后，再次心底一叹，转身时，带着身边的尸傀，直奔天空。他没有办法彻底改变这一切，他明白，若是自己的身份暴露了，或许下场也是如此，这里毕竟不是逆河宗，而是蛮荒魁皇城。他身为监察使，在处理了李家与陈家之事后，要去皇宫见大天师，去复命。

一路走去，白小纯一直沉默，他心情很不好，脑海里总是浮现深坑中的一幕幕，直至到了皇宫时，他才深吸一口气，压下心中的阴霾。

"要尽快炼火，争取早日突破修为，离开这里……"白小纯喃喃自语，这一刻的他，想家了。

第 769 章

陈天公，你敢再动一下试试

皇宫内，天师殿外，白小纯到来时，他立刻就注意到，那里不再是空无一人，而是有数十道身影正站在那里，似乎都要去拜见大天师。

这些人中，他看到了陈好松，看到了当初陈好松身边的那个老者，除了这两位天公外，还有三个天公，白小纯虽不认识，但能感受到这三人身上的天人气息。

至于其他人，则是天侯，里面有四个白小纯也见过，正是当初围杀他的九大天侯中的四个。

此刻所有人都面色难看，在等待大天师召见时，见到白小纯到来，不由得心头冒火。

"白浩！"在看到白小纯后，立刻有人咬牙低喝。

尤其是陈好松，看向白小纯时，杀气腾腾，那李家天侯与他的关系非同寻常，如今，却因白小纯生死未卜！

眼下整个魁皇城的权贵都已被惊动，两位天侯被大天师拿下，影响极大。知道此事与白小纯有关之后，众人在忌惮的同时，对白小纯心生恨意。

那一道道目光落在白小纯身上，包括五位天人，多位半步天人，他们的目光让白小纯感觉头顶如有无数大山轰然压下。

白小纯脚步一停，察觉到那一道道目光中的寒意后，心中顿时紧张起来。

"这些人对我的杀意竟如此强烈！他们不敢这样看大天师，偏偏这么看我，这明显是欺负我修为弱！"白小纯心中一凛，看着众人。

就在这时，陈好松忽然开口。

"白浩，你竟敢蒙蔽大天师，李天侯与陈天侯叛乱的证据，你若真有，拿给老夫来看！"他话语一出，一股肃杀之气陡然爆发，目光如剑，似要将白小纯直接轰杀。

白小纯面色一变，之前承受众人的压力，他本就有些勉强，此刻随着陈好松的气势降临，他立刻就像是被山峰撞击，耳边轰鸣，身体退后几步，面色苍白，甚至体内的修为也出现了紊乱的迹象。

一股危机感浮现心头，白小纯心神不宁，目中却有了一丝恨意，脑海再次浮现万人坑内的惨状。他没有压制紊乱的修为，反倒是在退后的过程中，咬破舌尖，直接喷出一大口鲜血，声音凄厉响起。

"陈天公，你好大的胆子，竟要在天师殿前杀我这监察使！难道你也想叛乱不成？"白小纯大吼一声。远处一道道身影急速而来，密密麻麻，正是一千尸傀军，带着滔天杀气，悍然临近。此地众人都面色一变。

陈好松目露寒芒，他知道分寸，之前开口时虽融入修为，但只会让白小纯觉得心神被压迫而已，不会伤到白小纯——不是他不想，而是这里毕竟是天师殿外。没想到，白小纯居然反咬一口，借助此事，直接将尸傀军召来。

这就让陈好松面色阴沉下来，一旁的另外四位天公也皱起眉头。

白小纯此刻目露疯狂，他相信，对方绝不敢在这里杀自己，而大天师若真的任由自己被人灭杀，那么这一次的血腥警告，将不会起到任何作用。

所以无论如何，他今天在这里，都不会有生命危险，既然如此，他心中的情绪自然要释放一下，尤其是在心头已发狠的情况下，白小纯索性不去考虑太多了。

"陈天公，你敢再动一下试试！"

白小纯大吼一声，一千尸傀煞气更为强烈，环绕四周，齐齐看向陈好松，陈好松若是真的动一下，他们就立刻出手。

"你敢！"

陈好松面色变化，怒视白小纯，对于此人的刁钻大胆，他此刻算是体验到了。

"我不敢？我白浩有什么不敢的？巨鬼王的脑袋我都拍过，炼魂壶里一百多人我都绑过，八十九区，数百人我都战过，我不敢？你敢再动一下，看看我敢不敢！"白小纯红着眼大吼。

"你威胁我！"陈好松眯起眼，目中的杀意更为强烈。

"还有你们，谁敢动一下，今天咱们没完，不止今天。天公我都敢威胁，何况你们这些天侯！都给我听好了，今天结束后，你们都给我小心点，明白地告诉你们，今天你们所有人，本监察使都盯上了！"白小纯彻底豁出去了，声音狂妄，传遍四周。皇宫内的无数人都听到了这里的动静，纷纷心惊肉跳。

至于天师殿外那些天侯，此刻也都怒气填胸，可眼看陈好松一动不动，他们又怎么敢动？只能怒视白小纯。

而比目光，白小纯谁也不怕，此刻也一一怒瞪回去。

陈好松面色越发难看，就在他有些压制不住怒意的时候，一个苍老的咳嗽声从大殿内传出，天师殿的大门慢慢打开，大天师缓缓走出。

"吵吵闹闹，成何体统！"大天师沙哑的声音徐徐回荡。

"拜见大天师！"

在他走出的瞬间，包括陈好松在内的所有人心头一沉，纷纷向着大天师抱拳一拜。

"这么多人一起到来，有什么事情就说说吧。"站在大殿前，大天师的身影看起来有些佝偻，更显苍老，声音也没有那么威严，可众人一个个更为忌惮。

"大天师教训得是。晚辈来此，是因西部边城的战事失利，想要请出秘宝通天刺……"陈好松恭敬地开口。

其他几位天公也相继说出类似的话，有的说是某个部落作乱，有的说是什么地方至宝出现，还有的说的是通天河区域的一些消息。

至于那些天侯，也大都如此，汇报着一些不痛不痒的事情，绝口不提李、陈两位天侯，白小纯在一旁看着，也算是开了眼界，知道这些人都是老狐狸，他们不需要表态，只是来汇报一下工作，本身就已说明了态度。

也不能说他们心向魁皇，毕竟大天师先是任命了空缺多年的监察使，又如此快速地拿下了两个天侯，此事自然会让所有权贵心中忐忑，所以来试探一下，也是正常。

可也不是所有人都这样，其中有一个天侯，似乎反应慢了一些，在众人说完后，他说到最后提了一嘴。

"大天师，那李天侯……"他话刚说到这里，四周刹那安静，说话之人愣了一下，额头上有了汗水，正不安时，大天师抬起了头，有些浑浊的双眼看向说话之人。

"你大点声,我听不清。"大天师慢慢说道。

"我……"

"再大点声!"大天师又开口。

"卑职……无事!"那天侯额头汗水更多,身体颤抖,再没有迟疑,赶紧说道。

大天师点了点头,没再说话,四周越发寂静。很快,陈好松告辞,其他人也都陆续告辞,一道道身影渐渐离去。

天师殿外,只剩下了白小纯与大天师。

白小纯眨了眨眼,今天这一幕,让他长了不少见识……尤其是大天师简单的两句话,让白小纯大受启发,琢磨着如此开口,也能给人巨大的压力。

"有些时候,老夫真的挺佩服那位通天岛上的天尊……我不如他!"在白小纯琢磨时,忽然,大天师平静的声音如同惊雷,直接在他的耳边炸开。

"你说,方才那些人中,谁的心里向着那没落的皇族呢?"大天师目光深邃,看向白小纯。

第 770 章
卑职有一计

白小纯眼都不眨一下，听着大天师的问题，毫不犹豫地开口："大天师，要我说，方才那些人十有八九心向皇族，尤其是陈好松，这个家伙一定是魁皇的人！"白小纯一想到陈好松当初要杀自己，心中就来气，此刻找到机会，立刻就进言。

"哦？你有什么证据？"大天师轻咳一声，淡淡问道。

"有证据，陈好松方才在外面就想杀我。大天师，我可是您老人家钦点的监察使，对您忠心耿耿，他居然要杀我，可见其心虚。大天师，要不我们把他干掉吧！"白小纯跃跃欲试，怂恿道。

大天师斜眼扫过白小纯，对于陈好松与白小纯之间的过节，他很清楚，也知道白小纯的性子，于是直接无视了白小纯的话，抬头望着皇宫深处，露出思索之色。

白小纯看大天师不搭理自己，心底叹了一口气，有些可惜，觉得大天师优柔寡断，杀伐不够果断。

"这要是换了我，一定灭了那陈好松，何必猜来猜去的。"白小纯又等了一会儿，发现大天师依旧没搭理自己。

大天师的沉默，令天师殿外的气氛也变得压抑。

白小纯脑海中念头飞速转动，想到了自己在李家与陈家搜刮的那些宝藏，暗道：大天师不说话，莫非与巨鬼王一样，等着自己献宝？

"大天师，李家与陈家真是富得流油，宝藏多得让人触目惊心，区区天侯，居然有如此多的财富，显然与魁皇关系不浅。"白小纯开口说道。

可他说完，大天师依旧一言不发，这就让白小纯有些摸不清大天师的想法了。

"大天师，这两家的宝藏，我都交代下去了，一会儿就让人送到大天师您……"白小纯迟疑了一下，继续试探。可大天师依旧没有开口，气氛越发压抑，这让白小纯更紧张了，暗道：莫非是大天师知道了自己在抄家中私藏……

"那个……大天师，我刚才忘了，那李家还有一座灵山……"白小纯干咳一声，赶紧补充道，可说完后，发现大天师还是没理自己，白小纯心里一惊。

"大天师，我想起来了，陈家还有一块宝玉。"白小纯哭丧着脸，再次开口。

在白小纯说完这句话后，大天师的目光总算从远处收回，重新落在了白小纯身上。大天师的目光似没有什么焦点，却让白小纯如同看到了星空，仿佛自己的一切秘密，在大天师的眼睛里都清清楚楚。白小纯内心咯噔一下，赶紧开口。

"大天师，我想起来了，好像李家还有一大批魂药……"

白小纯刚说完，大天师沙哑的声音缓缓传出："白浩，你知道什么是最琢磨不透的吗？"说这句话时，大天师的目光抬起，看向远方。

白小纯一听这话更为紧张，隐隐觉得大天师这句话意有所指，这是不信自己只贪了这么一点，所以才说琢磨不透。他纠结起来，犹豫要不要把李家的那株灵草也交出来，暗道：大天师也太小气了，自己贪得也不多，何必这么抠，不断挖自己。

他正纠结时，大天师的声音再次传来。

"是人心！人心，最是琢磨不透。白浩，你说是不是？"这一句话，似蕴含了一股奇异之力，传入白小纯耳中。白小纯都快哭了，他觉得大天师比巨鬼王还要抠，自己干了活，也算立了功，却这么压榨自己。

此刻他不敢继续隐瞒，连忙开口："大天师，我记性不好，刚才总算都想起来了，李家还有一株……"

可还没等白小纯说完，大天师那沙哑的声音再次回荡开来："人心难测，不仅仅是魁皇朝内的权贵、魁皇，也包括了老夫自己，可魁皇朝若没有老夫，怕是在多年前随着魁皇晋升半神失败，就已经分崩离析了……老夫代魁皇震慑四大天王，守护魁皇朝完整的同时，还要抵抗来自通天河的入侵。有时候，老夫真的想学一学那通天岛上的天尊，杀一个干净利落！"说出这番话的瞬间，他抬起头，直起了腰板，一股难以形容的气势刹那就在大天师的身上爆发出来，一时之间，仿佛改天换日般，整个天地都轰鸣起来，日月的光辉都被遮盖。

白小纯只觉得眼前这个大天师，不再是老迈的样子，而成了一个擎天巨人，他的意念，似乎可以让日月陨落，天地无光！

那气势太强，白小纯承受不住，不由自主地后退，心脏加速跳动。可这一切刹那就结束了，大天师的腰板再次佝偻，他的头也低下，发出了一声叹息。

风云恢复，日月重现，天地平静，似乎之前的一瞬是错觉，可白小纯心中的颤动清清楚楚。大天师缓缓转头，目光落在了白小纯身上。

"你刚才说什么？李家有一株什么？"

白小纯有些傻眼，他欲哭无泪，明白是自己心虚误会了，大天师根本就不在意抄家得到的那些宝藏，而是不知为何有了感慨，所说的话也与宝藏无关。

听到大天师的问话，白小纯咽下一口唾沫，脑海里连忙转动念头，琢磨如何保全自己抄家的收获，心底压力极大，尤其是大天师的目光，让白小纯额头冒汗，幸亏着急时念头也多了起来，他赶紧开口。

"那个……李家有什么啊……这是小事。大天师，我觉得人心虽难测，但并不重要！这些人到底是向着魁皇，还是向着您，都不重要！重要的是，在大天师与魁皇都出现的时候，他们的态度！"刚开始，白小纯有些语无伦次，可说着说着，他的思路就清晰起来，说话也利索了不少。

"就算陈好松等人都心向魁皇，又能怎样！他们哪一个敢开口承认？就算魁皇朝内的所有权贵都向着魁皇，又能如何！在大天师面前，他们根本不敢表达内心的想法，这就说明了，大天师足以压制一切！"白小纯越说越顺，双眼也有了神采。

"大天师，您或许做不到让所有人都忠诚于您，也猜不出谁不忠，可您能做到，让所有人都恐惧！所以，大天师，卑职认为，您根本就没必要在乎他们到底心向谁，只在乎他们怕谁就可以了！"白小纯的声音越来越大，到了最后，几乎是铿锵有力。

大天师听完，目光一凝，若有所思。

白小纯都佩服自己，他觉得自己这番话说得特别漂亮，也特别有道理。

看大天师在思索，白小纯有些嘚瑟，再次感慨自己的机智，实在是天下无双，无与伦比。

"为了护住李家的那株药草，还有缺儿，我也是拼了。"白小纯干咳一声，心底越发觉得自己极为优秀和仗义，琢磨着应该趁热打铁，于是忽然开口。

"大天师，卑职有一计……"

第 771 章

祭祖之日

"说。"大天师神色恢复如常，目光在白小纯身上扫了扫，淡淡开口。

白小纯深吸一口气，说道："我可以给大天师创造一个契机，让满朝权贵当着您老人家的面，必须表明态度！卑职眼力不行，看不出那些老狐狸内心真正的想法，不过大天师目光如炬，或许能通过他们的言辞以及神魂波动，看出一二。卑职这计策，可以说是惊天地，泣鬼神，堪称杀招，此招一出，人心可鉴！"白小纯一拍胸口，骄傲无比，只等着大天师问自己到底是什么计策。

可等了半天，大天师始终神色淡然，这就让白小纯有些尴尬了，于是他干咳一声，挠了挠头，继续开口："不过，我这杀招要施展的话，需要满朝文武都在场，包括魁皇。大天师，不知近日可有什么需要所有人都出席的盛典？"白小纯心底期待却仍卖着关子，看向大天师。

大天师深深地看了白小纯一眼，闭上双目，半晌后睁开，用沙哑的声音说道："一个月后，有祭祖。你既有把握，祭祖之日就让老夫看看你所谓的杀招。"大天师没有问白小纯到底是什么计策，说完，袖子一甩。白小纯只觉得眼前一花，等视线清晰时，自己已在皇宫外。

"居然连问都不问？难道是觉得我在说大话？"白小纯有些不服气地抬头，看了看天师殿的方向，心里哼了一声，"我白小纯一旦出手，自己都害怕。也罢，到时候就让大天师以及其他人看一看我的可怕之处！"白小纯自信满满，一想起自己的计策，就忍不住充满期待，越想越美，到了最后，他几乎要笑出声来，笑盈盈地带着千名尸傀返回了监察府。

白小纯回到监察府后，三言两语打发了前来复命的周一星，让其去监察府的其他区域，自己则留在主殿内。至于宋缺，白小纯眼下没时间理会，满脑子都是自己的那个计策，他取出魂塔让白浩魂显现身形，将自己的计划告知对方。

白浩魂听完，眼珠子越瞪越大，呆呆地看着眼前的师尊，良久才深深地吸了一口气："这招……真的是师尊你想出来的？"

"当然是为师想出来的。怎么样，厉不厉害！"看白浩魂如此，白小纯更开心了，拍着胸口说道。

"这招太狠了。尤其是魁皇也在的话，满朝文武估计要抓狂……不过重点不是计策本身，而是大天师的判断。"白浩魂由衷地赞叹，又帮着白小纯完善了一下计策，白小纯越发得意了。

"时间过得太慢了，真希望明天就祭祖啊！"白小纯十分亢奋，好半晌才压下激动的心情，想着自己刚刚抄了李、陈两位天侯的家，外面风声估计不小，不适合继续行动，于是决定闭关一个月。当时，与孙一凡、司马涛二人赌斗，他有很多明悟，后来又尝试炼制了几次，积累了不少心得，正好利用这个月好好地炼制一番。

一个月很快过去，在白小纯闭关的这段时间，魁皇城内风声鹤唳，李家天侯与陈家天侯被大天师拿下，家被抄这件事情，掀起了极强的风暴，轰动了整个魁皇城，所有的天侯都紧张起来，就算是天公也不例外，他们已经嗅到了腥风血雨的味道。实际上在白小纯被任命为监察使的时候，魁皇朝的权贵就有了预感，只是他们无论如何也没有想到，白小纯居然出手这么快！且大天师竟然也是雷霆万钧，两个时辰不到，两大天侯不但自身难保，连家都被抄了，所有族人统统被收押。

"白浩"这个名字也在魁皇城内传遍。有好事之人研究后发现，似乎自从白浩来了魁皇城，整个魁皇城就不一样了。

"这白浩，难道真的是个灾星……"

"太狠了，我亲眼看到白浩抄家，他所过之处，掘地三尺，寸草不生啊！"

"也不怪那白浩，实在是他与那些权贵之间的摩擦，随着一次次的碰触，越发激烈，已经到了你死我活的程度。"各种言论在魁皇城内疯传。

那些在炼魂壶内与白小纯有过矛盾的天骄，一个个心惊不已，李天胜的凄惨让他们感同身受，他们不由得老实起来，甚至被家族限制外出。毕竟虽然白小纯可以暗中对付他们，却不能明面上将他们打杀。

所有人胆战心惊，他们不敢得罪大天师，只能将杀意锁定在白小纯身上。满朝文武平日里彼此争斗，在这个时候却异常团结。不管是不是心向魁皇，这种动辄灭杀天侯的事情让所有人担心，有一部分权贵拜见大天师，也有很多人想要暗中灭了白小纯，以示反击。只是，白小纯这一个月根本没出门，那些对他有不轨之心的人不敢杀入监察府，只能眼看时间流逝。

　　很快，祭祖的日子到了。整个蛮荒，无论是各个大家族，还是小的部落，对于祭祖都极为重视，对于魁皇朝来说，祭祖更是一场盛典。

　　祭祖的这一天，魁皇也会出现，哪怕这一代的魁皇已成傀儡，这一天依旧会在皇宫广场现身。同样，所有的权贵，若无意外，也必须出席，一起祭祖。

　　只有四大天王不会到场，实际上不仅仅是祭祖，除非是发生了惊天动地，甚至改朝换代的事情，否则的话，四大天王不会来魁皇城。

　　他们不能来，毕竟他们与大天师之间的关系极为微妙，双方不见面还能维持平衡。若是他们到了魁皇城，一旦出现意外，影响就太大。虽然他们不来，但他们的子嗣会代表他们出现在祭祖盛典上。

　　因为魁皇朝的祭祀，祭祀的正是开创了魁皇朝的一代魁皇，哪怕数万年过去了，对于魁皇朝的子民来说，一代魁皇依旧是他们心目中至高无上的存在。

　　同时，祭祖应该与冥皇有一定的关系，每一次祭祖，天地都会如被撕开一般，露出冥河，冥河旋转成一个巨大的旋涡。旋涡之大，足以覆盖整个魁皇城，更有大量的魂会在这一天从天而降，算是赐予子民的福泽，任何人都可以收获魂。

　　传说，甚至有天人魂从天而降，所以，祭祖不但是魁皇朝权贵的大典，而且是所有魁皇城子民的一场盛会。不过对于魁皇朝的权贵而言，他们虽然也会出手抓降临的魂，但没有多认真，只是图个好兆头罢了。

　　祭祖这一天，整个魁皇城都充满了肃穆的气氛，家家户户走出家门，在街头向着天空跪拜。与此同时，皇宫内，钟声敲响，响彻云霄。所有的天侯、天公都穿着朝服，神色平静地飞向皇宫主殿外的广场……

　　此时，白小纯也走出了闭关的大殿。他抬起头，看着天空，眼中有藏不住的喜悦、激动和期待。

　　"终于炼出十七色火了，祭祖也要开始了。"白小纯长舒一口气，一跃飞出。

　　一千尸傀随之而起。

第 772 章

有本事来打一架

随着钟声回荡，整个魁皇城内人潮如海，天空一样热闹，一道道长虹破空飞出，直奔皇宫而去。大量侍卫分散四方，维持秩序，防止在这祭祖之日发生意外之事。虽然出现意外的可能性不大，但这些侍卫依旧恪尽职守，监察府附近，更是他们重点关注的区域。实在是因为一个月前两大天侯被抓的事件，影响太大，新任的监察使处于风口浪尖，可以说是与整个朝堂针锋相对，一旦出现意外，影响祭祖，责任太大，他们承担不起。

监察府内，白小纯一跃而起，身后跟着一千尸傀，一行人气势汹汹，直接飞出。所有路过的权贵都将目光聚集到白小纯身上，那一道道目光中蕴含着厌恶、敬畏。

感受着那一道道目光，白小纯干咳一声，背着手，抬起下巴，趾高气昂，但凡是带着厌恶目光看来之人，他立刻狠狠地瞪回去，大有一副天不怕地不怕的样子。

"有本事来啊。"白小纯的脸上写满了这一句话。他的确没什么害怕的，背后有大天师撑腰不说，身边还有一千尸傀，别说是天上的那些天侯了，就算是天公来了，白小纯也敢瞪眼。

看到白小纯的表情，天上那些路过的权贵纷纷皱起眉头，忌惮地扫了扫白小纯身边的那些尸傀，这才收回目光，飞向皇宫。

"一群屁货，看到本监察使，你们怕了吧！"白小纯看到这一幕，更痛快了，便大摇大摆、不紧不慢地飞着。

实际上，不仅仅是天上飞过的权贵注意到了白小纯，就连地面上魁皇城的魂修，也在同一时间看到了白小纯的身影。

"监察使白浩！"

"就是他，在一个月前，带人抄了两位天侯的家……"

"之前他一个月没有露面，今日祭祖，他出现，必定会引起风波……"

议论声不断响起，四周的侍卫纷纷警惕，虽说没有蜂拥而来，但也密切关注着这边，一旦发生暗杀，他们要立刻阻止。在层层的保护下，白小纯内心的期待越发强烈，他一想到自己准备在今日实施的计划，心头的兴奋就有些按捺不住。

"经过一个月的闭关，我总算将十七色火炼制出来了……浩儿那里对十八色火的推衍也完成了大半，估计要不了多久，就可将十八色火的配方完整地创造出来。一旦十八色火配方完成，我再将其炼出，那么，我就是地品炼魂师！"白小纯想到这里，心底美滋滋的，满怀期盼，只觉得晴空万里，一切都是那么美好。

"整个蛮荒，地品炼魂师只有三位，我若成功，就是第四位！"白小纯越想越是振奋，实在是这地品炼魂师在蛮荒的地位太高，堪比天公！甚至从某种程度来说，比天公还要高出一筹，可以说，只要不背叛蛮荒，地品炼魂师就可以在蛮荒横行。毕竟，蛮荒的天人有数十位，可地品炼魂师，如今只有三位！

"这还是其次，最重要的是，我若能炼出十八色火，那么我就可以一鼓作气，对元婴炼灵，使自身修为从元婴中期直接爆发，晋升到天道元婴后期！"白小纯想到这里，期待更多，他觉得自己在元婴中期时就可以打赢准天人，等自己到了元婴后期，说不定可以与真正的天人一战！

"就算打不赢，等我元婴大圆满时，估计也能和天人一战了！"白小纯精神百倍，奔向皇宫的速度也加快了不少，带着一千尸傀到了皇宫东门旁边。

在白小纯到来的同时，远处有一个中年男子，不怒自威，穿着金色的长袍，长袍上绣着日月青天，散发着一股无形的气势。但凡路过之人，看到这中年男子后，都会恭敬地抱拳一拜。此人正是十大天公之一的陈好松。

他并非一人，身边还跟着一个魁梧的大汉，大汉穿着蟒袍，身躯高大，肉身之力强悍无比，落后陈好松一步，很恭敬。

白小纯一眼就看到了陈好松，内心哼了一声，陈好松也看到了白小纯，目中寒芒一闪，毫不掩饰厌恶之意。

至于他旁边的那个魁梧大汉，白小纯也见过，此人的模样与赵东山有些相似，正是赵东山的长辈，此人并非寻常天侯，而是当日围杀白小纯的九大至强天侯之一！

"祭祖大典，这种既不是天公也不是天侯的东西，怎么有资格到场？"那魁梧大汉的目光在白小纯身上扫过后，冷笑着说道，他的声音很大，聚集在皇宫东门外的权贵都听得一清二楚。这些权贵对白小纯都没好感，闻言后哈哈大笑，一道道鄙夷的目光落在了白小纯身上。

白小纯怒了，眼睛一瞪，仗着自己有大天师撑腰，可以说是毫无畏惧，立刻就抬起手，指向那魁梧大汉。

"此人不敬大天师，给我拿下！"这话一出口，他身边就冲出一百黑甲大汉，直奔魁梧大汉而去。

魁梧大汉一愣，显然没想到白小纯竟敢在祭祖之日，在皇宫东门外，对他出手，不由得面色一变，正要后退时，他身边的陈好松冷哼一声。

"胡闹！"声音还在回荡，陈好松的右脚抬起，向前跨出一步。

那冷哼如同天雷，瞬间在四方炸开。冲出去的那一百黑甲大汉，全部身体一震，好似被禁锢在了半空，无法前行。一股风暴直接卷起那上百黑甲大汉，向后抛去。下一刻，一百黑甲大汉全部回到了白小纯的四周。

白小纯眼睛一瞪，刚要开口，陈好松的呵斥声已然传出。

"赵熊林身为天侯，教训你一两句，你不低头称是，居然还敢污蔑？"

"大天师亲自任命白某为监察使，命令我来参加这一次的祭祖。赵熊林出言不逊，教训我，就等于质疑大天师，就是不敬。我说他不敬大天师，还是轻的！"白小纯抬起下巴，大声喝道。

"你！"赵熊林怒气冲天，他听说过眼前之人牙尖嘴利，却没想到，自己的一句话居然能被此人牵扯到大天师身上。

"你什么你？有本事和我监察府的这一千好汉打一架。你要是觉得一千人是欺负你，那一百人怎么样？你随意挑一百人，看我弄不弄死你！"白小纯大声喊道，一挥手，他四周的一千尸傀，立刻爆发煞气。

"无耻！"赵熊林咬牙怒道，哪怕他是天侯，别说一千尸傀，就算是一百尸傀，他也打不过啊！这些尸傀个个悍不畏死，身体如铁石一般，一旦出手，若不见血，绝不罢休。

第 773 章

当代魁皇

"你居然骂我无耻？大天师怎么会任命一个无耻的人为监察使？你是说大天师有眼无珠？"白小纯发现赵熊林不说话就罢了，一说话便处处是破绽。

"赵熊林，你分明是质疑本官，质疑监察府，质疑大天师。莫非你是李、陈两位罪侯的同党？"白小纯兴奋地大手一挥，"来人，给我堵住皇宫大门，其他人可以进，这赵熊林意图不轨，不能进！"

白小纯话音刚落，立刻就有不少尸傀出现在皇宫东门外，将这里封锁。四周的所有权贵都不由得吸了一口气，对白小纯有了清晰的认识。守护在这里的侍卫则苦笑不已，这已经不是他们能阻止的了，只能立刻将此事上报。

陈好松也有些头痛，他觉得白小纯如同带刺的骨头一般，明明可以一巴掌拍死，偏偏全身都是刺，使他顾忌不少。若仅仅如此也就罢了，可这白小纯牙尖嘴利，黑的都能说成白的，与其对话稍微不谨慎，就会被抓住把柄，倒打一耙。

眼看身边的赵熊林怒火冲天，陈好松皱着眉头低吼一声："够了！"他袖子一甩，一股风暴骤然散开，直接将白小纯安排守在皇宫东门外的尸傀推出老远，连白小纯也不得不退后十多丈。

就在白小纯退后的瞬间，陈好松一晃，直接从皇宫东门进去，赵熊林咬着牙，跟着进了东门，进去后回头一望，看向白小纯的目光带着强烈的杀机。至于其他权贵，对白小纯没有丝毫好感，见状也一晃飞出，踏入东门。

眼看众人都进去了，白小纯有些不满："仗着修为比我高，就横行霸道，有本事，来和我监察府的好汉打一架啊！"

守护在这里的侍卫纷纷低头，心底感慨，这位仗着大天师撑腰的监察使，居然好意思说别人……

眼看众人都进去了，白小纯抬着头，背着手，也走向东门，那些尸傀跟在他后面。就在白小纯踏入东门的瞬间，一旁的侍卫硬着头皮上前，阻挡了尸傀的脚步。

"监察使大人，这个……祭祖之日，您的这些手下，是不允许踏入皇宫的。"侍卫心里忐忑，却不能不出言阻止，只能眼巴巴地看着白小纯。

"啊？"白小纯一愣，再三确定之后，他有些傻眼，"不让进？这不行，里面那些人的修为都比我高，恨不得弄死我，我要是自己进去，太危险了。"

白小纯脸耷拉下来，琢磨着早知如此，方才就忍忍好了。迟疑半晌，听到钟声快要到尾声，他长叹一声，安排那些尸傀守在大门外，他则慢吞吞地进入东门，踏进皇宫。一扇皇宫大门，隔绝了他天不怕地不怕的胆量。门外的他趾高气扬，门内的他满心纠结，脚步也不自觉放轻了。好在他来得比较晚，其他权贵都已到了正殿外的广场上，他在侍卫的引领下，快走几步，总算在钟声结束时，赶到了广场。

广场很大，矗立着十八根盘龙柱，似能通天，地面铺着青色的玉石，四方灵气弥漫。广场中心位置飘着一口巨大的钟，此刻还有余音散出。广场外围站满了侍卫，每个侍卫的神色都肃然无比。广场两侧，左侧前两个位置站着周紫陌和周宏。至于右侧最前方，则站着小胜王公孙易，灵临城的世子——许珊的哥哥。

显然，他们四位代表的是四大天王，只不过这四位都没注意到白小纯，面无表情站在那里，闭目养神。他们的后面是十位天公，陈好松也在其中，站在左侧第三位。十大天公身后，是一百多个天侯，站位越靠前，实力就越强。赵熊林等人就在其中，他看到白小纯，目中寒芒一闪，冷哼一声。

这两排权贵，彼此间隔数丈，排列开来。站在最后方的，则是天侯之下的大臣，这些人无论是气势还是地位，都低不少，人数上千，个个神色恭敬。白小纯到来后，就站在这群人之中，不过他身为监察使，身份与地位比其他大臣高一些，所以站在众大臣前方，仅次于天侯。

虽然有不少大臣没见过白小纯，但基本也听说过他的事迹，都知晓白小纯的身份与天侯、天公不同，这些大臣对白小纯没有太多厌恶，甚至还有讨好之意。

白小纯看大部分人都流露善意，心底放松了一些，脸上露出笑容，点头示意一番，这才站在众人前方，遥望皇宫正殿，心中有种莫名的情绪。

"虽然大天师权倾朝野，但魁皇才是正统的皇族，名义上的蛮荒之主。"白小纯深吸一口气，他不知道通天河区域有没有人与自己一样，能够站在皇宫的广场上。至少现在，白小纯对于自己能在蛮荒混得风生水起，颇为自豪。

"等以后我回逆河宗，一定要把这里的事情对小妹、君婉、大胖还有李叔他们好好地说一说。"白小纯这么想着，双目不眨，看着那通体紫金色的正殿，柱子上雕刻着九条金龙，似盘旋在大殿中，露出龙头，仿佛随时可以冲天而起，气势磅礴。只是看着白小纯就感到了一股威压，隐隐地，他察觉到了四周阵法的波动。

"之前来这里，都是去天师殿，我还是第一次到皇宫正殿外，不知道那魁皇长什么样子？"白小纯心念一转，望向大门紧闭的正殿。

等了一炷香的时间，忽然，钟声再次回荡开来，正殿的大门缓缓开启，那九条金龙同时睁开了眼，气势惊天。众人仿佛听到了龙吟，神情不由得恍惚。白小纯看到正殿大门内站着十多个相貌俊美的男女魂修，这些人衣着极为华贵，其中一人正是二皇子。显然，这些人就是魁皇朝的皇族子嗣。

他们的前方站着两个双手交叉拢在袖口的老者，这两个老者佝偻着身子，其貌不扬，可他们身上都散发出阴冷之意。

在二老之上，殿中尽头，有一大一小两张大椅，大的椅子通体金色，正是龙椅，其上坐着一个身影，戴着帝冠，穿着帝袍。此人样子模糊，只能看出是个中年人，看不清具体长相，却有一股贵气，好似至尊一般。

此人正是当代魁皇！白小纯心神震动，他看不到魁皇的表情，唯一能感受到的是魁皇的双目，那双眼中如同蕴含了星辰，让人一眼看去就忍不住心神波动，可这波动没有持续多久，一切都被龙椅后方一张比龙椅还要高出一截的小椅所吸引！

那黑色小椅平淡无奇，上面空无一人，就那么屹立在那里，吸引着包括白小纯在内的满朝文武的目光！那是大天师的位置！

"请大天师！"那两个佝偻的老者之一，面无表情地用略尖锐的声音喊道。

声音还在回荡，苍穹中的云层就翻滚起来，那条曾对白小纯好奇的巨龙头猛地低下，发出一声滔天龙啸，气势之强，压下了方才的九龙之吼。同时，那黑色椅子上，无声无息地出现了大天师的身影！

他的出现，立刻让殿内外的众人心神一震，哪怕是天公，也低着头，恭敬地抱拳一拜："拜见大天师！拜见魁皇！"

271

第 774 章

抢到了一个天人魂

殿外数千人同时拜见，声音之大，响彻天地。至于殿内，包括二皇子在内的所有皇族，同样不敢露出丝毫悖逆之意，一同拜见。魁皇坐在那里一动不动，可他放在龙椅扶手上的手掌，微微用力攥紧，但很快就松开了。

白小纯始终看向正殿，目光在魁皇与大天师之间来回打量。

"这就是魁皇？和大天师一比，也没什么啊。"白小纯心底嘀咕了几句，收回了目光。

大殿内外的声音，掀起了回音，回音持续了半晌后，才慢慢消失。大天师面无表情地坐着，甚至闭上了眼，似乎今日只是来观礼，丝毫没有要开口的意思。

魁皇等了片刻，才冲着下方那两个佝偻的冷厉老者微微点头。得到了魁皇的示意，那两个佝偻的老者对视一眼，都看出了对方眼中对大天师的忌惮以及无奈，其中一人深吸一口气，转身面向大殿外，缓缓出声。

老者所说的都是祭祖的祭文，他的声音回荡八方，音调奇异，竟引动了外界的苍穹，使得云雾翻滚，片刻后，竟出现了一个旋涡。那旋涡轰隆隆转动，越来越大，眨眼间就覆盖了整个皇宫，至于那条巨龙，在这旋涡出现时，已不见踪影。

这异象没有引起躁动，大家似乎早就知道会如此。白小纯是首次看到，不由得多看了几眼，渐渐地，那旋涡气势越发磅礴，范围已超越了皇宫，向着整个魁皇城不断地扩散。他甚至看到在那转动的惊人旋涡内，似乎藏着一条长河……

白小纯屏气凝神，感受到那条藏在旋涡中的河里，传来了阵阵死亡的气息……

"冥河！"白小纯心底默念。

不多时，当这旋涡扩散到整个魁皇城时，白小纯哪怕在皇宫内，也听到了从下方的魁皇城中传来的无数人的嗡鸣声。

这一刻，魁皇城的所有子民都传出了声音。而那旋涡内的冥河清晰无比地显露出来，甚至可以看到河水的流动，仿佛是从虚无中打开了一道缺口，使得所有人都看到了冥河！死亡的气息也在这一瞬从那旋涡内扩散出来，弥漫整个天地。

白小纯心神震动，这一幕让他心惊不已，在他看去，这旋涡好似一只眼睛，此刻睁开了，既是众人通过这眼睛看向冥河，同样是某个无上的存在在看这片世界。

这种很奇怪的感觉在白小纯的心中强烈无比。就在白小纯神情恍惚时，那佝偻的老者说完了祭文，袖子一甩，道出了最后的话语："祭祖开始！"

他的声音如同钟鸣，传出的刹那，旋涡内也回荡起更为惊天的轰鸣声，似有一只看不见的大手，在那冥河中微微一搅，冥河顿时掀起了大浪，随着浪花的飞舞，有无数的魂从冥河水中凝聚出来，顺着旋涡飘向大地！

无法形容这一幕的壮观，魂如雨下！数不清的魂从天而降，洒遍整个魁皇城。最重要的是，这些魂似乎都处于沉睡中，这就意味着，哪怕是天人魂，此刻都唾手可得！欢呼声从魁皇城内传出，所有人不断飞起，去收获祭祖盛典中的先祖恩赐。

皇宫内以及大殿外的那些侍卫也纷纷抬起手，收取洒落的魂。与此同时，周紫陌等人也都伸出了手。天公、天侯以及一千多大臣都是如此，对于他们来说，在祭祖之日收魂，魂的质量不重要，不过是讨个好兆头而已，当然若真的能拿到天人魂，则是走了大运。只是天人魂并非每次祭祖都会出现，概率太低。

白小纯深吸一口气，心底还是有些忐忑，可更多的是期待，他知道，自己的计策就要展开了，此番之后，怕是那些权贵对自己的恨意将会更大。

"管不了那么多了，他们本就对我不怀好意，就算我不这么干，他们有机会的话，也不会放过我。"白小纯一咬牙，一跃而起，直奔天空。

在白小纯起身的刹那，大天师的眼睛微微睁开一道缝隙，目光落在了白小纯身上。白小纯飞出后，右手抬起，没仔细辨认，直接就抓住了一个从天而降的魂！

这是一个筑基魂……

在抓住筑基魂的瞬间，白小纯忽然睁大了眼，仰天大笑起来。

"天啊，我居然抓到了这样的魂！"

白小纯的笑声极大，传遍四方，引起了不少人的注意，可还没等众人看清，白小纯就直奔皇宫大殿而去。速度之快，刹那就到了大殿外，与周紫陌等人并排，在周紫陌等人的诧异下，他以更大的声音，向着大殿内的魁皇，激动地喊了出来：

"感谢陛下，卑职白浩，抢到了一个天人魂！"

白小纯的右手高高抬起，将手中抓着的筑基魂显露在所有人眼前。他的声音太大，动作又突然，立刻就吸引了广场上所有人的目光。

周紫陌距离白小纯很近，闻言一怔，等她看清白小纯手中的魂后，面色一变："白浩，你干什么？还不退下！"

周宏睁大了眼，小胜王以及灵临城世子在看清了白小纯手中的魂后，也惊呆了。这魂怎么看都是筑基魂，根本就不是天人魂。不但他们如此，陈好松等天公也是一愣，但他们很快就面色大变，看向白小纯的目光如刀锋般锐利。

"他莫非要逼宫？"有些天侯已经反应过来，面色急速变化，呼吸也慌乱起来，内心不禁咯噔一下，可还是有部分人，没有意识到接下来要发生什么事情。

"天人魂？"

"这不是天人魂啊……"

"这白浩傻了？"

质疑声四起，广场外的所有人都在议论。

赵熊林显然没有意识到问题所在，声音极大地嘲笑道："白浩，你眼睛瞎了不成，居然拿一个筑基魂说是天人魂，你想天人魂想疯了吧。你怎么不说这是一个半神魂！"耻笑声夹杂在喧嚷中，可白小纯站在那里，毫不理会，他看向前方，直直地盯着坐在龙椅上的魁皇。

殿内，有些皇子神色大变，觉得此事不对劲。二皇子对白小纯有些了解，突然想通，呼吸都暂停了，神色惊慌。

"他这是干什么，难道要逼父皇低头？"

魁皇的双眼刹那间射出精芒，死死地盯着白小纯。

白小纯此刻看似激动，实际上十分紧张，魁皇眼中的精芒让他内心哆嗦了一下，还没等他开口，魁皇下方的那两个冷厉老者已经出声。

"好大的胆子，这明明是一个筑基魂，居然敢欺君犯上！"说着，一名老者一步走出，直奔白小纯，一身天人气息爆发，整个人如离弦之箭，向着白小纯攻来。

这老者全力出手，干净利落，没有迟疑，似要用最快的速度将白小纯斩杀！

第 775 章

这白浩真不是个东西

那冷厉老者出手迅猛，白小纯身边的周紫陌等人也被这突如其来的变故弄得心神震动，周紫陌下意识地就要阻止，可还是晚了一步。那冷厉老者的修为之力彻底爆发，天人波动震颤八方，瞬间就出现在白小纯的面前，全身上下似形成了一个巨大的符箓，透着天人合一的波动，轰然降临。

白小纯面色微变，急速后退，他感觉这老者比陈好松更可怕，这一击若是落下，自己怕是难逃此劫！

"一言不合就杀人啊！"白小纯心底怕得要命，全力闪躲，就在他向后退，那老者分秒必争地追杀过来的刹那，坐在黑椅上的大天师嘴角露出一丝意味深长的笑容，眼中闪过一丝赞赏，他抬起右手向着白小纯一指。这一指之下，白小纯的体外瞬间就有一道黑色的光芒浮现，光芒化作了一个气泡，将白小纯笼罩。

那冷厉老者的全力一击轰在了气泡上，轰鸣声响起，震动整个皇宫。气泡崩溃，冷厉老者口吐鲜血，面色变得苍白无比，如被反噬一般，倒退而回，落在殿内，他猛地回头，看向大天师："大天师，你……"

老者还没说完，就对上了大天师的双目，他身体一颤，硬生生把话咽了回去。

"何必着急？让白浩把话说完。"大天师淡淡地开口。

魁皇见此，按在扶手上的右手用力握紧，手背上的青筋鼓起了数条！

白小纯咽下一口唾沫，面色有些苍白，在那黑色气泡的保护下，他毫发无损，可之前的死亡危机让他内心哆嗦了一下。眼下已经到了这种程度，白小纯心头发狠，定下心神后，大声开口："老匹夫，我白浩没欺君，这就是一个天人魂，你老

275

眼昏花看不出来，我不问你了。大天师，您老人家评评理，这到底是个什么魂？"

大天师嘴角露出满含深意的笑容，淡淡地开口："天人魂！"

这话一出，所有皇子神色大变，甚至有一些皇子身体颤抖，连二皇子和大皇子也都面色苍白。

"大天师这是要逼父皇低头！逼父皇说这是天人魂！以此来宣告他的权势！"

广场上的满朝文武，就算是再愚笨之人，此刻也都意识到了不对劲，察觉到大天师的意图后，所有人的神情都变了。

周紫陌胸口起伏了一下，看向白小纯时，眼神复杂，周宏眼中更是透露着惊恐之色，他显然也意识到了问题，知道这是大天师要逼魁皇表态。小胜王沉默，灵临城世子低头，而陈好松等十大天公皆冷眼旁观，显然不想卷入这场纷争中。

"大天师说这是天人魂。陛下，您说，这是什么魂？"白小纯看到了魁皇手背上的青筋，也感受到了其眼中的杀意，心底虽然在哆嗦，但想到自己的立场，以及那日暗中参与围攻炼灵铺的皇族后，他就狠狠一咬牙，出言向魁皇问道。

听到白小纯的话，四周所有人心跳加快不少，低头的更多了。坐在龙椅上的魁皇呼吸也变得急促，眼神似要将白小纯生生剐了一般。

"大胆白浩，满口胡言！这分明就是筑基魂，怎么可能是天人魂？"说话的是另一位身形佝偻的老者，他内心叫苦，身为皇族的世代仆从，此刻他只能这么说。

白小纯不慌不忙地深吸一口气，瞪了那老者一眼，高举手中的筑基魂，转头看向满朝文武，重重地咳嗽一声："那就让这里所有的天侯天公帮我看看，这到底是筑基魂，还是天人魂？"

实际上，这才是他这计策的最终目的，之前的一切都是迷惑众人的，让所有人以为他要逼宫，逼魁皇低头，可实际上，他要逼的不是魁皇，而是满朝的文武大臣！如他当初对大天师所言，他会给大天师制造一个契机，他看不出这些人的细微变化，判断不出众人心中所想，不代表大天师看不出。

白小纯的一句话，让魁皇额头的青筋一跳一跳的，这一刻他感觉比之前还要糟糕，而那两个冷厉的老者，面色瞬间苍白如纸。所有的皇子都身体一颤，有的还暗中松了一口气。至于广场上的文武大臣，都在这一瞬呼吸一窒，他们之前以为只要不参与这个话题，就可以避开这一次大天师与魁皇的争斗，却没想到，那该死的白浩居然将矛头一转，对准了他们！

周紫陌睁大眼，好像第一次认识白小纯一样。周宏、小胜王还有灵临城世子也连连吸气，惊惧不已。实在是白小纯之前的表演太逼真，对节奏的控制太精准，他们完全没有准备，白小纯真正的目标居然是权贵和大臣！也不是所有人都没有想到这一点，比如陈好松等十大天公，他们的神色虽有变化，但掩饰得极好。实际上，在白小纯说出天人魂的时候，陈好松等人就意识到了此事极有可能演变成这样。

　　不仅他们，还有部分天侯在之前有所察觉，可察觉归察觉，没有什么好的办法，只能尽量掩饰心底的恨以及咒骂。至于那些被白小纯的一系列举动误导的人，此刻在这突如其来的"一枪"下，纷纷神色变化，对于白小纯的恨，已经滔天。

　　他们此刻也都看出来了，这哪里是去辨认魂，分明就是大天师借助白浩，以魂来逼他们当众表态！这种当面表态，一直是众人想要避免的，眼下是被逼到了死胡同中，他们都对白小纯恨之入骨，在这之前，他们还能浑水摸鱼，现在却必须表明立场。这个立场不好表明啊，一旦说这是筑基魂，大天师不会放过他们，可若说这是天人魂，那就是和大天师捆绑得死死的，一旦魁皇占据了优势，他们必死无疑，且会被夷灭九族。

　　至于隐瞒，比如心向魁皇，却表露出一副是大天师的人的样子，也不好糊弄，一旦开口，就是当着万众的面选择了立场，先不说大天师信不信，就算魁皇能理解，他们的处境将更为尴尬，授人以柄，日后若有丝毫不慎之处，必定遭受攻讦，惨烈无比。

　　更重要的是，今日的事情，就算是大天师自己，也不会相信众人的选择，而他的意图也不在此，而是众人的态度以及大势，哪怕是虚与委蛇的，也足以说明他威震蛮荒。

　　在这种情形下，魁皇好不容易暗中积累的力量，将彻底崩溃瓦解，让所有人看出他再次被大天师压制，大天师也可以借此事震慑满朝文武，让那些心向魁皇之人内心动摇。

　　这就是敲山震虎！

　　"这白浩真不是个东西！无耻！"

　　"太狠了，该死！"

　　"这是逼我们表态啊！"众人心中掀起大浪，无比郁闷，对白小纯怨恨的同时，也生出了极度的忌惮。

第 776 章

就是天人魂

要知道在魁皇朝内，魁皇被架空，大天师权势滔天，挟天子以令诸侯，可毕竟皇族血脉至上，不管内部如何，对外还有一层遮羞布。魁皇虽弱，但也仅仅是这一代，难说未来的某一代，皇权不会重新崛起，且大天师也没有学天尊自立为皇，在一些人看来，大天师已经算是仁慈了。更多的人选择旁观，不敢参与，甚至做出看不懂的样子，任由大天师与魁皇维持这种关系。只是，今天的事情，如同一道闪电，强行把大天师与魁皇之间隐藏的问题当着所有权贵的面，彻彻底底地撕开了！

此刻广场上的众人，都在内心咒骂白小纯，原本没他们什么事情，眼下却被拉了进来，他们甚至后悔今天来此。不要说这些天侯天公了，就连魁皇自己也措手不及，在这之前，他根本没有准备。他已然明白，今天的事情过后，他将失去大势！

白小纯眨了眨眼，心底也在发颤，可他没有别的办法，二皇子和大皇子早就对他出手了，若非大天师，自己怕已是死无葬身之地了，最好的结果，也是亡命天涯。

"魁皇啊，这件事要怪，就怪你那两个儿子吧……"白小纯内心轻叹一声，随后深吸一口气，打定主意，要牢牢地抱住大天师的大腿。

整个广场一片寂静，没有人说话，所有天侯天公都低着头。在祭祖之日，整个皇宫陷入如此沉默之中，这是第一次。魁皇城内所有子民的欢呼声远远传来，与这里的沉默形成了鲜明的对比。

魁皇沉默着，大天师也无言，殿内的所有人皆修闭口禅。二皇子等人低着头，对造成这一切的罪魁祸首白小纯恨得要死。

诡异的寂静没有持续太久，天侯中很快就走出一人，此人出列后，向着魁皇与大天师抱拳一拜，抬头时，高声开口："周某早已看清，监察使白浩手中握的，正是天人魂！"

随着第一个表态之人出现，很快就有了第二个、第三个，此地的一百多个天侯陆续出列，相继表态。

"那正是天人魂！"

"没错，仔细一看，这就是天人魂！"每个人都说是天人魂！

这里面有人真的心向大天师，也有人并非真心，但无论怎样，他们的回答都干脆利落，没有犹豫，直截了当。只不过其中不少人心中骂着白小纯，神色却肃然无比，指着筑基魂说是天人魂。比如当初围攻白小纯的九大天侯，便是如此。

尤其是赵熊林，心里不断咒骂，口中却大声说道："赵某也看清了，那的确是天人魂！"

每一个天侯出列都让皇子们的面色更苍白，那两个面色阴冷的老者也嘴里泛苦。至于魁皇，此时反倒平静下来，他的目光没有落在广场上的天侯天公身上，而是看着白小纯，整个人面无表情，只是目光深沉，似要将白小纯牢牢记在心中。

越是这样，白小纯越是心底发寒，但一想自己是大天师的人，魁皇再厉害也动不了自己，于是胆气也壮了起来。

"魁皇算什么，我拍过巨鬼王的头，魁皇的头……有机会也拍一下，不知道是什么滋味。"白小纯咽下一口唾沫，给自己壮胆。

广场上，又有不少天侯开口表态。很快，一百多个天侯全部开口，所有人口径一致，纷纷说出"天人魂"这三个字。随后，十大天公也先后开口。

"天人魂！"

"天人魂！"

包括陈好松在内的十大天公，回答一样，这一幕，让殿内的皇族子嗣身体发颤，也许是气的，也许是害怕！直至周紫陌等人代表四大天王，也承认那是天人魂后，整个广场再次安静下来。这一次的安静，代表着大天师的权势再次崛起，甚至超出了以往，这毕竟是魁皇与大天师首次明面上的交锋！

大天师一句话，所有人都要低头，这种权势无法用词语形容。正如白小纯所说，大天师需要的不是知道每个人的想法，只需要让所有人都害怕他，就足够了。

大殿内，大皇子、二皇子等人面无血色，这一幕让他们感受到了羞辱，也感受到了恐惧，那是对大天师的恐惧。那是任凭他们暗中有什么样的动作，在大天师面前，都脆弱得不堪一击的惶恐。更有悲哀，堂堂皇族，竟没落至此……

魁皇的目光，在白小纯身上停留了许久，然后他站起身，没看任何人，更没有看身后的大天师，径直向后殿走去。那两个冷厉的老者，都深吸一口气，看了白小纯一眼后，也去了后殿。至于皇族子嗣，也都快速跟上，一行人很快就从大殿离开，途中没有一个人说话，每一个人都在离开前，深深地看了白小纯一眼。

广场上群臣沉默，任由魁皇等人离去，他们抬起头时，看到了大殿内的大天师，大天师的目中露出一抹漆黑的光芒。

实际上，自始至终，大天师都在关注大殿内和广场上的每一个人，这些人细微的表情以及心魂的波动，在他的目中清晰可见。他不说看出了全部，可也有了大概的判断，他漆黑的瞳孔内隐隐闪过寒芒后，才站起身。

随着大天师起身的动作，广场上的众人抱拳一拜："恭送大天师、魁皇！"

"都散了吧。白浩，随我来。"大天师目中充满赞赏地看了看白小纯，淡淡开口，随后向着后殿走去。

"都散了，散了。"白小纯注意到了大天师目中的赞赏，口中大喊的同时，心中也松了一口气，渐渐激动，他觉得自己算是干了一件大事！尤其是这件事从头到尾都是他策划行动，这种感觉让白小纯觉得极为刺激，虽有后怕，但想到有大天师给自己撑腰，白小纯就抖擞起来。

"我这一次算是立了大功，不知道大天师会怎么赏赐我。"白小纯双目冒光，快走几步，跟随大天师的脚步而去。白小纯正兴奋时，忽然觉得自己身上多了很多目光，他立刻回头一看，顿时看到广场上的不少天侯天公看向自己，仿佛看小人得志一般的神情，他立刻就不高兴了。尤其是赵熊林，身材本就魁梧，此刻牛眼瞪得溜圆，似乎下一刻就想将白小纯生生撕开一般。

"敢瞪我！"白小纯抬起下巴，袖子一甩，大声呵斥。

"既然大家都说我这个是天人魂，我果然没看错，今天的运气真好啊。"白小纯说着，直接将手中的筑基魂扔给了瞪着眼睛的赵熊林，"赵天侯，大天师召见我，这个天人魂就放在你那里，你先给我保管，明天一早，我去你家取。别给我弄丢了啊，这可是天人魂！"白小纯一把扔出手中的筑基魂，也不管赵熊林有没有接住，头也不回地一跃而出，直奔大天师而去。

第 777 章
十八色火配方

"你！"赵熊林呆了一下，怒火中烧，可看到大天师还没走远，他就算怒气再大，也不敢爆发出来，只能强自压下，气得都哆嗦了，面容也因此扭曲，心底更是狂骂不断，他就算是反应再慢，也看出了这分明是明抢。

"该死的白浩，给我一个筑基魂，让我还他一个天人魂！"赵熊林觉得自己要爆发了，心里憋屈到了极致，更是肉痛无比，要知道天人魂对他而言是可遇不可求的宝贵财富。毕竟天人魂的数量有限，对于蛮荒的人而言，在晋升天人时若能拥有一个，可增加成功的概率，如此一来，白小纯的这种做法就像在挖他的肉一般。

赵熊林气得浑身哆嗦，觉得整个人都不好了。四周的其他权贵也愣住了，一股寒意从后背升起，对白小纯雁过拔毛的行为，深恶痛绝。

"太狠了……"

"这是明目张胆地坑赵熊林……"

"明天他去取，赵熊林无论如何也要给出一个天人魂……"

远处的大天师虽背对着广场，但对于身后发生的一切事情感受得清清楚楚，知道白小纯如此做，他原本平静的脸都抽动了一下。

"罢了，就当是给他的奖励了。"大天师没出声阻止，今天白小纯的表现让他很满意，所以他摇了摇头，等白小纯跟上自己后，继续向前走去。

白小纯看大天师默认，精神更为振奋，阔步跟着大天师回到了天师殿外。大天师没有多说，只是让白小纯取出监察府的令牌，他一指之下，那令牌散出黑光，黑光闪动了数下。

然后，大天师淡淡开口："从此之后，你可掌三千军！回去好好歇息，用不了多久，你那三千尸傀军就可以出动了。此后所获，你可取一分，作为赏赐。"说完这些，大天师就踏入天师殿，从头到尾，他没有回头，也没问白小纯在李天侯以及陈天侯家中私拿的物品，甚至开口定下了日后白小纯抄家的分成。

　　这赏赐有多大，抄过天侯家的白小纯很清楚，他立刻激动起来，抱拳大声开口："白浩甘愿为大天师赴汤蹈火！"

　　目送大天师进入天师殿，白小纯神采飞扬地转身离去。不多时，他就带着一千尸傀飞出皇宫，直奔监察府。路过监察府的天公天侯等权贵恨得牙根直痒，却不敢轻易招惹白小纯。

　　回到监察府后，白小纯第一件事情就是拿出令牌，将神识融入其中，他感受到了埋在地底的棺材，立刻召唤。轰隆声在监察府内回荡，一具具棺木直接从地底冲出，竖立在监察府的四周，因数量太多，有不少飘在了半空。

　　整整两千！

　　"苏醒吧，我的黑甲大军！"白小纯非常兴奋，大吼一声，随着他的声音，那些棺木传来咔咔之声，很快，那两千副棺材的盖子同时被掀开，从其内走出了两千个穿着黑甲的大汉。

　　这些大汉身上散发出腐朽的气息，最弱的是元婴中期，半步天人足有四个！他们的双眼几乎同时睁开，一股无比强烈的煞气轰然而起！这些煞气在监察府的上空，形成了一个黑色的旋涡，雷芒闪耀，磅礴的气势引动了四方的关注。

　　"监察府的尸傀大军，又多了！"

　　"这是两千？加上之前的一千，白浩如今掌握的大军，已足足三千啊！"

　　"三千尸傀，这股力量实在太恐怖了，可以发动一场大规模的战争了！"

　　议论声顿时在魁皇城四方纷纷响起，不少权贵也注意到了这一幕，心底一惊，面色阴沉，他们都知道白小纯势力很大，让人忌惮。

　　白小纯激动得浑身颤抖，他双眼冒光，看着两千尸傀，一挥手，将之前的那一千尸傀也召唤出来。三千尸傀同时列阵，令监察府上空的黑色旋涡更为磅礴。

　　白小纯看了一眼手中的监察令，此令不仅仅让他多了两千尸傀，更是开启了一个神通。他研究之后，神识一动，监察令竟出现了一道黑芒，直奔那位吞噬了妇人心剧毒的黑甲大汉而去。黑芒瞬间融入，黑甲大汉全身颤抖，气势增强，在白小纯的期待中，蓦然发出一声咆哮，再次回到了准天人境界，可以在必要的时候，吸收其他尸傀的气息，短时间让自己维持在巅峰状态！这正是权力变大后，白小纯获得的赏赐之一。

"谁敢惹我！"白小纯哈哈大笑，只觉得这一刻的自己干掉一个天人易如反掌！事实的确如此，他的身边有一个准天人尸傀，五个半步天人尸傀，近三千元婴尸傀，如此实力若能带回通天东脉，自己都可以去与星空道极宗叫板了。

"还是跟着大天师好啊。"白小纯乐得屁颠屁颠的，之前在皇宫内因魁皇的注视而生出的不安消散一空，"现在我已经是整个蛮荒的大人物了！简直是举足轻重啊！"

白小纯踌躇满志，正要带着这三千尸傀在魁皇城内溜达一圈，让所有人都知道他的厉害时，忽然，他的储物袋内传出了白浩魂的声音。

"师尊，十八色火的配方……终于被弟子研究出来了！"

白小纯眼睛猛地睁大，内心激动狂喜，他觉得自己今天是双喜临门，不但势力变大，等待已久的十八色火的配方也出来了。他瞬间没了去溜达的想法，赶紧让这三千尸傀守护四周，自己快速去了闭关之地，封印四方后，白浩魂立刻飘出。

白浩魂神情振奋，将十八色火的配方凝聚在一枚骨简内，递给了白小纯。他看着白小纯用神识翻阅骨简，心中很满足。片刻后，白小纯收回神识，看着白浩魂，他明白，十八色火的配方，对于整个蛮荒而言，价值难以形容，甚至超越了天人魂！无数人想拥有的十八色火配方，只有地品炼魂师的家族有，但这样的家族轻易不会将十八色火的配方交出来。

"好徒儿，为师若能成为地品炼魂师，你的功劳居首。你说，你想要什么，为师一定满足你！"白小纯认真地说道。

得到师尊的夸奖，白浩魂觉得很开心。

"师尊，我没什么想要的，以后再说吧。接下来我要按照这个思路去研究十九色火的配方！"白浩魂相信自己一定可以做到，也期待十九色火在师尊手中出现后，震撼整个蛮荒。

"我要竭尽所能，帮助师尊成为天品炼魂师！"白浩魂在心底默默发誓，然后向白小纯一拜，回到魂塔内，他要抓紧时间研究。

白小纯看着魂塔，心中感动，他知道对于这个徒儿，鬼修的功法很关键，可在蛮荒，根本就找不到这样的功法，白小纯叹了一口气。

"到哪里能弄到鬼修的功法呢？通天河区域功法繁多，应该会有。"白小纯沉吟一番，打定主意后，才盘膝坐下，熟悉十八色火配方。

很快，一夜过去。

这十八色火配方极为复杂，不过原理与白小纯在融火境下炼出的那一丝十八色火有很多相似之处，可以说这配方就是建立在当日白小纯尝试的那两个办法的基础上的。所以经过一夜的研究后，白小纯的心中有了不少心得，一想到自己一旦炼出十八色火，就可成为地品炼魂师，他不禁心跳加速。

"不过想要真正炼制出来，还需大量的尝试……"白小纯抬头看了看天色，想到赵熊林还欠自己一个天人魂，于是收起骨简，站起身，伸了伸腰，随后觉得神清气爽，春风得意。

"赵熊林，白爷爷来了！"

在白小纯得意时，巨鬼王做了一个决定。

"人才啊，我的确没看错白浩，此子未来不可估量，这样的乘龙快婿，不管他是什么来头，我都要定了！不过陌儿那脾气……他们两个如果这么下去，根本就不可能有进一步的发展，且眼下也不好让他们频繁接触。"巨鬼王想了想后，眼中露出奇异之色，干咳一声，向着周紫陌传音。

他先问了问修为的情况，然后忽然转变了话题。

"陌儿，为父有一门功法，你只需闭关潜修，就有七成可能突破天人初期，踏入天人中期！"

(本册完)

更多精彩内容，敬请关注《一念永恒13》